BEZETTE GEBIEDEN

Arnon Grunberg

Bezette gebieden

Roman

LEBOWSKI PUBLISHERS
AMSTERDAM 2020

Omslagontwerp: Riesenkind, 's-Hertogenbosch
Auteursfoto: Bettina Fürst-Fastré
Typografie: Crius Group, Hulshout

ISBN 978 90 488 3701 4
ISBN 978 90 488 3702 1 (e-book)
NUR 301

www.lebowskipublishers.nl
www.overamstel.com

OVERAMSTEL
uitgevers

Lebowski Publishers is een imprint van Overamstel uitgevers bv
Meld je aan voor de nieuwsbrief om op de hoogte te blijven van de nieuwste boeken van Lebowski Publishers via www.lebowskipublishers.nl/nieuwsbrief

MIX
Papier van verantwoorde herkomst
FSC® C014496
FSC
www.fsc.org

Voor M.-L.

Zodat ik eindelijk kan zeggen wat in mij is.
Uitschreeuwen: mensen, ik heb tegen jullie gelogen
Door te zeggen dat het niet in me is,
Terwijl HET daar voortdurend is, dag en nacht.

'HET', Czesław Miłosz (vertaling Karol Lesman)

I

'Je hebt me gebruikt, nee je hebt me misbruikt, je hebt mijn machteloosheid geroken zoals een bloedhond een wond ruikt en toen heb je je tanden in mijn vlees gezet, je hebt dat eerder gedaan, je tanden in het vlees van de hulpbehoevende zetten, hem verscheuren omdat je hem veracht, omdat je hem haat, omdat hij hulp nodig heeft wil je hem kapotmaken, omdat hij je herinnert aan je eigen machteloosheid, omdat hij jou schuldig maakt, omdat je het niet kunt uitstaan dat je niets voorstelt, dat je net zo weinig voorstelt als ieder ander, dat jouw leven er niet toe doet, alleen al daarom moet je je wel verantwoordelijk voelen voor de ander, om aan jezelf te ontsnappen en daarom haat je hem ook, omdat het steeds mislukt, omdat hij de waarheid spreekt, dat er niets te redden valt, daarom haat je mij ook, vanaf het eerste moment dat je mij zag, dat je mijn stem hoorde, omdat je begreep dat ik niet te redden was, niet zoals je mij wilde redden, en ik wist het, intuïtief voelde ik het, maar ik had hoop, tegen beter weten in hoopte ik dat je anders was, anders dan de andere hulpverleners, de aasgieren, de hyena's, die ik van me af had geslagen, die zich al vanaf mijn middelbareschooltijd om mij heen hadden verzameld, omdat ik van je hield, meer dan je je kunt voorstellen, meer dan je hebt willen erkennen, meer dan je ooit hebt beseft, daarom had ik hoop, daarom vroeg ik: "Ben jij weleens verleid door de dood, dokter?" – alleen als je verleid bent door de dood kun je weten wat liefde is, stiekem wist ik wie je was, maar het kon me niets schelen want het gevoel was sterker, het idee, ik heb me alles wijsgemaakt, tederheid en begrip, nabijheid en eeuwigheid, dat is toch precies wat jij wil dat wij mensen doen, ons van alles wijsmaken om maar in leven te blijven, ik dacht: als ik me aan jou geef zoals ik me aan de dood had willen geven dan begrijp je het, dan zal tot je doordringen dat de waarheid van de liefde de waarheid van de dood is, ik heb me aan je voeten geworpen omdat ik je vertrouwde, omdat ik dacht dat je ondanks alles de grootste verleiding van alle verleidingen kende, maar jij kent alleen het smerige, alledaagse, onooglijke leven, ik ben niet boos, niet op jou, ik ben boos op mezelf, jij kunt er niets aan doen dat je een laffe bloedhond bent met weinig meer dan pilletjes, alternatieve therapie en muziektherapie in de aanbieding, jij denkt dat het lijden jou heeft overgeslagen, dat alleen andermans lijden in je leven is, maar je wil niet zien wat iedereen kan zien, wat iedereen weet: jij bent net zo klein en lijdt net zoveel als wij allemaal, ik vertrouw je nog steeds, al wil je mij niet, niet werkelijk, die blik van je en die zalvende stem van je, de stem die zegt alles te begrijpen, die zegt: "Het komt goed", maar je begrijpt niets en niets komt goed, je hebt mij het enige afgenomen wat ik had: mijn pijn, jij meende dat die pijn niet goed voor mij was, dat die pijn niet van mij was, dat ik die moest delen met mijn kutfamilie, je hebt de pijn verzacht tot ik helemaal niets meer voelde, wie denk je dat je bent dat je mij mag scheiden van mijn pijn, wie denk je dat de mensen zijn zonder pijn, je ging tekeer tegen wat jij mijn zelfmedelijden noemde, je wilde me weerbaar maken – zijn wij op de wereld om weerbaar te zijn, is dat wat je mij en je andere patiënten vertelt? – alles wat mij houvast bezorgde heb je van mij afgenomen, heb je in een kwaad daglicht gesteld, je hebt mij verleid te leven en nu vraag ik je, doktertje, noem je dit leven, wist je niet wat er na de pijn komt, wist je het niet of wilde je het niet weten, ben jij hier om de ellende te verspreiden die jij genezing noemt, je hebt me gekidnapt en uitgebuit en dat heb je alternatieve therapie genoemd, omdat je wist dat ik ontvoerd wilde worden, maar ik wilde geen hulp, ik wilde geen aalmoes, ik wilde liefde en nu heb ik iemand leren kennen die mij de ogen heeft geopend, jouw nachtmerrie is waarheid geworden, ik heb iemand leren kennen die alles heeft opgeschreven, het hele verhaal, alles zal openbaar worden gemaakt, ons geheim zal geen geheim meer zijn, je zult je moeten verantwoorden, klootzak, je zult je moeten verantwoorden tegenover mensen die mondiger en minder weerloos zijn dan ik, lieve klootzak, eindelijk zal over jou recht worden gesproken, je hebt het verdiend, ik wil je beschermen zoals je mij ooit wilde beschermen, de rollen zijn omgedraaid, nu ben je van mij afhankelijk, je moet leren wat het is om afhankelijk te zijn, Kadoke, anders verandert er nooit iets, hou me tegen als je kunt, bind me vast als je durft, ik ben begonnen aan mijn therapieloze leven, jouw genezing is een hel, Kadoke, jullie hebben de wereld onttoverd, elke gemeenschap hebben jullie ontwricht, jij bent zo hoogmoedig in naam van de waarheid te spreken maar in naam van de wetenschap hebben jullie van de mens een laboratoriumrat gemaakt en van de wereld een vuilnisbelt, ik hou van iemand anders omdat jij het niet toestaat dat er iemand van je houdt maar ik kan je niet vergeten en ik zal ervoor zorgen dat jij mij nooit zal vergeten, eindelijk zie ik je zoals je bent, binnenkort zullen ook de ogen van andere mensen opengaan, zullen ze zien wie je echt bent: de vernietiger van schoonheid en die vernietiging zal je duur komen te staan, maar op het laatste moment zal ik je van het schavot trekken, ik Michette, ik wil dat je gaat zien en gaat voelen, ga eindelijk mijn hoofd binnen, niet als een toerist, want hulpverlening is toerisme, ga mijn hoofd binnen als een lotgenoot, als je durft, als je bereid bent alles achter te laten en op te geven.'

Michette is uitgesproken, ze gaat op haar bed zitten, naast haar psychiater en slaat dan een arm om hem heen. Zo blijven ze een tijd zitten tot Kadoke opstaat en naar het raam loopt. 'We zijn al lang lotgenoten,' zegt hij.

Ze schudt haar hoofd. 'Jij doet alsof je boven de pijn staat, Kadoke. Je weigert ermee op te houden.'

Hij loopt terug naar haar bed. 'Je kunt je niet met je pijn identificeren, dat is een heilloze strategie, net zo heilloos als je identificeren met je diagnoses, je moet niet zeggen: "Ik ben mijn pijn." Het lijden is geen olympische sport, het is niet wat betekenis aan je leven geeft.'

'Maar je mag van de nood een deugd maken. Dat mag toch wel, doktertje?' Ze glimlacht, triomfantelijk lijkt het wel, en voor het eerst voelt hij dat hij deze wedstrijd zal gaan verliezen, in elk geval niet zal gaan winnen. In deze wereld bestaat er geen gelijkspel.

'Ik mis je, je bent er nog maar ik mis je al,' zegt Michette.

'Ja,' antwoordt Kadoke.

2

De hele nacht en de hele ochtend had het geregend, het geluid van de regen had hem wakker gehouden, maar nu is het opgeklaard, goed weer om een strandwandeling te maken, uit te waaien zoals de mensen dat noemen. Ze bevinden zich in Michettes kleine, niet bijzonder gerieflijke kamer in het hotel van haar ouders, hotel De Zeemeermin. Deze kamer is haar huis, in dit hotel is ze opgegroeid, hier heeft ze de liefde leren kennen, schnitzels leren bakken, in zijn ogen was ze gestabiliseerd.

'Je durft boos te worden,' zegt Kadoke, hij is weer naast haar gaan zitten. 'Heel lang heb je dat niet gekund, niet gedurfd, kon je dat alleen door jezelf pijn te doen. Dus deze woede-uitbarsting is vooruitgang, een teken dat het goed met je gaat. Al vraag ik me af waarom je nu zo boos op me bent, op wie je eigenlijk boos bent.'

De Zeemeermin, een merkwaardige naam voor een in verval geraakt hotel dat eigenlijk al lang gesloten had moeten worden, maar dat vader, moeder en dochter bij elkaar houdt. Sinds anderhalf jaar woont Kadoke's moeder hier als een soort ex-zeemeermin. Begeleid en verzorgd door Michette, die haar haren een week of wat geleden kortgeknipt heeft en beschaafd rood heeft geverfd, het rood dat voor natuurlijk zou kunnen doorgaan.

'Ik ben boos op alles,' zegt ze. 'Ik ben boos op iedereen. Ik ben woedend, ik kan niet met je communiceren, Kadoke, wij zijn uitgepraat. Je hebt me ontwricht en die ontwrichting noemde je genezing. Je maakt me doodmoe. Je weet niet hoe moe ik ben.'

De patiënt als bejaardenverzorgster, dat was zijn alternatieve therapie geweest. Hij was er niet ontevreden over geweest. Nu bekruipt hem twijfel. Was het een goed idee haar hierheen te brengen? Haar terug te brengen naar de mensen die haar op de wereld hadden gezet, die zij had doen lijden met haar ziekte, die snakten naar haar genezing. Hij had geen andere mogelijkheid gezien, *evidence-based therapy* is een luxe die je je niet altijd kunt permitteren, soms moet je improviseren in de hulpverlening, en daarbuiten.

'Wat precies is er ontwricht aan jouw leven?'

Zee, wind, regen, zon, hotel De Zeemeermin had hem de snelste weg naar rust, reinheid en regelmaat geleken. Naar stabiliteit.

'Alles,' verklaart Michette. 'Jouw aanwezigheid. Ik heb de kracht niet meer om met je in discussie te gaan, ik ontsla je als mijn therapeut, wat een andere manier is om te zeggen: ik ga bij je weg. Ik ben verliefd op een ander. Ik hou van iemand. Weet je wat die woorden betekenen? Ik hou van iemand, ik heb het verborgen gehouden omdat ik wist dat jij het anders kapot zou maken, zoals jij al mijn fantasieën kapot hebt gemaakt tot er geen fantasieën meer over waren, tot er nog alleen maar jouw fantasieloze fantasie was. Ik heb daar een tijdje in geleefd, maar daar komt nu een einde aan. Ik zal voor je zingen. Ik heb een lied gemaakt, dan begrijp je het misschien.' Ze pakt een schrift, slaat het open, slaat met haar rechterhand op haar bovenbeen en begint te zingen: 'Je hebt mij zoveel pijn gedaan/ maar eindelijk kan ik je weerstaan.'

De gitaar was onderdeel van de muziektherapie die Kadoke was begonnen en die redelijk succesvol leek te zijn. Kadoke buigt zijn hoofd iets, niet uit deemoed, maar om zich beter te concentreren. 'Weten je ouders dat je hier weggaat?' vraagt hij.

De laatste weken, maanden eigenlijk, was het kalm geweest in De Zeemeermin, vredig bijna, misschien had die kalmte hem in slaap gewiegd, had hij dingen niet waargenomen die hij wel had moeten zien.

Michette stopt kauwgum in haar mond. Ze veegt haar handen af aan haar spijkerbroek.

'Ik ben uitgezongen,' zegt ze, 'het gaat je eigenlijk niets aan hoe het lied verdergaat. Ik besef dat je nooit van mij hebt gehouden. Eindelijk weet ik hoe het voelt als er van je wordt gehouden, als er echt naar je wordt geluisterd. Als je pijn wordt gezien. Als je mag bestaan. Liefde is mogen bestaan.'

Kadoke bekijkt haar polsen en onderarmen. Ze heeft de mouwen van haar trui opgestroopt, niets wijst op een terugval, geen pleisters, geen nieuwe littekens. 'Ook zonder liefde mag je bestaan,' zegt hij.

Ze kauwt met gesloten mond maar luidruchtig.

'Hij heeft alles opgeschreven,' zegt ze. 'Ook over jou. Het is bijna klaar. Hij heeft naar me geluisterd, zoals jij dat nog nooit hebt gedaan, hij heeft niet over mij geoordeeld. Maak je borst maar nat, doktertje.' Ze glimlacht, een beetje uitdagend, maar vooral hooghartig.

De ander uitdagen, voor veel mensen is dat genot. Voor Kadoke niet, het is de kunst om met die uitdagingen om te gaan, ze te pareren zoals je een aanvaller met een mes pareert. De alternatieve therapie was grensoverschrijdend, niet dat er ooit iets tussen hem en Michette is voorgevallen, dat niet, maar van protocollen had hij zich niets aangetrokken. Het grensoverschrijdende was een noodgreep geweest.

'Je bent vrij om te gaan, je bent altijd vrij geweest om te gaan.'

Het woord 'uitbehandeld' had hem ooit week gemaakt, en dat ene weke moment had geleid tot wat veel van zijn collega's een misstap zouden noemen, een kardinale fout zelfs. Hij had de jonge vrouw naast hem, zijn patiënte, aangesteld als bejaardenverzorgster van zijn moeder, eerst bij zijn moeder thuis, toen in het hotel van Michettes ouders aan een winderig strand in Zeeland.

'Ik was afhankelijk van je, ik hield van je, en niemand gaat weg bij degene van wie hij houdt, je bent een loverboy, doktertje, maar ík had maar één cliënt, dat moet ik je nageven, je oude, halfdode moeder.'

Kadoke speelt met zijn linkerschoen, een donkerblauwe instapper.

'Als je denkt dat je weg moet gaan, als je denkt dat het je elders beter zal gaan moet je hier niet blijven.'

'Hou toch op met die dooddoeners,' roept Michette. 'Hoor je wel wat ik zeg? Ik hou van iemand anders. Er is over ons geschreven. Hij is beroemd, je zult misschien wel iets van hem gelezen hebben, hij weet precies wat er tussen ons is gebeurd, elk detail, en sommige details die hij niet wist heeft hij verzonnen en die bleken nog te kloppen ook, ongelooflijk toch? Maar je hebt een andere naam gekregen in het boek, wees niet bang, niemand zal je herkennen, nou ja, sommige mensen zullen je herkennen, collega's, familieleden. Elke keer als ik die naam die hij je heeft gegeven lees of hoor moet ik zo lachen, het is zo'n grappige naam. Sommige dingen zijn natuurlijk fictie, in het boek heb je een kind en heb je papadagen, die papadagen zijn zo grappig beschreven, man je zult ook lachen. Je kunt er niets van, van die papadagen.'

Kadoke hoort een geluid op de gang, iemand loopt langs. Vermoedelijk de vader van Michette, hij houdt ervan door de gangen van zijn hotel te sluipen, ook al zijn er nauwelijks gasten.

'Je wil me vertellen,' zegt Kadoke, en hij houdt zijn hoofd met twee handen vast terwijl hij naar zijn instappers kijkt, 'dat je een relatie hebt. Is dat wat je me wil vertellen? Ik heb altijd gezegd dat je moet doen wat gezonde vrouwen van jouw leeftijd doen en daar hoort het opbouwen van een liefdesrelatie bij.'

'Hou toch op,' zegt Michette, ze staat op en loopt naar het raam, ze draagt geen schoenen. 'Ik ga weg, dat is wat ik je wil vertellen, je moet zelf voor je moeder gaan zorgen. Ik kom hier niet meer terug.'

Weer lacht ze, zoals net toen ze over de papadagen vertelde.

Hij had dit niet zien aankomen, zes dagen geleden was hij hier voor het laatst geweest, alles was zoals het moest zijn. Michette was wat terughoudend de laatste tijd, maar dat had hij als een goed teken gezien, ze maakte zich van hem los, aan haar afhankelijkheid kwam een eind, hij was overbodig geworden.

Wat minstens zo belangrijk was: ook zijn moeder was stabiel. Vredig, rustig, op een bepaalde manier was het hier bijna paradijselijk, voor zover men zich het paradijs kan voorstellen als een verlopen hotel in Zeeland gevuld met patiënten met diverse aandoeningen en wat verdwaalde toeristen, misschien waren dat ook patiënten, geheime patiënten.

Michette doet sokken en gympen aan en pakt een supermarkttas waarin zo te zien wat kleren zijn gepropt. Ze stopt het schrift erbij. 'Ik heb papa en de vrouw die beweert mijn moeder te zijn een keurige brief geschreven, dat ik ga samenwonen, dat de alternatieve therapie klaar is, maar dat jouw moeder hier tot het eind van haar leven mag blijven wat mij betreft.'

Ze doet een paar stappen in zijn richting, Kadoke staat op, kennelijk is dit het moment van afscheid, Michette heeft al zo vaak afscheid genomen, van hem, van het leven, van haar ouders, maar Kadoke begrijpt dat dit afscheid anders is dan al die andere keren dat ze beweerde nooit meer terug te komen. Wat is het verschil tussen deze jonge vrouw en zijn andere patiënten? Zij is zijn misstap, daarom snijdt wat ze zegt door zijn vlees.

Gevoelens spelen op die anders zelden aan de oppervlakte komen, een combinatie van afkeer en genegenheid, lichte walging en ontroering.

'Ik zal je moeder best missen,' zegt ze. 'Het was toch… Het

was een lange tijd. Ik ben aan haar gewend geraakt. Ze is op haar eigen manier lief. Jou zal ik ook missen, ook al ben je de grootste klootzak die ik ooit in mijn leven heb ontmoet.'

Hij kijkt in haar ogen. Hoeveel onthechting heeft een mens nodig? Wat is professionele distantie en wat zelfbescherming?

Ze omhelst Kadoke, steeds steviger drukt ze zich tegen hem aan, ze slaat haar nagels in zijn rug, dwars door zijn trui heen, ze klimt in hem, ze krabt hem als een boos kind. 'Klootzak,' zegt ze, 'lul, je bent zo fucked up.' Ze bijt hard in zijn nek. Dan laat ze hem los.

'Is het veilig waar je heen gaat?' vraagt hij.

Michette antwoordt niet, ze gaat haar kamer uit, kijkt niet meer om.

Kadoke zou achter haar aan willen lopen, maar hij beheerst zich, in zelfbeheersing ziet hij het hoogste goed. Hij gaat weer zitten, bekijkt de eenpersoonskamer waaruit Michette is verdwenen. Ze laat niets achter, hooguit de geur van haar parfum.

3

Moeder zit aan haar kleine bureau aan het raam, met wat medicijnen en een kopje thee voor zich, ze kijkt naar buiten, naar het verlaten strand. Naast de medicijnen ligt haar pruik. Ze negeert haar zoon. Als ze boos is doet ze alsof hij er niet is.

'Daar ben ik, moeder,' zegt Kadoke na een betrekkelijk lange stilte. Hij pakt een stoel, gaat naast haar zitten, wrijft zachtjes over haar arm. 'Alles goed? Waarom heb je je pruik nog niet op?'

'Nee,' zegt ze.

'Nee, wat?'

'Nee, niet goed. Niets is goed. Nee, nee, nee. Ik heb mijn pruik afgetrokken.' Ze praat ritmisch, zonder hem aan te kijken, alsof ze niet tegen hem praat maar tegen een afwezige, God vermoedelijk, de grote afwezige in haar leven.

'Wat is er dan, moeder?'

Ze schudt haar hoofd. 'Is ze weg?'

'Wie?' vraagt hij.

'Dat meisje.'

'Michette? Ja, Michette is vertrokken. We moeten een oplossing voor je vinden. Je kunt hier niet blijven zonder haar.'

Moeder drukt haar handen tegen haar ogen. Kadoke ziet dat ze huilt.

'Ze heeft me verraden,' zegt ze.

Kadoke schudt zijn hoofd. 'Zo zou ik het niet willen noemen, ze is weggegaan. Ze bouwt haar eigen leven op. Dat was de bedoeling.'

Moeder plukt aan haar pruik alsof ze er viezigheid uit wil verwijderen en hij blijft haar arm strelen.

'Ze heeft me verraden,' zegt moeder hard, bijna kermend. Nu maakt ze oogcontact met haar zoon. 'Ze heeft tegen me gezegd: "Ik ga weg, ik ben verliefd, ik ga aan het leven beginnen." Van de ene dag op de andere. Zomaar.'

'Dat is haar goed recht. Je bent niet van haar leeftijd. Je bent niet haar vriendje.'

'Het is niet loyaal,' zegt moeder.

'Maar loyaliteit is geen gevangenis. Michette kan gaan wanneer ze wil.'

'Wat is er met je hals gebeurd? Je hebt daar een rode vlek.'

'Ik ben gebeten.' Kadoke houdt zijn moeder vast, zo goed en zo kwaad als dat gaat, drukt haar tegen zich aan.

'Ik wil hier niet weg.'

'Als Michette niet binnen vierentwintig uur terugkomt en zoals ik zei, ik denk niet dat ze terugkomt, ga je hier weg. We gaan naar huis. Dat huis is er nog, alles staat er zoals we het hebben achtergelaten. De buurvrouw is er. Je vrienden zijn er. Je familie is er. De restanten. Ik zal je bed opmaken. Je zult weer thuis wonen.'

Ze staart een tijdje voor zich uit, ze is tot rust gekomen.

'Ik heb geen thuis, vrienden heb ik ook niet, en die buurvrouw kan me niets schelen. En familie? Restanten? Nee, er zijn geen restanten. Op jou na, jij bent het enige restant. Van de week belde iemand die beweerde familie van mijn moeder te zijn, of ze kon langskomen, ik heb laten zeggen dat ik geen bezoek wil, dat ze niet hierheen hoeft te komen, ze hebben zich nooit om ons bekommerd, nu hoeft het ook niet meer. Te laat. Kijken hoe ik crepeer, dat willen ze. Iedereen laat me in de steek. Maar ik klaag niet. Hoor je mij klagen?'

'Nee,' antwoordt Kadoke. 'Je klaagt niet.'

'Heb je mij ooit horen klagen?'

'Nee,' zegt Kadoke. 'Nooit.'

Ze wendt zich van hem af, slikt haar medicijnen gehaast en routineus. 'Maak je me snel dood?' vraagt ze. 'Dit is geen leven.'

4

In de keuken staat Michettes vader uien te snijden. 's Ochtends komt er een kamermeisje – nou ja meisje, de vrouw loopt tegen de zestig – om de paar kamers die bezet zijn schoon te maken. Maar behalve in het hoogseizoen doet Michettes vader de keuken zelf.

'Je dochter is vertrokken,' zegt Kadoke.

De vader gaat door met uien snijden zonder de psychiater zelfs maar een blik waardig te keuren.

'Ik ga nu terug naar Amsterdam,' gaat Kadoke verder, 'morgen ben ik er weer. Zonder Michette kan mijn moeder hier niet blijven, dat begrijp ik.'

Geen antwoord. De vader pakt een volgende ui.

In de loop der maanden heeft Kadoke een moeizame relatie met hem opgebouwd, de achterdocht is minder geworden, Kadoke heeft vertrouwen in zijn alternatieve therapie afgedwongen, althans dat denkt hij. Zelfs de moeder van Michette die zich eerst niet wilde laten zien is iets ontdooid, wat er in de praktijk op neerkomt dat ze Kadoke begroet als ze hem tegenkomt.

De vader is klaar met de ui en wijst op een brief die naast de uien, een paprika en wat tomaten op het aanrecht slingert. 'Heb jij hem gelezen?' vraagt hij. De brief is geschreven op blauw papier dat versierd is met poezenpootjes. Kadoke herkent Michettes handschrift, hij ziet het woord 'papa'.

'Die brief is niet voor mij bestemd,' zegt de psychiater.

De vader haalt ostentatief zijn neus op, de uien doen hem na al die jaren nog tranen.

'Wil je de brief lezen?'

Kadoke schudt zijn hoofd.

'Ze gaat samenwonen,' zegt de vader. 'Hij is hier een paar keer geweest. Praktisch bejaard natuurlijk. Het zal eens niet. Hij is niet goed voor haar, ik heb hem op tv gezien. Hij is niet te vertrouwen. En zij is boos, op jou, op mij, op haar moeder. "Ik had een kankerjeugd en een kankermoeder," schrijft ze. "Mijn psychiater was een kankerpsychiater, maar ik weet nu dat jullie er allemaal ook niets aan kunnen doen. Dat besef zullen we dan maar genezing noemen." Is dat zo, dokter? Is dat besef genezing?'

Kadoke's blik is op de uien gericht. 'Ze is boos,' zegt hij, 'het is vooruitgang dat ze zichzelf toestaat boos te zijn zonder zichzelf te beschadigen. Soms verwoordt ze haar woede poëtisch, soms iets minder.'

'Dat ze haar moeder kankermoeder noemt, moet ik dat vooruitgang noemen?'

'Het klinkt raar, maar ik denk dat het in haar geval vooruitgang is.'

Kadoke's taken zijn hier vervuld, of hij ze tot een goed einde heeft gebracht is sterk de vraag. Vermoedelijk niet, maar het kan erger, veel erger. Zijn tijd in De Zeemeermin zit erop, het stemt hem ondanks alles droevig, liefde is ook gewenning, hij is van deze plek gaan houden. 'Kutfamilie,' heeft Michette tegen hem gezegd en dat artsen zoals hij de mensen hebben veranderd in laboratoriumratten. Even voelt hij de aanvechting haar van een weerwoord te voorzien, maar het is te laat. Ze is weg.

'Ken jij die man?' vraagt Michettes vader.

'Wie?'

'Die vriend.'

'Ik ken hem niet persoonlijk, maar het heeft geen zin de keuzes van Michette bij voorbaat af te keuren. Laten we erop vertrouwen dat ze zonder ons kan, dat ze intuïtief weet wat goed voor haar is, ze probeert een liefdesrelatie op te bouwen. Dat is wat ik haar altijd aangeraden heb te doen.'

De vader veegt zijn handen af aan zijn schort.

'Wat heb jij nou uiteindelijk voor haar gedaan? Een paar maanden geleden voelde ik dit al aankomen. Maar waar was jij? Wat voelde jíj aankomen?'

Kadoke kijkt naar Michettes vader alsof hij hem voor het eerst ziet. 'Ik denk,' zegt hij, 'dat we met z'n allen veel voor haar hebben gedaan, dat we haar in leven hebben gehouden. Dat denk ik.'

'Hij kwam hier als gast,' zegt de vader. 'Die man. Had een lezing in de buurt gegeven en was blijven slapen. Had de laatste trein gemist. Zo begon het. Ik dacht dat je het wel wist.'

De vader veegt zijn mes aan een theedoek af.

'Nee,' antwoordt Kadoke. 'Ik wist het niet.'

'Jij bent toch haar therapeut? Haar psychiater. Hoezo wist je dat niet?'

'Ik ben geen spion,' zegt Kadoke. 'Als ze me iets niet wil vertellen is dat haar keuze.'

De vader schudt zijn hoofd vol onbegrip, woede vermoedelijk ook. 'Ze serveerde hem het ontbijt,' zegt hij, 'ik zag het aankomen, al die eerste dag, maar wat kun je doen?'

'De vader is geen alwetende god die zijn dochter voor elke misstap kan behoeden en de psychiater kan dat voor zijn patiënt evenmin. Als deze relatie een vergissing zal blijken te zijn dan hopelijk geen fatale.'

'Hoe kan het,' mompelt de vader, 'hoe kan het dat jij therapeut bent? Ze noemt haar moeder kankermoeder, geen probleem, ze begint een relatie met een man die ik voor geen cent vertrouw, nog afgezien van zijn leeftijd, ook dat is geen probleem. Wanneer is eigenlijk iets een probleem? Als ze dood is?'

Kadoke kijkt weer naar de gesneden uitjes. 'De doelen die

we ons hebben gesteld – jij, je dochter, je vrouw, ik – kwamen erop neer dat Michette verantwoordelijke keuzes zou leren maken. Dat was het einddoel. Ik weet niet of we dat doel hebben bereikt maar we zijn in de buurt gekomen. Dat haar keuzes jou niet aanstaan begrijp ik, maar dat is een ander verhaal, een ander probleem.'

De vader pakt een paprika en begint die te snijden.

'Gisteren,' zegt hij, 'heeft ze hier in de keuken een lied over jou gezongen. Ik zou er niet trots op zijn als ik jou was.' De vader wijst op de gitaar die nog in de hoek van de keuken staat.

'Als hulpverlener leer je weinig tot niets persoonlijk te nemen,' zegt Kadoke, 'ze mag over me zingen wat ze wil. Ze zong de laatste tijd graag.'

'Weinig tot niets. Maar voor mij is het persoonlijk als ze haar jeugd een kankerjeugd noemt en haar moeder een kankermoeder. Ze is in de twintig. Moet je altijd alles begrijpen, goedpraten, goedkeuren?'

'Niet alles. Maar je moet rekening houden met het verleden, naar het verleden kijken, dan kan de vooruitgang zichtbaar worden. Kleine stapjes vooruit, af en toe een stap achteruit, dat noemen wij al een succes, dat heb ik van het begin af aan gezegd. Ik heb niet meer beloofd dan dit.'

De paprika is gesneden, de vader gaat verder met tomaten. 'Wat kun je nog voor haar doen?' vraagt hij. 'Niet veel zeker?'

'Ze zegt dat ze geen behoefte meer heeft aan mijn therapie. Die beslissing respecteer ik. We moeten niet meteen het ergste denken.'

'Hoe kan ik niet het ergste denken?' vraagt de vader. 'Ze is nu bij die man, die schrijver, ik denk voortdurend het ergste.'

Dat weet de psychiater, dat de vader voortdurend het ergste denkt.

Nu moet Kadoke hem nog om een gunst vragen, hij ziet ertegen op. 'Het is verleidelijk altijd het ergste te denken,' zegt

Kadoke, 'maar we moeten niet aan die verleiding toegeven. Kun je de komende vierentwintig uur een beetje op mijn moeder passen? Ik kom haar morgen ophalen. Zou je tot die tijd voor haar willen zorgen? De dingetjes doen die Michette altijd deed, haar medicijnen geven, haar helpen met eten. Ik hoop niet dat ik nu te veel vraag. Ik moet het huis voor haar in orde maken. Dat vergt enige voorbereiding.'

De vader van Michette legt het mes neer, draait zich naar Kadoke om en zegt: 'Is dit hoe jouw alternatieve therapie eindigt? Met mij als bejaardenverzorger van jouw moeder?' Hij glimlacht onbeholpen. 'Misschien had ik te veel van die therapie verwacht. Misschien was ik niet realistisch. Er was een tijd dat we messen en scharen en bleekmiddel voor Michette moesten verstoppen.'

'Ik denk,' zegt Kadoke, 'dat we voortdurend te veel van therapie verwachten, alternatieve of niet. En nu hoef je even niets voor haar te verstoppen.'

De vader haalt zijn schouders op en doet olie in een pan. Kadoke hoort hem nog fluisteren: 'Kankerpsychiater.'

5

Het transport van moeder naar Amsterdam is voor alle betrokkenen ingrijpend. Moeder wilde eerst niet naar Zeeland, nu wil ze daar niet weg en Michettes vader zegt: 'Ik begin te beseffen dat het definitief is, Michette komt niet terug.'

'Vermoedelijk niet definitief,' antwoordt Kadoke, 'maar langdurig, zo langdurig dat ik mijn moeder niet alleen in dit hotel wil achterlaten.'

Gelukkig heeft moeder niet veel spulletjes. In afwachting van het definitieve einde gooide ze het meeste al weg.

Ze rijden zwijgend naar Amsterdam. Moeder is nukkig en als ze in de namiddag aan haar vertrouwde eettafel zit begint ze te klagen. 'Wat heb je met mijn huis gedaan?' vraagt ze. 'Het stinkt hier naar zweetvoeten.'

'Ik ruik niets,' antwoordt Kadoke, maar na een paar minuten moet hij toegeven dat er een eigenaardige lucht in het huis hangt. 'Ik zal de boel eens goed laten doorluchten,' belooft hij.

'En dan die rotzooi,' zegt moeder, 'wat een vreselijke rotzooi. Alsof hier beesten hebben gewoond, geen mensen.'

'Je bent onverwacht thuisgekomen, ik had niet veel tijd alles zo in te richten als jij het graag wil.'

Hij zet thee, zoekt een sweater voor moeder tegen de kou. Als hij terugkomt ziet hij dat ze haar pruik heeft afgetrokken en de medicijnen die voor haar stonden op de grond heeft gegooid.

'Wat doe je nou?' vraagt Kadoke. 'Je bent toch geen kind.'

'Het heeft te lang geduurd,' antwoordt ze.

'Wat?' vraagt Kadoke. 'Wat heeft te lang geduurd?'

'Deze onzin.'

'Welke onzin?'

'Dit,' zegt ze. Ze wijst op de pruik. 'Nu ik hier terug ben voel ik het. Waar is moeder? Waar is ze?'

'Jij bent moeder,' zegt Kadoke.

Ze schudt haar hoofd en Kadoke begint de medicijnen op te rapen.

'Voor wie doen we dit?' vraagt ze. 'Voor wie voeren we deze komedie op? Zolang het meisje er was, was zij mijn publiek. Maar nu ze me verlaten heeft, weet ik dat zij er ook nooit echt in heeft geloofd. Hoe heb je me al die tijd zo voor de gek kunnen houden, waarom ben je erin meegegaan, waarom heb je me niet tegen mezelf beschermd, waarom heb je me deze komedie laten opvoeren?'

Kadoke mist een tablet. Hij zoekt verder.

'Deze farce,' roept moeder. 'Hoor je me? Ik ben moeder niet. Ik wil het ook niet meer zijn. Ik kan het niet meer zijn. Ze is dood. Ze is morsdood.' En opnieuw gooit moeder haar medicijnen op de grond.

Nog steeds op zijn knieën pakt Kadoke moeders hand en hij zegt: 'Je moet ophouden. Ik begrijp dat dit ingrijpende veranderingen zijn, maar zo gaat dit niet. Je kunt je niet als een opstandig kind gedragen, lieverd. Je moet blijven wie je bent.'

'Maar ik ben dit niet,' roept moeder. 'Voor dat meisje was ik het, zij was erin gaan geloven, maar voor mezelf en voor jou toch nooit echt? Zeg nou eerlijk, waarom hebben we dit gedaan?'

'Ik had geen keus,' zegt Kadoke, zittend op de grond. 'Je was zo depressief. Kun je je dat nog herinneren? Het verdriet had je overmand, je dreigde erdoor te worden weggespoeld, ik had alles gedaan om dat te voorkomen. Ik heb je wensen vervuld, niet meer dan dat.'

Kadoke's vader had op hoge leeftijd besloten vrouw te worden, beter gezegd, hij had besloten zijn eigen vrouw te worden nadat die was overleden. Na enige aarzeling besefte Kadoke dat hij hem in die beslissing moest steunen en gaandeweg was de oude man veranderd in een oude vrouw, de komedie was werkelijkheid geworden.

'Ik kan een van de plastabletten niet meer vinden,' zegt Kadoke.

'Wat kunnen mij die plastabletten schelen. Ik ben je moeder niet. Daar gaat het om. Jouw moeder is dood. Ik ben je vader en ik wil ook dood. Maak me alsjeblieft dood.'

Had hij haar wensen vervuld of toch alleen zijn eigen wensen? Had hij haar, toen ze nog hij was, moeten laten sterven? Had hij haar moeten opgeven? Was dit de dood die te laat kwam?

Kadoke staat op, streelt haar vrijwel kale hoofd. Nu, zo zonder pruik, maar wel met een jurk aan, krijgt het woord 'farce' een andere lading. Waarom neerkijken op de aftakeling? Met welk recht? Behalve dan het recht van de gezondheid, de jeugd.

'Je weet wat mijn beroep is, ik maak mensen niet dood, ik probeer ze in leven te houden. Er zijn discussies over de vraag wanneer je mensen moet laten gaan, ik heb daar ideeën over, misschien zelfs overtuigingen, hoewel ik niet zo van overtuigingen hou, het woord staat me tegen, het is me te compromisloos. Maar als dat echt is wat je wil dan kunnen we daarover praten, ik geloof alleen nog niet dat dat echt is wat je wil, een week geleden wilde je het nog niet.'

Moeder ziet er, hij kan het niet ontkennen, erbarmelijk uit, een toneelspeelster na afloop van de première in de kleedkamer, in het volste besef dat het stuk geen succes was.

'Toen deed ik alsof.'

'Je deed alsof je wilde leven?'

Ze knikt. 'Voor jou,' zegt ze met een zachte stem, alsof ze een misdaad opbiecht, 'en voor dat meisje.'

'Dan kun je het nu toch ook voor mij doen? Maar ik ga even verder met het zoeken naar die plastablet. Kun je beloven niet weer alle medicijnen op de grond te gooien? Kun je proberen niet opstandig te zijn?'

'Ik bén opstandig,' roept moeder. 'Dat meisje heeft me in de steek gelaten.' Ze pakt haar pruik, gooit die door de kamer. Voor iemand die dood wil zit er veel leven in haar.

'Michette is niet van ons,' antwoordt Kadoke vanonder de tafel en even ervaart hij de stekende sensatie van het gemis. Hij had geleefd voor twee mensen, Michette is weg en moeder wil geen moeder meer zijn, sterker nog, ze wil dood. 'Ik vind wel een andere verzorger voor je. En natuurlijk ben je niet te oud voor nog een transformatie, ik had dat niet moeten zeggen. Als je weer vader wil worden, zal ik je helpen. Misschien is het voor iedereen makkelijker. Weet je nog, die verzorgster die het niet kon verdragen dat je… dat je een moeder was met een piemel?' Hij heeft de plastablet gevonden.

'Ik ben geen moeder met een piemel,' roept moeder. 'Hou op met die onzin. Mijn ogen zijn geopend.'

Kadoke kruipt onder de tafel vandaan. Er ligt daar veel stof. Hij slaat het van zijn broek en veegt de plastablet schoon.

'Het was een nachtclubact, jongen, al die jaren hebben we een nachtclubact opgevoerd.'

Kadoke neemt haar gezicht in zijn handen. 'Moeder,' zegt hij. Of moet hij al vader zeggen? 'Het was geen nachtclubact, we deden het voor ons, er zijn veel manieren om de doden levend te houden, jij koos voor een ongebruikelijke manier. Je moet je verleden niet afdoen als een vergissing, als een act, je moet jezelf die pijn besparen. De waarheid is anders, ik zag wie je was geworden, ik was vergeten wie je daarvoor was, voor mij was je geen man meer.'

Hij laat haar gezicht los, gaat tegenover haar zitten, maar aan haar ogen ziet hij dat hij haar niet overtuigd heeft. Voor haar is het leven niets dan wat vernietiging, enkele nachtclubacts en een zoon die misschien ook nauwelijks meer is dan dat.

6

Vier dagen later wordt Kadoke in het huis van zijn moeder gebeld, het huis waar hij officieel nog altijd tijdelijk woont, waar het tijdelijke en het eeuwige een verbond met elkaar zijn aangegaan. Hij was in slaap gevallen tijdens het lezen van een boek over Spinoza dat hij van een collega had gekregen. Moeder, inmiddels meer en meer vader, ligt op de bank.

Via een buurman die een vrouw heeft die veel hulp nodig heeft (naar de wc gaan, in en uit bed tillen, mee uit wandelen nemen) heeft Kadoke een tijdelijke verzorgster gevonden.

Rianne heet ze en ze komt uit Ede, ze is erg christelijk, ze beweert dat christelijk zijn tegenwoordig iets exotisch is en al bij het eerste gesprek zei ze tegen Kadoke: 'Jullie zijn het uitverkoren volk. Dat weet ik en ik ben er trots op mensen van het uitverkoren volk te helpen. Ik kom graag bij jullie, ik ben ook actief lid van Christenen voor Israël, elk kwartaal koop ik kaarsjes en zeepjes en dat gaat allemaal naar jullie land. Want jullie hebben dat land hard nodig als ik zo om me heen kijk.'

Kadoke vraagt niet wat ze ziet als ze om zich heen kijkt. Dat vader een jaar of wat moeder is geweest, heeft hij ook verzwegen. Ze zal er zelf wel achter komen, Rianne, of niet.

Vader draagt geen jurken en pruiken meer, waarmee niet is gezegd dat hij weer helemaal man is geworden. Zoals hij al jaren tussen leven en dood zweeft, zo zweeft hij nu, meer dan ooit tevoren, tussen vrouw en man.

Kadoke ziet dat het Michette is die hem heeft gebeld. Als ze voor een tweede keer belt, wil hij haar wegdrukken, maar doet het dan toch niet. Vader slaapt diep op de bank.

'Hoe gaat het?' vraagt Michette.

Hij wrijft met de rug van zijn rechterhand over de stoppels op zijn wang. 'Wat kan ik voor je doen?' Het is niet als een echte vraag bedoeld, hij probeert het gesprek zo zakelijk mogelijk te houden, af te kappen voor het werkelijk is begonnen. Het tijdperk-Michette is voorbij, zijn hoofd is van het hakblok gehaald, hij geeft geen therapie meer in het verborgene.

Een licht gevoel van teleurstelling bemerkt hij wel nu hij haar stem hoort. Je kunt je psychiater in de steek laten, dat is normaal, psychiaters moeten in de steek worden gelaten, door hun patiënten althans, maar degene voor wie je zorgt kun je niet zomaar van de ene dag op de andere verlaten. Namens de man die nu weer zijn vader is, voelt hij zich ondanks zijn professionele distantie verraden door zijn voormalige patiënte. Achteloos opzijgeschoven.

'Misschien wil je hem ontmoeten,' zegt Michette zonder verdere introductie, 'misschien wil je lezen wat hij over je geschreven heeft, of interesseert het je niet? Ik dacht, het is wel aardig als je weet wat hij met je heeft gedaan.' Ze lacht meisjesachtig, een soort gegiechel.

Zou het onverbloemde egoïsme de kern van het leven zijn? Wie wenst te voelen wat het leven is moet zich ontdoen van zijn verantwoordelijkheden en verplichtingen. Al is het maar voor even. Leven alsof de ander niet meer is dan een decorstuk. Is dat echt zoveel eenzamer, zoveel slechter dan leven alsof de ander altijd en overal een moreel appèl op je kan doen waartegen je geen nee kunt zeggen? Even komt het hem voor dat Michette iets begrepen heeft wat hij nooit heeft willen zien.

Kadoke gaat verzitten, legt zijn benen op tafel maar haalt ze er dan meteen weer af. Toen hij hier alleen woonde legde hij zijn benen vaak op tafel. Maar hij is niet meer alleen, vader is er.

Vader, ook als moeder, was zuinig op het meubilair, juist omdat het decennia oud was.

'Zal ik je een stukje voorlezen?' vraagt ze.

Zonder zijn antwoord af te wachten leest ze enkele zinnen voor met haar harde, doordringende stem, en Kadoke herkent wat dialoog tussen hem en Michette. In het boek heet ze Fleur. Een naam die niet bij haar past.

'Ik heb geen interesse,' zegt hij als ze een stilte laat vallen. 'De therapie is beëindigd. Op jouw verzoek.'

'Voor het dramatisch effect heeft hij ons een verhouding gegeven,' antwoordt ze met onvermoeid enthousiasme alsof ze hem niet heeft verstaan. 'Hij zei: "Die man moet echt grensoverschrijdend zijn, niet een beetje, nee echt goed. Dat is drama. Dat is literatuur. En hij is het ook, ik voel het, hij is het. Het grensoverschrijdende is zijn waarheid."'

'Ik weet niet wat literatuur is,' verklaart Kadoke. 'En laten we het niet hebben over wat mijn waarheid is. Zoals ik al zei, ik heb geen interesse.'

'Zal ik de zetproeven dan bij je door de bus duwen? Hij vindt het prettig als je het manuscript leest. Misschien zie je nog wat foutjes, zijn psychiater moet wel geloofwaardig zijn, zegt hij. Je moet wel snel lezen, er is haast bij.'

Vader is wakker geworden, hij ademt zwaar, gaat verliggen. Kadoke kijkt naar hem en antwoordt dan: 'Duw maar door de bus, maar ik geloof niet dat ik er foutjes uit zal halen.' Hij heeft het gevoel dat hij de pointe uitspreekt van een betrekkelijk flauwe grap.

Hij verwacht dat ze zal blijven aandringen op een ontmoeting, dat ze geen genoegen zal nemen met zijn formele antwoorden, zijn professionele distantie, zoals ze daar nooit genoegen mee heeft genomen, maar ze antwoordt: 'Oké, dan doe ik dat. Ik mis je wel, klootzak.' Zonder zijn reactie af te wachten hangt ze op.

Kadoke gaat naar zijn vader, serveert hem koffie en koekjes en terwijl hij daarmee bezig is staat Rianne voor de deur. Ze verzorgt vader liefdevol, christelijk, hij heeft er geen ander woord voor, en na de verzorging overhandigt ze de zoon een folder van Christenen voor Israël. 'Dat je ziet wat wij allemaal doen. Dit keer kunnen jullie ergens heen. En God heeft het zo gewild, hoor. Dat jullie daarheen gaan. Dat is Gods plan.'

'Ja,' zegt Kadoke met de folder in zijn hand, hoewel hij het onbehaaglijke gevoel heeft dat Rianne het liefst wil dat hij nu al opsodemietert. Dat ze vindt dat hij eigenlijk Gods plannen saboteert door maar in Amsterdam te blijven wonen.

Als Rianne na een klein halfuur klaar is met vader begint ze de rol met medicijnen te controleren hoewel dat helemaal niet nodig is.

'Dat is allemaal al gecontroleerd door de apotheek,' zegt Kadoke.

Ze werpt hem een tamelijk vernietigende blik toe en antwoordt: 'Ik vertrouw op de Heer, maar ik vertrouw niet op apotheken, daar werken mensen die geen idee hebben wat ze doen. Ik spreek uit ervaring.'

Kadoke meent dat zwijgen het beste is en Rianne gaat verder met het controleren van de medicijnen. Als ze eindelijk tevreden is met haar bevindingen, wast ze haar handen grondig, daarna begeleidt Kadoke haar naar de voordeur.

'Lees die folder alsjeblieft goed,' zegt ze, 'dan kun je zien wat wij voor jullie land doen.' Kadoke belooft deze zeer grondig door te zullen nemen. In het halletje ziet hij dat Michette het manuscript al door de bus heeft geduwd. 'Ik ben er twee keer geweest,' merkt Rianne op, 'en ik ben nu aan het sparen voor een derde reis. Heerlijk vind ik het daar. In jullie land. Echt heerlijk.'

Kadoke kookt voor vader en zichzelf, linzensoep met worst, de linzensoep komt uit een blikje, vader haat alles wat uit blik komt, maar goed. Na het eten staart vader voor zich uit en de zoon bladert door het manuscript, leest het vervolgens haastig en met steeds meer onbehagen. Fantasieloos vindt hij het allemaal, de werkelijkheid was genuanceerder, interessanter vooral. Walvisch, heet hij in het manuscript. Hij wordt beschreven als een op hol geslagen psychiater, voortgedreven door god mag weten wat. Regelmatig zet deze fictieve psychiater het op een zuipen. Michette is gereduceerd tot een wat manipulatief lustobject, hoe meer hij in het boek leest hoe meer hij zich verraden voelt. Verraad is nog te positief, hij voelt zich aangerand. Hij weet niet door wie hij zich meer verraden voelt, door Michette of door de schrijver aan wie ze haar verhaal heeft verteld en die er het zijne van heeft gemaakt. Hij weet alleen dat zijn vertrouwen is beschaamd, er blijft niets van deze Walvisch over, een man die zich onheus gedraagt, een man zonder waardigheid. Uiteindelijk bezwangert Walvisch Fleur, wat ertoe leidt dat Walvisch instort en moet worden opgenomen.

Vermoedelijk was dit Michettes laatste wanhopige poging zijn aandacht te krijgen, hij sluit zelfs niet uit dat de schrijver slechts een pion is in een spel dat Michette zorgvuldig heeft voorbereid en dat vooral om hem, Kadoke, gaat. Hij corrigeert zichzelf meteen. IJdel om zo te denken, hoogmoedig om zichzelf in het centrum van andermans aandacht te plaatsen, het soort ijdelheid en hoogmoed dat hij in zijn collega's veracht.

Kadoke gooit het manuscript in de prullenmand in de keuken. Dat veel dingen feitelijk juist zijn – de moeder die een vader was, het hotel in Zeeland, de alternatieve therapie – versterkt het gevoel van misbruik. Het lezen heeft hem misselijk gemaakt. Hij gaat in bed liggen en besluit, dit keer met stille woede, dat het hoofdstuk Michette definitief is afgesloten. Dit was het. De misstap is voorbij. De rest van zijn leven gaat beginnen.

7

Het lijkt alsof moeder twee keer moest sterven, alsof haar transformatie een tweede dood is. De laatste fase van het langzame sterven is nu aangebroken. Het goede nieuws is dat vader niet nog een keer tegen Kadoke heeft gezegd dat hij hem dood moet maken. Maar misschien is hij gewoon vergeten dat hij dood wil, al beseft Kadoke goed dat vader het zich ieder moment weer kan herinneren.

De avond is rustig, Rianne is al geweest, vader ligt boven in bed. Hopelijk slaapt hij, Kadoke heeft afgewassen. Er wordt aangebeld. Michette staat voor de deur, ze draagt een regenjas, ze ziet er wat verzopen uit en heeft een mal petje op dat hij haar niet eerder heeft zien dragen.

'Mogen we binnenkomen?' vraagt ze met de lieve, gebroken stem die ze graag opzet als ze iets gedaan wil krijgen van een ander.

Pas dan ziet hij verderop in de tuin een man staan, de schrijver. Hij draagt een leren jack, komt dichterbij, uit zijn haren vallen druppels, hij is kleiner dan Kadoke had gedacht, veel kleiner.

'Vader slaapt al,' mompelt Kadoke en hij gaat hen voor naar de eettafel in de woonkamer, waar hij nog geen uur geleden met zijn vader heeft gegeten.

Had hij Michette en haar nieuwe partner moeten weigeren? Had hij de deur moeten dichtgooien? Zo is hij niet, beleefdheid boven alles. Bovendien kan hij Michette, de vrouw die hij wilde behoeden voor de verleidingen van de dood, niet in de regen laten staan. Zelfs als grenzen stellen onvermijdelijk is en in het belang van Michette – misschien heeft hij toch net iets te weinig grenzen getrokken – zal hij haar niet voor de deur laten staan, maar hij zal hun niets te drinken aanbieden, dat is het compromis.

'Ik wilde het hem laten zien,' zegt ze. 'Waar het gebeurd is.'

De bril van de schrijver is beslagen, hij wrijft de glazen schoon met zijn trui.

'Hier is het gebeurd,' zegt Michette, met de voldoening van een gids in het museum die nu het topstuk uit de collectie aan de toeristen zal laten zien. Ze kijkt om zich heen en ook de schrijver neemt de woonkamer in zich op alsof hij het huis wil kopen.

'Wat is hier gebeurd?' vraagt Kadoke.

'Het.' Er klinkt opwinding in de stem van Michette. Alsof het ieder moment weer kan gebeuren.

'Misschien een brutale vraag, maar hebt u al een blik op het manuscript kunnen werpen?' vraagt de schrijver en hij hangt zijn natte leren jas zorgvuldig om de stoel waarop hij vervolgens gaat zitten.

'Ik heb het diagonaal gelezen,' antwoordt Kadoke.

'En?'

'U wil mijn mening weten? Het is uw fantasie. Ik herken me niet in uw psychiater. Ik drink vrijwel nooit.' Kadoke veegt cakekruimels van tafel. 'Er zwemmen brokstukken realiteit in uw fantasie. Dat is vermoedelijk meestal het geval. Het grote verschil is dat u zich de moeite getroost heeft het allemaal op te schrijven, sommige mensen schijnen het te willen lezen.'

De schrijver kijkt rond, eerder verlegen nu, maar Kadoke vertrouwt deze verlegenheid niet. Hij vertrouwt deze man niet, de vader van Michette had gelijk.

'Ik vroeg me af,' zegt de schrijver, 'of u de psychiater, als psychiater zeg maar, geloofwaardig vindt? Michette stond erop dat ik mee zou komen, ze wilde dat ik u zou zien, dat ik u zou ontmoeten. Ze praat altijd met veel liefde over u, ondanks alles, met genegenheid. Normaal zou ik dit niet hebben gedaan, zomaar bij mensen op bezoek gaan. Ik dring niet de levens van wildvreemden binnen, maar ik was zo gegrepen door het verhaal dat ze me vertelde. Eigenlijk al meteen toen ik haar ontmoette, toen ze me het ontbijt serveerde, daar in dat hotel, toen ze in ruwe lijnen haar situatie schetste, was ik gefascineerd, ook door u. Daarom heb ik dit boek geschreven, voor zover je weet waarom je iets schrijft. En Michette zei dat u me wel wilde ontmoeten, Michette zei dat u bereid bent iedereen te ontmoeten, dat dat bij uw beroep hoort.'

De cakekruimels zijn van tafel.

'Ik ben geen recensent, daar wil ik het bij laten,' zegt Kadoke en hij kijkt de man aan die naast Michette zit, zelfverzekerd en toch ietwat ongemakkelijk, alsof hij zelf ook niet helemaal precies weet waar hij is beland.

'Ik vroeg me af,' zegt de schrijver, 'en dan gaan we weer weg, we willen u niet ophouden, of het moeilijk voor u was, toen... U had een verhouding met Michette, uw patiënt. Ik blijf me afvragen hoe dat was voor u, omdat ik alleen haar kant van het verhaal ken.'

'We hebben nooit een verhouding gehad,' zegt Kadoke afgemeten. Hij kijkt naar Michette, maar ze staart naar de bank. 'Ze moet u verkeerd hebben ingelicht. U bent verdwaald in haar fantasie of zij in de uwe. U bent verdwaald in elkaars fantasie. Zij is altijd uitsluitend en alleen mijn patiënt geweest, in een ongebruikelijke setting, dat geef ik toe, maar ik ken de grenzen die mijn ambt mij oplegt, ook in een ongebruikelijke setting.' Hij staat op, maar hij is de enige.

'Jawel,' zegt Michette dromerig, nog altijd starend naar de bank in het andere gedeelte van de kamer, 'we hadden een verhouding, Kadoke, ik heb je verleid, dat weet je toch nog wel? Je was een gemakkelijke prooi, je wilde niets liever dan verleid worden. Je stribbelde pro forma tegen. Ik heb zoveel van je gehouden, maar het was niet genoeg. Ik was niet genoeg.' Ze lacht, alsof ze het zich herinnert, het pro forma tegenstribbelen, het niet genoeg zijn. Zo ziet dat er dus uit: verdwalen in je eigen én in andermans fantasie.

Staand naast de tafel zegt Kadoke: 'De therapie die ik heb gegeven mag alternatief worden genoemd, het contact tussen mij en Michette was daardoor inderdaad ongebruikelijk, omdat het hier plaatsvond en niet in een kliniek, maar het was professioneel van karakter. Altijd. Ik weet niet waarom u bent gekomen, met welk doel, maar ik moet verder.'

Alsof Kadoke zijn eigen huis gaat verlaten, zo staat hij daar, alsof Michette en haar schrijver hier zullen blijven, het hier zullen overnemen. De schrijver boezemt hem weerzin in en een lichte vrees, omdat deze man de macht van het woord heeft, van de bekendheid, de macht om de ander te beschadigen met dezelfde achteloosheid waarmee een jager op een fazant schiet.

Kadoke gaat naar de deur en dan volgen ze hem toch, op afstand, schoorvoetend. Bij de deur schudt hij de hand van de schrijver, een warme, natte hand, de schrijver zegt nog: 'U bent werkelijk een fascinerende man,' en een paar seconden later doet Kadoke de deur op het nachtslot.

In de keuken gaat hij op een kruk zitten. Hij beseft dat hij nog niet van Michette af is, hij zal nooit van haar af zijn, ze zal ervoor zorgen dat hij haar altijd zal blijven herinneren, daarvoor heeft ze nu al gezorgd. Ze zullen blijven komen, die twee, ze zullen hun scherpe snavels in zijn vlees blijven duwen. Hij is toegerust om met andermans wanen om te gaan, maar hij vreest dat het gif van deze waan vooral bedoeld is om hem, Kadoke, te schaden en hij weet nog niet hoe hij daarmee om moet gaan, met welke wapens hij zich zal moeten weren.

Hooguit hoopt hij dat Michette zich op een gegeven moment zal gaan vervelen, net als liefde kan ook wraak uitdoven, en als het niet anders kan zal hij met haar praten. Hij heeft altijd met haar kunnen praten, zelfs als ze een crisis had en het leven definitief wilde ontvluchten kon hij haar bereiken.

8

Als er wordt gebeld op ongebruikelijke tijden vreest hij dat Michette voor de deur staat, maar meestal is het gewoon een colporteur of iemand die een pakje komt afgeven voor de buren. Of hoopt hij stiekem dat ze voor de deur staat? Verlangt hij naar haar altijd onberekenbare aanwezigheid? Een keer is ze nog langs geweest, op een ochtend, gelukkig alleen, en voor haar doen erg mild, ze zei dat ze zich wilde verontschuldigen dat ze moeder zo plotseling in de steek had gelaten. Ze had een doosje bonbons bij zich dat Kadoke aannam met de woorden: 'Moeder is vader geworden. Hij heeft weer een radicale keuze gemaakt, kun je zeggen. Ik wilde het je niet vertellen in het bijzijn van die man.'

Kadoke zag tranen in haar ogen. 'Ik mis moeder,' zei ze en ze pakte zijn hand.

Zo bleven ze even staan, iets in hem had meer willen zeggen, had uit het jargon willen breken dat hem moet behoeden voor nog een misstap.

Daarom, om professionele afstand te respecteren, omwille van Michette zei hij niet wat hij nog had willen zeggen. Hij wist wie ze was, hij wist dat wie de verlokkingen van de destructiviteit heeft leren kennen nooit helemaal vrij is van dat gevaar, er bestaat geen milde destructiviteit. Daarom rukte hij zijn hand los en zei hij: 'Je hebt besloten dat je de therapie wilde afbreken, dat je het zonder kunt. Dat besluit moet je een serieuze kans geven. Je zult vader vast nog een keer zien, maar dit is niet het moment.'

'Ik heb altijd gedacht,' antwoordde ze, 'dat begeleid wonen het hoogst haalbare voor me was, maar sinds ik de schrijver heb leren kennen geloof ik dat er meer voor me in zit. En ik heb mijn gitaar bij mijn ouders opgehaald. Ik maak soms de halve dag muziek.'

'Je gitaar doet je goed,' antwoordde Kadoke. Met die woorden werd het gesprek beëindigd.

Op een zondagavond laat wordt er twee keer hard gebeld. Kadoke snelt naar de voordeur met het voornemen grenzen te stellen. Hij zal zeggen dat het genoeg is. Genoeg voor nu. Het is laat, bijna tien uur, vader mag niet lijden onder Michette. En vader zit ook niet te wachten op contact met zijn voormalige verzorgster. Zij heeft zelf een eind gemaakt aan de alternatieve therapie, daarmee is aan de genegenheid ook een eind gekomen. Vader heeft een symbolische streep door haar naam heen gezet. Hechten en onthechten, het gaat bij hem razendsnel, al heeft Kadoke dat niet aan Michette willen zeggen.

Het is steeds stiller om vader heen geworden. Vader was geen eenzame man, zo herinnert Kadoke zich hem niet. Hij schreef ingezonden brieven aan kranten en tijdschriften die zelden werden geplaatst, maar het schrijven bezorgde hem plezier. In sommige winkels kende hij het personeel en voerde daarmee korte gesprekken die hem even leken te verzoenen met het leven. Hij had een vriend met wie hij een keer per week een wandeling maakte, tot ze van de ene op de andere dag gebrouilleerd raakten. Wat er precies gebeurd was heeft vader nooit willen zeggen. Vader had over alles een mening en praatte veel, maar nooit over zichzelf, alsof hijzelf en zijn eigen leven nou net de enige onderwerpen waren waarover hij geen enkele mening had.

Het is niet Michette die voor de deur staat, maar een vrouw met halflang rossig haar die in het Engels vraagt of hier de familie Kadoke woont. Ze heeft een rugzak om.

Toch een teleurstelling, een stiekeme. 'Ja,' zegt Kadoke argwanend.

'Ik ben familie van jullie,' zegt ze en ze spreidt haar armen enthousiast uit alsof ze hem wil omhelzen, maar Kadoke deinst terug.

De vrouw omhelst het luchtledige maar is niet van haar stuk gebracht. 'Ik ben de dochter van de dochter van jouw moeders nicht. Ik heb al een paar keer gebeld.'

'Moeder is dood,' zegt Kadoke. 'Het spijt me.'

Misschien is de dood van moeder afdoende om deze vrouw te doen inzien dat ze te laat komt voor familiebezoek, dat ze moet vertrekken. Net als vader stelt Kadoke familiebezoek eigenlijk niet op prijs, vooral niet nu. Familie komt te laat, de Kadokes hebben geen behoefte meer aan familie. Kadoke is het restant en daar moet het bij blijven.

'Sorry dat ik zo laat kom,' zegt ze, 'ik kon het niet vinden, maar ik wilde per se zien waar mijn grootmoeder na de oorlog heeft gewoond. En ik wilde jullie zien. Mijn familie. Jij bent toch familie van me?' vraagt ze, alsof ze opeens zelf onzeker is geworden, alsof Kadoke misschien toch niet meer is dan een magere huisknecht.

'Ik weet niet wat je precies bedoelt,' zegt hij, 'ik dacht dat er geen familie meer was. Moeders nicht is dood, had ik begrepen... Het is natuurlijk lief dat je ons wilde opzoeken.' Lief, wat is lief? Hij wil nog een vriendelijke gemeenplaats kwijt, maar ze onderbreekt hem.

'De kinderen van je moeders nicht leven nog, haar kleinkinderen leven nog. Ik leef nog. Ik ben een van die kleinkinderen van je moeders nicht. Ik ben Anat.'

Anat spreekt Engels met een grappig accent. Omdat ze hem niet kon omhelzen schudt ze hem nu de hand en ook dat doet ze met een gretigheid die Kadoke ongemakkelijk maakt. Hij vraagt zich af hoe hij dit gesprek beleefd kan afronden zonder haar naar binnen te vragen, zonder cru over te komen.

'Vader slaapt al,' zegt hij, 'en ik ben zijn verzorger. We hebben nooit zoveel contact gehad met de familie...'

Hij wil zeggen: jullie hebben je nooit om ons bekommerd, niet om moeder, toen ze nog leefde, niet om vader toen hij moeder werd, maar dat soort dingen zegt hij niet. De beleefdheid is zijn kuisheidsgordel, al zou hij onderhand weleens onkuis willen zijn, stiekem, op een avond. Kadoke zegt: 'We hebben nooit familie gehad, zo voelde het, en dat was prima zo. Geloof me. Als je morgen nog in Amsterdam bent en je vader wil zien, dan kan dat, maar ik moet je waarschuwen: hij is er niet goed aan toe. Hij is oud en ziek. En feitelijk geen familie van je, als het je daarom te doen is, aangetrouwde familie, moeder was familie van je, maar die is dus dood. Een tijdje al.'

'Jij bent familie van me,' zegt ze. 'Jij.'

Ze loopt langs hem heen en hangt haar jas op aan de kapstok, een jas die haar iets te groot is. Pas nu ze hem heeft uitgetrokken ziet hij dat ze slanker en kleiner is dan ze in die jas leek.

'Voor de doden kom ik te laat, maar de levende familieleden wil ik graag ontmoeten. Mijn moeder vertelde dat ze hier was, lang geleden, jij moet een kind zijn geweest, het bezoek maakte veel indruk op haar. En jij bent ook bij haar geweest. Ze praat er nog over.'

Kadoke heeft geen idee waar hij met Anat naartoe moet. Instinctief loopt hij met haar naar de keuken en daar zegt ze: 'Ik was in Engeland voor een congres, ik ben wiskundige, statisticus, en van de gelegenheid heb ik gebruikgemaakt om Nederland te bezoeken. Maar ik ben in een Airbnb in Alphen aan den Rijn beland. Ik dacht dat het een voorstad van Amsterdam was, die indruk hadden ze gewekt. Op de site.'

'Een voorstad,' mompelt Kadoke, 'nee, Alphen aan den Rijn is geen voorstad van Amsterdam.' Het lucht hem op dat ze betrekkelijk ver weg in Alphen aan den Rijn is ondergebracht.

'Heb je een glas water?'

Hij geeft haar water, ze drinkt het zwijgend op, leunend op het aanrecht.

'Hoe heet jij eigenlijk?'

'Oscar, maar iedereen noemt me Kadoke. Het is Kadoké, rijmend op nee en mee en zee, niet Kadóke. Sommige mensen blijven het verkeerd zeggen. Hardnekkig verkeerd.'

Ze knikt, vult haar glas weer met water en drinkt het gretig leeg. Ze voelt zich hier kennelijk op haar gemak.

'Er is zo weinig familie. Ik ben zo blij dat ik jullie heb gevonden. Ik blijf nog maar een paar dagen. Dan ga ik weer terug naar Israël.'

'Veel familie kan ook een vloek zijn,' zegt Kadoke, 'een last. Een verantwoordelijkheid.'

Ze kijkt hem aan alsof hij een ongepaste grap heeft gemaakt. Familie is kennelijk nooit een last.

'Een paar jaar geleden ben ik gescheiden,' vertelt ze. 'Mijn man, nou ja, dat is een lang verhaal… En toen ben ik gaan studeren, mijn leven begon opnieuw. Het móést wel opnieuw beginnen. Ik weet niet waarom ik je dit vertel, ik ken je niet maar je bent familie. Mijn moeder heeft jou nog gekend. Dat zei ik al. Dit bezoek is zo emotioneel voor me, Europa is emotioneel voor me.'

'Europa is Europa,' zegt Kadoke. 'Iedereen doet alsof Europa doodziek is, maar Europa redt zich wel. Zolang het bestaat is Europa doodziek geweest.'

'Europa heeft ons niet gered.'

'Misschien is dat wat ik bedoel,' zegt Kadoke. 'Europa redt niet iedereen maar zichzelf wel. Ik heb morgenvroeg dienst, niet dat ik dit leuke gesprek wil beëindigen.'

'Wat voor werk doe je?'

'Ik ben psychiater, crisisdienst.'

'Mag ik je iets vragen? Kadoke? Zeg ik het goed? Kadoke?'

'Je zegt het goed.'

'Kadoke, mag ik je iets vragen? Kan ik hier blijven logeren? Die Airbnb waar ik zit is zo vreselijk, die is zo ontzettend naar, vooral de mensen. De eigenaars.'

Ze pakt zijn handen vast en begint te huilen, niet dramatisch, eerder ingetogen, volstrekt vanzelfsprekend. Alsof ze daarvoor op deze druilerige zondagavond heeft aangebeld, om in zijn keuken te huilen om de eigenaars van een Airbnb in Alphen aan den Rijn en vermoedelijk om nog heel andere dingen. Kadoke staat daar maar terwijl zij ingetogen huilt, en zijn handen een beetje plakkerig worden. 'Ik ben niet goed in troosten,' zegt hij na een tijdje. 'Ik denk dat ik daarom psychiater ben geworden. Ik heb dat niet eerder beseft, ik heb altijd gezegd dat ik psychiater werd omdat mijn ouders dat wilden, maar volgens mij klopt dat niet. Ik ben psychiater geworden omdat ik me geen raad weet met andermans pijn.'

'Het interesseert me niet waarom je psychiater bent geworden, ik bedoel, het is niet belangrijk, geloof me, het is niet belangrijk. Kan ik hier blijven slapen? Alsjeblieft. Het zijn volgens mij antisemieten die me die kamer hebben verhuurd, ze beginnen de hele tijd over de Palestijnen.'

'Niet iedereen die over de Palestijnen begint is een antisemiet, sterker nog, de meeste mensen die over de Palestijnen beginnen zijn geen antisemieten.'

Kadoke begeleidt haar naar de woonkamer, doet het licht aan en wijst naar de bank waarop Michette maanden heeft gelegen. 'Daar kun je vannacht slapen.'

Anat gaat op de bank zitten. Ze kijkt hem aan, lichtelijk verbaasd maar op een rare manier ook uitdagend.

Hij gaat naar boven, pakt een deken en brengt die naar Anat, die nog altijd onbeweeglijk op de bank zit. De ene patiënt gaat, de volgende komt. Soms denkt hij erover de psychiatrie helemaal te verlaten, de zorg staat hem meer en meer tegen, het systeem, het concept, er zijn dagen dat hij de patiënten haat, dat hij ze eigenhandig zou willen wurgen, niet dat ze daar ooit iets van gemerkt hebben.

'Vader heeft het altijd koud, dus jij zult het warm hebben. Waarmee ik bedoel, de verwarming staat hier hoog. Eén deken zal je warm houden.'

Hij legt de deken op haar schoot. 'Heb je een tandenborstel nodig?'

Ze knikt. 'Ik weet niet wat er gebeurde. Toen ik in de keuken stond dacht ik: ik wil niet terug naar Alphen aan den Rijn. Staat dat stadje bekend om haar antisemitisme?'

Kadoke begint er genoeg van te krijgen. 'Ik denk dat het je enorm zou troosten als ik zou zeggen dat Alphen aan den Rijn de hoofdstad is van het hedendaagse Europese antisemitisme, maar die troost kan ik je niet bieden. De badkamer is boven, ik zal een handdoek en een tandenborstel voor je klaarleggen.'

Hij verwacht dat de zaak daarmee is afgedaan, maar ze zegt op een toon die weinig tegenspraak duldt: 'Jij hebt het antisemitisme geïnternaliseerd, daarom merk je het niet meer op, daarom kun je hier ook wonen.'

Zwijgend gaat Kadoke de trap op. Hij gaat op zijn opklapbed zitten, doet zijn schoenen en sokken uit en vraagt zich af of hij morgen vader alleen kan laten met die vrouw, hoe laat ze eigenlijk weer weg zal gaan. Ook herinnert hij zich dat hij morgen aan het eind van de middag een afspraak heeft bij de kapper.

9

Anat zit op een kruk in de keuken, keurig aangekleed – een sweater met een capuchon, een wijde rok van spijkerstof – voor haar staat een pot vers gezette koffie. Kennelijk had ze zekerheidshalve wat kleren in die rugzak van haar gestopt.

'Ik eet koosjer,' zegt ze, 'dus ik kan hier niet eten. Maar ik heb koffie voor ons gezet.'

Ze schenkt Kadoke en zichzelf in, alsof ze op hem gewacht heeft. 'Ik vermoed dat je je koffie zwart drinkt,' zegt ze. 'Vroeger zou ik hier ook geen koffie hebben gedronken, maar ik ben... minder streng geworden.'

Hij schudt zijn hoofd. 'Ik gebruik suiker. En het is hier min of meer koosjer. Moeder stelde prijs op koosjer eten, vader ging daarin mee, het koosjere eten was zijn noodlot dat hij accepteerde zoals een ander een houten been accepteert.'

'Het is hier niet echt koosjer,' zegt ze resoluut, 'voor mij niet. Dus ik kan hier niet eten. Maar dat geeft niet. Mag ik tot vanmiddag blijven? Ik ga vanochtend naar het museum en dan kan ik misschien vanmiddag nog vader zien? Ik zou zo graag met hem over het verleden praten. Het verleden houdt me zo bezig. Hoe laat ben jij terug van je werk?'

Ze drinkt haar koffie zoals ze praat, kleine kordate slokjes.

'Ik heb om vijf uur een afspraak bij de kapper. Om een uur of halfzes ben ik terug, als alles goed gaat,' zegt Kadoke. 'Ik weet niet of je er dan nog bent. Het spijt me dat je hier niet kunt eten.'

Het spijt hem natuurlijk niet, het voelt namelijk als een afwijzing, deze voedselvoorschriften, de bijna enthousiaste manier waarop ze vaststelt dat het hier niet koosjer genoeg voor haar is. Moeder zou het vreselijk hebben gevonden, maar die hoeft dit gelukkig niet meer mee te maken en vader ligt boven te wachten op een bejaardenverzorgster die meer van de organisatie Christenen voor Israël dan van haar eigen gezin lijkt te houden.

'Misschien kan ik jullie meenemen naar een koosjer restaurant?'

Kadoke bijt zachtjes op zijn onderlip.

'Ik weet niet of ik mij gisteren duidelijk genoeg heb uitgedrukt, maar vader is oud, sommige mensen zouden zeggen langzaam stervende, de nadruk ligt op langzaam, de ene dag gaat het beter dan de andere, maar ik ga niet met hem naar een restaurant. Hij is incontinent…'

'Mogen incontinente mensen niet naar een restaurant?' roept ze. 'Ben jij er zo een? Denk je dat ze in het koosjere restaurant schrikken van een Jood met een luier?'

Kadoke begint zich af te vragen of deze vrouw wel goed wijs is. Ze beweert wiskundige te zijn, maar je hebt natuurlijk ook wiskundigen die het als wiskundige aardig doen, maar in feite knettergek zijn.

'Ik denk niet dat ze in een koosjer restaurant heel erg van een Jood zullen schrikken, misschien zelfs niet van een Jood met een luier, maar uit eigen ervaring weet ik dat de horeca en incontinentie elkaar moeilijk verdragen. Ik heb geen fulltime verzorgster, ik moet alles zelf doen. En nu we toch bij dit onderwerp zijn aanbeland: ook in niet-koosjere restaurants schrikken ze niet bijzonder van een Jood, die tijden liggen achter ons. Nog afgezien van de vraag of je de Jood als die geen keppeltje draagt zou herkennen. Geloof je in die onzin? Zie je in mij de Jood?'

'Ja,' zegt ze vol overtuiging, 'je ziet er erg Joods uit, iedereen ziet het meteen.'

'Onzin,' zegt Kadoke, 'ik ben onherkenbaar, altijd geweest ook, men houdt mij dan weer voor een Engelsman, soms voor een Italiaan, ik ben ook weleens voor een Tsjech aangezien.'

'Een Tsjech? Hoe zien die eruit?'

'Waar het om gaat,' zegt Kadoke en hij merkt dat hij zijn geduld aan het verliezen is, dat het masker van de bedachtzame, zacht sprekende hulpverlener bezig is van hem af te glijden, 'is dat we niet met vader uit eten kunnen. En dat staat los van de vraag of we naar een koosjer restaurant zullen gaan of naar de Italiaan hier verderop, dat staat los van de vraag of hij Joods is, dat gaat gewoon om het feit dat hij oud en incontinent is en zelf misschien niet meer zoveel behoefte heeft om buiten de deur te eten, al was het maar omdat een zeker gevoel van schaamte hem ondanks zijn leeftijd niet verlaten heeft.'

Ze staart hem aan. 'Je bent wreed,' zegt ze na een tijdje, 'Kadoke of Oscar of hoe je ook genoemd wil worden. Jij houdt van wreedheid, je woorden doen mij pijn, ik denk dat jij ervan houdt mensen pijn te doen. Ik zie het in je ogen.'

Hij drinkt zijn koffie snel op. Eigenlijk wil hij zwijgen, zoals hij dat zo vaak heeft gedaan maar het lukt hem niet. 'Ik heb mijn leven in dienst gesteld van het helpen van andere mensen, om suïcide te voorkomen, ik heb een jonge vrouw hier in huis genomen omdat ze was uitbehandeld, omdat ze nergens heen kon, ik heb risico's genomen om dat te kunnen doen. Sommige patiënten zijn agressief, sommige collega's zijn ronduit ondraaglijk, ik hoef me niet te laten welgevallen dat ik hier in mijn eigen keuken word afgeschilderd als iemand die van wreedheid houdt. Ik ken je amper, ik ken je eigenlijk niet, je komt hier binnengewandeld en je blijft slapen, omdat je familie bent of zegt te zijn meen je dat je alles mag. Wat betekent het dat je zei dat je familie bent? Dat je het recht hebt mij de maat te nemen? Mij te kleineren? Gisteren bedelde je om niet terug te hoeven naar Alphen aan den Rijn en vanochtend denk je me de les te kunnen lezen. Waarom? Wie geeft jou dit recht?'

'We hebben het er nog wel over,' zegt ze kalm. 'Ik waardeer je gastvrijheid, begrijp me niet verkeerd, maar wat ik zie, zie ik, dat kan ik niet helpen. Ik zie veel en ik zeg wat ik zie, tegen jou, omdat je familie bent. Maar nu moet ik me terugtrekken, het is tijd voor het ochtendgebed.'

Ze gaat naar de woonkamer en Kadoke eet staand wat yoghurt, daarna gaat hij naar boven en fluistert in het oor van vader, die nog half ligt te doezelen, dat Rianne snel zal komen om hem aan te kleden.

Als Kadoke in de late namiddag thuiskomt zit Rianne aan tafel met Anat te praten. Vader heeft zijn ogen dicht.

'Ik ben zo blij dat ik je nicht heb ontmoet,' zegt Rianne met een gelukzalige glimlach op haar gezicht die hij daar niet eerder heeft gezien. 'Zij kent veel mensen van Christenen voor Israël, ze heeft contact met onze organisatie, ik ben nog nooit in haar nederzetting geweest, helaas, maar de volgende keer als ik erheen ga, ga ik bij je nicht op bezoek.'

Anat glimlacht. Ze draagt nu een wollen trui met een grote olifant erop.

'Achter-achter-achternicht,' zegt Kadoke en Anat verklaart: 'Ik heb met Rianne gesproken, ze wil vanavond met ons mee naar een koosjer restaurant, ze wil ons helpen, en je vader heeft er ook wel zin in, toch?'

Anat buigt zich naar de oude man en zegt: 'Meneer Kadoke, vindt u het leuk om met mij, de achternicht van uw vrouw, en uw zoon naar een koosjer restaurant te gaan? Rianne gaat ook mee.'

De ogen van vader gaan open. 'Een koosjer restaurant,' mompelt hij en even kijkt hij Kadoke hulpeloos aan alsof hij nu al tegen zijn zin in het koosjere restaurant is beland. Vervolgens zegt vader, voor zijn doen bijzonder helder: 'Maak me dood.'

Dat heeft hij al een tijdje niet meer gezegd, de doodswens leek verdwenen. Nu die vrouw er is met haar koosjere restaurant en haar ochtendgebed wil vader weer dood worden gemaakt. Kadoke begrijpt het, iets in hem zou ook wel dood willen. Wat is dit voor een leven? Hel is een te groot woord en toch, als hij eerlijk is staat het hem meer en meer tegen. Het is overschat, dat hele leven. Hij gaat naar de keuken, Rianne komt achter hem aan.

'Dat lieve meisje heeft me geld geboden als ik met jullie meega naar een koosjer restaurant. Maar ik heb gezegd dat dat niet hoeft. Ik doe het voor niets, als Christen voor Israël zeg maar. Ik heb wat omgegooid. En nu kan ik met jullie mee.' Ze straalt nog altijd iets gelukzaligs uit, hij weet dat je dat niet zou mogen denken maar Kadoke vindt Rianne stukken draaglijker als ze gewoon haar alledaagse ongelukkige zelf is.

'Aardig van je,' zegt hij. 'Heel aardig.'

Hij durft haar niet teleur te stellen, hij kan onmogelijk zeggen dat ze helemaal niet naar een koosjer restaurant zullen gaan, niet vandaag, nooit, dat ze blij mogen zijn als vader naar de hoek van de straat wandelt en weer terug. 'Je bent heel lief voor vader,' mompelt hij, 'ik hoop dat hij sterk genoeg is.'

Ze gaan weer naar binnen en Kadoke neemt plaats naast vader, masseert zijn armen en luistert half naar de verhalen van Anat over het Heilige Land alsof die verhalen niet meer zijn dan wat erbarmelijk achtergrondgeluid.

Als ze klaar is met vertellen zegt Anat, met iets van opluchting in haar stem – zijzelf begrijpt vermoedelijk ook dat haar wijdlopige verhalen over het Heilige Land niet bijzonder boeiend zijn: 'Ik geloof dat het tijd is dat we naar het restaurant gaan, ik heb gereserveerd.'

'Ik vind het zo bijzonder dat ik dit mag meemaken,' zegt

Rianne bijna juichend, 'dit is toch iets anders dan iemand in bed helpen, de medicijnen geven, onder de douche zetten. Dit is écht contact.'

'Iets anders,' herhaalt Kadoke. 'Echt contact.' Zijn kritische distantie zien velen aan voor cynisme en deze orthodoxe vrouw heeft zelfs wreedheid in hem vastgesteld.

Vader wordt uit zijn stoel geholpen, naar de deur geleid, waar hem een extra trui wordt aangetrokken. Een jas, een damesjas, krijgt hij ook aan. Kadoke heeft nog geen tijd gehad een herenjas voor hem te kopen, de oude herenjassen had Kadoke aan het Leger des Heils gegeven. Hij had niet verwacht dat moeder ooit nog vader had willen worden. En hij vraagt zich ook af of het nodig is, een nieuwe herenjas. Hoelang duurt de winter nog en zal vader er volgende winter zijn?

'Waar ga ik heen?' vraagt vader.

'Naar een koosjer restaurant.'

'Moet dat?'

'Ja,' zegt Kadoke, 'dat moet. Het wordt leuk.' Hij herinnert zich hoe een vriendin hem na een ruzie uitlachte en zei: 'Ga je nu de macho uithangen? Dat is zo ongeloofwaardig. Doe dat alsjeblieft niet.' Het had hem meer gekwetst dan hij indertijd had willen toegeven. Zo voelt hij zich nu, een halve man, die tegen zijn zin in voor de lieve vrede met vader, bejaardenverzorgster en achter-achter-achternicht naar een koosjer restaurant afreist. Hij is iemand die voor zichzelf kuilen graaft om andere problemen te voorkomen.

Kadoke besluit een taxi te bellen, dan kan hij wat drinken in het koosjere restaurant. Er komt een busje, een vriendelijke chauffeur helpt vader erin en als ze richting Buitenveldert rijden ziet Kadoke hoe het hoofd van vader voorovervalt, hij kan zijn hoofd niet meer goed zelfstandig overeind houden. Hij is moe, doodop. Kadoke ondersteunt het hoofd van vader.

Ze krijgen een tafel aan het raam. Een geplastificeerde menukaart wordt voor hen neergelegd. Er zitten wat andere mensen in het restaurant, niet veel. Vaag meent Kadoke iemand te herkennen, maar hij komt niet meer op de naam van de man die daar in een hoek van het restaurant met een pet op alleen zit te eten.

Kadoke is de enige die wijn wil.

'Waar houdt vader van?' vraagt Anat en aangezien er geen antwoord komt en het eigenlijk ook onduidelijk is aan wie de vraag is gesteld, zegt Kadoke: 'Soep.'

Rianne kijkt zeer tevreden om zich heen. Voor haar is dit restaurant net zo exotisch als het Verre Oosten ooit voor de Europeaan moet zijn geweest. 'Het ruikt hier al een beetje naar Israël,' zegt ze.

'Het ruikt hier naar schoonmaakmiddel,' antwoordt Kadoke.

'Waar komen uw ouders vandaan, meneer Kadoke?' vraagt Anat.

Vader kijkt naar zijn zoon alsof hij verwacht dat die alle antwoorden zal geven. Omdat dat niet gebeurt zegt vader uiteindelijk zelf: 'Van ver weg.' En hij zwaait met zijn hand, alsof hij wil aangeven hoe ver weg ver weg in dit geval is.

Een ober, lang, jong, met een Zuid-Europees uiterlijk, vraagt of ze weten wat ze willen bestellen. Als laatste is vader aan de beurt, maar vader doet zijn mond niet open. 'Meneer,' zegt de ober vriendelijk, 'weet u het ook al?'

De ober heeft zich naar vader toe gebogen en eindelijk richt vader zijn hoofd op en zegt: 'Maak me dood.'

Het wordt stil in het restaurant, het lichte gekletter van bestek is verstomd. Iedereen kijkt naar vader.

'Ja,' zegt de ober ten slotte, 'maar wat wil u nú eten?'

'Maak me nu dood,' antwoordt vader nog iets harder.

Kadoke bestelt linzensoep voor vader. 'Doodgaan is prima,' fluistert hij, 'daar gaan we voor zorgen, als je dat echt wil. Maar eerst eet je wat linzensoep. In een koosjer restaurant kunnen we je niet doodmaken. Dat is onfatsoenlijk.' Hij mag dan een halve man zijn, een mislukte macho, iemand moet hier optreden. De omstandigheden hebben hem gedwongen een hele man te worden, of wat daarvoor moet doorgaan.

10

Zoals hij vreesde is Anat niet te bewegen naar Alphen aan den Rijn te gaan, hoe hij ook zijn best doet en uitlegt dat die eigenaars van de Airbnb beslist geen antisemieten zijn, maar gewoon goede burgers met oog voor het lijden van de Palestijnen, ze is niet te vermurwen. Integendeel, ze bijt Kadoke toe: 'Jij weet niets van het Midden-Oosten, jij weet niets van mijn land, jij weet niet hoe de Arabieren zijn, waarom luister ik eigenlijk naar je?'

Even overweegt hij de eigenaars van de Airbnb te bellen en hun te vragen of ze wat minder over het Midden-Oosten willen spreken met hun gasten, maar dat plan verwerpt hij vrijwel meteen.

'Het was een mooie avond,' zegt Anat als ze tevreden met de deken op haar schoot op de bank zit.

'Nee,' zegt Kadoke, 'sorry, het was van alles, maar een mooie avond was het niet. Vader wil weer dood, zijn verzorgster wil naar het Heilige Land om de komst van Christus te bespoedigen, wat jij wil, daarover zullen we maar zwijgen en ik heb eigenlijk mijn uiterste best gedaan de boel een beetje bij elkaar te houden.'

'Hou op zielig te doen. Jouw vader heeft genoten van de linzensoep. We hebben gelachen. Hij wil helemaal niet echt dood.'

'Ja, vader heeft zijn linzensoep gegeten en we hebben even gelachen en weet je waarom? Omdat ik gevoel voor humor heb, omdat ik heb gedaan alsof het de normaalste zaak van de wereld is dat vader in een koosjer restaurant bij de ober om euthanasie bedelt, omdat ik heb gedaan alsof vader een komische acteur is die we hebben ingehuurd om ons een beetje te vermaken, omdat ik niet naar de pijn toe ga maar strategische wegen bewandel om het gebied van de pijn te verlaten.'

Ze schudt haar hoofd. 'Wat ben je toch een narcist, Kadoke,' zegt ze, 'zelfs als het om humor gaat wil je de enige en de beste zijn. En waarom ontzeg je mij humor? Omdat ik in God geloof? Omdat ik koosjer eet? Denk je dat mensen die koosjer eten geen humor hebben, denk je dat het koosjere voedsel de humor vernietigt?'

Hij vraagt zich af waar deze vrouw van wie hij vierentwintig uur geleden nog nooit had gehoord de moed vandaan haalt om hem te behandelen alsof hij haar ondergeschikte is, want zo behandelt ze hem, als een ondergeschikte, een knecht. Eén ding weet hij zeker: morgen gaat ze weg en dan is het voor eens en voor altijd afgelopen met achter-achter-achternicht Anat. Ergens fascineert het hem, dat wel, hoe ze hem behandelt, alsof het de gewoonste zaak van de wereld is hem uit te foeteren, alsof ze elkaar al jaren kennen, maar hij kan ook niet ontkennen dat ze eveneens walging in hem oproept.

Vroeger had hij weleens van die opmerkingen te horen gekregen, zo zielig dat je zo weinig familie hebt, geen oma, geen opa, zielig, zielig. Niks zielig, een opluchting, een weldaad. Moet je kijken wat er gebeurt als er familie je huis binnensluipt. Ze nemen alles over, ze nemen jou over. Wat heb je aan familie? Een vijandelijk leger is zij dat zich toe-eigent wat niet van haar is.

'Ik ga slapen,' zegt Kadoke.

'Ik wilde graag nog even met je praten. Zie je niet dat ik contact met je zoek? Merk je dat echt niet?' Haar stem klinkt voor haar doen ongewoon mild. Kadoke vreest opeens dat ze geld van hem wil lenen. Een nare gedachte die hij meteen weer uit zijn hoofd zet, hij begrijpt deze achter-achter-achternicht niet, maar hij moet geen monster van haar maken. Dat is ze niet. Of misschien ook wel. Is het onvermijdelijk dat monsters ons fascineren? Dat het volstrekt andere ons afstoot en stiekem ook aantrekt, zou dat onvermijdelijk zijn, of is deze achter-achter-achternicht vermomd als monster uniek?

Kadoke brengt wat kopjes van de eettafel naar de keuken en dan gaat hij in de deuropening staan, hij kijkt naar de vrouw met het rossige haar op de bank. 'Ik weet niet of ik behoefte heb aan contact, ik heb een stervende vader onder mijn hoede, ik heb werk dat me, als ik eerlijk ben, uitput, ik leid een teruggetrokken leven maar dat vind ik prima, het is een leven dat me ligt, jij hebt behoefte aan contact en ik moet dat nederig als een groot geschenk aanvaarden. Contact, wat heerlijk, een familielid wil contact met me. Nou, hier ben ik, maak contact, hoe meer hoe beter. Moet ik dat zeggen? Sorry, maar die rol kan en wil ik niet vervullen.'

Ze knikt, een beetje beduusd vermoedelijk. Anat is een vrouw die kennelijk weinig tot geen tegenspraak gewend is.

'Waarom ben je eigenlijk gescheiden?' vraagt hij.

'Er kwamen geen kinderen. Hij gaf mij de schuld. Dat is het korte verhaal. Ik was met een chassidische jongen.'

De voordeurbel gaat. 'Moment,' zegt Kadoke.

Michette staat voor de deur, klappertandend, ze heeft geen jas aan, een rood neusje. 'Ik moet met je praten,' zegt ze. Ze duwt Kadoke zachtjes opzij en loopt het huis in alsof de alternatieve therapie nooit is afgelopen, alsof ze hier nog altijd woont en moeder die nu weliswaar geen moeder meer is, maar dat is een detail, verzorgt met die oude, onbeholpen toewijding van haar.

Kadoke staat nog bij de voordeur als er een harde, angstaanjagende kreet klinkt uit de voorkamer. Michette heeft geschreeuwd. Ze was al overstuur toen ze voor de deur stond, maar kennelijk is haar toestand snel verergerd. Ze staat in de deuropening naar de woonkamer en wijst op Anat, die met haar deken op de bank zit en ietwat verbaasd, ja zelfs een tikkeltje angstig naar Michette kijkt. 'Wie is dat?' roept Michette. 'Wie is dat, Kadoke? Wie zit er onder míjn deken op míjn bank?'

'Dat is niet jouw deken en dat is niet jouw bank,' werpt Kadoke tegen. 'Dat is míjn deken en dat is míjn bank.'

'Kon je het niet laten?' roept Michette. 'Moest je je alternatieve therapie voortzetten? Had je niet genoeg aan mij? Moest je nog een slachtoffer maken? Heb je dan helemaal geen fatsoen?' Ze slaat hem in het gezicht, niet hard maar toch. Dan rent ze naar de wc. Kadoke hoort haar kotsen.

'Wat gebeurt hier?' vraagt Anat.

'Ze is aan het kotsen,' zegt Kadoke kalm en hij wrijft over zijn wang. Een scherpe nagel van Michette moet hem geraakt hebben, want hij bloedt een beetje.

'Heb ik haar aan het kotsen gemaakt?' wil Anat weten. 'Heeft de Jodin haar aan het kotsen gemaakt? Is ze een...'

'Nee,' zegt Kadoke, nu opgewonden, bijna schreeuwend, 'ze is geen antisemiet, Anat. Ze kotst omdat ze een patiënt is, omdat ze hier alternatieve therapie heeft gehad. Het heeft niets met jou te maken, of beter gezegd, het heeft van alles met jou te maken. Ze kan er niet tegen dat jij daar op die bank zit onder die deken en als ik eerlijk ben kan ik er ook niet meer goed tegen.'

Michette komt de wc uit. Er kleeft een stukje wc-papier aan haar bovenlip. Ze ziet er meisjesachtiger en hulpelozer uit dan ooit, maar Kadoke weet dat ze dat niet is, niet echt hulpeloos, ook niet echt meisjesachtig. Ze is een sterke vrouw, alleen valt ze soms terug in gedragingen van vroeger. Haar ziekte is ook haar pantser.

'Sorry,' zegt ze, 'sorry dat ik me liet gaan, maar ik was zo geschrokken, zo gewond toen ik haar op mijn bank zag, ik wist niet dat je verder was gegaan met de alternatieve therapie.'

'Gewond? Hoe bedoel je? En ik ben niet verdergegaan, zij

is geen patiënte, zij is een familielid, een achter-achter-achternicht.' Hij stelt de twee vrouwen aan elkaar voor, ze geven elkaar een hand, en dan vraagt hij wat de reden is van Michettes komst.

'Je bloedt,' zegt Michette, 'ik heb je gekrabd. Het spijt me.'

Ze gaat naar de wc, komt terug met wc-papier en drukt het tegen zijn wang. Hij wil haar hand wegduwen, maar uit angst de situatie verder te laten escaleren doet hij dat niet. Ze behandelt hem alsof ze zijn vrouw is. Kadoke zoekt oogcontact met Anat, om duidelijk te maken hoe ironisch en absurd de situatie is, om aan te geven dat Michette niet zijn vrouw is maar een voormalige patiënte. Aan de manier waarop ze terugkijkt merkt hij dat Anat het helemaal niet ironisch vindt.

Kadoke gaat met Michette aan de eettafel zitten.

'Ik heb groot nieuws,' zegt ze.

Ze is zwanger, denkt hij. Maar waarom laat ze mij niet los?

'We kunnen samen in een televisieprogramma gaan zitten.'

'In een wat?'

'Een televisieprogramma.'

Ze speelt met een koffielepel, die op tafel is blijven liggen. 'Zijn boek komt uit, en ze weten dat jij model hebt gestaan, dat jij eigenlijk Walvisch bent, die psychiater in het boek, en ze weten natuurlijk dat ik model heb gestaan, ik weet niet hoe ze dat over jou te weten zijn gekomen, misschien heeft hij zijn mond voorbijgepraat, maar hoe dan ook, ze vinden het moeilijk over fictie te praten, over fictie kun je eigenlijk niet praten, zeggen ze, maar we mogen allebei vertellen hoe het echt was.'

'Hoe het echt was?'

'Hoe het echt was, hoe we hier hebben geleefd met moeder. Hoe je verliefd op me bent geworden.'

'Ik ben nooit verliefd op je geweest.' Hij voelt aan zijn wang.

'Jawel, dat staat in het boek.'

'Het boek is een boek, ik heb met het boek niets te maken, ik heb met de werkelijkheid te maken en die staat me nog zeer helder voor de geest. Ik ben nooit verliefd op je geweest. We hebben nooit een relatie gehad. Ik heb je in huis genomen omdat je was uitbehandeld, omdat je suïcidaal was, omdat ik… Omdat we samen aan suïcidepreventie hebben gedaan, daarom.'

Ze schudt haar hoofd, ze glimlacht, haar ogen staan ondeugend. 'Ik denk niet dat je je het goed herinnert,' zegt ze, 'het boek is veel werkelijker dan de werkelijkheid. In zijn boek staat hoe het echt was, begrijp je wat ik bedoel? Hij heeft me een stem gegeven.'

Kadoke staart naar de koffielepel waarmee ze nog altijd speelt.

'Hij hoefde je geen stem te geven. Je had al een stem. Jij hebt je verhaal gedeeld met iemand die elementen uit dat verhaal heeft gebruikt om daar zelf iets nieuws van te maken en dat heet dan geloof ik een roman, maar ik heb met die roman niets te maken. Ik hou me er verre van, ik ga niet met jou in een televisieprogramma zitten.'

Hij staat op, loopt in de richting van de deur.

'Je zult hier spijt van krijgen, Kadoke,' zegt Michette. 'Ik heb je de kans geboden jouw kant van het verhaal te vertellen. Ik weet niet of je die kans nog een keer krijgt. Nu zal ik vertellen hoe het was. Misschien is hoe dan ook de tijd aangebroken dat de patiënten eens gaan vertellen hoe het is. Misschien heb je de tekens niet willen zien maar de tijd van de patiënten is aangebroken, en jullie tijd is voorbij, grensoverschrijdende psychiater Kadoke. Jullie tijd is al heel lang voorbij.'

'Ja,' zegt Kadoke, 'misschien is onze tijd voorbij, en is jullie tijd aangebroken.'

Hij brengt haar naar de voordeur. Daar vraagt ze: 'Weet je het zeker?'

'Heel zeker,' zegt hij. 'Ik heb met dat boek niets te maken, ik wil er niets mee te maken hebben. Het is jouw verhaal. Zorg ervoor dat het jouw verhaal blijft.'

Ze schudt haar hoofd alsof hij een hardleerse puber is, eentje die zich met hand en tand verzet tegen kennisoverdracht. 'Wat je niet begrijpt, en daarom vraag ik me soms af of je wel echt intelligent bent, is dat mijn leven ook jouw leven is. Jij weet niet wat pijn is. Jij weet niet hoeveel pijn het me doet die vrouw daar op de bank te zien liggen. Dat weet je niet. Jij weet niet hoe het voelt om zo snel vervangen te worden. Jij zegt dat je me al die jaren therapie hebt gegeven, maar je begrijpt niets van me.'

Als hij weer in de woonkamer staat vraagt Anat: 'Was dat je ex?'

'Nee,' antwoordt Kadoke hard en scherp, 'zoals ik al zei: een patiënt. Geen ex. Ik onderhoud geen relaties met patiënten.'

'In plaats van je stem te verheffen kun je misschien eindelijk met me praten, misschien kun je je angst overwinnen en een gesprek met me voeren. Een echt gesprek. Misschien kun je me eindelijk eens vertellen wat hier gebeurt. Wat je jezelf en je vader aandoet.'

11

Kadoke zet thee en schenkt tegen zijn gewoonte voor zichzelf een glas cognac in uit een oude fles die nog van vader is geweest, uit de tijd voordat hij moeder werd.

Kort, zakelijk en toch vermakelijk, vindt hij zelf, vertelt hij hoe Michette van suïcidale patiënte werd gepromoveerd tot bejaardenverzorgster, en daarvoor, de dood van moeder, vader die wenste te veranderen in een oude vrouw, in zijn overleden echtgenote om precies te zijn, alternatieve rouw, Michette die steeds weer verleid werd door de dood, zoals zij het noemde, de noodgreep: het in huis nemen van de patiënte, het negeren van de protocollen, alternatieve therapie, de verhuizing naar Zeeland, het hotel genaamd De Zeemeermin. Hij vertelt alles maar zorgt er toch voor dat hij niet langer dan tien minuten aan het woord is. Hij weet hoe het zit met de mensen en hun aandachtsspanne.

Als hij klaar is, schudt Anat vol onbegrip haar hoofd. 'Wat heb je gedaan?' vraagt ze.

'Hoe bedoel je?'

'Je hebt alle grenzen overschreden, je hebt jezelf en je vader in gevaar gebracht en voor wat?'

'In gevaar? Ik heb depressie en suïcidale neigingen bestreden, ik heb mijn werk gedaan, als psychiater en als zoon. En jij noemt dat gevaar?'

Anat had contact gewild, hij had op haar verzoek contact gemaakt en nog was het niet goed. Hij had vooral op instemming en begrip gerekend, niet op afkeuring. Hij had misschien niet zijn hart geopend, daar was hij voorzichtig mee, in het verleden had hij zijn hart geopend voor een van de bejaardenverzorgsters van zijn moeder en dat was niemand goed bekomen, maar hij had deze achter-achter-achternicht toch het voordeel van de twijfel gegund, daarom had hij zijn verhaal verteld, daarom had hij gesproken in plaats van te luisteren.

'Ik zie het anders,' zegt hij. 'Neem me niet kwalijk.'

'Je vertelt het ook zo... zo afstandelijk,' gaat ze verder alsof hij niets heeft gezegd, 'zo kil. Alsof het niets met jou te maken heeft. Het is je allemaal overkomen. Je staat erbuiten, je staat erboven.'

Kadoke drinkt zijn glas leeg en schenkt weer in. Als je al een keer drinkt kun je beter meteen goed drinken. 'Maar het is me overkomen,' zegt hij fel, 'ik heb de patiënte niet uitgezocht, ik heb vader niet uitgezocht, ik heb deze geschiedenis niet uitgezocht, het leven is mij overkomen en binnen alles wat mij is overkomen heb ik gedaan wat ik kon, heb ik veranderingen aangebracht, minimale veranderingen maar meer is soms niet mogelijk, heb ik geprobeerd een niet zo gunstige situatie te veranderen in een iets minder ongunstige situatie, heb ik weloverwogen beslissingen genomen die prima te verdedigen zijn, ook vanuit professioneel oogpunt. Ik heb mijn best gedaan een goed mens te zijn.'

'Beslissingen die prima te verdedigen zijn?' Ze schudt weer haar hoofd, gaat met haar hand door haar haren. 'Je hebt een patiënte in huis genomen, ze heeft hier maandenlang gewoond, je hebt je vader aan haar blootgesteld, je bent chantabel, je hebt alle grenzen overschreden, alle.'

Hij neemt een grote slok cognac en houdt die even in zijn mond voor hij doorslikt. 'Ik weet niet waar je het over hebt,' zegt hij. 'Ik heb alternatieve hulp verleend, daarvoor ben ik aangesteld, ik ben hulpverlener, die verlenen conventionele en noodgedwongen soms ook minder conventionele hulp.'

Ze gaat liggen alsof het gesprek haar heeft uitgeput, daar waar Michette maanden had gelegen. Gewoond, moet je zeggen, op die bank had ze gewoond. Met gesloten ogen mompelt Anat: 'Zie je niet dat het over jou gaat? Je doet alsof je een passieve buitenstaander bent, maar dat verhaal klopt niet. Je hebt willens en wetens je reputatie op het spel gezet, je vader in gevaar gebracht en vermoedelijk ook de patiënte en je bent niet van haar af. Je zag toch hoe ze hier binnenkwam, alsof ze hier nog woont, je ziet toch hoe ze jou behandelt, alsof je haar man bent. En ik begrijp niet waarom. Wilde jij niet meer leven?'

De blauwgrijze ogen van Anat kijken hem naar zijn idee scherp en onvriendelijk aan.

'Ik ben niet bevoegd,' zegt hij, 'ik wil niet bevoegd zijn om met jou over de beslissingen te praten die ik als psychiater heb genomen en wat mijn vader betreft, ik had een missie.'

'O, een missie? Je bent je eigen leger? Je moest mensen redden? Je vader is niet gered. Die kwijnt hier weg. Voor het geval je het niet wil zien zal ik het je maar even vertellen. En je voormalige patiënte maakt ook niet echt een geredde indruk, wie is er gered, wie heb je eigenlijk gered?'

Hij heeft genoeg van dit gesprek en als hij eerlijk is, ook van de mensen. Hij moet glimlachen om deze gedachte, om de ironie ervan. 'Je wilde contact,' zegt hij, nog met de glimlach om zijn mond, 'nu weet ik wat je daarmee bedoelde, je wilde mij de les lezen. Kennelijk is dat voor jou het wezen van contact: iemand op zijn plaats zetten.'

Hij merkt aan zijn reactie dat haar woorden hem pijn hebben gedaan, het oordeel dat zij velde was een kwetsend en onrechtvaardig oordeel.

Ze wrijft in haar ogen, antwoordt niet. Haar handen zijn ouder dan haar gezicht.

'Ik weet niet wat ik moet zeggen,' mompelt ze. 'Ik ben gewend eerlijk te zijn.'

'Dan zal ik ook maar eerlijk zijn,' zegt Kadoke. 'Dit verhaal gaat niet over mij, dit is het verhaal van andere mensen, mijn werk gaat of het je bevalt of niet over de verhalen van andere mensen, als het over mij ging had je een ander verhaal te horen gekregen.'

Hij staat op en schenkt zich in de keuken een glas water in. Naar zijn idee heeft hij een keurig, weinig opwindend leven geleid. Minder opwindend dan de meeste mensen om hem heen, wat goed was. Hij heeft geen echte grenzen overschreden, hij heeft hulp verleend, omdat hij het niet kon laten, zou je hooguit kunnen zeggen.

Kadoke gaat weer tegenover zijn achter-achter-achternicht zitten. Nog twee slokken cognac, dan gaat hij slapen.

'Ik ben opgehouden met roken,' zegt hij, 'de enige uitspatting die ik me permitteerde, daar ben ik mee opgehouden. Een tijd geleden. Jezelf overwinnen, daarmee begint de redding. Een enkele uitspatting tussendoor.' Hij wijst op de cognacfles.

'Dit was een uitspatting,' zegt ze spottend, 'wat jij alternatieve therapie noemde was niets anders dan één grote uitspatting. Dit gesprek is ook een uitspatting.'

'Je klinkt nu net als Michette,' antwoordt hij.

Anat gaat rechtop zitten.

'Jij wilde contact,' zegt Kadoke. 'Ik vertelde je iets. Het verhaal beviel je niet of maar half. Dat is jammer. Misschien kun jij nu iets vertellen.'

Ze pakt haar lege theekopje en haalt er met een kleine lepel de suiker uit die onderin is blijven kleven. Als een kind likt ze haar lepel af.

'Ik ben vier jaar getrouwd geweest,' zegt ze. 'Dat waren geen gelukkige jaren. Ik gaf hem niet wat hij wilde, wat wij wilden, een kind, toen werd hij boos. Eerst op mij, later ook op de omgeving, en uiteindelijk op de Eeuwige. We hebben gebeden, we hebben zoveel gebeden, we zijn naar rabbijnen gegaan, van de ene rabbijn naar de andere, van de ene dokter naar de andere, van de ene behandeling naar de andere, maar niets hielp. En hij werd steeds bozer en eenzamer, hij wilde niet geloven dat het ook aan hem zou kunnen liggen, hij ging mij "de onvruchtbare" noemen, hij verloor zijn werk, het beetje werk dat hij deed, want woede maakt eenzaam, hij noemde me niet meer bij mijn naam, hij zei alleen nog maar "onvruchtbare" tegen me, en uiteindelijk vond ik de moed, uiteindelijk lukte het me om een scheiding te vragen, omdat ik zo eenzaam was geworden dat ik dacht: niets kan erger zijn dan dit, geen vernedering is erger dan dit. Ik ben gescheiden, ik ben weer bij mijn moeder gaan wonen, en ik ben wiskunde gaan studeren. Niemand dacht dat ik het kon, maar ik kon het. Ik hoorde bij de besten. En nu ben ik aan het promoveren, kansberekening, als je het wil weten kan ik je er meer over vertellen, maar ik denk niet dat dit het moment is om het uitvoerig over kansberekening te gaan hebben. Ik was in Londen voor een conferentie en ik heb van de gelegenheid gebruikgemaakt om familie op te zoeken.' Ze lacht. 'Jou en je vader op te zoeken. Dat is mijn verhaal. Het is geen bijzonder verhaal, maar het is wel mijn verhaal. Ik doe niet alsof ik er niets mee te maken heb.'

Kadoke blijft zitten. Ze zwijgen allebei. Ze schraapt weer wat suiker uit haar theekopje terwijl daar volgens hem toch helemaal geen suiker meer in zit. 'Misschien kom je me eens opzoeken, ik woon in de heuvels niet ver van Jeruzalem, het is prachtig daar. We hoeven niet te praten, vermoedelijk is dat niet wat je wil, een gesprek, we kunnen ook gewoon in stilte een wandeling maken.'

'Ik denk het niet,' zegt Kadoke, 'ik heb het niet zo op die heuvels rond Jeruzalem, ik geloof niet dat jij en ik daar iets te zoeken hebben. Sorry. Het zou zomaar kunnen dat we elkaar niet meer zien.'

'Dat zou zomaar kunnen. Of misschien ook niet. We kunnen

altijd over politiek praten, als je me een halfuur geeft zal je zien dat jij en je progressieve en extremistische vrienden ongelijk hebben. Vanuit hier is het gemakkelijk de moralist uit te hangen. Humanistje spelen als er niets op het spel staat, dat kan iedereen.'

Ze staat op.

'Ik heb geen progressieve en extremistische vrienden. Ik heb als je het wil weten en als je goed naar mij hebt geluisterd, nauwelijks vrienden,' zegt Kadoke. 'Dat maakt me niet zielig, zelfs niet eenzaam. Ik heb gewoon weinig talent voor vriendschap. Een moralist ben ik overigens nauwelijks.'

'Talent,' zegt Anat, 'is ook een kwestie van oefenen. Je kunt achter de piano gaan zitten en wachten tot die zelf gaat spelen of je kunt gaan oefenen.'

'Niet iedereen wil pianospelen.'

Anat zucht. 'Ik wil gaan slapen, het is morgen een lange dag, ik vlieg 's avonds terug, ik moet mijn spullen nog ophalen in Alphen aan den Rijn, misschien slaap ik nog als jij naar je werk gaat, maar ik wil nu... Ik zou graag wat privacy willen. Ik wil mijn gebeden zeggen. Mag ik je omhelzen? Zoveel familie heb ik niet.'

'Familie zegt me niets,' antwoordt Kadoke. 'Vader is familie. Daar moet het bij blijven.'

Maar hij staat op, loopt naar haar toe, omhelst haar, ruikt haar, de vage geur van regen, mens en nat geworden kleren, misschien in de verte nog iets van deodorant of parfum. Het monster dat geen monster is, de ander die geen ander is.

Hij pakt haar hand en zegt: 'Je handen zijn zoveel ouder dan de rest van jou. Zoveel ouder.'

'Ik ben 36,' antwoordt ze, 'dit zijn de handen van iemand die werkt.'

Ondanks zichzelf, ondanks deze vrouw, ondanks zijn vader, misschien dankzij die geur van zweet en natte kleren, dankzij die gesprekken, dankzij die belerende toon van haar, en vermoedelijk vooral ook om te bewijzen dat leven niet alleen iets is wat hem overkomt, zoent hij haar. Voorzichtig, teder en met een overgave die hem verrast. Ze zoent hem even terug, maar dan duwt ze hem van zich af. 'Ik heb om privacy gevraagd,' zegt ze, 'ik wil mijn gebeden zeggen.'

Kadoke kijkt naar zijn schoenen. 'Hebben die gebeden haast?' vraagt hij. 'Kunnen ze niet ook over een halfuur worden gezegd?'

Natuurlijk voelt hij iets van begeerte voor deze achter-achter-achternicht, anders zou hij haar niet hebben gezoend, het is niet de cognac, niet uitsluitend in elk geval, maar hij zoent haar ook, beseft hij, omdat ze gelijk heeft. Diep vanbinnen is hij wreed, de kern van zijn wezen is wreed: tegen zichzelf, tegen andere mensen, de hulpverlening is meer dan alleen buitenkant maar ook daar zit een kracht in die wreed genoemd zou kunnen worden, genadeloos. Genezen is een genadeloze bezigheid, of de genezing lukt of niet. Hij zoent haar om haar te breken, om haar wetten en haar eeuwige te breken, om te laten zien dat zij hem niet kan breken, dat hij de onbreekbare is. Hij zoent haar ook om de wreedheid te overwinnen.

Ze pakt zijn gezicht vast, kijkt hem aan, bestudeert hem, alsof ze een archeologe is en hij een scherf. 'Waarom is alles wat je doet toch zo grensoverschrijdend?'

Kadoke drukt zich zachtjes tegen haar aan en even voelt hij de aanvechting haar spottend en toch liefkozend 'onvruchtbare' te noemen. Hij speelt met haar haar, hij ruikt eraan, hij moet zich verbinden met deze situatie, niet doen alsof het hem allemaal is overkomen, alsof hij er niets aan kan doen, alsof hij in iemand anders z'n verhaal terecht is gekomen. Iets in hem is sterker dan deze overwegingen, de overgave is bij Kadoke altijd overgave tussen aanhalingstekens, daarom fluistert hij in haar oor: 'De Palestijnen hebben recht op hun eigen land,' voor hij haar nog een keer zoent. Maar ze negeert de Palestijnen en zijn politieke opvattingen, ze zoent met hartstocht terug. Als hij niet voor overgave zorgt, zal zij het doen.

De laatste keer dat Kadoke een liefdesrelatie had onderhouden was met de manager van een groot kledingbedrijf geweest. Ze had geschiedenis gestudeerd maar was na scheiding en kind, of moest je zeggen, kind en scheiding, in de kleding terechtgekomen en daar was ze blijven hangen. Ze schreef gedichten en ze hield ervan te koken. Een vrouw die zo ongeveer het tegenovergestelde van Anat was. Van religie moest ze niets hebben, politiek vond ze tijdsverspilling, genieten was haar levensdoel. Het einde van de kortstondige relatie was onverwacht dramatisch geweest. Ze had tegenover hem gezeten in haar flat in Amsterdam-West en had hem uitgescholden, een paar keer had ze 'fuck you' tegen hem gezegd, waarom wist hij niet meer. Hij kon zich niet herinneren dat hij haar iets misdaan had. Alleen nog dat hem dat 'fuck you' op een rare manier plezier had gedaan. Wat niet wil zeggen dat er geen liefdesverdriet was. Hij verliet haar appartement met medeneming van enkele van zijn eigendommen, hij begreep dat je zo geen afscheid van elkaar kon nemen, maar hoe je op de juiste manier afscheid nam wist hij ook niet. De man in het algemeen had haar teleurgesteld en Kadoke was slechts de zoveelste in een rij die haar misleid had door zijn slechte eigenschappen te verstoppen. Of misschien moest je zeggen dat hij zijn slechte eigenschappen niet goed genoeg had verstopt. Maar wat waren die slechte eigenschappen? Had hij op zijn ingetogen manier de wreedheid vrij spel gegeven? Misschien hield hij ervan mensen pijn te doen, al was het maar doordat hij zich nooit helemaal gaf, doordat hij altijd op afstand bleef, dat was de straf die hij uitdeelde: de afstand.

Met deze manager van een groot kledingbedrijf was de liefde, de vleselijke variant dan, uit zijn leven verdwenen, de moeite van het zoeken stond hem tegen en de tijd dat men zich aanbood lag achter hem. Vrienden, collega's hadden hem later geregeld van ongevraagde adviezen voorzien, daarom had hij zich langzaam teruggetrokken uit het meeste sociale verkeer. Hij hield niet van ongevraagde adviezen, al zagen de mensen hun eigen ongevraagde adviezen vaak aan voor empathie en zorg. Was het niet Camus die had geschreven dat er zoveel verschillende ervaringen achter de liefde schuilgingen dat het eigenlijk onmogelijk was al die ervaringen met een en hetzelfde woord aan te duiden?

Zonder kleren aan houdt Anat op over politiek te spreken. Waar de naaktheid begint stopt de politiek, althans in haar geval, ze verandert in een hartstochtelijke, liefdevolle vrouw die merkwaardig genoeg zelfs uitbundig kan lachen.

En als hij eindelijk naast haar op de bank onder een deken ligt die veel te klein is voor twee mensen, zegt zij: 'Nu moet je me echt wat privacy gunnen. Het is tijd voor mijn gebeden.'

12

Anat reist terug naar Israël. Ze laat een briefje voor hem achter. ‘Er is bijna geen familie,’ schrijft ze. ‘We moeten zuinig zijn op de paar familieleden die we hebben. Misschien kom je me toch eens opzoeken. De heuvels rond Jeruzalem zullen je bevallen, al denk je nu van niet. En hoewel ik me niet met je zaken wil bemoeien zou ik als ik jou was overwegen of je je vader niet naar een Joods bejaardentehuis wil brengen. Vermoedelijk heeft hij het daar beter dan bij jou. Het is waarschijnlijk geen opluchting voor je, maar ik zeg het toch: je hoeft alleen maar jezelf te redden en daar heb je hulp bij nodig.’

Hij legt de brief op zijn bureau in zijn voormalige kinderkamer die natuurlijk al lang geen kinderkamer meer is maar er nog wel zo uitziet. Er staan een e-mailadres en een telefoonnummer onderaan het briefje, het handschrift is slordig. Hij typt een antwoord op zijn telefoon, maar verwijdert het voor hij het heeft verzonden. Waarom zou hij zich tegenover haar verantwoorden? En om Anat te bedanken voor de intimiteit heeft ook iets wreeds, iets afwijzends, zelfs als het niet zo bedoeld is. Hij heeft haar niets te bieden. Ze is een herinnering geworden, geen onaangename, eerder een liefdevolle herinnering. De herinnering aan een verovering, aan onverwachte begeerte, hij heeft haar, hoe tijdelijk ook, veroverd op God.

Vader spreekt niet meer over het familielid dat onverwacht op bezoek kwam en het verleden zo graag ter sprake wilde brengen. De oorlog. Het spreken over de oorlog is voor sommige mensen een bezigheid die het leven en het eigen zijn bevestigt, niet voor Kadoke. Hij laat dat spreken aan andere mensen over. Vader heeft ook nooit over de oorlog gesproken. Je spreekt waarover je kunt spreken, over de rest zwijg je.

Misschien is het toeval maar na Anats vertrek is vader niet meer over euthanasie begonnen. Daarom zwijgt Kadoke over zijn achter-achter-achternicht. Over haar zwijgen is over de dood zwijgen.

Elf dagen na het moeizame bezoek aan het koosjere restaurant en de goddeloze intimiteit die daarna onverwacht plaatsvond, zegt sociaalpsychiatrisch verpleegkundige Hulstman tegen Kadoke: ‘Ze hadden het gisteren over jou op tv.’

Kadoke draait zich half af van het scherm, hij was een rapport aan het typen, een gepensioneerde KLM-piloot had zich geprobeerd te suïcideren met een touw.

‘Wat?’ vraagt Kadoke.

‘Ze hadden het gisteren over jou. In die talkshow. Althans, ik neem aan dat er niet zoveel psychiaters zijn die Kadoke heten, ik neem aan dat er helemaal niet zoveel mensen in Nederland zijn die Kadoke heten.’

Hulstman lacht een wat schamper lachje. Sinds Kadoke niet meer rookt heeft hij minder contact met de sociaalpsychiatrisch verpleegkundigen. De onderlinge solidariteit die ontstond door het haastige en minder haastige buiten roken is weggevallen.

‘Geen idee,’ antwoordt Kadoke, ‘ik heb het niet gezien.’

‘Ik was half aan het slapen,’ vervolgt Hulstman, ‘maar ik schrok wakker toen ik jouw naam hoorde. Is het waar? Heb jij een meisje, een patiënte, in huis genomen? Ik kon het me niet voorstellen, maar ze praatten erover alsof het waar was. Misschien heb ik het gewoon niet goed begrepen.’

Kadoke mompelt iets onverstaanbaars en schrijft verder aan zijn rapport over de piloot. Hij hoopt dat het zal overwaaien, de uitzending, het boek dat kennelijk is verschenen of op het punt staat te verschijnen. Er worden talloze boeken uitgegeven, niemand praat erover, niemand weet van het bestaan van die boeken. En zij die ervan weten halen hun schouders op. Aan die troostrijke overweging houdt hij zich vast.

Maar aan het eind van de dag spreekt de directeur hem aan met de woorden: 'Ik ben vandaag al een paar keer lastiggevallen over een uitzending gisteravond waarin jij ter sprake zou zijn gekomen. Zijn er dingen die ik moet weten?'

'Nee,' zegt Kadoke. 'Ik heb de uitzending niet gezien.'

Er zijn misschien wel een paar dingen die de directeur zou moeten weten, maar Kadoke meent dat het daarvoor een beetje laat is. Wat toen niet is verteld hoeft nu ook niet te worden verteld, al beseft hij dat deze opvatting onhoudbaar wordt als de tv-uitzending en het boek niet snel verdwijnen in de mist van de vergetelheid. Je moet geluk hebben. Ondanks alles is Kadoke ervan overtuigd dat het geluk aan zijn kant staat, er waakt een engel over hem. Maar juist zij die rekenen op engelen moeten het noodlot niet uitdagen. Daarom zegt Kadoke: 'Ik zal vanavond die uitzending eens bekijken.'

's Avonds na het eten als vader in zijn bed ligt, opent Kadoke beneden aan tafel zijn laptop en bekijkt de uitzending van de talkshow waarin Michette en haar schrijver te gast waren.

Hij moet een stukje doorspoelen, dan gaat het over het boek waarin hij ongewild een rol speelt. Eigenlijk gaat het nauwelijks over het boek. Het gaat vooral over de werkelijkheid, althans over wat Michette van die werkelijkheid heeft gemaakt. Eerst heeft ze het nog keurig over het personage met de naam Walvisch, maar dan lijkt haar de naam Kadoke te ontglippen. Of doet ze het expres? Kadoke vreest het laatste. Niets ontglipt haar, ze wilde zijn naam noemen, dat was haar manier om ervoor te zorgen dat hij haar niet zou ontglippen.

Ze vertelt over de bejaardenzorg als alternatieve therapie, ze is eigenlijk meer aan het woord dan de schrijver zelf die erbij zit als een geslagen hond, alsof het niet zijn boek is, alsof hij niet meer is dan een notulist. Michette vat haar leven in het huis van Kadoke in emotionele volzinnen samen. Er zitten verzinsels bij, halve waarheden, projecties, ze begint er weer over dat hij verliefd op haar werd en zij niet in een positie was om nee te zeggen. Ze spreekt haar leugens met dezelfde hartstocht uit als waarmee zij af en toe, per ongeluk, ook de waarheid verkondigt.

Zoals te verwachten viel is er veel morele verontwaardiging aan tafel. Overal stuit je op verontwaardiging, alles is een reden om de verontwaardiging uit de kast te halen. De woorden 'schande' en 'misbruik' vallen een paar keer. Een beroemde maar lichtelijk aan lagerwal geraakte zanger – hij heeft verteld over zijn drankprobleem – zegt: 'Als een psychiater dit met mijn kind zou doen, zou ik zijn harses inslaan.'

De andere gasten lijken het inslaan van de harses een milde straf te vinden voor de genoemde vergrijpen. Kadoke sluit zijn laptop.

Hij voelt zich verraden. Het is een smerig gevoel, alsof hij zelf verantwoordelijk is voor het slijk van het verraad dat nu aan hem kleeft. Kadoke zou willen douchen om het slijk van zich af te wassen.

Als leven meer is dan iets wat je overkomt zou hij Michette nu moeten bellen en haar om uitleg vragen, haar ter verantwoording roepen. De oude Kadoke zou niet hebben gebeld, de oude Kadoke zou hebben gezegd: we moeten ook dit niet persoonlijk nemen. Maar de oude Kadoke bestaat steeds minder. De man die van onthechting een levenstaak had gemaakt, die zich verbond door zich niet te verbinden maar slechts een altijd luisterend oor te zijn, die dacht te leven voor zijn werk en zijn patiënten en op die manier niet opmerkte wat er onder zijn ogen gebeurde. Kadoke was iemand die de ontmaskering zo vreesde dat hij zichzelf bij voorbaat al ontmaskerde, zoals andere mensen zichzelf bij voorbaat al excuseren.

Nu is hij iemand anders, daarom belt hij. Michette neemt meteen op. 'Ik heb het gezien,' zegt hij droog.

'Hoe vond je het?' vraagt ze enthousiast. 'Wat vond je van mijn jurk? Die heb ik speciaal voor de uitzending gekocht maar achteraf denk ik toch dat ik niet voor groen had moeten kiezen. Kadoke, ben je trots op me?'

Meent ze dit? Of zijn dit haar sluwe zetten? Sluwheid is natuurlijk ook een vorm van wanhoop, maar je kunt alles wel excuseren en nu zijn leven op het spel staat is zijn behoefte om excuses voor andermans gedragingen te vinden aanzienlijk afgenomen.

'Je hebt me verraden,' zegt hij, 'je hebt de alternatieve therapie verraden.'

Hij beseft dat het woord 'verraden' niet past bij de professionele relatie tussen psychiater en patiënt, maar lang geleden al was hij een grijze zone binnengegaan, hij kon niet anders. Dit laten we niet gebeuren, had hij gedacht. Déze dood staat op het programma, we halen hem ervan af. Niet dat hij verliefd op haar was geworden, of intiem met haar was geworden, dat niet, nooit, maar de grijze zone begon al bij de eerste ontmoeting, misschien omdat zij die grijze zone was. Hij had haar niet kunnen helpen zonder die zone in te gaan, zonder zich binnen de grenzen van zijn ambt met haar te verbinden.

'Ik heb je aangeboden mee te gaan, je eigen verhaal te vertellen, jouw kant van het verhaal. Je wilde niet, je voelde je te goed voor de tv.'

'Ik wil mijn verhaal niet vertellen,' zegt Kadoke, 'ik wil dat ons verhaal onverteld blijft. Is dat te veel gevraagd? Ik meende dat ik duidelijk had gemaakt dat ik niets met dat boek en die fictieve psychiater en die schrijver van jou te maken wil hebben. De alternatieve therapie kon alleen aanslaan als het een therapie was waarover niet gesproken zou worden, het was een ondergrondse therapie. Een geheime therapie.'

'Ik vertrouw die geheime therapie van jou niet, ik vertrouw helemaal niemand, ja mijn vriend, die vertrouw ik, ik wil dat de verhalen worden verteld,' antwoordt Michette, het woord 'kanker' valt weer en dan zegt ze: 'Ik wil die geheimen van jou niet, ik kan er niet mee leven, ik heb genoeg aan mijn eigen geheimen.' Kadoke beseft dat hij de indruk wekt iets op zijn kerfstok te hebben, want zijn het niet die mensen die altijd weer willen dat hun verhaal voor eeuwig wordt verzwegen?

'Je hebt het al verteld,' antwoordt hij. 'Beter gezegd, je hebt het verkocht, dat is wat je met jouw verhaal hebt gedaan. Ik weet niet wat je ervoor hebt gekregen, aandacht misschien. Hoe dan ook, mijn bescheiden verzoek aan jou luidt: noem mijn naam vanaf nu niet meer. Het is jouw boek, jouw schrijver heeft het geschreven, ik wil er niet mee worden lastiggevallen. Ik geloof niet dat jij de consequenties van dit alles overziet, je weet niet met welk vuur je speelt, je hebt geen idee wat dit allemaal teweeg kan brengen.'

'Misschien moet jij de consequenties van je gedrag aanvaarden,' antwoordt Michette. 'Maar als het je echt zoveel pijn doet zal ik vanaf nu over je zwijgen als het graf. Ik doe wel alsof je dood bent. Misschien ben je ook dood. Ik denk eigenlijk van wel. Mijn moeder is overigens woedend op je, ze heeft de roman gelezen, ze heeft een klacht tegen je ingediend, ze laat het er niet bij zitten.'

Hij hangt op.

Kadoke probeert in het boek over Spinoza te lezen maar hij kan zich niet concentreren. Steeds weer hoort hij de woorden: 'ze laat het er niet bij zitten'. Voor hij gaat slapen werpt hij nog een blik op het briefje van Anat dat op het bureau in zijn kinderkamer slingert. Het maakt zowel een licht verlangen in hem wakker als afgrijzen.

Hij gaat slapen en wordt 's ochtends wakker met vage herinneringen aan twee nachtmerries, in de ene figureert de moeder van Michette, in de andere Anat, de details zijn verdwenen.

Twee dagen nadat Hulstman over de uitzending begon wordt Kadoke bij de directeur geroepen. Er ligt een krantenknipsel op het bureau, een knipsel uit een afgrijslijke krant, maar wel een die goed gelezen wordt. Een foto van Michette is bij het artikel afgedrukt.

'Wat is hier voorgevallen?' vraagt de directeur. 'Heb je commentaar? Kun je eindelijk iets uitleggen?'

Kadoke kijkt naar het artikel. Hij ziet de woorden 'heeft zich vergrepen' en 'moeder' en zijn naam en dan weer 'moderne slavernij' en ook het woord 'mishandeling' komt een paar keer in het artikel voor maar de woorden krijgen geen samenhang, alsof ze geen verbintenis met elkaar aan willen gaan. Hij vraagt zich af of hij moet gaan zitten. Een ding weet hij zeker: hij heeft geen zin in een verhoor.

'Er is wel iets uit te leggen,' zegt Kadoke starend naar het artikel, 'maar dat doe ik liever schriftelijk.'

'Schriftelijk?'

De directeur ziet eruit alsof hij ieder moment kan ontploffen, maar hij weet zich ternauwernood te beheersen.

'Ik hoop dat je met een verdomd goede uitleg komt,' zegt de directeur, 'schriftelijk of niet. Denk je niet dat we het al moeilijk genoeg hebben in onze tak van de gezondheidszorg? En tot die tijd meld je je ziek, Kadoke. Meld je ziek!'

13

Die avond en een groot gedeelte van de volgende ochtend werkt Kadoke aan een verklaring. Hij merkt, nu hij vals beschuldigd is van allerlei wandaden, hoezeer het verleden hem emotioneert. Omdat het door zijn vingers glipt, omdat het hem ontnomen dreigt te worden.

Een deel van de verklaring wordt een aanklacht tegen de protocollen, de gezondheidszorg, het systeem waarin hij zelf jarenlang gefunctioneerd heeft, maar de volgende ochtend begrijpt hij dat dergelijke aanklachten hem niet zullen helpen en hij schrapt het meeste. Kadoke beschrijft hoe het welzijn van de patiënte altijd voorop heeft gestaan, dat hij een ongebruikelijke behandelingsmethode heeft toegepast om haar beter te kunnen helpen maar dat er nooit sprake was van liefde of fysieke intimiteit. Hij haalt haar dossier erbij, wijst op het gevaar van suïcide waardoor hij uit 'noodweer' heeft gehandeld. Hij onderstreept het woord 'noodweer'. Twee keer heeft hij het over 'laster' en over 'fantasieën van de patiënt die ook bij reguliere behandelingsmethoden niet uitzonderlijk zijn'. Hij benadrukt het bestaan van de grijze zone waarin alle hulpverleners opereren en stelt dat de protocollen slechts een manier zijn om die grijze zone te ontkennen. Al met al is hij niet ontevreden over zijn verklaring. Het is geen verdedigingsrede van Socrates, maar wat is dat wel? Bovendien moest Socrates ondanks die verklaring de gifbeker drinken.

Kadoke stuurt zijn verklaring per e-mail aan de directeur.

Nog geen vierentwintig uur later laat de directeur weten dat er een klacht bij het Regionaal Tuchtcollege voor de Gezondheidszorg is ingediend. Tot het college een uitspraak heeft gedaan is Kadoke op non-actief gesteld.

De zoon zwijgt hierover tegen zijn vader, en vader stelt gelukkig geen vragen waarom hij vaker thuis is dan vroeger. Zoals vader niet over de oorlog spreekt, zo spreekt hij niet over het heden.

Kadoke vraagt zich wel af of hij Michette op de hoogte moet stellen van de consequenties van haar spel maar hij gunt haar die eer en dat genot niet.

Nu hij zich niet meer met potentiële zelfmoordenaars hoeft bezig te houden en vader redelijk stabiel is, overvalt de leegte hem. Een leven zonder zelfmoordenaars blijkt tamelijk ellendig. Dat leven voelt als een woestijn. Het dringt langzaam tot hem door wat de consequenties zijn van de aanklacht, het optreden van Michette in een populair tv-programma, het boek waar het allemaal mee is begonnen. Een aanklacht bij het tuchtcollege is geen kleinigheid, goed, er zijn patiënten die er hun hobby, ja zelfs hun leven van lijken te hebben gemaakt om aanklachten tegen hun psychiater in te dienen, maar Kadoke weet dat deze aanklacht anders is. De zaak is niet eenduidig en mensen houden van eenduidigheid.

Hij stelt zich voor hoe de rest van zijn leven eruit zou kunnen zien, wat als hij nooit meer zijn beroep mag uitoefenen, wat moet hij doen? Postbode worden? Het idee maakt hem aan het lachen. Samen met vader zich van het leven beroven?

Kadoke neemt een advocaat in de arm en belt drie collega's op, twee met wie hij ooit bevriend was, een derde die zou kunnen gelden als kennis. Ze staan hem vriendelijk te woord, ze hebben van de zaak gehoord, zulk nieuws gaat snel, de collega's spreken hun sympathie en waardering voor hem uit maar aan de manier waarop ze praten merkt hij dat ze denken dat hij schuldig is, dat hij eigenlijk al veroordeeld is. Ze spreken met hem en over hem als iemand wiens schuld al vaststaat, hooguit zijn ze bereid te erkennen dat er verzachtende omstandigheden zijn in de vorm van goede bedoelingen en naïviteit. Kadoke spreekt hen tegen, maar geen van de drie gaat inhoudelijk op zijn argumenten in.

Zo komt de woede in het leven van Kadoke, als een onweer in de zomer dat je van verre ziet aankomen en dat je dan toch overvalt. Hij bezoekt zijn advocaat, maar zelfs in de vragen van de man – die indringend naar sigaar ruikt – bespeurt hij scepsis, ook de advocaat schijnt te denken dat als je een patiënte in huis neemt je haar wel gemolesteerd zal hebben. Alsof er geen verschil zit tussen molesteren en in huis nemen. Molesteren, het woord maakt hem misselijk.

Omdat de woede hem verscheurt zoals een ongelukkig verliefde verscheurd kan worden door zijn verliefdheid, belt hij nog eens een van de psychiaters op met wie hij vroeger gestudeerd heeft. Paulette, heet ze. Ze wil wel koffie met hem drinken.

Als hij haar ontmoet in een café niet ver van het Concertgebouw, ze heeft een zijden sjaal om en ze is wat dikker geworden, dikker en kordater, hoort ze hem welwillend aan. En aangemoedigd door haar welwillendheid vertelt hij zijn verhaal uitvoerig, alsof deze oude vriendin, deze psychiater de autoriteit is die hem kan vrijspreken, die in staat zal zijn laster van waarheid te scheiden, die hem zal verlossen van een imaginaire schuld.

'Waarom heb je niet eerder hulp gezocht?' vraagt ze uiteindelijk terwijl ze in haar appeltaart met slagroom prikt. 'Waarom heb je het zo uit de hand laten lopen?'

Kadoke zit roerloos tegenover haar, in appeltaart had hij geen zin. 'Maar je begrijp het niet,' zegt hij zacht en toch nadrukkelijk, 'ik heb niets uit de hand laten lopen. Ik heb me ontfermd over iemand, omdat ik me daartoe gedwongen voelde, omdat ik haar appèl niet naast me neer kon leggen. Is het een misdaad geworden je over een ander te ontfermen? Ik vreesde haar dood. Ik kon haar niet dood laten gaan.'

Ze eet zwijgend en verbeten, vindt Kadoke. 'Ontfermen,' zegt ze dan, 'ik weet niet of we hier echt van ontfermen kunnen spreken. Ik vind het zo'n kerkelijk woord. Wij psychiaters ontfermen ons niet, dat doen dominees en priesters, wij behandelen, zo goed en zo kwaad als dat gaat.'

'Kun je iets voor me doen?' vraagt Kadoke. 'Kun je zeggen dat je me gelooft? Kun je zeggen dat je overtuigd bent van mijn onschuld? Voor we een discussie krijgen over wat ontfermen nu eigenlijk is, want daar zitten we geloof ik allebei niet op te wachten.'

'In het openbaar?'

'Nee, hier, gewoon hier.'

Hij kijkt naar een grote ring aan haar linkerhand, met die ring wil ze vast iets uitdrukken, hij weet alleen niet wat. Misschien dat ze excentriek is, keurig en toch excentriek.

'Ik denk,' zegt ze, 'dat je een goede psychiater bent. En op de voor jou kenmerkende afstandelijke en gesloten manier een lieve man. Maar ik denk ook dat je de fout in bent gegaan. Om redenen die ik niet kan achterhalen, zo goed ken ik je niet meer, zo goed heb ik je misschien nooit gekend, heb je je beroepseer verraden, heb je dingen gedaan die onmogelijk goed te praten zijn...'

Hij onderbreekt haar.

'Ik heb niets gedaan, dat is het punt. Ik heb iemand in huis genomen die nergens anders meer heen kon, die dreigde te sterven, die dreigde zich te suïcideren.'

Ze schuift haar bord van zich af, ze laat ruim de helft van haar appeltaart staan.

'Je hebt een situatie geschapen waarin het volstrekt onduidelijk is wat er is gebeurd, waarin het haar woord is tegen het jouwe. Dit zijn andere tijden, er zijn nieuwe bezems, die vegen schoon.' Ze staat op. 'Misschien kom je ervan af met een schorsing,' zegt ze, 'ik hoop het.'

Hij geeft haar een hand. Ze loopt het café uit, hij kijkt haar na. Een ongekende razernij neemt bezit van hem. Hij is vastbesloten niet het slachtoffer te worden van nieuwe bezems, ook niet van oude trouwens. Vroeger keek hij naar de wereld met die vriendelijke, ironische afstandelijkheid die voor hem een soort van levenskunst was, maar nu weet hij zeker dat hij niet ten onder wil gaan. Niet vandaag, niet morgen, misschien wel nooit. En ironische afstandelijkheid zal de ondergang niet tegenhouden, integendeel, die zal hem erheen voeren.

14

De weken gaan voorbij en de razernij neemt niet af. Als een gekooid dier loopt Kadoke door de stad, soms heeft hij het gevoel dat de mensen hem herkennen als melaatse, hoewel dat niet erg waarschijnlijk is, want zijn foto heeft niet in de kranten gestaan en na wat aanvankelijke opwinding over de zaak verdwenen boek en schandaal toch nog snel uit de belangstelling. Er waren nieuwere, grotere schandalen, waarop men met meer verontwaardiging kon reageren.

Tegen vader zegt Kadoke: 'Ik heb een soort van sabbatical genomen.' Vader schudt energiek zijn hoofd alsof het woord 'sabbatical' een zwerm vliegen is die hij wenst te verjagen. Maar later die dag vraagt hij bezorgd aan zijn zoon: 'Krijg je wel betaald voor je sabbatical?'

De zaak komt voor bij het regionaal tuchtcollege en Kadoke gaat er samen met zijn advocaat heen. Hoewel hij zich had voorgenomen volstrekt zichzelf te blijven doet hij een stropdas om en een colbertje aan, hij vreest dat ze hem in trainingsjack of T-shirt helemaal niet meer serieus zullen nemen, hij vreest de veroordeling bij voorbaat en denkend aan Amerikaanse films lijkt het hem goed er zo min mogelijk uit te zien als een veroordeelde, als een vagebond. Zij die over hem oordelen moeten zich qua kleding met hem kunnen identificeren.

Maar hij voelt zich met die stropdas als een slecht voorbereide amateurtoneelspeler. Alles ergert hem, de advocaat, zijn stropdas, een pijntje in zijn linkervoet.

De zitting is formeel en op een rare manier toch gemoedelijk, wat hem nog woedender maakt. Hoe kan het onrecht dat zich vermomd heeft als recht zo terloops, zo frivool plaatsvinden? Zo gewoontjes.

Tegenover zijn collega's vertelt Kadoke geconcentreerd, bijna gepassioneerd het verhaal. Hoe hij voor Michette een gedwongen opname had geregeld, hoe de kliniek waar ze was opgenomen haar weer had weggestuurd, hoe bevreesd hij was dat ze zich zou suïcideren. Kadoke herinnert zich die eerste avond dat hij bij haar was die hem nu, staand voor dit tuchtcollege, voorkomt als de belangrijkste avond in zijn leven, de avond die zijn collega's lijken aan te zien voor Kadoke's eerste misstap, de eerste van vele misstappen. Hij was een keurige psychiater, hij werd een razend dier en nu willen zijn collega's de transformatie in kaart brengen om er een afgewogen oordeel over te kunnen vellen. Maar hij vecht de transformatie aan, hij zou hun willen toeroepen: 'Jullie zien iets in me wat ik niet ben.' Hij zou willen zeggen: 'Ik wil jullie oordeel niet, ik erken jullie oordeel niet.'

Hij blijft echter beheerst, voor de buitenwereld is Kadoke's razernij onzichtbaar. Hij leest voor uit Michettes dossier, beschrijft zijn emoties, beweert vervolgens dat die emoties zijn functioneren niet in de weg hebben gestaan. 'Wie is nooit geëmotioneerd door een patiënt?' vraagt hij. 'Wie is nooit ontroerd door een verhaal, een litteken?' Het is het soort retoriek dat zijn advocaat hem met klem had afgeraden.

De collega's willen weten of hij een seksuele verhouding heeft gehad met Michette. Kadoke antwoordt: 'Nee, nooit.'

Ze willen weten of hij Michette weleens heeft aangeraakt.

'Aangeraakt? Nooit op een seksuele manier,' zegt hij, 'maar ze was de bejaardenverzorgster van mijn moeder of vader of allebei tegelijk. Ik zal weleens een arm om haar heen hebben geslagen, bij wijze van aanmoediging, ik heb dat nooit als ongepast ervaren. Zij volgens mij ook niet.'

Een van de leden van het tuchtcollege, een man die voortdurend met zijn leesbril speelt alsof de hele zaak hem eigenlijk verveelt en hij betere dingen te doen heeft, zegt dat Michette heeft verklaard dat ze een seksuele relatie met Kadoke had. Wat Kadoke daarop te zeggen heeft.

'Dat is onwaar,' zegt hij. 'Dat is een fantasie. Een verlangen. Ze heeft geprobeerd mij te verleiden, ze heeft ook andere psychiaters en hulpverleners geprobeerd te verleiden, leest u haar dossier. Alles staat in haar dossier. Maar ik ben nooit in de verleiding geweest. U hebt haar dossier kunnen bestuderen, we hebben te maken met een automutilerende patiënte met suïcidale gestes. Ze dreigde door de mazen van het net te glippen, het net dat wij gezondheidszorg noemen. Ik vond dat ik moest handelen, ook als dat tegen de protocollen in ging. Niet het belang van de protocollen stond voorop, mij ging het om het belang van de patiënte.'

'U bent nooit in de verleiding geweest?' vraagt de man met de leesbril. Er klinkt spot in zijn stem. Hij negeert alles wat Kadoke over protocollen heeft gezegd.

'Nooit,' zegt Kadoke.

'En over welke verleiding hebben we het dan precies?'

'De fysieke verleiding,' antwoordt Kadoke die door deze vraag verrast is, 'de lichamelijke verleiding. Welke andere verleidingen zouden er moeten zijn?'

Men wil nogmaals weten waarom hij, nadat hij de patiënte die avond uit wanhoop mee naar huis had genomen, geen contact had gezocht met collega's om te overleggen over de casus. Hij antwoordt wederom in min of meer identieke bewoordingen. Hij had zich buiten de protocollen geplaatst, hij wilde niemand meeslepen, geen van zijn collega's medeverantwoordelijk maken voor zijn beslissing. Wie eenmaal de grijze zone heeft betreden kan die zone niet een-twee-drie verlaten.

Een vrouwelijke psychiater die in het tuchtcollege zit en die hem niet aankijkt maar aanstaart alsof hij haar ooit persoonlijk iets heeft gedaan, wil telkens maar weten, ze blijft de vraag op diverse manieren stellen, waarom hij geen hulp heeft gezocht.

Hij antwoordt dat hij begreep, toen en nu, dat hij onconventioneel had gehandeld en hij wilde, nogmaals, niemand opzadelen met deze manier van handelen. Hij wilde dit zelf oplossen. Telkens weer geeft hij hetzelfde antwoord, telkens in andere bewoordingen, dat hij van mening was en is dat hij geen hulp nodig had.

Dan laat Kadoke zijn hoofd hangen, hij voelt zich duizelig, duizelig van de concentratie, de razernij en het onvermogen zich erbij neer te leggen dat deze mensen recht zullen spreken over hem en hij vreest, luisterend naar de vragen, kijkend naar hun blikken, dat dat recht niets dan onrecht zal blijken te zijn.

Als de vragen eindelijk zijn afgelopen maakt hij van de gelegenheid gebruik een korte verklaring af te leggen die hij de week ervoor heeft geschreven en herschreven en nog eens herschreven. Zijn handen trillen als hij het papier uit zijn binnenzak haalt. 'Misschien heb ik mijn professionele distantie laten varen, mijn onthechtheid niet kunnen opbrengen op een moment dat dat wel was vereist, maar is gebrek aan onthechting voor een psychiater per definitie een misdaad? Mag een psychiater niet een grens overschrijden omdat hij meent, omdat hij denkt te weten, dat het overschrijden van die grens voor de patiënt op dat moment van levensbelang is? Wat zijn de grenzen van de intuïtie, wat mag nog cognitief denken heten? Wat zijn wetenschappelijk getoetste behandelmethoden? Ik zou willen dat ik schuld kan bekennen maar ik heb niets te bekennen, ik heb naar eer en geweten gehandeld, het enige wat mij verweten kan worden, en die schuld wil ik bekennen, is dat het arrogant en hooghartig van mij was om naar eer, geweten en eigen inzicht te handelen. Ik had mij meer moeten gedragen als een radertje in de molen van de gezondheidszorg, maar ik wilde suïcide voorkomen.'

Zijn advocaat had hem veel afgeraden, maar het meest stellig was hij over deze verklaring geweest. De advocaat zei: 'We moeten niet de indruk wekken dat we zelf aan het aanklagen slaan, we moeten schuld bekennen, een klein beetje schuld, om vervolgens zo veel mogelijk onschuld vast te stellen.' Kadoke was niet van plan dit spel mee te spelen, een stropdas akkoord, een beetje schuld bekennen waar wat hem betreft geen sprake was van schuld, nee. Hij leest zijn verklaring verder voor.

Niet lang daarna wordt de zitting beëindigd.

Vrijwel meteen daarna wil de advocaat afscheid van hem nemen, maar Kadoke mompelt dat hij naar de wc moet. Hij sluit zich op, wast zijn gezicht en veracht het leven met ongekende hartstocht.

15

Het tuchtcollege komt tot de conclusie dat Kadoke zich onwaardig heeft gedragen en hoewel niet kan worden vastgesteld wat precies tussen hem en Michette is voorgevallen, heeft het tuchtcollege besloten de beschuldigingen van Michette en haar moeder, gezien de aard van de grensoverschrijdingen van Kadoke, serieus te nemen. De psychiater zal zijn beroep nooit meer kunnen uitoefenen. Hij wordt uit het register geschrapt.

Kadoke ervaart de uitspraak als een doodstraf. Hij is dood, ze zijn alleen vergeten hem op te hangen.

'We kunnen in hoger beroep,' zegt de advocaat, met plezier in zijn stem. Het hoger beroep is voor de advocaat een uitje.

'Ja,' mompelt Kadoke, 'laten we dat doen.'

Hij gaat naar huis en neemt verslagen plaats aan de eettafel. Rianne is er maar hij neemt niet de moeite zich vriendelijk en sociaal tegenover haar op te stellen, hij is volledig in beslag genomen door de uitspraak van het tuchtcollege.

Kadoke belt Paulette, vertelt haar over het vonnis en zegt: 'Je moet me helpen.'

'Hoe zie je dat voor je?' vraagt ze.

'Je kunt je in het openbaar achter mij stellen,' zegt Kadoke.

'Nee, dat kan ik niet, Kadoke. Je hebt dit aan jezelf te wijten, je hebt in je eigen vingers gesneden, het is dramatisch, maar niet dodelijk. Er is leven buiten de psychiatrie.'

'Maar ik bén psychiater,' zegt Kadoke, 'ik ben nooit iets anders geweest. En ik heb me niet onwaardig gedragen.'

Hij hangt op, Paulette heeft makkelijk praten, zij hoeft haar leven niet buiten de psychiatrie te slijten, ze kan tot haar pensioen blijven wie ze is en misschien wel langer. Hij gaat naar de tuin, kijkt naar de bomen, en verwijdert met zijn vingers wat luis van een rozenblad. Zijn weloverwogen handelingen zijn verraderlijk, hij is tot een moord in staat.

'Ik ga even wandelen,' zegt Kadoke tegen Rianne en vader. Hij loopt door het park en door de straten, bekijkt etalages en mensen, de woede heeft hem verlaten, hij is een gewond dier. Voor een boekhandel blijft hij staan, in de etalage ligt het boek van de schrijver, het schijnt genomineerd te zijn voor een prijs.

Even aarzelt hij, dan gaat hij naar binnen en koopt een exemplaar. Op een bankje in het park, het is koud maar Kadoke merkt er niets van, bladert hij door het boek. Op elke bladzijde komt Kadoke leugens en halve waarheden tegen, op veel bladzijden staan alleen maar leugens. Hij heeft een andere naam gekregen, maar dat zien de mensen niet, de laster van het boek – hij wil het geen literatuur noemen, aan dat woord kleeft toch een eerbiedwaardigheid die dit boek wat hem betreft ten enenmale niet verdiend heeft – heeft de werkelijkheid verdrongen. Hoe kun je je tegen aanklachten verdedigen als er geen feiten meer zijn?

Met het boek in zijn hand wandelt hij naar huis en merkwaardig genoeg komt de nominatie van deze schrijver voor die prijs hem nu als een grotere krenking voor dan de uitspraak van het tuchtcollege. Ja, er is nog een hoger beroep, maar hij verwacht er weinig van. Als Paulette zich al niet in het openbaar achter hem wil stellen, wie dan wel?

Thuis schrijft hij aan tafel, terwijl vader op de bank ligt te rusten, een e-mail aan het secretariaat van de literaire prijs waarin hij uit de doeken doet dat het boek met de in zijn ogen gruwelijke titel *Walvisch en de therapie* geen echte roman is en daarom ook niet voor een romanprijs genomineerd kan worden. Hij legt uit waarom het betreffende boek in werkelijkheid niets anders is dan laster, matig geësthetiseerde laster.

Hij verliest zich in de e-mail, die steeds langer wordt, maar hij voelt zich verplicht niet alleen tegenover het tuchtcollege maar ook tegenover het secretariaat van de literaire prijs aan bewijsvoering te doen.

'Wat ben je aan het doen?' roept vader vanaf de bank. 'Moet ik niet naar bed?'

'Nog niet,' antwoordt Kadoke, 'het is pas zes uur. Ik ben een e-mail aan het schrijven.'

'Aan wie?'

'Aan het secretariaat van een literaire prijs. Over laster.'

'Wat is er met laster?'

'Laster is laster. Er is kwaadgesproken over mij, in zogenaamd literaire vorm, maar het blijft kwaadsprekerij en ik laat me dat niet meer welgevallen.' Iets harder roept Kadoke: 'Ik heb me genoeg laten welgevallen.'

'Je moet je daar niets van aantrekken,' zegt vader, die met enige moeite rechtop gaat zitten. 'Je bent net je moeder, die was ook chronisch geëmotioneerd.'

Kadoke gaat naar vader toe, streelt hem over het hoofd, het vrijwel kale hoofd waarop ooit een pruik zat. Dan bakt hij twee vegetarische schnitzels. Het woord 'onwaardig' blijft in zijn hoofd spoken, het achtervolgt hem. Zonder waardigheid is hij niet meer dan een naakt, in lichtelijk verval verkerend lichaam, terwijl hij graag meer had willen zijn.

Zwijgend eten de twee mannen hun vegetarische schnitzel.

Als Kadoke vader na het eten naar bed brengt, vraagt de oude man: 'Ga je eigenlijk ooit weer werken?'

'Misschien,' antwoordt Kadoke en hij herinnert zich hoe hij vroeger als kind al 's ochtends vroeg naast zijn vader in bed ging liggen en dan zei: 'Papa, vertel een verhaaltje, ik ben wakker.' Het woord 'papa' dat hij nooit meer gebruikt stemt hem weemoedig. Hij zou het weer eens willen uitspreken, dat woord. 'Papa,' zegt hij, 'natuurlijk ga ik weer werken,' en hij dekt de oude man die een bruine pyjama draagt zorgvuldig toe.

'Je moet geld verdienen,' antwoordt vader. 'Of wil je van de erfenis leven? Dat gaat je niet lukken. Zoveel is er niet.' Hij klinkt ongerust. De geruststellende zekerheid die voor vader altijd aan het woord 'psychiater' kleefde bestaat niet meer, en hoewel Kadoke altijd alleen maar over een 'sabbatical' heeft gesproken bekruipt hem het gevoel dat vader iets heeft meegekregen van de commotie. Zou Rianne iets hebben gelezen in de krant, zou ze iets hebben gehoord van de buren en zou ze daar terloops over hebben gesproken terwijl ze vader onder de douche zette? 'Mijn voorgangster staat in de krant, wist u dat.' Zoiets?

Zwijgend schudt Kadoke zijn hoofd, hij legt de paar lange haren van vader goed over het hoofd van de oude man om de kale plekken een beetje te bedekken. Hij gaat naar zijn kinderkamer, het eeuwige en het tijdelijke zijn ongemerkt in elkaar overgegaan, slechts voor even zou hij zijn intrek nemen in die kinderkamer, nu woont hij er alweer jaren en het ziet er niet naar uit dat hij binnenkort zal vertrekken.

Tegen zijn eigen trots in belt hij Michette. Nu hij toch een onwaardige is doet zijn trots er niet meer toe. Hij wil haar confronteren met de consequenties van haar handelen en bijna precies zo zegt hij het tegen haar als ze heeft opgenomen: 'Ik wil je even laten weten wat de gevolgen zijn van je daad.'

'Welke daad?'

'Het noemen van mijn naam. Het indienen van de klacht.'

Ze giechelt. 'Heb ik je naam genoemd?'

'Op televisie en volgens mij ook nog in een krant.'

'Ik noemde je naam om je te eren.'

'Dat geloof je zelf niet.'

'Wat dacht je dan? Waarom heb ik je naam dan genoemd? Kadoke, je bent heel belangrijk voor me geweest, ik heb lang gedacht dat ik zonder jou niet wilde leven, tot het tot me doordrong dat je ziek bent. Toen ik het boek las, het boek van de schrijver, het boek waarin ik leven heb geblazen, ik zeg het eerlijk, zonder mij zat er geen leven in dat boek, toen besefte ik hoe ziek je bent, altijd maar weer therapietjes bedenken, muziektherapie, alternatieve therapie, altijd maar weer vluchten, zo ziek dat ik me van je moest losmaken, maar ik ben nooit vergeten wie je voor mij bent geweest.'

Kadoke zit op zijn opklapbed en hij vraagt zich af waarom hij Michette ook alweer wilde bellen, wat hij precies had verwacht van dit telefoongesprek, waarop hij had gehoopt. Een spijtbetuiging? Een kreet van ontzetting? 'Nee, dat heb ik niet gewild, dat niet.' Emotie misschien wel. De emoties die hij zichzelf niet toestond te voelen, nog niet, wilde hij via haar ervaren.

'Het tuchtcollege heeft besloten dat ik geen psychiater meer kan zijn, ik ben uit het register geschrapt,' zegt hij droog en zakelijk. Wat voor hem het eind van zijn leven betekent is voor een ander niet meer dan een vliegje in de badkamer, misschien minder dan dat.

Er valt een stilte.

'Dat was niet de bedoeling.'

'Het gaat niet om bedoelingen.'

Weer een stilte.

'Misschien is het ook een opluchting? Een bevrijding? Ik had het idee dat je leed.'

'Dat ik leed?'

'Onder je patiënten.'

'Nee, ik leed niet onder hen. Ik probeerde hun lijden te verlichten. Dat is iets heel anders.'

'Nou ja, nu kun je je eigen lijden verlichten.'

Ze doet er wel erg makkelijk over. Alsof de uitspraak van het tuchtcollege niet meer is dan een verloren sleutelbos. Je vindt hem wel terug en anders laat je nieuwe sleutels maken.

Hij brengt de telefoon naar zijn andere oor. 'Er is mij onrecht aangedaan. Jij bent daar mede voor verantwoordelijk.'

'Er is mij ook onrecht aangedaan.'

'Nee, Michette.' Kadoke is weer harder gaan praten. De psychiater praatte bij voorkeur zacht, op het randje van het fluisteren, maar het gewonde dier verheft geregeld zijn stem. 'Jij hebt mij onrecht aangedaan. Jij. En als jou onrecht is aangedaan, dat wil ik niet ontkennen, dan niet door mij.'

Er komt geen reactie, even denkt Kadoke dat ze heeft opgehangen maar dan zegt Michette: 'Als je erover wil praten, Kadoke, als je over je grensoverschrijdend gedrag wil praten dan kunnen we een kopje thee gaan drinken, als dat je zou helpen. Of wil je een wandeling maken?'

'Ik hoef niet te worden geholpen, ik wilde je inlichten.'

Ze zegt nog wat maar Kadoke luistert niet meer en zo eindigt het gesprek net zo onbevredigend als dat met Paulette, misschien nog wel onbevredigender. Het zit hem dwars dat hij contact met haar heeft opgenomen, dat hij tegenover haar zijn zwakte heeft getoond. Dat wil zeggen zijn behoeftes, de zwaktes van een mens zijn uiteindelijk zijn behoeftes. Maar wat die behoeftes precies zijn, zíjn behoeftes, weet hij niet. Hij weet alleen dat hij jarenlang heeft gedacht dat de mens het dier is dat zijn verlangens moet overwinnen, maar nu hij een gewond dier is vraagt hij zich af welke verlangens er nog over zijn en of het de moeite loont die te overwinnen.

Hij opent de voordeur voor een avondwandeling, het regent, daarom pakt hij een rode paraplu die nog van moeder is geweest en wandelt door de lege straten richting het station en weer terug. Ergens weet hij dat hij moet wennen aan zijn nieuwe rol van schurftige, van uitgestotene, de psychiater die zich onwaardig gedroeg en die nu geen psychiater meer mag zijn. Maar hij herinnert zich ook de woorden van Anat, dat hij niet moet doen alsof het leven niet van hem is, alsof alles hem alleen overkomt.

Misschien had ze gelijk, al valt het hem moeilijk te doen alsof hij zijn eigen noodlot gecreëerd heeft.

Alleen al daarom zal hij zich tegen zijn nieuwe rol verzetten, voor de rol van uitgestotene, van schuldige, van balling, voor die rol heeft hij geen auditie gedaan. Hij zal het masker dat ze hem hebben voorgebonden van zijn gezicht scheuren.

16

Drie dagen nadat hij zijn mail aan het secretariaat van de literaire prijs heeft verstuurd, komt er een kort antwoord, niet meer dan een flauw excuus dat van weinig finesse getuigt. Gelijkenissen met bestaande personen zouden op toeval berusten, de roman is een roman en mag als zodanig meedingen naar de prijs. Meer niet, vriendelijke groeten.

Kadoke leest de mail drie keer, in zijn hoofd formuleert hij allerlei antwoorden, variërend van bijtend sarcasme tot dreigen met een rechtszaak. Maar hij beseft dat de juridische weg een doodlopende is, in het Westen mag alles onder het mom van kunst, op diefstal en moord na.

Kadoke belt met het secretariaat van de literaire prijs, hij zoekt rechtvaardigheid, hij is vastbesloten die te vinden. Voor hem ligt het boek van de schrijver, vol met potloodstrepen zodat hij de ergste gevallen van laster en vuile leugens meteen kan terugvinden. Voor de beschaafde mens draait alles om bewijsvoering.

'Wat kan ik voor u doen?' vraagt een vrouw.

Ze klinkt niet onvriendelijk.

'Ik ben Kadoke, psychiater,' zegt hij. 'Het gaat om een van de boeken die genomineerd zijn voor de prijs die u ook dit jaar uitreikt.' Hij probeert te klinken alsof hij weer bij een patiënt is die zich geprobeerd heeft te suïcideren en hij nu moet nagaan of opname noodzakelijk is. 'Ik ben belasterd,' zegt Kadoke bijna fluisterend. 'En hoewel de schrijver van dit ding dat zich roman noemt enige bekendheid geniet, waardoor ik begin met een achterstand, wil ik de laster benoemen. Hoe verweren zij die geen podium hebben zich tegen de schrijver die overal een podium heeft? Het gaat om *Walvisch en de therapie*.'

'U bent aan het verkeerde adres,' zegt de mevrouw heel rustig. 'Een deskundige jury heeft dit boek genomineerd, samen met vijf andere boeken. Het boek is uitgegeven door een gerenommeerde uitgeverij en geschreven door een schrijver die al meerdere prijzen heeft gewonnen. Als u klachten hebt kunt u zich tot de uitgeverij wenden. Misschien kunt u ook een opiniestuk in een landelijk dagblad schrijven?' Haar suggestie klinkt vriendelijk, ja zelfs ietwat onderdanig. Ze heeft dit kennelijk eerder meegemaakt, benadeelde lezers worden doorgestuurd naar de opiniepagina's van grote kranten zodat ze daar op al dan niet therapeutische wijze hun grieven kunnen formuleren, maar zo'n benadeelde lezer wil hij niet zijn.

'Hierover is niet het laatste woord gezegd,' verklaart hij en hij zou nog iets willen zeggen, iets dodelijks, maar hij vindt de juiste woorden niet. Het verlangen naar rechtvaardigheid heeft zich gehuld in de prachtige maar stekelige mantel van de wrok en hij moet nog wennen aan die mantel, aan de taal die daarbij hoort.

Toch neemt hij haar suggestie serieus. Rechtvaardigheid moet dan maar op de opiniepagina van de krant beginnen.

Het stuk – een redacteur van de opiniepagina vond het 'een interessante kwestie' en heeft hem aanbevolen niet meer dan achthonderd woorden te schrijven – kost hem drie werkdagen. Hij had makkelijk twee- of drieduizend woorden kunnen schrijven, maar hij beperkt zich tot de hoofdzaken. Waarom Walvisch, een zogenaamd fictief personage, makkelijk herkenbaar is als Kadoke, hoe waarheid en verzinsel op zo'n manier met elkaar worden vermengd dat het voor de lezer niet meer te achterhalen is waar fictie begint en non-fictie eindigt, hoe verwijzingen naar een al te herkenbare werkelijkheid in en buiten de roman, en daar gaat het om, bewust door de schrijver en zijn vriendinnetje zijn aangebracht met geen enkel ander doel dan hem, haar voormalige behandelaar, te schaden, kapot te maken. Helaas zijn achthonderd woorden te weinig om ook nog de misstanden in de gezondheidszorg in enkele volzinnen te beschrijven, maar dat kan later nog. Eerst de schrijver, dan het tuchtcollege, vervolgens de gezondheidszorg, dat is de volgorde.

Het werken aan het stuk geeft hem voldoening, langzaam bekruipt Kadoke het gevoel dat het onrecht dat hem is aangedaan al voor een groot gedeelte gewroken zal zijn als dit stuk gepubliceerd is.

Kadoke stuurt het stuk aan een grote krant, hoort dagen niets, mailt, belt, mailt nog een keer en krijgt uiteindelijk te horen dat ze het stuk toch niet zullen afdrukken. De kwestie blijft interessant maar is helaas niet meer actueel.

Normaal gesproken had hij deze afwijzing licht opgevat – maar onder deze omstandigheden voelt het als een nieuwe veroordeling. Hij belt de hoofdredacteur maar krijgt een assistente aan de lijn die hem afblaft. Weer een vernedering.

Het vallen maakt hem duizelig, vaag kan hij zich een gevoel van duizeligheid herinneren als hij aan zijn eerste verliefdheid denkt. Alsof de maatschappelijke val en de verliefdheid iets gemeen hebben, de sensatie van vrijheid.

Desondanks besluit hij het stuk naar een andere krant te sturen. Rechtvaardigheid is het doel, vernedering slechts een hindernis.

Daar herhaalt zich hetzelfde scenario, maar zonder afblaffen.

Een levenstaak neem je serieus, daarom stuurt hij het stuk naar een derde krant. Tot zijn verbazing wil de derde krant, eentje met een christelijke signatuur, het stuk afdrukken. Over geld wordt niet gerept. Hij moet blij zijn dat de christenen plaats willen maken voor zijn grieven.

Na een week staat zijn stuk onderaan de opiniepagina. Ruim een kwart van de oorspronkelijke tekst is zonder overleg met hem verdwenen en iemand heeft de merkwaardige kop 'Ook de schrijver mag niet liegen' erboven gezet, waardoor Kadoke zich onheus bejegend voelt. Alsof hij de schrijver zijn verbeeldingskracht wenst af te pakken, alsof hij werkelijk niets begrijpt van kunst. Hij wenst onrecht te benoemen en laster aan de kaak te stellen, dat is iets anders dan mensen het recht op leugentjes te willen ontzeggen, al dan niet in naam van de kunst.

De reacties op het stuk zijn minimaal, van collega's hoort hij niets, van de krant evenmin, alleen Rianne zegt die middag terwijl ze vaders medicijnen klaarzet dat haar buurvrouw haar op het stuk heeft gewezen en bijna met tegenzin voegt ze eraan toe: 'Ik heb het ook gelezen en ik moet zeggen dat ik het maar een merkwaardige aangelegenheid vind. Ik begrijp wel dat je je werk kwijt bent. Dat zal in deze tijd niet makkelijk zijn. Heb je al eens overwogen naar Israël te gaan? Daar is toch altijd plaats voor jullie. Dat vind ik zo mooi, dat er eindelijk een land is waar er altijd plek voor jullie is, wat jullie ook hebben uitgevreten. En zo heeft de Heer het ook gewild. Zo staat het in de Bijbel.'

'Uitgevreten? We zijn in hoger beroep gegaan,' antwoordt Kadoke. 'En in principe is er hier genoeg plek voor ons. Hoewel hij zelf weinig verwachtingen heeft van het hoger beroep wil hij de indruk van werkeloosheid en eventuele omscholing zo veel mogelijk vermijden. Werkeloosheid en omscholing zouden het moreel van vader nog meer tenietdoen, vader had in de beroepskeuze van zijn zoon immers compensatie voor het eigen lijden en voor dat van Europa gezien.

'O,' zegt Rianne. 'Hoger beroep.'

Ze kijkt hem aan en trekt haar wenkbrauwen op, waaruit hij opmaakt dat er voor haar maar één hoger beroep is.

Op de sociale media vindt hij wat reacties op het stuk die zijn idee dat publicatie rechtvaardigheid naderbij zou brengen, verder ondermijnen. Een lezer die zich 'HopHop' noemt noteert: 'Twee Joden, dan weet je het wel.' En ene 'mevrouw Tessa' schrijft: 'Alle psychiaters zijn seksueel gefrustreerd. Daarom ga ik er nooit meer heen.' Waarop HopHop reageert met: 'Landverraders het land uit.'

Kadoke leest niet verder. Niet dat hij zich ooit veel illusies maakte over de medemens, maar toch. Er zijn grenzen, ook aan masochisme.

17

Op een ochtend wordt hij gebeld door een redactrice van een talkshow. Ze heeft zijn artikel met interesse gelezen en wil 'geheel vrijblijvend' weten of hij erover wil komen praten.

Kadoke heeft een hekel aan talkshows, maar de afkeer moet misschien minder zwaar wegen dan zijn verlangen naar waarheid, steeds meer heeft hij het gevoel dat hij niet alleen namens zichzelf spreekt, maar namens talloze anderen over wie kwaad is gesproken, zonder dat zij zich hebben kunnen verweren. Achteloos hebben zij het over zich heen moeten laten komen, de publieke opinie heeft altijd een excuus paraat voor haar bloeddorstigheid.

'En wat zou dat voor gesprek zijn?' vraagt Kadoke.

'Het zal over uw werk gaan,' zegt de redactrice, 'en over de uitspraak van het tuchtcollege natuurlijk en uw artikel over het boek, uw woede.'

'We zijn in hoger beroep gegaan.'

'Zeker. Dat maakt het zo spannend.'

Spannend. Kadoke zwijgt, hij heeft er weinig zin in, maar hij voelt zich verplicht.

'Ik wil mijn positie graag toelichten in uw show,' zegt Kadoke uiteindelijk. 'Ik opereer liever in de anonimiteit, men heeft mij tegen mijn zin in uit die anonimiteit gerukt...' Hij wil nog meer vertellen, maar ze onderbreekt hem, in anonimiteit is ze niet geïnteresseerd.

Er volgt nog een tweede voorbereidend gesprek dat wordt

afgesloten met een definitieve uitnodiging. Datum en tijd worden genoemd.

Nu hij de kans krijgt in een goed bekeken talkshow wat ze noemen 'zijn kant van het verhaal' te vertellen, besluit hij een nieuwe trui te kopen. Die stropdas doet hij niet meer om, die heeft alleen bijgedragen aan zijn veroordeling.

Een meneer in een nabijgelegen klerenwinkel smeert hem een zwarte coltrui aan. 'U ziet er met die coltrui uit als een intellectueel,' zegt de verkoper. 'Bent u misschien een intellectueel?'

'Nee,' antwoordt Kadoke, 'ik ben psychiater.'

De middag voor de uitzending wordt hij gebeld door de redactrice met de mededeling dat de schrijver zich bereid heeft verklaard ook te komen. 'Het kan een leuk en spannend gesprek worden,' zegt ze opgetogen. Kadoke kan zich voorstellen dat ze in een vorig leven net zo opgetogen was bij het vooruitzicht van een openbare terechtstelling.

'Ik weet het niet,' antwoordt hij, 'ik had dat niet verwacht. Ik had geen strijdgesprek verwacht.'

'Hoor en wederhoor, zo gaat dat in de journalistiek.'

'Ik wist niet dat dit een journalistiek programma was.'

Vader licht hij niet in over zijn televisieoptreden. Het zou hem te veel verdriet doen te merken dat de briljante zoon als gevallen psychiater, als de zorgverlener die zich onwaardig heeft gedragen op televisie verschijnt en niet als geniale bestrijder van andermans ellende, zoals vader het ooit vurig had gehoopt.

Kadoke neemt 's avonds na het eten, als hij vader in bed heeft gestopt, de tram naar de studio aan het andere eind van de stad. Een bewaker bij de deur vraagt of hij zijn naam wil spellen, dan wordt hij doorgelaten en opgevangen door een dame, een meisje eigenlijk nog dat zegt dat ze eerder met elkaar aan de telefoon hebben gesproken. De redactrice. Kadoke zou door haar begeerd willen worden, hij zou niet met haar naar bed willen, niet per se in elk geval, hij zou wensen dat ze hem wilde, dat ze hem niet zag als een gevallen psychiater, eentje die zich onwaardig heeft gedragen, maar als een man van wie ze wat kan leren, een begeerlijke man.

Ze neemt hem meteen mee naar de grime, waar hij een ongemakkelijk gesprek voert over antidepressiva. 'Ik deed suïcidebestrijding,' zegt Kadoke tegen de dame van de make-up die met een spons over zijn wang wrijft alsof die wang een pan is die moet worden schoon geschrobd.

Als ze met hem klaar is, hij vindt dat hij er erg beige uitziet, maar misschien hoort dat zo op tv, geeft hij haar een hand waarvan ze schrikt.

In de ontvangstruimte ziet hij de schrijver zitten. De afkeer die hij voelt is intens, het komt hem voor dat de schrijver hem naar het leven staat, alleen al door hier met Kadoke in een ruimte te zijn.

Kadoke draait zich om, weet zich even geen houding te geven, zoekt het toilet en wast zijn handen. Zijn reactie van daarnet staat hem nu tegen, zo iemand wil hij niet zijn, zo gedragen de schuldigen zich. Daarom verlaat hij het toilet met het vaste voornemen de schrijver beleefd de hand te schudden. Waarom moet hij zich verlagen tot wrok en haat? Maar de redactrice is hem voor. 'Ik zal je even voorstellen,' zegt ze.

Ze neemt hem mee naar de tafel waar de schrijver met zijn telefoon bezig is. Hij draagt een pak en een witte blouse waarvan de bovenste twee knoopjes open zijn. De schrijver geeft hem een plakkerige hand. Kadoke mompelt: 'Kadoke.'

'We hebben elkaar toch al ontmoet,' zegt de schrijver. 'Bent u dat vergeten?'

'Nee,' antwoordt Kadoke, 'maar...'

De redactrice interrumpeert hem met de woorden: 'Het is de bedoeling dat jullie straks open en lekker fel op elkaar reageren.'

'Ik ben niet fel,' zegt Kadoke.

Hoewel dat niet helemaal waar is, het vuur brandt in hem, maar niemand zal het zien.

‘U kunt toch felheid veinzen,’ zegt de schrijver op een ironische toon die de afkeer van Kadoke doet toenemen. ‘Het is tv. Hier veinst iedereen, felheid of iets anders.’

‘Ik niet,’ antwoordt Kadoke. ‘Ik hoor er niet bij. Ik ben gekomen om de waarheid te spreken.’

De schrijver wordt meegenomen naar de grime en Kadoke zit nu alleen nog aan tafel met een man met een doorleefd gezicht die hij denkt te kennen van zijn werk. De man had zich geprobeerd te suïcideren met tabletten, een jaar of twee geleden alweer. Kadoke herinnert zich hoe hij bij hem thuis had gezeten in een onpersoonlijke en troosteloze flat, smaakvol ingericht maar troosteloos.

Na een paar minuten stilte steekt de man hem plotseling de hand toe met de woorden: ‘Ik ben uitgever. Ik geef de boeken van die meneer uit.’

‘O,’ zegt Kadoke. ‘U geeft dat uit.’

De codes van zijn beroep verbieden hem aan de man te vragen of ze elkaar niet al eerder hebben ontmoet en hij blijft die codes ook nu nog trouw. Toch twijfelt hij. Laat zijn geheugen hem in de steek? Heeft hij deze man echt eerder ontmoet?

De uitgever kijkt Kadoke indringend en een beetje dreigend aan en zegt dan zonder verdere inleiding of toelichting: ‘Ik ben ermee opgehouden.’

‘Waarmee?’ vraagt Kadoke. Eigenlijk wil hij zich concentreren op wat hij straks zal gaan zeggen.

‘Drank.’

‘Mooi,’ zegt Kadoke.

‘Sigaretten.’

Kadoke knikt.

‘Coke.’

‘Je kunt met veel ophouden,’ antwoordt Kadoke.

‘Sinds een paar weken ook seks,’ zegt de uitgever, ‘heb ik geen tijd meer voor. Overschat eigenlijk ook, seks, weinig meer dan een zoveelste vluchtweg. Ik ben met vrijwel alles opgehouden om niet met het leven op te hoeven houden.'

Wil de man hem op die manier discreet laten weten dat ze elkaar eerder hebben ontmoet? Zoekt hij toenadering tot Kadoke?

'Iedereen heeft andere strategieën om niet met het leven op te houden,' zegt Kadoke droogjes.

'Ik doe nog één ding,' verklaart de uitgever trots.

Kadoke voelt dat hij zou moeten vragen: 'En wat mag dat dan wel zijn?' maar hij heeft er geen zin in. Hij is geen psychiater meer, hij hoeft geen vragen te stellen, hij is een beschuldigde en een veroordeelde, hij moet eindelijk spreken.

'We praten hier nu wel over van alles en nog wat,' zegt Kadoke, 'en u doet alsof u niet weet waarom ik hier ben, maar u hebt een boek uitgegeven dat eraan heeft bijgedragen dat ik uit mijn leven ben gevallen.'

Kadoke heeft opeens veel zin in een sigaret, nu weer gaan roken zou een nederlaag zijn, er zijn al genoeg nederlagen geweest.

'Ik ben trots op de boeken die ik uitgeef, ook op dit boek, ik doe verder veel crime,' zegt de uitgever met een grijns, 'binnenkort ga ik de memoires van een huurmoordenaar uitgeven. Zal ik u wat boeken opsturen? En wat dat vallen betreft, misschien hebt u zichzelf wel uit uw leven laten vallen, ik ben ook weleens uit mijn leven gevallen. Ik heb er veel van geleerd. Mag ik uw adres? Dan ga ik u gelukkig maken met een paar van onze mooiste boeken.'

'Ik denk niet dat uw boeken mij gelukkig zullen maken, ook uw mooiste boeken niet.'

Hij weet het nu zeker, hij is bij deze man thuis geweest, hij heeft geprobeerd hem voor het leven te behouden. Dit is het resultaat.

Kadoke wil nog iets zeggen, maar dan komt de redactrice hem halen, de uitzending gaat beginnen, het publiek zit klaar. Michette ziet hij nergens, wat hem tegelijkertijd geruststelt en beangstigt, hij had naar haar willen kijken terwijl hij de aantijgingen van de schrijver zou pareren. Hij had haar gezicht willen zien terwijl hij zijn pleidooi hield, omdat hij voor haar de misstap had begaan. En even vraagt hij zich af of hij niet toch per ongeluk van haar heeft gehouden op een manier die een psychiater onwaardig is. Zijn waarheid moet uiteindelijk ook die van haar worden, er kunnen geen twee waarheden naast elkaar bestaan die elkaar uitsluiten.

Eerst gaat het over politiek, een politicus spreekt over vreemdelingen zoals een tuinman over mollen. Kadoke zit erbij en zegt niets. Niet dat hij over politiek of vreemdelingen niets te zeggen heeft, maar hem wordt niets gevraagd en hij spreekt pas als hem gevraagd wordt te spreken, zo is Kadoke.

Dan komt het boek op tafel, nu is Kadoke aan de beurt. '*Walvisch en de therapie* is genomineerd voor een belangrijke prijs en over tien dagen weten we of die prijs ook daadwerkelijk naar dit huiveringwekkende boek gaat – mag ik het huiveringwekkend noemen?' vraagt de presentatrice. 'Maar meneer Kadoke, voor u is het boek om heel andere redenen huiveringwekkend, u zit hier, omdat u zegt dat u al te herkenbaar in dit boek bent afgeschilderd, uw privacy is geschonden.'

Kadoke neemt een grote slok water. Hij had dit onderschat, hij voelt zich klein en onvoorbereid op de weinig empathische vragen, het schouwspel waarvoor men nog tv wil kijken, de openbare terechtstelling als metafoor.

'Mijn privacy is niet zozeer geschonden,' zegt Kadoke. Hij probeert rustig te klinken, weloverwogen, maar zijn stem en zijn handen trillen. 'Het gaat om laster. De schrijver en zijn vriendinnetje, mijn voormalige patiënte, hebben mijn naam laten vallen, mijn echte naam, waardoor de indruk is gewekt dat gebeurtenissen die in het boek zijn beschreven ook zo zijn gebeurd en dat heeft mijns inziens bijgedragen aan mijn veroordeling door het tuchtcollege. Dit boek heeft niets met mij te maken.'

'Ho ho,' zegt de presentatrice, 'u gaat te snel, veel te snel. U bent veroordeeld door het tuchtcollege omdat u zich onwaardig zou hebben gedragen, u zou een patiënt mee naar huis hebben genomen en zonder betaling als bejaardenverzorgster hebben laten werken. U zou met haar een affaire zijn begonnen, in het boek wordt ze zelfs zwanger van u, ze wordt zwanger van haar psychiater.'

Zonder betaling. Zwanger. In het boek. Hij kijkt haar aan, hij kijkt naar het publiek, hij ziet de schrijver en hij beseft dat hij verloren is.

De schrijver heeft nog altijd niets gezegd. Hij glimlacht alleen maar alsof hij er niets mee te maken heeft.

'Een jaar of twee geleden werd ik geconfronteerd met een patiënte die zich dreigde te suïcideren, ze had het eerder geprobeerd, ze wilde het opnieuw proberen, de kliniek waar ze was ondergebracht had haar naar huis gestuurd, er was in de reguliere gezondheidszorg geen bed voor haar, geen plek voor haar. Daarom heb ik haar mee naar huis genomen. Ik vond het onverantwoord haar thuis alleen achter te laten. Dat is het hele verhaal. Het echte verhaal.'

'Had u zoiets eerder gedaan?' wil de presentatrice weten.

'Nooit,' zegt Kadoke, 'maar ik heb ook nooit eerder zo'n noodsituatie aan de hand gehad. Onze gezondheidszorg, een van de beste in de wereld, is niet perfect, is niet toegerust op bepaalde gevallen, er glippen mensen door de mazen van het net. Ik had die avond heel sterk het gevoel dat ik een mensenleven moest redden. Dat gevoel mag niet professioneel zijn, mijn handelen mag te emotioneel zijn geweest, maar waarvan ik ben beschuldigd in dit boek dat zich roman noemt en dat heel duidelijk iets anders wil zijn dan een roman, een reeks beschuldigingen die het tuchtcollege heeft overgenomen, dat zijn leugens.'

'U bent niet alleen beschuldigd, u bent veroordeeld,' zegt de presentatrice droogjes. De schrijver heeft nog altijd zijn mond niet opengedaan.

'Ik heb zo genoeg van die mannen die altijd weer hun straatje schoonvegen,' zegt een mevrouw van wie hij nog nooit heeft gehoord, maar die kennelijk kookboeken schrijft en binnenkort een eigen kookprogramma krijgt waarover ze na Kadoke zal vertellen. De psychiater zit tussen de politiek en het kookprogramma ingeklemd. De dame van het kookprogramma gaat verder: 'U neemt een weerloos meisje mee naar huis over wie u zelf zegt dat ze er een eind aan wil maken en dan moeten wij zeker geloven dat er niets is gebeurd. Die tijden zijn voorbij, dat geloven we niet meer.'

Ze heeft een schelle stem en ze klinkt triomfantelijk.

'Wat denkt u?' vraagt de presentatrice aan de schrijver. 'Heeft uw roman bijgedragen aan de veroordeling van deze psychiater?' Ze glimlacht naar de schrijver op een manier die Kadoke onprettig vindt, alsof ze elkaar goed kennen.

De schrijver schraapt zijn keel. 'Ach,' zegt hij, 'zoals elke schrijver laat ik mij ook inspireren door mensen, door ontmoetingen. Ik schrijf niet om mensen aan te klagen, dat laat ik aan anderen over.'

'Dat is makkelijk,' zegt Kadoke, en hij merkt dat zijn handen nog meer trillen dan daarnet. 'U gooit vuurwapens in de speeltuin en als kinderen ermee gaan schieten is dat hun verantwoordelijkheid.'

'Bedoelt u te zeggen dat het tuchtcollege niet meer is dan een stel kinderen?' De schrijver moet lachen, een ironisch lachje, uiterst beschaafd en toch uiterst onaangenaam. De schrijver is iemand die buiten schot blijft.

'Ik bedoel te zeggen,' zegt Kadoke, 'dat u bewust, ook door wat u uw vriendinnetje, mijn voormalige patiënte, hebt laten zeggen in het boek én in interviews, verwarring zaait over fictie en non-fictie.'

'U moet mijn vriendin geen vriendinnetje noemen,' zegt de schrijver. 'En ik heb haar niets laten zeggen, zij is niet mijn marionet, zij is hooguit mijn muze, maar de tijden zijn voorbij dat de muze zich zwijgend alles laat welgevallen.'

'Misschien,' antwoordt Kadoke, hij heeft kracht gevonden, de kracht van de wanhoop en de verontwaardiging, 'bent u niet meer dan een pion in haar spel. Dat zou natuurlijk kunnen, dat u denkt dat het allemaal uw spel is, maar dat het uiteindelijk haar spel is, dat u uiteindelijk niet meer dan een pion was, u die denkt het allemaal bedacht te hebben, u die denkt met pionnen te schuiven, en buiten schot te blijven, u bent uiteindelijk een pion en op een dag blijft ook u niet buiten schot.'

'Ik moet u onderbreken,' zegt de presentatrice. 'Meneer Kadoke, hebt u aan de vriendin van onze schrijver toen ze bij u woonde gezeten, hebt u haar aangerand, bent u een affaire met haar begonnen, want daarvoor, onder andere daarvoor bent u veroordeeld, en tot slot, hebt u haar niet betaald voor het werk dat ze als bejaardenverzorgster heeft verricht? Is dat correct? En voor ik het vergeet, hebt u dit allemaal "alternatieve therapie" genoemd? Klopt dat?'

Bij de woorden 'alternatieve therapie' wordt er smalend gelachen. Alleen de schrijver produceert niet meer dan een benepen glimlachje.

Kadoke knijpt in zijn glas water. De kracht is weer uit hem verdwenen.

'Ik heb niet aan haar gezeten,' zegt hij. 'Ik ben geen affaire met haar begonnen. En ja, wat ik deed was alternatieve therapie die nog effectief bleek te zijn ook. Ik ben het slachtoffer van fictie. Ik heb slechts gehandeld uit belang van de patiënte.'

'Het slachtoffer van fictie. En hoe was het voor u?' vraagt de presentatrice aan de schrijver. 'Om te schrijven over een man die toch duidelijk meedogenloze trekjes vertoont, een grensoverschrijdende psychiater, ook een soort monster, hebt u zich kunnen inleven? Was dat niet lastig?'

'Het monster zit in ons allen,' antwoordt de schrijver, voor zijn doen triomfantelijk. Alsof hij alleen maar op aarde is verschenen om vast te stellen dat het monster in ons allen zit, al voegt hij er haastig aan toe: 'Dat wil niet zeggen dat het er bij iedereen op dezelfde manier uit komt, we moeten niet in dergelijke gevaarlijke gemeenplaatsen vervallen, maar in potentie zit het in ons allemaal. Het monstrueuze is altijd mogelijk. En nee, ik vond het absoluut niet moeilijk in de huid van een grensoverschrijdende psychiater te kruipen, al wil ik er nog wel aan toevoegen dat het me echt spijt wat er allemaal met meneer is gebeurd. Je hoopt toch dat mensen beter worden van literatuur, niet slechter.'

'Jullie zijn allebei Joods,' zegt de presentatrice. 'Schept dat nog een band?'

'Totaal niet,' antwoordt Kadoke snel. 'Ik begrijp niet dat u dit ter sprake moet brengen. Ik heb mijn punt niet kunnen maken.' Hij wendt zich nu rechtstreeks tot de schrijver: 'Indiscretie is geen literatuur, u denkt: als ik maar indiscreet genoeg ben, dan stelt het wel iets voor. En was het maar bij indiscretie gebleven, u hebt om wat voor reden dan ook uw toevlucht genomen tot laster.'

De presentatrice steekt haar hand omhoog. 'Ik wil het woord "laster" even niet meer horen,' zegt ze. 'Maar terug naar het Jodendom, in *Walvisch en de therapie* speelt de oorlog een aanzienlijke rol, nietwaar? De Tweede Wereldoorlog. De Joodse oorlog.'

'Ach,' antwoordt de schrijver en hij kijkt naar de tafel, 'de oorlog is een soort achtergrondmuziek, hij is er altijd maar je hoort hem niet meer.'

Na die woorden begint de presentatrice over het nieuwe kookprogramma te praten. Kadoke staart naar zijn glas water en vraagt zich af waarom hij de mensen wilde redden. Hij herinnert zich een collega in een kliniek die een keer tegen hem had gezegd: 'Ik ga me niet aan dat meisje hechten, want ze gaat dood, niemand wil me geloven, maar ze gaat dood. We hebben een hele afdeling voor haar ingericht, ze kost duizend euro per dag, maar ze gaat dood. Ik heb al drie keer het touw om haar nek doorgeknipt.' Een paar weken later was dat meisje er inderdaad in geslaagd zich succesvol op te hangen.

Misschien moet je je inderdaad niet hechten aan mensen van wie je vermoedde dat ze zouden slagen in hun zelfmoordpogingen. Maar Michette leefde, hij leefde, het gesprek over het kookprogramma kabbelde voort en Kadoke besefte dat hij het touw om zijn nek zelf moest doorknippen. Niemand anders zou het doen.

18

Kadoke's pogingen rechtvaardigheid naderbij te brengen door de openbaarheid te zoeken lijken een tegengesteld effect te hebben. Direct na de uitzending krijgt hij een e-mail via zijn werkadres dat hij nog altijd checkt en dat ze merkwaardig genoeg niet hebben afgesloten: 'Kun je wel onschuldige Nederlandse meisjes voor je laten werken om zo wat extra sjekels te verdienen en ze daarna ook nog verkrachten? Jullie hebben niets geleerd.'

Vooral het woord 'sjekels' treft hem.

Als hij de volgende ochtend wakker wordt heeft hij nog meer berichten. Iemand schrijft: 'Het is jammer dat de goede Joden zijn vergast en de slechte Joden zijn overgebleven. U bent daar het levend bewijs van.'

Een ander schrijft alleen één woord: 'Antisemiet.'

Een meneer, Kadoke vermoedt in elk geval dat achter de naam Zuivernederland een man schuilgaat, heeft gemeend te moeten schrijven: 'Het verkrachten van minderjarige blanke meisjes zit in jullie bloed! En in dat van de moslims! Maar dat betekent niet dat je je gerechte straf zult ontlopen linkse HOND.'

Er is één mail bij die in de buurt komt van een steunbetuiging. Een mevrouw uit de Achterhoek schrijft: 'Mijn psychiater heeft geprobeerd me te elektrocuteren, sloeg me regelmatig met een stok en elke keer als ik hem zag plaste hij over me heen omdat dat volgens hem mijn depressie zou verminderen. U hebt het zo te horen minder bont gemaakt. Nou ja, wees blij dat u ervanaf bent en dat u nu een fatsoenlijk beroep kunt gaan uitoefenen, voor zover u nog tot fatsoen in staat bent.'

De rest van de berichten leest hij niet meer. Hij sluit zich op in zijn kinderkamer en ervaart een lichamelijke sensatie van eenzaamheid, een tinteling op de huid, een dof kloppen in het hoofd.

Uren blijft hij zo zitten aan zijn bureau, in de middag hoort hij hoe Rianne binnenkomt en met vader aan de slag gaat. Hij durft niet naar beneden te komen, bang als hij is dat ze de uitzending van gisteravond heeft gezien en er commentaar op zal leveren. Kadoke beseft dat hij ondergedoken zit in zijn eigen huis, zoals hij dat al deed als kind tot zijn vader zei: 'Hou op met onderduiken. Als je onderduikt in vredestijd, wat moet je dan in hemelsnaam doen als het oorlog wordt?'

'Blijven onderduiken,' had de kleine Kadoke gezegd, 'zo verandert er nauwelijks iets.' Hij was het huis uit gejaagd, door zijn vader, de wereld in gejaagd. Onderduiken was een doodlopende weg, vooral in vredestijd, want waarop wachtte je? Waarop kon je wachten?

Kadoke verzamelt moed – wat is het ergste wat Rianne tegen hem kan zeggen? – en gaat naar beneden om haar thee aan te bieden. Gelukkig begint ze niet over de uitzending, maar over haar werk voor Israël. 'Het wordt steeds erger,' zegt ze, 'volgens mijn man is de eindtijd nu echt begonnen.'

Ze vertelt, terwijl ze vader op de wc zet, waarom volgens haar man de eindtijd een aanvang heeft genomen. Het komt allemaal door buitenlanders, kapitalisten en linkse politici. Gek genoeg lijkt ze het niet persoonlijk te nemen, de catastrofes die met de eindtijd gepaard zullen gaan, alsof ze zich nu al verheugt op het paradijs dat erna zal komen.

Als ze weg is leest Kadoke nog wat berichten die via de sociale media zijn verspreid naar aanleiding van zijn optreden in de talkshow, hij betrapt zich op het verlangen om terug te slaan.

Waarom zou hij ongevoelig zijn voor de verlokkingen van de

kille woede? Is hij soms uniek? Als hij verliefd kan worden en lang geleden is hij verliefd geworden, de hartstocht heeft hem niet overgeslagen – al heeft hij tijdig ontdekt dat de hartstocht geen vriend is van het leven, misschien van de liefde, niet van het leven – dan kan hij ook verachten.

De eerste persoon op wie Kadoke's woede zich richt is de schrijver, de rat, hij heeft geen ander woord voor hem, de schrijver is een rat. Voor Michettes gedrag heeft hij begrip, ze was ziek, borderline, dat gaat nooit meer weg, hij had haar gestabiliseerd maar het is logisch dat een relatie met een schrijver die rat is maanden, nee jaren aan therapie in één klap tenietdoet.

Zozeer overmant de verachting hem dat het verlangen in hem opkomt de schrijver iets aan te doen. Hij beseft dat in zijn situatie revanche een betrekkelijk uitzichtloze aangelegenheid is, daarom gaat hij naar de boekhandel. Ze hebben, naast *Walvisch en de therapie* dat op een tafel ligt met een handgeschreven briefje van de boekhandelaar erbij ('Ingenieus verslag van de Werdegang van een psychiater die meer hulp nodig heeft dan zijn patiënten') drie boeken van de schrijver in voorraad – *Deborah*, *Onze botten* en *De geurloze man* – hij koopt ze alle drie, gaat naar huis, bladert door de boeken en maakt dan in de tuin tussen wat stenen een kampvuur.

Hij kent de geschiedenis, maar hier worden geen boeken verbrand, hier wordt onrecht ritueel uitgedreven.

'Doe de tuindeuren dicht,' roept vader. 'Het tocht.'

Kadoke gaat naar binnen, pakt zijn exemplaar van *Walvisch en de therapie* en gaat naast het vuur staan, dat vrolijk knettert.

Zijn ouders hadden een hekel aan barbecueën, ze vonden het ordinair en het deed hen aan de oorlog denken, kaasfondue vonden ze prima, maar verder dan dat moest het niet gaan. Als puber, toen zijn ouders een paar dagen op reis waren, kocht hij een barbecue en ging barbecueën om zich van zijn ouders los te maken.

De berichten op de sociale media blijven hem steken, het woord 'sjekel' wil niet uit zijn hoofd, als puntje bij paaltje komt, is hij een vreemde, ook al is hij in dit land geboren, dat doet er niet toe. Ooit zal de genocide van de twintigste eeuw worden begrepen als een hardhandige poging tot heropvoeding.

Misschien hadden zijn ouders gelijk gehad, dat het sprookje van de assimilatie in de twintigste eeuw definitief was gestorven, dat hij in dat sprookje wenste te geloven was vermoedelijk nauwelijks meer dan weer een poging zich van hen los te maken. En dit was het resultaat, voor de buitenwereld bleef hij een psychiater die in sjekels dacht, eentje die zijn handen niet thuis kon houden, omdat dat in zijn bloed zat.

Maar zonder de schrijver was dit allemaal niet gebeurd, in de literatuur had de ellende een aanvang genomen, in het boek dat hij nu in zijn hand heeft, dat boven op de stapel ligt, daarin is uit de anonimiteit gegrist wat nooit uit de anonimiteit gegrist had mogen worden. En voor wat? Voor tien-, twintig-, dertigduizend verkochte exemplaren, een nominatie, was dat een vernietigd leven waard? Kon hij anders over zijn eigen leven denken dan als vernietigd? Zelfs als hij in hoger beroep zou winnen, hoe kon hij nog met opgeheven hoofd terugkeren naar de crisisdienst? Ook al zou hij in hoger beroep worden vrijgesproken, wat hem onwaarschijnlijk leek, wat vernietigd was bleef vernietigd. Hij was besmet en hij zou nooit meer zuiver worden. Hij zou zich nooit meer vrij voelen als psychiater, er zouden altijd mensen over zijn schouders meekijken. Het woord 'sjekel' zou hem begeleiden, waar hij ook heen ging. Ze hadden hem gebroken en het was niet eens persoonlijk. De schrijver was een meisje tegengekomen op een ochtend in een hotel in Zeeland en hij was gefascineerd geraakt door haar verhaal, verliefd op haar geworden, want zo gaat dat, mensen worden verliefd, ook schrijvers. Hij had haar verhaal gebruikt en zij had zich laten gebruiken, gelovend in zijn liefde, wat aftandse glamour die kleeft aan de kunst, en hij,

Kadoke, was niet eens een tegenstander, laat staan een vijand. Hij was gebroken zoals je een zieke muis breekt op wie je per ongeluk gaat staan. *Collateral damage.*

Dat laatste stoorde hem nog het meest.

En hoe langer hij daaraan denkt, hoe meer de toekomst tot hem doordringt, hoe meer hij de schrijver veracht, zijn maniertjes, zijn trucjes, zijn halfbakken inzichten. Kadoke gooit *Walvisch en de therapie* op het vuur, het boek waarin hij aantekeningen heeft gemaakt, waarin hij heeft gestreept en gegumd, zinloos was het, zinloos te denken dat je met open vizier je zaak kunt bepleiten. Maar hij zal niet opgeven. Het doet hem goed te zien hoe de vlammen het boek verslinden, zo makkelijk doen ze dat, zo vanzelfsprekend, zo begeerlijk. Kadoke weet dat deze genoegdoening slechts symbolisch is, maar soms moet je je overgeven aan symbolische wraak om niet terecht te komen in de neerwaartse spiraal van werkelijke revanche, je moet een symbolische verbranding omarmen om zelf niet verteerd te worden door het vuur van de haat. En met die constatering, eentje die hem oplucht, die hem zelfs ontlast, gooit hij *Deborah* in de vlammen.

19

Om zijn dagen niet geheel te vullen met wrok en verdriet en verlangen naar rechtvaardigheid schrijft hij een lang bericht aan Anat waarin hij terloops de politieke situatie in Israël bekritiseert, en daarmee haar overtuigingen, maar waarin hij voor het eerst twijfelt of er toekomst is voor de Joden in Nederland. Hij beseft dat hij daarmee allicht ook iets zegt over de Joden in Europa, maar dat moet dan maar. 'Niet vanwege de moslims,' voegt hij er snel aan toe. 'Vanwege de Nederlanders. Vanwege de Europeanen.'

De aanleiding voor zijn twijfel, de berichten die hij ontving na zijn optreden in de talkshow, verzwijgt hij. Aan de ene kant vindt hij de aanleiding te banaal – je zou kunnen zeggen dat zijn conclusies wel erg snel zijn getrokken na wat onaangenaam commentaar op de sociale media –, aan de andere kant vindt hij dat Anat niets hoeft te weten over zijn val, over iets wat zich toch moeilijk anders laat omschrijven dan een smadelijke nederlaag. Misschien zijn zijn zorgen over de toekomst van de Joden in Europa ook een poging om toenadering tot haar te zoeken. Zij gelooft dat er geen toekomst is voor Joden op het oude continent, of waar dan ook ter wereld buiten Israël, zij gelooft daarin met een hartstocht die iets opwindends heeft gekregen sinds ze met elkaar hebben gevreeën. Waarschijnlijk was vrijen met Kadoke net zo gevaarlijk en verboden als het leven van de Jood in Europa. Alsof Kadoke het immer wankelende, oude en eeuwig bijziende Europa was.

Een dag of twee zoekt hij verstrooiing door aan Anat te denken, het is lang geleden dat hij zo aan een vrouw heeft gedacht, vol heimelijk verlangen en de fantasie dat zij ook stiekem naar hem verlangt. Dat hij haar naar hem kan doen verlangen. Hij heeft het gevoel dat hij haar eerst niet heeft gezien, dat hij haar door een waas zag, dat hij moest vallen om haar echt te zien.

En hij herinnert zich hoe ze voor de deur stond, als schatbewaarder van het verleden, maar ook als archeologe, ze was gekomen om opgravingen te doen en al wat ze had opgegraven was Kadoke zelf. Maar hij liet zijn verleden niet ontleden, het was van hem en van niemand anders.

Kadoke herinnert zich hoe kwetsbaar ze was in haar opdringerigheid, iets wat hij eigenlijk nu pas beseft, nu hij haar nodig heeft, nu de enige afleiding in zijn leven bestaat uit een achter-achter-achternicht met fundamentalistische opvattingen, die hij ondanks haar god en haar zionisme heeft weten te verleiden, nu ziet hij haar tederheid, haar barmhartigheid. Nu hij zelf zo naar barmhartigheid verlangt.

Of had zij hem verleid? Had hij niet willen zien waarvoor ze werkelijk was gekomen? Een echte verovering zou hij haar hoe dan ook niet willen noemen, daar vindt hij zichzelf te oud voor, om nog te veroveren en daarvoor is de herinnering aan die ene avond te broos, de avond zelf vooralsnog te eenmalig. Hij is weinig meer dan een man die zijn waardigheid heeft verloren en hij weigert te geloven wat de mensen om hem heen tegen hem hebben gezegd: dat hij het er zelf naar heeft gemaakt. Het is alsof denken aan Anat een cruciale stap is om zijn waardigheid terug te winnen, zij is de laatste die hem nog waardig heeft meegemaakt, de laatste die hem die waardigheid heeft gegund.

Een paar keer per dag denkt hij nu aan de vrijpartij op de bank en hoe ze daarna toch alleen wilde zijn om haar gebeden te zeggen. Het is niet zozeer een herinnering die hem seksueel opwindt, veeleer bezorgen de herinneringen aan die avond hem een sensatie van verbintenis, van gemeenschap. Ze had zich niet van de wijs laten brengen door de seks, het genot had haar niet doen twijfelen aan haar god, hoewel ze er geen been in had gezien om te schreeuwen, niet lang, maar toch, geschreeuwd had ze, ze vertrouwde er blijkbaar op dat vader al sliep of doof was. In het ergste geval had ze het kunnen afdoen als religieuze extase.

Maar als hij na twee dagen nog niets heeft gehoord van Anat lukt het hem niet meer zijn pijn te dempen door aan haar te denken, hij verwijt zichzelf projectie en bakvissengedrag, een verlate verliefdheid na een avondje rotzooien op de bank van zijn ouders. Hij had beter moeten weten, hij neemt zichzelf de hoop kwalijk, de blinde hoop. Misschien was het diezelfde hoop die hem maanden geleden had verleid Michette in huis te nemen. De gruwelijke hoop dat hij zou slagen waar zijn collega's en het systeem hadden gefaald, de zelfoverschatting, de behoefte iets groots te verrichten in het volste besef dat hij daartoe niet in staat was. Die spagaat had hem gevormd, verlangen naar het grootse en leven alsof er niets groots is. Hopen op de roekeloze hartstocht, maar overal waar die opduikt hem de kop indrukken.

De prijsuitreiking komt dichterbij, hij leest er een artikel over in zijn krant, de gematigde lof die over *Walvisch en de therapie* wordt uitgestort stoort hem minder dan dat de 'affaire' wordt verzwegen, alsof het er niet toe doet dat er een mensenoffer is gebracht voor de zogenaamde literatuur.

Van Michette heeft hij niets meer gehoord, ze zal haar doel hebben bereikt of andere zorgen hebben. Maar de gedachte dat de schrijver veel geld en eer kan krijgen voor iets waarin Kadoke alleen maar laster ziet, laat hem niet los, windt hem opnieuw enorm op. Het razende dier komt weer in hem los, alsof het al die jaren dat hij een weloverwogen psychiater was alleen maar gewacht heeft op zijn kans.

Terwijl hij met vader aan de eettafel zit en een voorzichtig begin van de lente waarneemt in de tuin – vader heeft er geen oog voor, hoewel hij altijd van de tuin heeft genoten – besluit hij dat hij niet zwijgend thuis kan blijven terwijl de hotemetoten 'de literatuur' vieren zonder oog te hebben voor het mensenoffer. De tot niets verplichtende schoonheid wordt daar gevierd, glijmiddel van handel, het spektakel ter bevordering van de kaboutereconomie van het zogenoemd 'betere boek', hij moet zichzelf zichtbaar maken als mensenoffer. Hij moet daar gaan staan omdat hij, tot onwaardig gemaakte, geen andere manier heeft om aan zijn onwaardigheid te ontsnappen dan die te onderstrepen. Kadoke moet ophouden met onderduiken, hij moet in het daglicht treden.

Hoe langer hij erover nadenkt hoe meer het idee hem bevalt, hij zal een eenmansdemonstratie organiseren. Op het internet zoekt hij uit waar en wanneer de prijs wordt uitgereikt; dat blijkt in een groot hotel in het centrum van de stad op een maandagavond te zijn.

In de schuur vindt hij een oude bezemsteel, in de achtertuin op het gras genietend van een vaal zonnetje monteert hij een bord op de steel waarop hij met witte verf schildert: LITERATUUR IS GEEN LASTER. Het werken met zijn handen doet hem goed. Vader zit binnen aan tafel, de tuindeuren staan halfopen, het heeft iets idyllisch. Een paar keer schreeuwt vader: 'Waar ben je toch mee bezig?' maar Kadoke gaat op in zijn werk, pas als vader zich met moeite uit zijn bureaustoel verheft en op het raam klopt roept Kadoke: 'Ik ben een demonstratie aan het voorbereiden.'

Vader schreeuwt met al zijn kracht: 'Verdomme, kan de tuinman dat niet doen?'

'Nee,' zegt Kadoke, 'dat kan de tuinman niet doen.'

Je kunt rechtvaardigheid toch niet laten afhandelen door de tuinman? Alsof je leven op het spel staat en je dan tegen de tuinman zegt: 'Los jij het even op?'

20

De avond van de prijsuitreiking nadert. Kadoke twijfelt of hij er met het openbaar vervoer heen zal gaan, maar hij ziet ertegenop de oude bezemsteel met het daarop gemonteerde bord in tram en bus mee te nemen. Hij zal met de taxi gaan.

Warme regen valt, volgens de buienradar zal het de hele avond blijven gieten. Kadoke trekt een oude regenjas van zijn vader aan, bestelt een taxi en laat zich naar het hotel rijden. Hij is er vroeg, de gasten van de prijsuitreiking zijn nog niet gearriveerd, hij vraagt zich af waar hij zal gaan staan. Hij heeft het aan de bezemsteel bevestigde bord discreet afgedekt met twee plastic zakken, maar op een gegeven moment moeten die zakken eraf, en dan is de demonstratie begonnen, dan kan hij niet meer terug. Hij besluit links van de ingang te gaan staan.

Kadoke beseft dat het een lange avond kan worden, dat kan hem niets schelen, rechtvaardigheid is geen kwestie van klaar-terwijl-u-wacht. De oude regenjas van zijn vader blijkt minder waterbestendig dan hij had gedacht, maar ook dat is een detail, als hij thuis is kan hij een warme douche nemen. De zakken zijn verwijderd, hij houdt het bord omhoog.

De eerste gasten arriveren, ze keuren hem geen blik waardig. Hij weet dat ze hem hebben gezien, ze kunnen hem en zijn eenmansdemonstratie niet missen. Nog hoger houdt hij de oude bezemsteel met het bord waarop staat LITERATUUR IS GEEN LASTER. Een fotograaf loopt langs, blijft voor Kadoke staan, zegt geen woord maar maakt een paar foto's van de demonstrant.

Kadoke kijkt langs hem heen, het voelt ongemakkelijk om van zo dichtbij te worden gefotografeerd, vooral door iemand die geen woord tegen hem zegt, maar hij weet dat hij geen keus heeft. Hij is een object geworden dat aandacht vraagt voor zijn situatie en daar hoort ook een fotograaf bij.

De schrijver ziet hij nergens, terwijl hij voor hem hier in de regen is gaan staan, om hem te beschamen, om hem te wijzen op het feit dat de vertrapte muis niet zomaar aan de kant kan worden geschoven. Het halve lijk staat hier om de schrijver te herinneren aan het materiaal dat aan het schrijfproces vooraf is gegaan, het beendermeel dat in de schrijffabriek verwerkt is tot iets wat sommige mensen literatuur noemen. Kadoke is het beendermeel dat spreekt, het spook dat de geslaagden geen rust zal gunnen. De schrijver mag er dan niet zijn, wie hij wel ziet is Michette, ze is in gezelschap van de man met het doorleefde gezicht, de uitgever die zo gemoedelijk had beweerd dat uit je leven vallen ook voordelen heeft.

Ze komt naar hem toe, blijft voor hem staan. Michette kijkt hem aan, maar hij kijkt langs haar heen zoals hij langs de fotograaf heeft gekeken.

Dan zegt ze: 'Waarom doe je dit jezelf aan, Kadoke?'

Ze pakt een zakdoek uit haar tas, gaat op haar tenen staan en probeert wat druppels van zijn gezicht te vegen.

'Waar is de schrijver?' vraagt Kadoke, zonder haar aan te kijken.

'O, die komt niet,' antwoordt Michette, 'die haat dit soort dingen, ik vervang hem.'

Ze blijft staan, wil nog iets zeggen, maar de uitgever die er voor de verandering vrolijk uitziet trekt haar mee en roept naar Kadoke: 'Blijf toch niet in de regen staan, ga lekker in de lobby demonstreren.' Voor Michette het hotel in gaat draait ze zich om en zwaait naar Kadoke. Hij doet alsof hij het niet gezien heeft.

Als iedereen binnen is loopt hij een paar rondjes en neemt dan weer zijn oude positie in. Een portier van het hotel wil weten of hij hier de hele avond zal blijven staan. 'Ja,' zegt Kadoke, 'waarschijnlijk wel.' Hij vermoedt dat hij nu zal worden weggestuurd, maar de portier zegt niets, gaat gewoon weer weg.

Zo staat hij daar, met het bord voor zich. Binnen zit Michette, als rariteit tussen de hotemetoten, en haar voormalige psychiater staat buiten in de regen. Het verlangen naar rechtvaardigheid is sterker en hardnekkiger dan de onderzoekende blikken van de voorbijgangers, dan de angst voor nog meer vernedering. Als ze straks naar buiten komen, de mensen, de schrijvers en hun aanhang, moeten ze hem zien, het mensenoffer.

Naarmate de avond langer duurt valt het wachten hem steeds moeilijker. Hoelang kan zo'n prijsuitreiking duren? Hoeveel moet er worden gegeten voor ze bekendmaken aan wie die prijs toevalt? Wat gebeurt daar allemaal?

Hij hoopt dat de aanwezige journalisten hem straks een paar vragen zullen stellen, wat hij daar doet, wat hij hoopt te bewerkstelligen. Tijdens de talkshow mislukte het maar tegenover de schrijvende pers zal hij beter gewapend zijn. Hij is voorbereid.

De eerste gasten komen naar buiten. Hij vraagt aan een man die haastig voorbijloopt welk boek heeft gewonnen. Het is niet *Walvisch en de therapie*, dat is in elk geval iets, maar hij begrijpt dat daardoor ook de kans kleiner is dat de schrijvende pers zich voor de demonstrant zal interesseren.

Een kleine vrouw komt ietwat onzeker naar buiten gelopen, ze zal wel schrijfster zijn, maar hij weet het niet zeker. Ze blijft vlak voor hem staan, neemt hem een tijdje brutaal in zich op vanonder haar paraplu, ze ruikt sterk naar alcohol, haar begeleider zegt: 'Kom nou,' maar uiteindelijk vraagt ze Kadoke: 'Ben jij die treurige figuur die onlangs op televisie was? Ben jij die psychiater die niet van patiëntes af kan blijven?'

'Ik ben,' zegt Kadoke zo waardig mogelijk, 'een belasterde psychiater. Men heeft mij in een boek belasterd. En buiten dat boek om is in interviews mijn naam genoemd, om aan alle onduidelijkheid een eind te maken. Het spijt me dat ik zulke grote woorden moet gebruiken, maar ik heb vrijwel alles verloren, mijn werk, mijn reputatie, daarom sta ik hier, om u te vertellen dat er mensenoffers worden gebracht voor iets waarvoor nog geen muis geofferd zou mogen worden.'

'Hou je bek,' roept ze hard en hoog. 'Griezel die je bent, de eigen wandaden goedpraten, dat kunnen jullie, daarom kwam #metoo geen dag te vroeg, jullie roofdieren hebben niets geleerd en zullen nooit iets leren.' Ze spuugt hem in het gezicht, dan wordt ze meegetrokken door haar begeleider, die als Kadoke zich niet vergist nog iets van 'het spijt me' mompelt.

Hij verroert zich niet, hij voelt hoe haar spuug langs zijn wang en zijn neus naar beneden glijdt, maar het deert hem niet, beter gezegd, hij wil niet dat dit hem deert. Hoe kun je iets wezenlijks bewerkstelligen zonder bespuugd te worden?

Meer mensen komen naar buiten. Hij ziet Michette. Even lijkt ze te twijfelen of ze langs hem heen zal lopen, maar dan blijft ze toch staan, vlak voor hem.

'Dit was vreselijk,' zegt ze tegen Kadoke, 'wees blij dat je geen schrijver bent. Het eten was ook smerig.'

'Dankzij jou en je vriend ben ik niets meer.'

Een fotograaf roept: 'Ga even naast hem staan.'

Ze grijpt Kadoke om zijn middel en zegt tegen niemand in het bijzonder: 'Ik heb hem alles vergeven.'

Er komt een andere fotograaf bij, een man dringt zich langs de fotografen en beweert freelance te schrijven voor de krant met christelijke signatuur die eerder Kadoke's opiniestuk heeft afgedrukt. 'Mag ik u iets vragen,' zegt hij. 'U bent toch psychiater Kadoke?'

'Dat ben ik.'

'Waarom staat u hier met dat bord? Wat hoopt u te bereiken?'

Kadoke doet zijn verhaal, maar tussendoor roept Michette steeds weer: 'Zo is het helemaal niet gegaan, jouw geheugen deugt niet.'

'Maar waartegen demonstreert u nou eigenlijk?' vraagt de journalist. 'Tegen de uitspraak van het tuchtcollege? Dan moet u misschien elders gaan staan. Tegen literatuur in het algemeen, wat heeft die u misdaan?'

'Ik demonstreer tegen een specifiek boek,' antwoordt Kadoke, 'zonder dat boek waren er geen klachten gekomen en was er nooit een veroordeling geweest door het tuchtcollege. Ik demonstreer omdat een man die zich schrijver noemt mijn patiënte heeft misbruikt, haar verhalen, haar verwarde verhalen heeft geplunderd, en consequent geweigerd heeft onderscheid te maken tussen fantasie en feit, daartegen protesteer ik omdat ik het slachtoffer ben geworden van deze handelswijze.'

'Ach welnee, mallerd,' zegt Michette en ze glimlacht weemoedig, 'jij hebt me een klein beetje misbruikt maar ik heb je alles vergeven.'

Er worden nog wat foto's van hem en Michette gemaakt en dan verdwijnt ze met de uitgever in een auto die uit het raampje roept: 'Je kunt ook met demonstreren ophouden, dat scheelt een hoop. Ik heb vroeger veel gedemonstreerd. Ben ermee opgehouden. Ben nu stukken gelukkiger.'

De journalist neemt afscheid van de psychiater, beleefd, dat wel.

En Kadoke staat daar maar, nu de prijsuitreiking achter de rug is en de mensen voor wie hij er echt stond zijn verdwenen of niet zijn komen opdagen, steeds meer als een bezienswaardigheid. Er blijven mensen uit het hotel komen, Kadoke besluit dat verder demonstreren zinloos is. Hij ziet nergens een taxi en neemt daarom de tram. Even overweegt hij het bord langs de kant van de weg te laten staan, het zou hem ongemak besparen, maar hij neemt het toch mee naar huis. Zijn zelfrespect zit in dat bord.

21

De ochtend na de prijsuitreiking wordt hij gewekt door zijn telefoon. Het is Anat, ze verontschuldigt zich dat ze niet meteen op zijn lange bericht heeft gereageerd maar ze was druk met haar proefschrift, dan wil ze weten hoe het met vader is en hoe laat het daar eigenlijk is. Alsof dat zaken van gelijke orde zijn.

'Er is nog altijd een uur tijdsverschil tussen Nederland en Israël. En dat zal voorlopig zo blijven.'

'Heb je het gehoord?' vraagt ze en even denkt hij dat ze het over hem heeft en het boek dat hem achtervolgt.

'Er zijn weer twee Joden vermoord,' zegt ze, 'hier vlakbij. Ze zullen geen rust hebben tot we allemaal dood zijn.'

Belt ze hem daarvoor op? Hij mag haar dan een paar dagen geïdealiseerd hebben als een verliefde vijftienjarige en hij begrijpt nu dat hij haar misschien wel geïdealiseerd had omdat hij zo lang geen seks had gehad dat hij degene met wie hij eindelijk weer seks had wel moest idealiseren, maar hij is al half genezen van zijn waan en nu hij opnieuw met haar ideologie en bijbehorende verontwaardiging – geen ideologie zonder verontwaardiging – wordt geconfronteerd, ziet hij weer scherper wie ze is: geen liefdesobject, maar een achter-achter-achternicht, een fanaticus, al is ze dan bezig te promoveren.

'Luister,' zegt hij, 'ik weet dat je mijn opvattingen niet belangrijk vindt, maar jullie bewonen een gebied dat niet van jullie is, dan moet je ook niet vreemd opkijken als de oorspronkelijke bewoners tot harde maatregelen overgaan om hun ongenoegen kenbaar te maken, temeer daar onderhandelingen niet zo gek veel hebben opgeleverd.'

Even valt er een stilte.

'Harde maatregelen? We hebben het over moord, Kadoke. Dat zou ik geen hàrde maatregelen willen noemen en ik kan jouw salonsocialisme echt slecht verdragen, als ik in Amsterdam-Zuid zou wonen zou ik me ook erg druk maken om de oorspronkelijke bewoners, niet alleen hier maar overal ter wereld. Als land teruggegeven moet worden aan de oorspronkelijke bewoners, weet je dan wel hoeveel volksverhuizingen allemaal op gang zouden moeten komen? En wanneer houden we op over de oorspronkelijke bewoners te spreken? Hoeveel onrecht moet er plaatsvinden om onrecht van decennia geleden, eeuwen geleden misschien wel te herstellen? Maar daarvoor bel ik helemaal niet, want ik merk dat ik me opwind als ik met jouw radicaal-linkse praatjes word geconfronteerd, ik voelde dat je me nodig had, daarom belde ik je.'

Hier in Amsterdam en omstreken is hij een gevallen psychiater, een viespeuk, maar voor zijn achter-achter-achternicht is hij nog steeds een salonsocialist die de ware omvang van zijn Joodse zelfhaat nog niet tot zich heeft laten doordringen.

'Je moet wel beslissen of ik radicaal-links ben of een salonsocialist,' zegt Kadoke, 'allebei vind ik een beetje ongeloofwaardig.' Anat zwijgt, daarom voegt Kadoke er maar aan toe: 'Voelde je dat ik je nodig had? Werkelijk?' Het klinkt cynischer dan hij het bedoelde.

'Ik las het in je bericht. Je blijft familie.'

Eerst propaganda, dan gezeur over familie, zo wordt het erg moeilijk begeerte voor haar te voelen.

'Luister,' zegt Kadoke, 'ik weet niet of je het je herinnert en misschien is het cru om je daaraan te herinneren, maar we zijn met elkaar naar bed geweest, normaal gesproken ga ik niet met familieleden naar bed. Ik beschouw je niet als familie.'

Weer stilte. Hij hoort ergens een kind schreeuwen. Waar zou ze zijn?

'Als ik geen familie ben, wat ben ik dan voor je?'

Kadoke zat al die tijd op bed, nu gaat hij aan zijn bureau zitten. Ooit maakte hij hier zijn huiswerk. Hij speelt met een oud cocktailglas dat hij op zijn vijftiende kocht, omdat hij cocktails wilde drinken en de wereld wilde zien, maar omdat de wereld hem te eng was dronk hij stiekem zelfgemaakte cocktails in zijn jongenskamer. Die cocktails waren niet te drinken, maar dat kon hem niets schelen. Zijn moeder had alles laten staan, net als zijn vader en hij is zelf ook niet zo van het opruimen.

'Je bent als ik heel eerlijk ben,' zegt Kadoke rustig en op een eigenaardige manier geniet hij nu al van wat hij gaat zeggen, 'een onenightstand.'

'Kadoke.' Ze spreekt zijn naam een beetje uit alsof het een zeldzame Franse schapenkaas is, vooral als ze boos is zoals nu. 'Ik weet dat de Eeuwige seks heeft gereserveerd voor het huwelijk, maar de Eeuwige weet ook dat wij mensen feilbare wezens zijn, geen engelen, waarom moet je me herinneren aan die feilbaarheid? Denk je dat ik mezelf er niet dagelijks aan herinner?'

'Als jij hier niet onaangekondigd voor de deur had gestaan had ik je nergens mee geconfronteerd, ook niet met je feilbaarheid. Wat ik trouwens niet begrijp is hoe jij zo geobsedeerd kunt zijn door God en tegelijkertijd kunt promoveren in de wiskunde. Hoe kan dat? Is promoveren net zoiets als bidden of is het bidden meer een hobby?'

Hij hoort haar ademen. 'Het toeval interesseert me,' zegt ze na een korte stilte. 'Of alles gebeurt met een reden, dan is er geen toeval, maar dan kan ook de vrije wil niet bestaan. Of de vrije wil bestaat en dan moeten we ook het bestaan van toeval accepteren. Overigens zijn er andere, veel dringender redenen om te aanvaarden dat het toeval bestaat.'

'En God?' vraagt hij. 'Waar precies komt jouw god om de hoek kijken?'

'God verhoudt zich tot het toeval op een radicaal andere manier dan mensen, vanuit Zijn perspectief is er geen toeval,' zegt ze. 'Wij meesters van het toeval, wij statistici en kansberekenaars proberen de wetmatigheden ervan in kaart te brengen. Ik zou je wel willen vertellen waar mijn promotieonderzoek over gaat maar dat is vermoedelijk onbegonnen werk. Laat ik zeggen dat ik bezig ben met manieren om die wetmatigheden beter en effectiever in kaart te brengen.'

'Sluiten wetmatigheden en toeval elkaar niet uit?'

'Nee,' zegt ze, 'ook het toeval gehoorzaamt aan wetten.'

Dan hoort hij vader roepen: 'Zijn jullie me vergeten?'

Hij loopt naar vaders slaapkamer, de oude man ligt ongeschoren en stinkend naar oude man op bed, zijn deken heeft hij op de grond geschopt. 'Ik kom je zo helpen,' zegt Kadoke, en hij legt de deken voorzichtig op vader, pakt zijn oude hand, knijpt er zachtjes in. 'Ik ben even met een familielid aan het bellen.'

'Ze zijn allemaal dood, alle familieleden, jij en ik, wij zijn de enigen die over zijn.' Vader klinkt wantrouwend. Levende familieleden zijn valse familieleden.

'Deze is nog niet dood,' antwoordt Kadoke een beetje geïrriteerd. 'Ik kom zo bij je.' Hij loopt terug naar zijn kinderkamer en hervat het gesprek met Anat.

'Kadoke,' zegt ze, 'we laten de wiskunde en het verleden rusten, iedereen maakt fouten, ik las in je bericht dat je ogen zijn geopend, dat je omgeven bent door antisemieten.'

'Nou, omgeven. Ogen geopend. Dat ook weer niet.' Nu hij zijn eigen woorden terughoort in haar samenvatting, een weinig flatteuze samenvatting maar toch, vindt hij zijn positie niet meer zo aantrekkelijk, moeilijk te verdedigen.

'Zij zijn niet de meerderheid,' zegt hij, 'ze zijn een kleine minderheid, maar ze zijn luidruchtig, ze worden steeds luidruchtiger.' Hij beseft dat het woord 'sjekel' in die ene mail hem gesneden heeft als een scherp mes. Naast alle andere vernederingen ook deze nog, het was maar één woord in een e-mail en toch, soms kan één woord genoeg zijn.

'Wanneer kom je me opzoeken?' vraagt Anat.

'Ik kan vader niet alleen laten,' antwoordt hij. 'Mijn lieve vader.' Alsof dat antwoord alles verklaart.

22

De krant met christelijke signatuur schrijft over de affaire onder de kop 'Kadoke en de therapie'. Er is een foto afgedrukt van Kadoke voor het hotel met zijn bord, naast hem staat Michette, ze heeft haar arm troostend om hem heen geslagen. Alsof het slachtoffer haar beul is komen troosten, want wie het artikel heeft gelezen kan geen andere conclusie trekken dan dat Kadoke de beul van Michette is. Nergens wordt Kadoke's alternatieve therapie serieus genomen, Kadoke's kritiek op het systeem, op de protocollen, het gebrek aan bedden, de gruwelijke implicaties van het uitbehandeld zijn, het komt allemaal niet aan bod.

Kadoke besluit om de vader van Michette te bellen, ook al wilde hij niets te maken hebben met de zaak die het tuchtcollege tegen Kadoke had aangespannen. Maar misschien nu, nu Kadoke een publiek figuur is geworden, nu het duidelijk mag zijn dat zijn leven op het spel staat, is de vader van Michette bereid voor hem te getuigen, bereid de waarheid te vertellen.

De man staat hem correct maar afstandelijk te woord.

'Mijn vrouw heeft je nooit vertrouwd,' zegt de vader. 'En ik kan me jouw lot niet aantrekken. Sorry. Ik weet niet wat er gebeurd is, wat ik weet is dat het allemaal niets geholpen heeft. Ze is niet genezen, ze is er niet beter aan toe, ze kan elk moment weer bleekwater gaan drinken.'

'Ik begrijp het,' zegt Kadoke, maar hij begrijpt het niet.

Hij hangt op, loopt door het huis, en besluit dan dat hij de schrijver moet spreken. Is hij per ongeluk opgeofferd, zoals militairen per ongeluk een bruiloftsfeest bombarderen? Vervelend, maar niet persoonlijk. Of was hij uitgekozen als mensenoffer, ging het om hem, was hij het doelwit?

Kadoke stuurt een sms aan Michette waarin hij om het nummer van de schrijver vraagt. Binnen twee minuten is er een antwoord. 'Hier. Ben benieuwd wat jullie tegen elkaar gaan zeggen.' Het bericht wordt afgesloten met smileys.

De schrijver zelf reageert niet verbaasd op de afgemeten sms van Kadoke waarin hij voorstelt elkaar te spreken, 'nu mijn lot aan dat van jou verbonden is, nu je mijn leven bent binnengedrongen zonder te vragen of je daar welkom bent'. Alsof hij wist dat de gevallen psychiater zich ook eens bij hem zou melden, alsof hij begreep dat gevallen mensen alle loketten afgaan en daar hoort ook het loket van de schrijver bij.

'Natuurlijk kunnen we koffiedrinken,' antwoordt de schrijver op Kadoke's bericht. De schrijver noemt de naam van een café, tegenover een bibliotheek waar Kadoke vroeger zijn boeken leende, en een paar data die hem zouden schikken.

Hij gaat erheen in de coltrui die hij ook aanhad toen hij op tv was, dat optreden was geen groot succes geweest, maar de coltrui bevalt hem, daarin vindt hij een zekerheid, een houvast die hem in andere kledij ontsnapt.

De schrijver is te laat. Kadoke heeft al twee cappuccino's gedronken als de schrijver eindelijk binnenkomt. Hij heeft een krant bij zich en kijkt zoekend om zich heen, alsof hij niet meer weet hoe Kadoke eruitziet.

Kadoke moet zwaaien, even voelt hij zich een fan die op audiëntie mag komen bij zijn idool. Van tevoren heeft Kadoke zich zo goed mogelijk voorbereid, wat hij wil zeggen, wat hij wil vragen, wat hij nog wil weten.

De schrijver gaat zitten, kijkt Kadoke vriendelijk aan, bestelt een espresso, en zegt dan: 'Ik ben blij dat we elkaar weer ontmoeten.'

'Ik had liever gehad dat deze ontmoeting niet had hoeven plaatsvinden.'

'Ach,' zegt de schrijver, 'ik ben blij dat ik jou ontmoet. De aanleiding is minder belangrijk. Michette heeft veel over je verteld zoals je weet.' Hij verwijdert kauwgum van zijn schoen.

'Voor mij is de aanleiding cruciaal.' Een serveerster vraagt of hij nog iets wil drinken en Kadoke bestelt zijn derde cappuccino.

'Je bent beledigd, mijn boek heeft je beledigd.' De schrijver krabt aan een wondje op zijn kin.

'Beledigd is niet het woord. Het tapijt is onder mijn voeten weggetrokken, dat is iets anders dan beledigd zijn. Ik ben niet gekwetst, ik ben vernietigd, dat zijn twee verschillende zaken.'

'Het spijt me,' zegt de schrijver nadenkend. Kennelijk moet hij ook over dit simpele antwoord nadenken of wil hij de schijn wekken dat hij over alles nadenkt. 'Het spijt me dat je dat zo voelt. Wat moet ik zeggen? Er zijn goede advocaten. Ik bedoel dit niet cynisch, maar ik heb van Michette gehoord over je demonstratie voor het hotel, ik heb er uiteraard ook over gelezen in de krant. Wat hoopte je te bereiken? Wilde je me schaden? Wil je wraak? Geld? Dan zou ik een paar advocaten inhuren, we zijn hier alleen niet in Amerika, ik vrees dat je niets zult ontvangen, alleen een hoop frustratie. Het beste is, als ik zo vrij mag zijn, om zelf een boek te schrijven. Iedereen kan schrijven. Je was niet tevreden met mijn verhaal, je meende je te herkennen in dat verhaal, maar het kon je niet behagen? Schrijf je eigen verhaal.'

Kadoke kijkt de schrijver aan. De schrijver lacht ondanks de hardheid van zijn woorden vriendelijk, hij heeft pretoogjes, alsof het leven niets dan een speeltuin is waarin je eindeloos kunt ronddwalen.

'Ik heb me niet herkend, mijn naam is genoemd in krantenartikelen. Mijn volledige naam, mijn echte naam, is op tv uitgesproken. Luid en duidelijk. Er is een spoor van broodkruimels uitgezet en dat spoor leidde naar mij. Niemand kon het missen. Niemand heeft het gemist.'

De schrijver knikt, onderdanig bijna. 'Het is vervelend dat dat gebeurd is. Ik had dat nooit zo moeten laten gebeuren, maar je hebt de mensen niet onder controle.'

Kadoke snuit zijn neus in een zakdoek die nog van vader is geweest, een oude zakdoek uit een vergeten en vergane tijd.

'Het gaat me ook niet om geld en advocaten,' gaat Kadoke verder. 'Ik wil rechtvaardigheid.'

Een stilte valt, de schrijver speelt met het espressokopje, brengt het naar zijn mond hoewel er niets meer in zit, zet het weer neer. Ook Kadoke weet niet hoe hij verder moet, ondanks zijn goede voorbereidingen, ondanks het feit dat hij in zijn hoofd dit gesprek meerdere malen heeft gevoerd. De vriendelijke afstandelijkheid van de man, het dringende vermoeden van verlegenheid, dat alles maakt het ingewikkelder. Hij had niet op deze verlegenheid gerekend, en hoewel hij een psychiater is en beter zou moeten weten, vindt hij de combinatie van schofterigheid en verlegenheid ingewikkeld.

'Toen je dit boek schreef,' zegt Kadoke, 'wist je toen wie ik was, wist je dat je mijn bestaan zou vernietigen, of had je daar helemaal niet over nagedacht? Dat is wat ik wil weten. Daarom ben ik hierheen gekomen. Wat dacht je eigenlijk toen je je over andermans verhalen ontfermde, voor zover ontfermen het woord is? Denk je iets, of is het een blind, fabrieksmatig proces, het schrijven?'

De schrijver wrijft wat van tafel, maar er ligt niets op tafel.

'Ik heb me eerder over verhalen van anderen ontfermd, zoals jij het noemt, en ik heb nooit problemen gehad, nooit, ik heb me met liefde over andermans verhalen ontfermd, dat is wat ik doe, wat ik altijd heb gedaan, waarmee ik me in leven hou, hoewel het lastig is dat iedereen altijd wil praten over dat kleine brokje werkelijkheid dat aan een boek ten grondslag ligt. Het boek zelf wordt zo snel mogelijk terzijde geschoven, de aanleiding, daar moet het steeds weer over gaan, het echte. Weet je hoe dat voor de schrijver is?'

Kadoke kan het niet geloven. Doet deze man nu zijn beklag over de manier waarop de openbaarheid reageert op zijn werk? Heeft hij eigenlijk wel gehoord dat Kadoke heeft gezegd dat zijn leven vernietigd is, heeft hij dat wel willen horen?

Kadoke schudt zijn hoofd. 'Dit gesprek is zinloos,' zegt hij, 'ik heb vrijwel alles verloren wat ik had, ik heb alles verloren waarin ik geloofde, en dat verlies is begonnen met jouw boek. Goed, Michette heeft in interviews mijn naam genoemd, mijn echte naam, en ik wil je daarvoor niet verantwoordelijk houden, ik weet niet of je haar pion bent, of zij de jouwe, dat heb ik al eerder gezegd. Maar zij is ziek, was ziek. Ik heb deze afspraak gemaakt omdat ik geen rust heb... omdat ik wil weten of mijn leven achteloos is vernietigd of doelbewust, was het een plan of gebeurde het gewoon omdat er belangrijker dingen zijn dan levens van mensen, in jouw ogen, omdat mijn leven in vergelijking met een boek kennelijk niets voorstelt.'

De schrijver kijkt om zich heen, zegt dat hij behoefte heeft aan nog een espresso, maar de serveersters zien hem niet.

'Het spijt me,' zegt hij als hij een paar keer tevergeefs heeft gezwaaid, 'en dat heb ik al gezegd, Michette had je naam niet mogen noemen. De mensen willen smerige, stinkende werkelijkheid. Dus nogmaals, dat spijt me, daar heb je je spijtbetuiging, ik had me niet moeten uitleveren aan het verlangen de werkelijkheid erbij te halen, maar ik ben ook een mens, een feilbaar mens, met een hypotheek en andere zorgen. En als ik daar nog iets aan mag toevoegen, het is niet mijn fout dat jij een patiënte tegen alle regels in mee naar huis hebt genomen, het is niet mijn fout dat jij die zogenaamd alternatieve therapie maanden hebt voortgezet, zonder er met iemand over te spreken. Het is niet mijn fout dat jouw collega's dit als grensoverschrijdend hebben ervaren, jou als een bedreiging voor hun vak zijn gaan zien, dat is allemaal niet mijn fout. Wat ik wil zeggen: waar begon het? Met mijn boek of met jouw beslissing je op een dubieuze manier te ontfermen over een patiënt, je bent diep een wereld in gegaan waar je misschien uit weg had moeten blijven. Dit is de prijs die je betaalt als je mensen wil redden. Ik heb me ontfermd over Michettes verhalen, ik heb er wat aan toegevoegd, ik heb het dramatischer gemaakt, om dichter bij de waarheid te komen, een waarheid, maar niet om jou te schaden. En god mag weten wat er echt gebeurd is tijdens die alternatieve therapie. Dat gaat me ook niets aan. Dat wil ik helemaal niet weten. Ik oordeel niet.'

Weer snuit Kadoke zijn neus.

'Je vernietigt een ander, maar je oordeelt niet. Dus zo zit het,' zegt Kadoke, 'ik dacht even dat ik geofferd was voor de literatuur, wat dat woord ook moge betekenen, maar ik begrijp dat ik geofferd ben voor je hypotheek, voor alledaagse zorgen. Dat vind ik verhelderend. Om dat te horen ben ik naar dit café gekomen. Mijn vernietiging was frivool. Zoiets als vogelpoep op de ruit van je auto.'

'Bitterheid is besmettelijk, daarom heb ik me aangeleerd niet met bittere mensen om te gaan.'

'Bitterheid? Ik ben verslagen, dat is iets anders dan verbitterd. Voor een schrijver ben je akelig ongenuanceerd, kies je je woorden onzorgvuldig. Wist je dat dit mijn lot zou zijn? Toen je bezig was met dat boek van je, heb je toen heel even gedacht aan mijn lot?'

'Ik heb me om Michettes verhaal bekommerd, ontfermd is inderdaad het betere woord, niet om jouw verhaal. Ik heb me niet met jou beziggehouden. Jij kwam in haar verhaal voor, daar kan ik niets aan doen, en laten we eerlijk zijn, je hebt er veel aan gedaan om in haar verhaal voor te komen. Mensen komen bij me met hun verhalen omdat die verhalen weeskinderen zijn, omdat ze gek worden van hun verhalen, omdat ze de last van hun verhalen niet kunnen dragen, ik denk ongeveer net zoals ze bij jou komen met hun verhalen. Het verschil is dat jij medicijnen voorschrijft, voorschreef, en ik herschrijf hun verhalen, ik maak er iets anders van. Dat vinden sommige mensen genezend, ze lezen zichzelf terug, maar anders, dat helpt, niet altijd, vaak wel. Zoek een schrijver voor jouw verhaal als je het niet zelf wil doen, voor jouw waarheid, voor jouw verdedigingsrede.'

Kadoke staat op. 'Wij ontfermen ons over levens, niet over verhalen, dat is een cruciaal verschil maar bedankt voor je advies. Niet iedereen kijkt zo naar de wereld zoals jij.'

'Hoe kijk ik naar de wereld?'

'Je doet alsof je niet bij de mensen hoort, alsof hun lot nooit het jouwe zal zijn.'

De schrijver staat op, hij schudt Kadoke de hand, onhandig eigenlijk, alsof hij nog altijd niet weet met wie hij te maken heeft, alsof hij nog altijd niet beseft wat hij heeft aangericht.

'Ik hoop dat je op een dag van me zult houden. En misschien ook van het personage dat op jou gebaseerd is. Dat klinkt raar, omdat je vindt dat ik je van alles heb aangedaan, maar meer vraag ik niet van de mensen, dat ze van mijn scheppingen houden.'

'Je vraagt te veel,' antwoordt Kadoke.

23

In hoger beroep wordt de uitspraak van het tuchtcollege bevestigd, Kadoke heeft zich onwaardig gedragen. Hij zal nooit meer het ambt van psychiater mogen uitoefenen. Na de uitspraak toont de advocaat sporen van mededogen waarvan Kadoke walgt. En even vraagt hij zich af waarvan hij zal moeten leven. Van uitkeringen en wat spaargeld? Misschien kan hij ergens administratieve werkzaamheden gaan verrichten.

De grote kranten schrijven korte berichten over de zaak, ongetwijfeld vanwege *Walvisch en de therapie*. Een krant drukt een groter overzichtsartikel af onder de kop '#Metoo en de psychiatrie'. Kadoke beseft dat hij nu in die categorie is geplaatst. En als je eenmaal in die categorie zit is het moeilijk er weer uit te komen.

Er komen weer diverse haatmails en zelfs enkele ouderwetse brieven binnen waarin verwezen wordt naar Kadoke's afkomst.

Verdriet neemt bezit van hem, een pijn die inderdaad lijkt op bitterheid, een behoefte terug te slaan, al heeft hij geen idee wie hij zou willen raken.

Op straat wordt hij aangesproken door een man, een keurige man, in pak, stropdas, een sjaaltje, aanvankelijk denkt Kadoke dat de man hem de weg wil vragen, maar dan zegt de man: 'Ben jij niet die vuile Joodse verkrachter? Jullie zijn geen haar beter dan de moslims.' Het heeft niets te betekenen, de man is een uitzondering, zo zijn de meeste Nederlanders niet, zoiets zouden ze nooit denken, laat staan zeggen. En toch breekt er iets in Kadoke.

Een paar dagen gaat hij niet naar buiten. Ook gesprekken met Rianne gaat hij uit de weg, hij sluit zich op in zijn kamer alsof hij een besmettelijke ziekte heeft.

Om de tijd te doden schrijft hij een lange brief aan Anat die hij later overtypt, omdat hij vreest dat ze zijn handschrift niet kan lezen. Hij bekent in de brief dat hij zijn beroep als psychiater niet meer mag uitoefenen, hij probeert zakelijk en nuchter te klinken, alsof het iets is wat iedere psychiater kan overkomen, en dat het hem nu is overkomen. Noodlot, meer niet. Op zijn eigen schuld of verantwoordelijkheid gaat hij niet in. Hij schrijft alleen: 'De beschuldigingen tegen mij waren vals, maar ik had mij in een situatie gemanoeuvreerd waarin het onmogelijk was het tegendeel te bewijzen.' Daar laat hij het bij. Wel schrijft hij dat er ongetwijfeld toekomst is voor de Joden in Europa, maar dat hij betwijfelt of er voor hem, hij die wordt aangezien voor een Joodse verkrachter, nog enige toekomst is op het oude continent. Het lot van de Joodse verkrachter in Europa aan het eind van de jaren tien in de eenentwintigste eeuw licht hij verder niet toe en hij gaat vandaar meteen over naar de liefde. Kadoke schrijft dat hij ondanks hun verschillen, op politiek en religieus gebied, steeds weer terugdenkt aan die avond op de bank in zijn ouderlijk huis. 'Ik weet dat je het er niet over wil hebben,' schrijft hij, 'maar het ontroerde me hoe je na de seks alleen wilde zijn om te bidden. Ja, dit verzoek wond me op een eigenaardige manier enorm op. Alsof seks en bidden in elkaar over kunnen gaan en nauwelijks van elkaar verschillen.'

Hij besluit de brief met de mededeling dat hij erover denkt met vader naar Israël te gaan. Niet omdat hij veel sympathie heeft voor dat land – hij voegt eraan toe: 'Ik heb voor geen enkel land sympathie, landen verdienen onze sympathie niet' – maar vanwege Anat. 'Ik ben zo gewond,' schrijft hij, 'en het spijt me dat ik dat grote woord moet gebruiken, maar ik heb geen ander woord tot mijn beschikking, dat ik in het toeval betekenis ontwaar. Zoals de ongelovige soms tegen zijn zin aan God moet denken, zo neemt de hoop in mijn leven ondanks alles steeds weer de vorm aan van jouw naam en jouw gezicht. Ik verwacht dat je me dat kunt vergeven. Indien je me dat kunt vergeven, wil ik vragen of er voor vader en mij plaats is in jouw nederzetting. Misschien maar voor even, we weten niet hoelang we blijven, maar we moeten het proberen. Ik zie geen andere uitweg.'

Diezelfde avond verstuurt hij de brief per e-mail en meteen daarna, zonder op antwoord te wachten, licht hij vader in.

'We gaan hier weg,' zegt Kadoke.

'Waar gaan we heen?' vraagt vader. 'Moet ik weer naar dat hotel in Zeeland? Begint alles weer van voren af aan?'

'Nee,' zegt Kadoke, 'we gaan naar Israël.'

Vader schudt zijn hoofd. 'Dat meen je niet.'

'Ik meen het heel erg.'

'Ik wil niet,' zegt vader. Hij ligt op de bank, Kadoke zit aan zijn voeteneind, hij houdt de koude voeten van vader vast en masseert die.

Hij wil niet? Daar begrijpt Kadoke niets van. 'Je bent je hele leven een zionist geweest en nu krijg je de kans erheen te gaan en wil je niet.'

'Alleen in theorie,' roept vader met onverwacht harde en heldere stem. 'Alleen in theorie. Ik ben bijna dood, wat moeten ze daar met een levend lijk?'

24

Anat reageert de volgende dag al. Haar bericht is lang en hier en daar warrig, sommige woorden schrijft ze volledig in hoofdletters. De liefde negeert ze, ze doet alsof Kadoke er nooit iets over heeft gezegd, maar op zijn voornemen om samen met vader een tijdje in haar nederzetting te gaan wonen reageert ze enthousiast. Ze schrijft dat er 'caravans' zijn neergezet die als tijdelijke woning fungeren, zolang de nieuwe huizen nog niet zijn afgebouwd. Sommige van die caravans hebben nog geen bewoners. Ze weet zeker dat vader en Kadoke daar terechtkunnen en ze beweert dat vader en Kadoke na een paar weken in haar nederzetting te zijn geweest er nooit meer weg willen. 'Jullie komen THUIS,' schrijft ze.

De hoofdletters maken Kadoke opstandig, hij had nooit behoefte aan een thuis gehad, overigens zonder dat hij andere mensen hun behoefte aan een thuis wilde ontzeggen. Hij wil ook nu niet thuiskomen, hij wenst gewoon over straat te kunnen lopen zonder staande te worden gehouden door patjepeeërs die vragen of hij die Joodse verkrachter is. Het Beloofde Land, als religieus en idealistisch concept, laat hem koud. Als Anat op Madagaskar had geleefd was hij bereid geweest naar Madagaskar te gaan. Misschien is dat ook wat hem tegenstaat aan Anats antwoord, hij heeft erg zijn best gedaan om een subtiele liefdesverklaring aan haar te formuleren, met respect voor haar god, ja hij heeft zelfs zijn best gedaan die god van haar te erotiseren, want hij zou niet weten hoe hij anders met hem om moet gaan, en het enige wat zij doet is schrijven over het nieuwe en het oude antisemitisme in Europa en het woord 'thuis' met hoofdletters typen. Is het nog niet tot haar doorgedrongen? Hij wil liefde en een beetje seks. Maar als het niet anders kan is hij bereid een tijdje genoegen te nemen met liefde zonder seks.

'We verheugen ons allemaal enorm op jullie komst,' schrijft Anat. 'Zo'n caravan is niet heel erg gerieflijk, maar jullie zullen zien dat je niet zoveel comfort nodig hebt als je eenmaal echt THUIS bent gekomen. En als jullie van plan zijn te blijven zullen jullie op een gegeven moment in staat zijn een HUIS te kopen.'

Hij ziet in haar afhoudende reactie desondanks een aanmoediging om niet op te geven. Het is de ouderwetse, hoofse liefde, hij moet haar belegeren, al geeft ze hem steeds weer het gevoel dat hij zich aan het zionisme en God moet onderwerpen wil hij haar veroveren, maar ook daartoe is hij in deze uitzonderlijke omstandigheden bereid.

Zijn besluit staat immers al vast. Ze zullen deze stad en dit land verlaten. Hij gaat naar Anat. Waar moet hij anders heen? Hij is niet van plan de komende jaren als een paria door Amsterdam te lopen, om nagewezen en herkend te worden als iets wat hij niet is geweest en nooit zal zijn. Als hij de valse beschuldigingen niet kan weerleggen zal hij er op een andere manier aan ontkomen.

Nu moet hij alleen vader verder voorbereiden op zijn nieuwe leven. Vader kan hij hier niet achterlaten, ze zitten aan elkaar vast als een Siamese tweeling. Dat was het resultaat van het losmaken, de puberteit, de opstand die achteraf niets voorstelde.

Zonder in te veel details te vervallen zal hij vader iets moeten vertellen over de gebeurtenissen die aan deze beslissing voorafgingen. Hij wil vader niet onnodig bang maken, maar hij krijgt hem niet mee als hij niet ook een tipje van de sluier oplicht, waarom verhuizen nu onvermijdelijk is.

Als ze op een middag voor het huis in de zon zitten vertelt

Kadoke aan vader dat het geen sabbatical is, maar een zaak, een onverkwikkelijke zaak, die ervoor heeft gezorgd dat hij zijn werkzaamheden niet zal kunnen hervatten. Het woord 'onverkwikkelijk' moet maar even genoeg zijn. Vader is niet de persoon die al te veel onverkwikkelijke details uit het leven van zijn enige kind te horen wil krijgen. Onverkwikkelijke details zijn hem al snel te veel.

'Maar dan ga je toch gewoon ergens anders werken,' zegt vader als Kadoke zijn val in drie onpersoonlijke zinnen heeft samengevat. Alsof hij alleen maar ontslagen is en elders wel weer aan de slag zal kunnen als psychiater.

'Ik kan mijn beroep niet meer uitoefenen,' zegt Kadoke, 'er zijn kwalijke verdenkingen tegen me uitgesproken die ik niet heb kunnen weerleggen. Ik zal geen psychiater meer kunnen zijn. Nooit meer.'

Vader schudt zijn hoofd. 'Nooit meer,' fluistert hij.

Kadoke beseft dat 'nooit meer' zware woorden zijn, nooit meer is de dood, waar het leven nog is is alles op z'n minst in theorie nog een keer mogelijk. Niets is echt nooit meer, dat is de essentie van leven.

'Wat voor verdenkingen?' vraagt vader. 'Wat heb je gedaan?'

'Gruwelijke verdenkingen,' antwoordt Kadoke en hij wil vader dit besparen maar hij weet niet hoe. Mag je mensen de waarheid besparen uit liefde, ook als dat neerkomt op liegen? 'Ik wil de verdenkingen hier niet uitspreken. De verdenkingen, de beschuldigingen zouden je pijn doen, ze doen mij pijn.'

Hier is geen woord van gelogen, de beschuldigingen doen pijn, de wond is niet genezen en zittend naast zijn vader in de voortuin in de zon voelt het alsof die wond nooit zal genezen, alsof hij de beschuldigingen met zich mee zal dragen en vanaf nu altijd, veel meer nog dan voorheen, moet leven met de angst ontmaskerd te worden, ontmaskerd te worden als iemand die hij niet is.

'Nu vraag ik me de hele tijd af wat dat voor beschuldigingen zijn,' zegt vader en hij kijkt naar het huis aan de overkant terwijl hij met beide handen de leuningen van de tuinstoel vasthoudt alsof alleen die hem nog houvast geven. 'Heb je dan voor niets gestudeerd? Was dat allemaal voor niets?' Er klinkt wanhoop en teleurstelling in vaders stem.

Voor niets. Nee, dat ook weer niet. Wanneer is iets voor niets?

'Ik ben lang psychiater geweest,' zegt Kadoke, 'dat was dus niet voor niets. Ik heb mijn beroep lang kunnen uitoefenen. En ik blijf bij je. Wij blijven bij elkaar.'

'Maar je bent het toch nog steeds? Psychiater.'

'Nee,' antwoordt Kadoke, 'dat probeer ik je nu de hele tijd uit te leggen, ik ben het niet meer. Ik mag het niet meer zijn. Ik ben nu iets anders, maar ik weet nog niet wat. Daarom wil ik weg en ik wil jou niet alleen laten, ik kan jou niet alleen laten, om die reden neem ik je mee.'

'Waarheen?'

'Dat heb ik ook al gezegd. Israël.'

Vader schudt zijn hoofd. Hij neemt een slok van zijn koffie die op een klein tafeltje staat dat meer dan een halve eeuw oud moet zijn. 'Te laat,' zegt vader. 'Ik verkas niet meer. Laat mij maar hier. Waarom moet je mijn dood versnellen? Omdat je jezelf onmogelijk hebt gemaakt bij je collega's. Ik heb je altijd gezegd, van kinds af aan: je bent onmogelijk, maar probeer je zo te gedragen dat niemand het ziet.'

Vader schijnt weer te willen leven. Dat is goed nieuws. Kadoke strekt zijn benen, slaat een arm om zijn vader. 'Misschien heb je gelijk, misschien ben ik onmogelijk, maar waarom zouden we ons nu druk maken om mijn onmogelijkheid? Feit is dat ik wegga en feit is dat je meegaat, ik laat je hier niet alleen en ik weet dat jij hier ook niet alleen wil worden gelaten. Kun je je Anat nog herinneren?'

Vader sluit zijn ogen. 'Anat? Nee,' zegt hij. 'Wie is dat?'

'Een achter-achter-achternicht.'

'Van mij?'

'Van mij, familie van moeder, verre familie.'

'Gelukkig, want ik heb geen achternichten. Als ze beweerde een achternicht van mij te zijn hadden we met een bedriegster te maken.'

Kadoke gaat naar de keuken en komt terug met een verse pot koffie. Vader is in slaap gevallen, maar het gesprek moet worden voortgezet, hij kan het nu niet langer uitstellen. De toekomst van vader en Kadoke moet nu aan vader worden onthuld: ze zullen hun intrek nemen in een nederzetting op de Westelijke Jordaanoever.

Zachtjes schudt hij aan de schouders van vader die geërgerd zijn ogen opent en vraagt: 'Wat wil je nu weer van me?'

'Ik wil de toekomst met je bespreken.'

'Hou op,' zegt vader, 'ik heb geen toekomst. En jij hebt me net uitgelegd dat je ook geen toekomst hebt.'

'Jawel. Die heb je wel en die wil ik nu juist met je bespreken.'

Vader laat zijn hoofd hangen.

'Een tijd geleden stond ze hier onverwacht voor de deur, Anat, misschien kun je je dat nog herinneren, ze heeft ons uitgenodigd bij haar in de nederzetting te komen wonen. Het heeft niet mijn eerste voorkeur, om het zachtjes te zeggen, maar voor ons zijn er geen eerste, tweede of derde voorkeuren meer. Wij moeten blij zijn met wat we kunnen krijgen, ik moet blij zijn met wat ik kan krijgen.'

'We zullen doodgaan van de hitte,' zegt vader en hij knoeit koffie over zijn poloshirt.

'Er is airconditioning. Geloof ik.'

'Daar kun je ook dood aan gaan. Dat is heel ongezond, airconditioning.'

Kadoke merkt aan vaders reactie dat hij eigenlijk nog maar voor de show tegenstribbelt, hij zal Kadoke volgen. Hij wil niet alleen sterven, beter gezegd, hij wil nog niet sterven. Dat liefde een rol speelt, dat Kadoke naar Anat afreist en niet naar een willekeurige stad op deze wereld omdat er sprake is van liefde, verzwijgt hij. Hij schaamt zich voor deze liefde, hij schaamt zich voor zijn gevoelens. De val heeft een dringende behoefte aan liefde in hem wakker gemaakt en van alle mensen op deze wereld lijkt Anat het meest toegerust om hem liefde te geven. Natuurlijk verheerlijkt hij haar, vindt hij haar mooi, hij heeft niet voor niets seks met haar gehad, al gruwt hij van haar kleding, maar hij beseft dat ze er erg goed in is hem te ontnuchteren. Zij is vermoedelijk een van die mensen die niet op deze wereld rondlopen om te verleiden, maar slechts om te ontnuchteren. Sterker echter dan alle ontnuchtering op deze wereld is Kadoke's verlangen.

25

Kadoke koopt twee tickets naar Tel Aviv en hij licht Anat in over hun ophanden zijnde komst. Ze reageert meteen en met haar gebruikelijke ideologische enthousiasme. 'Ik kom jullie halen,' schrijft ze. 'Ik zorg dat er een caravan voor jullie klaar is. Jullie zullen trots zijn op onze nederzetting. Jullie zullen je er thuis voelen, jullie zullen eindelijk THUIS zijn.'

Het gebruik van hoofdletters in haar berichten heeft ze nog niet helemaal afgeleerd, maar hij vertrouwt erop dat hij door haar hoofdletters en haar ideologische bagage heen zal breken. Hij is wel door meer muren heen gebroken, niet dat zijn leven nu een aaneenschakeling van overwinningen en successen was, dat zou hij nooit willen beweren, zeker nu niet, maar af en toe is hij ergens doorheen gebroken. Dat kan niemand ontkennen.

De resterende dagen in Amsterdam gaan snel voorbij met het regelen van praktische dingen. Het huis zal voorlopig leeg blijven staan, met enige moeite – hij spreekt niet graag met buren – weet hij een buurvrouw te verleiden tot het water geven van de planten. 'We weten nog niet hoelang we wegblijven,' zegt Kadoke.

'Jullie komen toch wel terug?' vraagt ze ongerust, alsof de Kadoke's haar beste vrienden zijn. 'Wat gaan jullie daar eigenlijk doen?'

'We komen beslist terug,' zegt Kadoke. 'We gaan er alleen een tijdje rondkijken.'

Ze kijkt hem peinzend aan, ze ruikt naar sigarettenrook. 'Als je ouders er na de oorlog heen waren gegaan had ik dat kunnen begrijpen, mijn ouders wilden niet, Israël was niets voor hen, ze waren er trots op geassimileerde Joden te zijn, ze waren trots op hun kerstboom, ze waren er trots op de grootste kerstboom van de hele buurt te hebben, tot mijn vader zei: "Dat is typisch Joods om de grootste kerstboom van de hele buurt te hebben, dat moeten we maar niet meer doen, laten we proberen ons die typisch benepen christelijke bescheidenheid eigen te maken," en dat hebben ze toen gedaan, ze hebben een klein bescheiden kerstboompje genomen, piepklein. Maar ja, jullie hebben nooit een kerstboom gehad, jouw ouders vonden het heerlijk om buitenbeentjes te blijven en jij volgens mij ook. Nou, ik geef de planten graag water hoor, geen enkele moeite.'

'Je moet beseffen dat sommige dingen niet te veranderen zijn,' zegt Kadoke nog. En hij voegt eraan toe: 'We komen beslist terug, je hoeft niet de rest van je leven de planten water te blijven geven.' Hoewel hij zich niet kan voorstellen ooit nog terug te komen, niet naar deze plek, niet naar deze stad waar ze hem met pek en veren hebben ingesmeerd.

Verder vraagt hij zich af of hij misschien afscheid zal moeten nemen van vrienden. Of hij hen over zijn vertrek zal inlichten. Maar hij beseft dat hij er niet zoveel heeft, hij is een man zonder vrienden. In vriendschappen had hij nooit geëxcelleerd, en na zijn veroordeling, zijn twee veroordelingen, bleek dat onder de vrienden die hij nog had schaamte zwaarder woog dan vriendschap, hij was een last geworden, Kadoke, een besmettelijke ziekte, iemand met wie je niet in het openbaar wil worden gezien.

Hij moet het alleen nog Rianne vertellen en die reageert met een kleine vreugdevolle kreet die Kadoke doet vermoeden dat ze dat soort kreten ook slaakt als ze klaarkomt – voor zover ze tegenwoordig nog klaarkomt of dat ooit heeft gedaan. Ze slaat een arm om Kadoke's schouder en zegt: 'Ik ben zo blij voor jullie. Ik zal je vader missen, en het geld kan ik ook goed gebruiken, ik zeg het eerlijk. Maar het is toch geen doen meer voor jullie hier. Jullie horen daar echt thuis, zo heeft God het ook gewild. Zo staat het toch in de Bijbel, mijn man heeft me er onlangs nog op gewezen, jullie zijn een woestijnvolk.'

Kadoke knikt. Dat lijkt hem het beste.

'Wat zegt ze?' wil vader weten.

'Rianne zegt dat wij een woestijnvolk zijn.'

'Onzin,' antwoordt vader. 'Ik kan niet tegen de hitte. Achttien graden is voor mij precies goed. Ik ben een albino.'

Rianne buigt zich naar vader toe en roept in zijn oor: 'Nee, meneer Kadoke, u hoort bij het woestijnvolk, zo heeft God het gewild, en het is goed dat God dat zo heeft gewild, ik ben soms best jaloers op jullie, ik zei het nog vanochtend tegen mijn man, ik zou best bij dat woestijnvolk hebben willen horen, jullie hebben het niet altijd makkelijk gehad, ik geef het toe, maar al met al hebben jullie toch een heerlijk leven gehad, veel geld, een eigen land en een god die van jullie houdt, en wat hebben wij nu nog in Nederland? Wij hebben amper een eigen land meer, ze pakken het van ons af waar we bij zitten.'

'Ik ben een albino,' roept vader, die vlak voor zijn transport naar Israël echt opstandig dreigt te worden.

Kadoke grijpt in. Dit is niet het moment voor nog meer conflicten. Hij wil Rianne graag te vriend houden. Je weet het nooit.

'Je hebt gewoon een lichte huid, vader,' zegt Kadoke, 'je moet je geen identiteit toe-eigenen waar je geen recht op hebt, je bent geen albino.'

Rianne doet er nog een schepje bovenop, ze is werkelijk geëmotioneerd door het naderende afscheid: 'U hoort bij dat heerlijke woestijnvolk aan wie Mozes de stenen tafelen heeft gegeven, en daar mag u best trots op zijn, dat u lid bent van dat uitverkoren volk. En u bent wat mij betreft bijzonder uitverkoren.' Ze knijpt vader speels in zijn arm. Normaal kan hij dat waarderen, maar vandaag niet.

'Ik ga dood in die hitte,' zegt vader. 'Binnen drie dagen ben ik dood, maar het is niet anders.'

Rianne antwoordt alleen: 'We hebben gelukkig nog een paar daagjes voor u vertrekt. En misschien kom ik jullie daar wel opzoeken.'

26

Waarom hij het doet weet hij niet maar hij besluit Michette toch een bericht te sturen, misschien alleen om zichzelf te bewijzen dat hij niet rancuneus is. Hij schrijft: 'Ik wil je uit de grond van mijn hart bedanken voor wat je voor mijn vader, die toen nog mijn moeder was, hebt gedaan. Alles wat daarna is gebeurd zal ik proberen te vergeten. Het ga je goed.'

Daarna gaat hij aan zijn bureau zitten en schrijft een brief aan Anat, hij voelt zich verplicht haar nog eens uit te leggen wat de ware redenen zijn van zijn vertrek, hij bedoelt waarom hij naar haar vlucht en niet naar een heel ander land, een heel andere streek. Hij schrijft: 'Ik wil benadrukken dat ik geen enkele affiniteit voel met jouw ideologische posities, ik ga niet naar de bezette gebieden omdat ik geloof dat die gebieden gekoloniseerd moeten worden, ik ga erheen – en ik weet wederom dat dit grote woorden zijn maar ik moet ze hier gebruiken – omdat ik ondanks alles van je hou, lieve Anat. Omdat ik op een punt in mijn leven ben beland dat ik zo vreselijk naar liefde verlang dat ik bereid ben, hoe tijdelijk ook, om kolonist te worden, een oorlogsmisdadiger, in de ogen van velen, om die liefde te bereiken. Vergeef me wederom deze grote woorden, maar als ik ze nu niet uitspreek, opschrijf, wanneer zal ik dat dan wel doen? Zal ik het durven zeggen als ik in jouw nederzetting rondloop? Nee, ik zeg het nu, dat je het weet, dat je je geen illusies maakt, of beter gezegd, dat je je andersoortige illusies maakt dan de illusies die je nu koestert. Maak je andersoortige illusies, lieve Anat, maak je meester van mijn illusies, dat is wat ik je vraag.'

Zeker voor Anats doen antwoordt ze razendsnel, binnen een halfuur. 'Je kent me amper, Kadoke,' schrijft ze. 'Je bent pathetisch. De Eeuwige stuurt jou hierheen, Hij wil dat je JOUW LAND komt bewonen en nog VRUCHTBAARDER maakt dan het al is. Erken dat wat jij liefde noemt niets anders dan de HAND van de Eeuwige is.'

Vooral de hoofdletters, waarmee ze kennelijk niet bereid is op te houden, stemmen Kadoke zo weemoedig dat hij bijna afziet van zijn plan om naar de nederzetting van zijn achter-achter-achternicht, op wie hij al zijn liefde heeft geprojecteerd, af te reizen. Misschien kunnen vader en hij op Malta van de zon en de lucht leven? Maar wie zal er daar op hem wachten? Hij moet niet opgeven. Daarom schrijft hij snel: 'Een kort en betrekkelijk bescheiden verzoek: kun je stoppen met die hoofdletters? Je hoeft niet van me te houden. Je mag me belachelijk maken, maar kun je alsjeblieft het gebruik van hoofdletters in je berichten minimaliseren? Je mag van mij zelfs regelmatig over de eeuwige schrijven, hoewel ik niet begrijp dat iemand die gaat promoveren in de wiskunde zo vol is van de eeuwige, maar goed, de mens zit vol paradoxen, ik had dat moeten weten. Als je ophoudt met die hoofdletters zal ik dat als een bescheiden teken van liefde zien.'

Vader zit in de voortuin. 'Ik zal dit missen,' zegt hij zacht. 'Deze tuin. De bomen. Eerst Zeeland, nu Israël, wat doe je je vader aan?'

Maar Kadoke heeft even geen oog voor vader, hij is een verliefde ezel, verliefd op zijn eigen projecties, maar was het ooit anders? Anat heeft alweer teruggeschreven: 'Je bent onuitstaanbaar, Kadoke, je vertoont alle onuitstaanbare trekken van een zelfhatende geassimileerde Jood, maar ik zal ophouden met die HOOFDLETTERS, belangrijk is namelijk dat je hierheen komt. De rest doet er niet toe. Al zou ik het op prijs stellen dat je de

Eeuwige met hoofdletters schrijft of het gewoon over Hasjem hebt, De Naam. Wij weten wat wij bedoelen als wij "De Naam" schrijven.'

Vader roept: 'Jongen. Ik praat met je en je zit alleen maar op je telefoon te kijken. Je bent geen psychiater meer, wat kan er nu zo dringend zijn? De zelfmoordenaars moeten je niet meer en nog ben je de hele tijd met je telefoon bezig, terwijl ik naast je zit, ik ben de eenzaamste man ter wereld. Wat is er in godsnaam zo dringend?'

'De liefde,' zegt Kadoke.

'Op jouw leeftijd toch niet,' antwoordt vader. 'Als jij tijdig volwassen was geworden was je nu nog psychiater geweest en had ik me niet voor je hoeven te schamen. Nu moet ik naar de grond kijken als ik door de buurt loop omdat de mensen weten dat ik de vader van voormalig psychiater Kadoke ben. Voor-malig.'

Kadoke bergt zijn telefoon weg. 'Niet lang meer,' zegt hij. 'Dat schamen van je hoeft niet lang meer te duren. Daar waar we heen gaan weten ze niet wie ik ben geweest, daar ben ik geen voormalig psychiater, en hoef je je dus niet voor me te schamen.'

27

Hij heeft voor vader een rolstoel geregeld. Nu zitten ze bij de gate. Veel vrome Joden, wat toeristen, zakenmannen en vader in zijn rolstoel, verslagen, niet door het leven, door zijn eigen zoon. Maar de zoon zal hem opbeuren, de zoon zal zich over hem ontfermen.

Veel heeft Kadoke niet meegenomen, wat zomerkleren, voor vader nog een oud wollen pak, dat pak moest per se mee, als de winter komt en ze zijn nog daar kan hij allicht nieuwe, warme kleren kopen.

Een jongeman helpt vader naar zijn stoel in het vliegtuig, vanwege de rolstoel mogen ze als eerste instappen. Als vader eindelijk met tegenzin op stoel 14B heeft plaatsgenomen, gaat Kadoke naast hem zitten. 'Mijn laatste reis,' zegt vader, zonder de zoon aan te kijken. 'Zo eindigt dus mijn leven.'

Kadoke weet niet wat hij moet zeggen, het is waar, het is niet voor vader dat ze nu in de bezette gebieden gaan wonen, maar mag de zoon ook eens gaan leven, mag hij ook iets opeisen? Hij legt de lange, dorre haren van vader zo op zijn hoofd dat ze de kale plekken een beetje bedekken.

'Volgens mij ga je daar nieuwe vrienden maken,' zegt Kadoke een uur of anderhalf later als vader een glas wijn heeft besteld bij de stewardess en hij mismoedig naar zijn eten staart.

'Daar? Nee, ik ben te oud voor nieuwe vrienden. Ik spreek die taal ook niet.'

De vlucht duurt niet lang maar is ellendig, vooral omdat

vader zich over veel, ja vrijwel alles beklaagt, zo was hij vroeger nooit, maar sinds hij een tijdje moeder is geweest heeft hij een aantal van haar onhebbelijkheden overgenomen. De levenslust vermomd als klacht, ja zeggen tegen het leven door het voortdurend af te wijzen, door het door het slijk te halen en het op die omslachtige manier te omarmen. Klein maken en dan beminnen. Misschien zou je dat geen onhebbelijkheden moeten noemen, maar een beter woord heeft Kadoke er niet voor. Hij luistert naar vaders klaagzang zonder veel tegenspraak. Al was het maar omdat hij beseft dat het niet niets is om op die leeftijd te emigreren, daarom heeft hij het doen voorkomen alsof het geen emigratie is maar een langgerekte vakantie, een vakantie waaraan geen einde zal komen, met een beetje geluk. Want hoe het verder moet weet hij niet, hij heeft geen enkel idee buiten dit idee, dit is Kadoke's vlucht naar voren, deze liefde is een noodsprong, een parachute die moet opengaan voor ze te pletter zullen vallen.

Af en toe omhelst hij vader zo goed en zo kwaad als dat gaat, de aanraking doet altijd goed, de aanraking heeft hem altijd goedgedaan.

'Je moet wel iets eten,' zegt Kadoke, 'je gaat niet alleen wijn drinken, neem een paar happen, ook al smaakt het niet lekker, Anat zal je vast heel lekker eten geven.'

Vader neemt een hap kip, kokhalst, spuugt het uit, maar is na enig aandringen bereid het toetje te eten, een vochtig chocoladetaartje.

Kort daarop moet vader naar de wc en met veel moeite lukt het Kadoke om vader in de kleine wc van het vliegtuig te verschonen. Dat vader dit aangrijpend vindt is te merken aan het feit dat hij meewerkt en niets zegt, een keer zelfs zijn zoon over het hoofd aait en mompelt, 'voormalige psychiater'.

Als ze in Tel Aviv zijn aangekomen moeten ze blijven zitten tot degene zal verschijnen die vader met een rolstoel uit het vliegtuig komt halen. 'Ik voel dat ik nu al doodga van de hitte,' zegt vader als alle mensen zijn uitgestapt en de persoon met de rolstoel nog altijd niet is verschenen, 'en ik ben nog niet eens buiten geweest.' Doordat Kadoke hem vandaag niet heeft geschoren en Rianne er gisteren ook niet aan toe is gekomen – het afscheid ging met tranen gepaard, anekdotes over Christus en beloftes elkaar nooit uit het oog te verliezen, daardoor was er geen tijd voor scheren – ziet vader er wilder uit dan anders, woester. Zijn gezicht is een mengeling van verval en woede, de levenslust in zijn laatste fase.

'We moeten erin berusten,' zegt Kadoke, 'als je doodgaat zal ik om je rouwen, maar ik zal me niet onderdompelen in zelfverwijten, die tijd hebben we gehad.'

'Begin dan nu maar alvast met rouwen,' zegt vader, 'hoe eerder je ermee begint hoe eerder je ervanaf bent. En doe niet alsof je veranderd bent, je bent geen steek veranderd. Ik had zoveel verwachtingen van je toen je een kind was, toen dacht ik echt dat je erg intelligent was, toen dacht ik even: misschien is het een wonderkind, maar al in je vroege puberteit drong het tot me door dat ik me geen illusies hoefde te maken.'

Eindelijk verschijnt een mevrouw met een rolstoel in het vliegtuig. Ze is nors en gaat niet bepaald zachtzinnig met vader om. Vader wordt naar de douane gereden en Kadoke loopt erachteraan.

Twintig jaar geleden was hij hier voor het laatst geweest, met zijn moeder, ze wilde familieleden opzoeken, ze gingen terug naar Nederland en de familieleden overleden een voor een. 'Goed dat we ze nog even hebben gezien,' zei moeder en toen ging ze zelf dood. Tot ze niet allemaal bleken te zijn overleden, tot er opeens eentje voor de deur stond.

Ze passeren de douane, halen hun twee koffers op, gevuld met zomerkleren, het wollen pak van vader en wat boeken, cadeaus heeft hij niet bij zich, hij wist niet wat hij moest meenemen.

Even had hij aan Hollandse kaas gedacht, maar hij vreesde dat geen enkele kaas, zelfs de koosjere kaas, voor Anat koosjer genoeg zou zijn, daarom komt hij met lege handen aan. Hij neemt zijn liefde mee, is dat niet genoeg?

Als ze in de aankomsthal staan moet hij Anat even zoeken. Ze staat achteraf, draagt een witte blouse, ze heeft weer een rugzak om. Ze heeft er alles aan gedaan om er zo onopvallend mogelijk uit te zien. Hij zwaait, zij zwaait, dan komt ze naar hen toe gelopen, geeft vader een hand en een halve omhelzing – half, want hij zit nog in de rolstoel, ze lijkt hem uit de rolstoel te willen trekken uit puur enthousiasme dat hij op hoge leeftijd in het Heilige Land is aangekomen, maar aangezien vader kennelijk zwaarder is dan ze had verwacht moet ze hem weer loslaten en valt hij met een betrekkelijk kleine klap terug in de stoel. Daarna drukt ze Kadoke onhandig tegen zich aan. Niet erotisch, eerder alsof ze hem wil troosten maar hij wil niet worden getroost.

Vader zit huilend in zijn rolstoel.

'Hou op met dat huilen,' fluistert Kadoke. 'Alsjeblieft. We zijn hier net.'

'Zie je niet hoe iedereen me behandelt?' vraagt vader. 'Iedereen gooit maar met me. Ik had in mijn tuin kunnen zitten, en nu ben ik hier in deze waanzin beland en waarom, waarom? Omdat jij je handen niet thuis kon houden.'

'Geloof jij die leugens ook al?' vraagt Kadoke. Het diepe verlangen naar rechtvaardigheid mag dan gereduceerd zijn tot de behoefte aan de ergste onrechtvaardigheid te ontsnappen, dat betekent niet dat vader mag doen alsof de beschuldigingen waar zijn. Laster, niets dan laster heeft hem ten val gebracht.

Anat heeft niets door of doet alsof en zegt vrolijk, bijna geexalteerd: 'Mijn moeder zit in de auto. Ze staat iets verderop. Ze verheugt zich erg om jullie te zien. Ze zegt dat ze zich jou nog van twintig jaar geleden kan herinneren, Kadoke, ze vond jou toen zo aardig en bescheiden.'

De moeder van de achter-achter-achternicht, Kadoke had er niet op gerekend dat die hier ook zou zijn. Ja, hij wist dat ze bestond, maar hij had haar eigenlijk verdrongen. In zijn fantasie was hij alleen met Anat, vader sliep of zat in een andere kamer. De levenslust zou langzaam terugkomen. Er was genegenheid. Zo had hij het zich stiekem voorgesteld. Hij kon zich ook niets van die moeder herinneren.

Ze lopen de vertrekhal uit, in de richting van de auto, vader houdt zijn mond stijf dicht, gelukkig is het huilen opgehouden, hoewel Anat moeite blijft doen en hem vragen stelt, hem geruststelt over het klimaat, de huisvesting en het terrorisme, zegt vader zelf geen woord. Kadoke moet erkennen dat hij zich dit anders had voorgesteld, hij had zich een bescheiden en toch liefdevolle voorstelling gemaakt van zijn aankomst in het nieuwe vaderland, maar ook die bescheiden voorstelling mocht geen werkelijkheid worden.

De hitte voelt onaangenaam, hij verwacht dat het boven in de heuvels beter zal zijn.

Zo loopt hij achter Anat en vader aan, vader wordt voortgeduwd door de norse dame, die er kennelijk plezier aan beleeft de oude man in de rolstoel op slinkse wijze tegen andere passagiers aan te rijden. Anat heeft zich over een van de koffers ontfermd, hij vraagt zich af wat ze allemaal in haar rugzak heeft zitten. Noodvoorraden? Boeken? Kleren? Weer voelt hij, nog duidelijker dan daarnet, dat hij op iets had gehoopt, het valt niet te ontkennen. Hij, Kadoke, die het stoïcijnse leven had omarmd als het enige juiste, het enige ware, moest vallen, diep vallen, om te kunnen hopen, om te kunnen verlangen. Hij had gehoopt op Anat, op het weerzien, op het verdwijnen van hoofdletters uit haar berichten waarin hij een teken van liefde zou hebben gezien. In zijn herinnering was Anat ook mooier, ze heeft meer rimpeltjes dan hij zich herinnert, haar huid is grover, haar haren dunner dan in zijn verbeelding, maar misschien wordt ze vanzelf wel weer mooi, als hij wat meer tijd met haar doorbrengt.

De moeder zit achter het stuur, ze draagt een mal hoedje, Kadoke vermoedt dat ze achter in de zestig is of misschien al begin zeventig. Voor hij haar zelfs maar heeft kunnen begroeten begint ze opgewonden in het Hebreeuws tegen Kadoke en Anat te praten. Ze wekt anders dan haar dochter deed voorkomen niet de indruk alsof ze Kadoke herkent en op blijdschap heeft Kadoke haar nog niet kunnen betrappen. Ze maakt dan ook geen aanstalten uit te stappen, te helpen met de koffers of met vader die uit de rolstoel in de auto moet worden gehesen. Kadoke voelt zich een vrachtje dat van a naar b moet worden getransporteerd door een chauffeur die er geen zin in heeft. 'Jullie doen me pijn,' roept vader. Eigenlijk kan hij veel zelf, maar op een dag als deze werkt hij niet mee, hij saboteert zijn migratie. Ooit sprak hij vol genegenheid over de Joodse staat, maar nu hij eindelijk voet heeft gezet in het Heilige Land kan de staat hem niets meer schelen en bekommert hij zich alleen nog om zijn eigen pijntjes.

En Anats moeder blijft praten, de muziek van haar woorden klinkt onvriendelijk, wat ze precies zegt, daar verstaat Kadoke geen woord van, verder laat ze hem en Anat alles doen, met een vanzelfsprekendheid alsof ze daarvoor een kind op de wereld heeft gezet, om het te laten werken.

'Ze heeft hier al heel lang staan wachten,' zegt Anat zachtjes. 'Mijn moeder houdt niet van wachten. Ze is een lieve maar ongeduldige vrouw.'

Kadoke drukt de mevrouw van de rolstoel wat geld in de hand en mompelt tegen niemand in het bijzonder: 'Niemand houdt van wachten.'

Als ze eindelijk in de auto zitten, Kadoke en vader op de achterbank, vertelt Anat: 'Het is afhankelijk van de files een klein uurtje rijden. We hebben een leuke caravan voor jullie ingericht. De meeste mensen die bij ons in de nederzetting komen wonen hebben al meubels bij zich, maar jullie hebben natuurlijk geen meubels bij je en jullie weten ook niet precies hoelang jullie willen blijven, ik bid dat jullie voor altijd mogen blijven, daar niet van, maar voor de zekerheid hebben we wat meubels bij vrienden en kennissen verzameld, bijvoorbeeld een tafel die vrienden van ons wilden weggooien maar die toch nog heel bruikbaar bleek te zijn. Het is echt heel gezellig geworden. Knus.'

'Knus,' mompelt Kadoke.

'Wat zegt ze?' vraagt vader.

'Ik heb het over de caravan,' antwoordt Anat.

'De caravan?' vraagt vader. 'Welke caravan?'

'De caravan waarin jullie gaan wonen.'

'Ik wil niet in een caravan wonen.' Vader knijpt Kadoke hard in zijn arm. 'Je hebt me niets over een caravan verteld. Ik ga beslist niet in een caravan wonen. Nooit van mijn leven. Ik ga liever meteen dood. Niemand heeft me iets verteld over een caravan.'

Hij slaat een paar keer met zijn vlakke hand tegen het raam. Meteen daarna, en met gevaar voor eigen leven, ze snijdt minstens twee auto's af, zet Anats moeder de auto stil langs de kant van de weg. Ze draait zich om naar vader en zegt in helder Engels, maar met een zwaar accent: 'Iedereen heeft hier vreselijke dingen meegemaakt, we gaan niet zomaar op de snelweg tegen het raam van mijn nieuwe auto slaan. Hoor je? Dat doen we niet. Wat je ook hebt meegemaakt, als je in mijn auto zit dan blijf je netjes zitten tot je bent afgeleverd waar je moet zijn. Je laat mijn auto heel, heb je dat begrepen?'

De moeder van Anat boezemt Kadoke nu al grote, ja bijna existentiële angst in en hij beseft dat het obstakel op weg naar Anats liefde niet zozeer de Eeuwige is noch het zionisme als wel haar eigen moeder. Ook vader is geschrokken. Hij zegt niets meer, kijkt strak voor zich uit, trilt een beetje zoals een hond kan trillen tijdens vuurwerk. Vrijwel onmerkbaar, om de moeder van Anat niet nog meer te ontrieven, streelt Kadoke vaders been.

'Vader ziet op tegen de caravan,' zegt hij voorzichtig. Hij voelt zich genoodzaakt het gedrag van vader te verklaren, dat het niets persoonlijks is, dat het alleen maar met het concept van de caravan heeft te maken. Tegelijkertijd vreest hij dat elk voorbehoud dat de Kadoke's kunnen maken door de moeder ongenadig zal worden afgestraft. 'Hij is geen caravans gewend.'

'Ik zie niet op tegen de caravan,' verklaart vader terwijl hij strak voor zich uit blijft kijken, 'ik wil gewoon naar huis.'

Anat wil iets zeggen maar haar moeder snoert haar de mond, ze strekt haar arm uit, schuin naar achteren, slaakt even een diepe zucht van de pijn, maar zet de beweging toch door en knijpt vader in zijn wang alsof ze hem al van jongs af aan heeft gekend en zegt daarbij in dat merkwaardige Engels van haar: 'Waar ik ben, ben jij thuis. Je hoeft nu nergens meer bang voor te zijn. Onze soldaten zullen je beschermen en als die soldaten het nalaten zal ik het zelf doen. Ik zal je beschermen. Want jij bent thuisgekomen. Dit hier is thuis. Dit is jouw land.'

Daarop draait ze zich om, geeft gas en rijdt met hoge snelheid in de richting van de bezette gebieden. Een vrachtwagenchauffeur toetert hard en steekt zijn vuist op in de richting van Anats moeder, maar kennelijk gelooft de moeder van Kadoke's liefdesobject dat ze onkwetsbaar is. Andere automobilisten afsnijden moet wel haar lust en haar leven zijn.

Ze rijdt als een doodsengel, hij ziet aan vaders gezicht dat die het onprettig vindt, vader is toch al snel wagenziek, maar ze durven er allebei niets van te zeggen.

Razendsnel en voortdurend toeterend rijdt de moeder van Anat de heuvels in. Vader wordt steeds witter, Anat die eerst nog commentaar heeft geleverd op het landschap, summier, ideologisch getint commentaar in de trant van: 'Vroeger was hier niets, dorre vlakte, wij hebben het land vruchtbaar gemaakt,' houdt nu ook haar mond. Gelukkig herinnert hij zich van die ene keer dat hij seks met Anat heeft gehad dat haar ideologie verstomde waar de seks begon. Misschien moet hij gewoon veel seks met haar hebben om haar ideologie op die manier het zwijgen op te leggen, of althans, minder schel te doen klinken.

Steeds hoger rijden ze de heuvels in. Kadoke had verwacht veel wegversperringen en soldaten te zien, maar die ziet hij niet. De oorlog is aan het zicht onttrokken. Dan zijn ze er, de nederzetting waar Anat woont, de nederzetting van de liefde, althans voor Kadoke, dat hoopt hij immers, daarvoor is hij gekomen, liefde, de rest kan hem gestolen worden. De nederzetting ziet eruit als een gated community op een heuveltop, identieke huizen, rondlopende straten, geen winkels, geen cafés, maar wel een sportplaats. Kadoke vraagt zich af waar de caravans zijn. Hij durft het woord nauwelijks meer uit te spreken.

'Dit hebben wij van de grond af aan opgebouwd,' verklaart Anat. Kadoke wordt gek van dat 'wij' – kan zijn geliefde niet ook gewoon eens 'ik' zeggen? Zo moeilijk is dat toch niet? Alleen maar wij, wij, wij. Hij is niet voor de liefde van een heel volk gekomen, hij heeft voor háár liefde alles achtergelaten wat hij had, hoewel het meeste dat hij achterliet al vernietigd was, dat moet hij toegeven.

Er zijn weinig mensen op straat, een kind met een grof gehaakt keppeltje rent achter een bal aan. Op een andere heuvel ziet Kadoke een Palestijns dorp, hij ontwaart een minaret.

Dan zegt Anat: 'Daar is jullie caravan.'

De caravan is niet zozeer een caravan als wel een mobile home die achter op een vrachtwagen past. Het doet Kadoke denken aan reportages over trailer parks in de Verenigde Staten, verhalen over white trash.

'Het uitzicht is prachtig hier,' zegt Anat, 'op sommige dagen kun je zelfs de zee en Tel Aviv zien maar het is vandaag een beetje mistig, en merk je ook dat het hier veel koeler is dan beneden?'

Veel koeler vindt Kadoke overdreven. Iets koeler, maar eigenlijk is het ook hier nauwelijks te harden. Er waait een warme oostenwind die hem in het gezicht slaat en hem de adem beneemt. Hij vraagt zich af hoe vader op deze wind zal reageren.

'We hebben *chamsin*,' zegt Anat, 'woestijnwind, over een paar dagen zal de wind draaien. Dan kun je voelen hoe heerlijk het hier is.'

Ze loopt naar de mobile home die consequent caravan wordt genoemd, pakt de deurknop vast en zegt terwijl ze naar Kadoke en vader kijkt: 'Welkom in jullie voorlopige paleisje.'

Anat doet de deur open. In een niet eens heel kleine ruimte staat een grote houten tafel met daaromheen drie witte plastic tuinstoelen, verder ziet Kadoke een vrijwel lege boekenkast in de kamer, een Ikea-model van een paar decennia geleden met daarin wat gebedsboeken, dan nog een sofa waarop een witte, viezige sprei ligt gedrapeerd, sofa en sprei lijken uit 1950 te komen, maar Kadoke sluit niet uit dat sofa en sprei nog op miraculeuze wijze de Tweede Wereldoorlog hebben overleefd, aan de muur hangt een grote foto van een oude, zo te zien behoorlijk zieke en behoorlijke orthodoxe man, een familielid vermoedelijk, ongetwijfeld vermoord, en dan is er nog het tl-licht dat een zoemend geluid maakt en waartegen talloze vliegen kapot zijn gevlogen, de vloer is van zeil, dat op diverse plaatsen gescheurd is.

Anat helpt vader plaatsnemen in een van de tuinstoelen. 'De slaapkamer is daar,' zegt ze en ze wijst op een ruimte waar Kadoke nog net een oud bed kan ontwaren, 'en de keuken is daar, maar jullie hoeven niet te koken, want jullie eten gewoon bij ons. We wonen hier vlakbij, ik heb expres een caravan uitgezocht die vlak bij ons huis is. Ik laat jullie nu even alleen, dan kunnen jullie acclimatiseren en dan kom ik jullie over een halfuurtje halen.'

Anat zet de twee koffers in de kamer en doet de deur dicht.

Stilte, het zoemen van de tl-buizen.

Kadoke neemt naast vader plaats op een van de tuinstoelen,

even luistert hij naar het zachte en toch indringend zoemende geluid, alsof het muziek is, alsof het hem iets wil zeggen, maar dan merkt hij nog een ander geluid op. Hij draait zich om en ziet dat vader weer aan het snikken is. Vader zit voorovergebogen in zijn tuinstoel, houdt zijn hoofd vast en zegt tussen het snikken door, fluisterend, bijna biddend en zeer ritmisch: 'Maak me dood, maak me alsjeblieft dood.'

'Hou op,' roept Kadoke, 'denk je dat ik niet hetzelfde zie? Denk je dat ik me dit zo had voorgesteld? We kopen wel wat nieuwe meubels. Ik zal een lamp aanschaffen. Een staande lamp. En eerst wil je niet dood, dan weer wel, dan weer niet. Wat wil je eigenlijk?'

'Dat verschilt van dag tot dag,' antwoordt vader. 'Wat ik wil. Vandaag wil ik dood.'

Kadoke weet dat het niet de meubels zijn, zelfs niet de tl-buizen, het is alles, het is deze plek, deze mobile home die om raadselachtige redenen caravan wordt genoemd, het zeil op de grond met wat brandvlekken in een van de hoeken alsof de vorige bewoners daar hebben staan barbecueën. Hij is niet thuisgekomen, wat zijn achter-achter-achternicht en liefdesobject ook mag beweren, maar gearriveerd op een plek des onheils.

Vader pakt de hand van zijn zoon en knijpt erin. 'Je mag me ook doodslaan,' zegt vader. 'Het maakt me niet uit hoe je het doet. Als het maar nu gebeurt. Sla me maar dood.'

'Hou op,' roept Kadoke nog een keer. 'Zeg niet zulke vreselijke dingen. Zo ben je nooit geweest, wat is er in je gevaren?'

Op de grond ziet hij een paar torretjes lopen. Hij weet niet wat voor soort torretjes het zijn, hij is niet zo thuis in het dierenrijk, zeker niet als het gaat om kleine, kruipende dieren. Even overweegt hij de torren dood te trappen, maar dan besluit hij ze toch te laten leven.

Vader is in slaap gevallen, met zijn hoofd op de tafel. In elk geval moet de foto van die oude, zieke man van de muur, dat is een begin. Kadoke begrijpt dat het deprimerend moet zijn voor vader om de hele tijd te worden aangestaard door een man die eruitziet als een halfdode en zelf wordt hij er ook niet echt vrolijk van. Kadoke haalt de foto van de muur en zet die met de beeltenis naar de muur op de grond, dan gaat hij weer naast vader zitten. Hij heeft nu geen kracht de koffers uit te pakken, hij weet eigenlijk ook niet of hij hier moet blijven. Even later sluit hij zijn ogen en probeert zich Anat halfnaakt voor te stellen, Anat die zegt: 'Ik wil je', en: 'Ik hou van je', en: 'Ik verlang naar je', of woorden van soortgelijke strekking. En ook: 'De Eeuwige vindt het niet goed, maar mijn verlangen is sterker dan Zijn verboden.'

28

Ze klopt en doet zonder op antwoord te wachten de deur open, dan staat ze in de ruimte die met wat goede wil 'woonkamer' genoemd kan worden en staart naar vader die met zijn hoofd op tafel ligt te slapen. Kadoke leest op zijn telefoon een krant zonder dat het nieuws echt tot hem doordringt.

'Jullie hebben je nog niet geïnstalleerd,' zegt Anat na een korte stilte. Haar stem klinkt streng.

'We zijn moe,' antwoordt Kadoke. De koffers, hij ziet ertegen op ze te openen, de kleren in een kast te hangen, de onderbroeken en sokken in een la te leggen, voor zover er hier kasten en lades zijn, hij is de slaapkamer nog niet binnengegaan. Het bed dat hij daar vanuit een ooghoek heeft zien staan roept afdoende weerzin in hem op om dat moment nog even uit te stellen, bed en matras doen hem aan de dood denken.

Anat loopt naar de ingelijste foto, die Kadoke op de grond heeft gezet, en hangt hem weer aan de muur.

'Moeder vindt het heel belangrijk dat deze foto hier hangt,' zegt ze, kijkend naar de oude, zieke man op de foto, 'hij waakt over jullie.'

'Wie?' vraagt Kadoke voor de zekerheid.

'Hij.' Ze wijst op de foto.

'Waakt?'

'Past op jullie. Beschermt jullie.'

'Wat fijn. Maar wie is hij?'

'Rabbi Menachem Eliëzer ben Zwi.' Het klinkt alsof hij moet weten wie dat is.

'Familie van jullie?'

'Hij is de rabbijn van mijn moeder. Hij is ongelooflijk belangrijk voor haar. In deze nederzetting is hij niet zo geliefd, de meeste mensen hier zijn geen aanhanger van hem, laat ik het zo zeggen, maar voor mijn moeder heeft hij veel gedaan, ik denk niet dat ze zonder hem zou kunnen leven. Toen mijn vader stierf, het was een ongeluk met zijn wapen, hij was op herhalingsoefening, hij was zijn wapen aan het schoonmaken en toen ging het af, vanaf die tijd is rabbi Menachem Eliëzer ben Zwi de belangrijkste persoon in haar leven.'

'Ah,' zegt Kadoke. 'Ik wist niet dat je vader zo was gestorven. Dat spijt me.'

De rabbijn van Anats moeder, ja natuurlijk, aan deze familie zitten rabbijnen vast. Vader slaapt nog altijd, Kadoke staat langzaam op, zijn benen voelen zwaar, zijn voeten lijken te zijn opgezwollen, hij loopt naar Anat toe, hij wil haar zoenen, hij heeft besloten haar nu te zoenen, niet omdat hij ter plekke seks met haar wil, maar omdat hij wil voelen dat hij in haar ogen bestaat, dat hij in haar ogen mag bestaan. De woorden 'de belangrijkste persoon in haar leven' hebben iets in hem wakker gemaakt, de behoefte ook zoiets te zijn, in Anats leven de belangrijkste persoon te zijn, om de smaad van zich af te schudden. Wat voor leven heb je als je in niemands leven de belangrijkste persoon bent, als je alleen maar de belangrijkste persoon voor jezelf bent, wie ben je dan?

Is hij in vaders leven de belangrijkste persoon? Hooguit bij gebrek aan beter, omdat niemand anders dat is, omdat het kind nu eenmaal heilig is in de levens van sommige ouders. Het is geen verdienste van Kadoke.

Anat kijkt nog altijd naar de foto van de vermoedelijk dode man die zo belangrijk is in het leven van haar moeder. Er schijnt daar iets te zien te zijn wat Kadoke ontgaat, en dan legt hij een hand op haar schouder, draait haar voorzichtig om, kijkt in haar lieve ogen, wil nog iets tegen haar zeggen maar weet niet wat, wat moet hij in vredesnaam zeggen, en zoent haar. Ze duwt hem met kracht van zich af.

'Kadoke,' zegt ze. 'Wat bezielt je? Wat heb je?'

Vader slaapt nog altijd of houdt zich slapende. 'We zijn een keer met elkaar naar bed geweest,' fluistert Kadoke, 'dat kun je toch niet ontkennen, ik schreef je dat ik ben gaan beseffen hoeveel jij voor me betekent, belachelijk misschien, maar wij zijn belachelijke schepselen, en door alles wat er in mijn leven is gebeurd, vooral de laatste tijd, besef ik dat het zinloos en absurd is om aan het belachelijke te willen ontkomen. Ik ben hier niet op deze heuveltop omdat hier mijn thuis zou zijn, omdat deze plek voor mij een speciale betekenis heeft, ik heb niets met deze heuveltop, ik walg zelfs van deze plek, wat mij betreft is dit een plek voor oorlogsmisdadigers, maar mijn verlangen naar jou is sterker dan welke morele overtuiging ook, voor jou ben ik bereid een oorlogsmisdadiger te worden, daar komt het op neer. Daarom heb ik vader hierheen gesleept, anders had ik net zo goed naar Malta kunnen gaan.'

Ze schudt haar hoofd, kijkt hem verwijtend aan, hij is het kind dat haar weer teleurgesteld heeft.

'Oorlogsmisdadiger, wat een woord. Wat een gruwelijk woord. Hoop je zo mijn hart te winnen of wil je van mij de ontwortelde, zielloze persoon maken die je zelf bent? Iemand die in zijn pijn en het verstoppen van die pijn een levensdoel meent te hebben gevonden. Je hebt een vrije wil, Kadoke, ik zal dat niet ontkennen, niemand zal dat ontkennen, die is je gegeven, en als dit is wat je ermee wil doen, dan moet je dat vooral doen.'

Wat bedoelt ze met 'dit'? Doet hij iets met zijn vrije wil wat haar niet bevalt? Mag hij alleen iets met zijn vrije wil doen wat haar goedkeuring kan wegdragen, maar als dat zo is, was hij dan niet beter af geweest zonder zo'n wil?

'Ook al hebben wij allemaal een vrije wil,' gaat Anat verder, 'de Eeuwige heeft plannen met ons die wij niet kennen, Kadoke. Alles gebeurt met een reden, maar het zijn niet altijd de redenen die wij in de gebeurtenissen denken te zien. Er zijn hogere en andere redenen. Je kunt niet weten waarom je hier bent. Je moet nu niet gaan denken dat je dat weet, je bent hier niet voor mij. Je kent mij niet, je weet niet wie ik ben, als je dat had geweten dan had je niet van die belachelijke en kwetsende dingen tegen me gezegd en van die belachelijke dingen met me proberen te doen. Je bent hier omdat je diep vanbinnen beseft dat dit land de enige plek is waar een Jood kan leven. Laten we gaan, mijn moeder wacht op jullie met het eten.'

Kadoke pakt haar hand, ze laat hem begaan, dat mag dus wel, haar hand pakken, samen kijken ze naar de rabbijn, misschien mag het dáárom, omdat ze naar de dode of halfdode rabbijn kijken, en dan fluistert Kadoke: 'Begrijp je wel wat ik zeg, Anat?'

'Ik begrijp wat je zegt, maar ik ben het er niet mee eens. Ik verwerp het. Omdat ik een keer een misstap heb begaan moet ik steeds weer een misstap begaan? Is dat wat je me probeert te vertellen? Begrijp je niet dat er zoiets als inkeer is? Is het idee van inkeer jou volstrekt vreemd?' Ze rukt haar hand los.

'Hoelang is hij eigenlijk al dood?' vraagt Kadoke, wijzend op de foto.

'Rabbi Menachem Eliëzer ben Zwi? Hij is niet dood, hoe kom je daarbij? Wat zeg je nu weer voor vreselijke dingen? Mijn moeder denkt zelfs dat hij nooit zal sterven, dat hij het is. Degene op wie we wachten. De rabbijn ligt in coma, al twee jaar en vier maanden, in Brooklyn, maar zelfs in comateuze toestand is hij levendiger dan de meeste levenden, als hij hier zou zijn zou hij je omverblazen.'

'Hoe oud is hij eigenlijk?' vraagt Kadoke en hij brengt zijn gezicht dichter bij de foto om het hoofd van de man die hem omver zou blazen beter te kunnen zien.

'Achtennegentig,' zegt Anat, 'en nu gaan we.' Ze kust de foto, de man heeft, ongetwijfeld door ziekte en ouderdom, een afschrikwekkend gezicht, een gezicht dat je bijblijft, zo huiveringwekkend is het. Kadoke is blij dat deze man ver weg in Brooklyn in coma ligt. Niet dat hij bang is dat de comateuze rabbijn hem omver zou blazen, maar alles hier herinnert hem aan de dood en door de nabijheid van de oude man zou deze plek net iets te veel dood bevatten, waardoor het hem onmogelijk zou zijn zichzelf te blijven vertellen dat hij hier voor de liefde is gekomen. Voor dwaasheid vermoedelijk, hij weet het, maar er rest hem niets dan dwaasheid.

'Is hij ook de belangrijkste man in jouw leven?' vraagt Kadoke voor de zekerheid. Misschien is dit zijn concurrent, het zou zomaar kunnen dat deze halfdode de andere man is die zich heeft genesteld in het hart van Anats verlangen. Coma of geen coma. Anat is ongetwijfeld iemand die ook veel liefde kan opvatten voor de comateuze medemens.

'Hij is de belangrijkste man in het leven van moeder, en daarom is hij ook belangrijk voor mij, maar de belangrijkste man, nee, dat zou ik niet willen zeggen.'

Ze gaat naar vader, wrijft over zijn hoofd en zegt: 'Wakker worden, we gaan eten, je bent eindelijk thuis, lieve meneer Kadoke.'

Het woord 'thuis' doet wonderen. Vader opent zijn ogen, kijkt om zich heen en zegt: 'Thuis? Nee, sorry dat ben ik niet.'

Ze helpt vader uit zijn stoel, begeleidt hem naar de deur, Kadoke loopt erachteraan, roept bemoedigende woorden naar vader, peinst. Was het voor haar echt alleen een misstap? Waar hij zijn leven aan heeft opgehangen, was dat voor Anat niet meer dan een kleine zonde, een die de Eeuwige haar wel kan vergeven?

Is de liefde voor haar slechts een misstap waaraan ze liever niet herinnerd wil worden? Buiten slaat de hete wind Kadoke in het gezicht, hij hoopt vooral dat zijn vader zich niet zal opwinden, niet nu, niet vanavond, dat hij niet weer zal zeggen dat hij dood wil, desnoods dood wil worden geslagen.

'Het is hier om de hoek,' zegt Anat, 'maar het is heuvelopwaarts, dus ik dacht, ik kom met de auto.'

Vader schuifelt aan de arm van Anat in de richting van de witte auto waarmee ze eerder op de dag van het vliegveld naar de bezette gebieden zijn getransporteerd en even vreest Kadoke dat zijn vader inderdaad aan de hitte zal bezwijken. Dat zijn liefde voor Anat – of moet hij gewoon maar definitief over dwaasheid spreken? – niet zonder consequenties zal blijven, vadermoord als een ongelukkig neveneffect van zijn bevlieging. Allicht slechts een van de vele ongelukkige neveneffecten van die bevlieging.

Vader gaat met enige moeite voorin naast Anat zitten, hij zegt geen woord, maar ademt zwaar, hijgt bijna, zijn neus is paars. 'Heb je je medicijnen wel ingenomen?' vraagt Kadoke.

Anat rijdt de straat uit, een andere straat in, een heuvel op en dan stoppen ze voor een huis, dat eruitziet zoals alle huizen hier. Wat anders aan dit huis is, is dat het meer in verval is dan de huizen eromheen. Je moet een paar trappen op, die vader met veel moeite beklimt. In een soort van tuin, het is eerder zo dat om het huis onkruid is opgekomen dat in de hete zon vergeeld en halfvergaan is, staat een pingpongtafel, eveneens halfvergaan. Als tiener heeft hij graag gepingpongd, als gevallen psychiater kan hij die hobby allicht weer oppakken.

Kijkend naar deze bouwval begrijpt Kadoke nog meer dan voorheen dat het hele idee van thuiskomen niet aan hem besteed is, thuiskomen doen de andere mensen maar, al wil hij voor Anat natuurlijk met liefde doen alsof, zoals ook de bouwval slechts doet alsof hij een huis is. Nu hij hier is beland begrijpt hij meer dan ooit tevoren dat doen alsof zijn levensopgave is, de enige nog open weg naar het geluk of iets wat daarop lijkt.

29

Anat doet de deur open en via een kleine hal komen ze in een overvolle keuken. Weliswaar is dit een echt huis, geen caravan, maar ook hier brandt uitsluitend tl-licht. De indringende geur van vlees en groente die uren op het vuur hebben gestaan prikkelt in Kadoke's neus. De keuken staat zo vol met potten, pannen, dozen, schalen, foto's, kindertekeningen en vlaggetjes dat de moeder van Anat, toch al geen grote vrouw, wegvalt, alsof ze de schutkleuren heeft aangenomen van de rotzooi om haar heen.

Anat wijst op een tafel in een hoek van de keuken en zegt: 'Ga zitten.'

Kadoke pakt een stoel, geen tuinstoel, eerder een stoel die langs de kant van de weg is gevonden. De stoel plakt, er ligt plastic op tafel, dat plastic plakt ook, hij kijkt nog eens goed om zich heen – hij beseft nu dat veel foto's aan de muur en op de koelkast foto's van de doodzieke man zijn die op raadselachtige wijze de belangrijkste persoon in het leven van Anats moeder is – en het dringt tot hem door dat dit een van de smerigste huizen is waar hij ooit is geweest. Hij besluit zich daar meteen radicaal overheen te zetten. Hier woont Anat, hier woont de vrouw van wie hij wil houden, en je kunt niet echt van iemand houden als je het huis waar diegene woont smerig vindt.

Vader gaat met hulp van Anat naast hem zitten. Hij wil zijn hoofd weer op tafel leggen maar Kadoke weet dat te voorkomen. 'Ik begrijp dat je boos op me bent,' fluistert Kadoke in vaders oor, 'maar gedraag je alsjeblieft niet als een kind. Dit is waar wij nu wonen. En je zult eraan wennen, zoals je ook aan Zeeland gewend bent geraakt. Misschien is dit wel beter dan Zeeland. We zijn in Israël, vroeger was je dol op Israël. En wij zijn bij elkaar, wij blijven bij elkaar.'

'Ik weet niet meer waar ik ben,' mompelt vader. 'Ik weet het echt niet.'

De moeder serveert soep in plastic kopjes, neemt dan plaats aan het ene eind van de tafel, zegt haastig een zegenspreuk en lepelt vervolgens geconcentreerd de soep naar binnen. Kadoke neemt voorzichtig een hap van de wat flauwe soep, het is moeilijk te zeggen of het kippensoep of groentesoep is en houdt onderwijl Anat, die aan de andere kant van de tafel zit, in de gaten.

Als ze klaar is met haar soep, als eerste van iedereen, zegt de moeder van Anat: 'Twintig jaar geleden was je hier met jouw moeder. Mijn man leefde nog. Ik heb tegen jullie gezegd: blijf hier, er is geen toekomst voor de Joden in Europa, jullie denken dat er geen antisemitisme is, maar ze hebben ons altijd gehaat en ze zullen ons altijd haten. Jullie wilden niet luisteren. Jij maakte me zelfs belachelijk.' Ze kijkt met haar hoofd een beetje schuin angstvallig naar Kadoke, alsof ze diep vanbinnen vreest dat dat de echte reden is dat hij is gekomen, om haar weer belachelijk te maken. 'Een beetje haat is goed voor je, zei je spottend. Kun je je dat nog herinneren?' vraagt Anats moeder.

Kadoke schudt zijn hoofd, hij kan zich niets herinneren en hij eet langzaam en vooral uit plichtsbesef de waterige soep.

'En,' zegt de moeder van Anat, 'nu heb je zelf ervaren hoe het is om haat te voelen. Zou je nog steeds zeggen dat het goed voor je is, een beetje haat, zou je nog steeds beweren dat het leven een bittere grap is? Want zo praatte je over het leven, het heilige leven dat ons gegeven is, was voor jou niet meer dan een bittere grap.' Ze heeft een plastic lepel in haar hand, een beetje zoals een dirigent zijn dirigeerstokje vasthoudt. Maar dan legt Anats moeder de lepel neer, gaat naar het fornuis en serveert zichzelf en ook Kadoke nog meer waterige soep. Hij heeft zijn kopje nog helemaal niet leeg en hij heeft ook niet de gelegenheid gekregen te zeggen dat hij eigenlijk genoeg soep heeft gehad. Gezien de indringende geur van stoofvlees die hier in deze keuken hangt zal er nog eten na de soep volgen. Hij heeft eigenlijk geen honger. De liefde die dwaasheid mag worden genoemd maakt hem duizelig, de verliefdheid beneemt hem alle eetlust.

Wel vraagt hij zich af wat Anat haar moeder allemaal heeft verteld. Wat heeft hij Anat zelf eigenlijk precies verteld? Hij meende dat hij summier en toch waarheidsgetrouw is geweest maar misschien heeft ze op het internet gezocht en heeft ze berichten gevonden die ze met behulp van Google Translate heeft laten vertalen, wat het allemaal ongetwijfeld erger zal hebben gemaakt.

'Ik ben vals beschuldigd,' zegt Kadoke, kijkend naar de waterige soep, 'niet omdat ik een Jood zou zijn, maar omdat ik mijzelf in een situatie had gemanoeuvreerd waarin het moeilijk voor mij was me tegen valse beschuldigingen te verweren. Ik moet dus ook verantwoordelijkheid nemen voor de valse beschuldigingen. En met die beschuldigingen stroomde allerlei narigheid mee, ook antisemitische narigheid, dat wil ik niet ontkennen. De antisemieten kwamen uit het riool gekropen. Maar het leven is voor mij nooit een bittere grap geweest. Ik weet niet hoe je daarbij komt. Een grap, misschien, bitter, nee.'

Vader hoest, Kadoke slaat hem zachtjes op zijn rug.

'Jawel,' zegt Anats moeder, 'toen je hier twintig jaar geleden was, was het leven voor jou een wrange grap waar je hard om moest lachen. Ik vond het vreselijk. Hoe kun je zo denken, hoe kun je zo leven na alles wat er gebeurd is? Alsof er geen zin is, alsof die wrange lach van je de zin van dit alles is, alsof er geen betekenis is, alsof niemand over ons waakt, alsof er alleen maar oneindig veel grappen zijn waar je zelf vaak als enige hard en schel om moest lachen.'

'Ik kan me echt niets herinneren,' zegt Kadoke. 'Mijn lach is niet wrang. Ik twijfel of iemand over ons waakt, maar dat gemis leidt niet automatisch tot wrangheid. Voor zover het een gemis genoemd kan worden.'

Anat vraagt of hij wat peper in de soep wil en heel in de verte klinkt het geluid, een geluid dat hij zich voornamelijk herinnert van reizen en vakanties, van de moskee, de oproep tot het gebed wordt gedaan in het Palestijnse dorp op de andere heuveltop.

'Toen jij weg was met je moeder zei ik tegen mijn man die toen nog leefde: deze jongeman denkt dat het leven een bittere grap is, hij moet nog veel leren. En heb je iets geleerd?'

Ze kijkt hem aan alsof ze nu het antwoord verwacht waardoor ze hem toch in haar armen zal kunnen sluiten. Kadoke schudt zijn hoofd, schuift het halfvolle kopje soep van zich af en zegt dan: 'Er was een tijd dat mensen dachten dat ik humor had. Maar het leven is voor mij altijd meer geweest dan een bittere grap.' Even voelt hij de behoefte Anats moeder te vertellen wat de ware reden is van zijn komst, waarom hij hier is, voor haar dochter.

'U hebt zo'n lieve dochter,' zegt Kadoke, wat niet helemaal hetzelfde is als wat hij had willen zeggen, maar wat in elk geval over Anat gaat.

'Gescheiden,' zegt de moeder. 'Al jaren gescheiden. Ik maak me zorgen. Haar huwelijk was een slecht huwelijk, maar ik heb altijd gezegd: beter een slecht huwelijk dan helemaal geen huwelijk. En wat is een slecht huwelijk? Een beetje slecht is elk huwelijk. Als je niet tegen pijn kunt moet je niet trouwen.'

'Hij sloeg me, mama.'

'Hij sloeg je omdat er geen kinderen kwamen, hij wilde kinderen, jij wilde kinderen, er kwamen geen kinderen, toen draaide hij door, maar verder was het een doodgoeie man, opvliegend maar de rest van de tijd doodgoed, nu heeft ze niemand, alleen haar wiskunde. Haar statistiek. Haar kansberekening. Daar krijg je geen kinderen van. De kansberekening gaat je eenzaamheid niet oplossen.'

Kadoke lepelt nog wat in zijn soep, hij kan echt niet verder eten en vader staart voor zich uit, vader hoort er niet bij, distantieert zich van deze maaltijd, deze keuken, deze nederzetting.

'Hij sloeg me, mama. Dat weet je net zo goed als ik. Waar in de Thora staat dat je je vrouw mag slaan?'

Anats moeder staat op. Kadoke verwacht dat ze nu eindelijk het stoofvlees zal gaan serveren, maar ze begint te zingen, een of ander Jiddisch lied, roert vervolgens in een pan en serveert dan iets op plastic borden waarvan niet meer herkenbaar is wat het precies is. De kleuren grijs, groen, geel en bruin lopen door elkaar heen, de massa is consistent, doet aan aardappelpuree denken maar dan wat compacter.

'Waarom eten jullie van plastic borden?' vraagt Kadoke.

'Dat vindt mijn moeder makkelijk,' antwoordt Anat.

Haar moeder schept flinke porties op, ze zegt een paar keer: 'Jullie zullen wel flinke honger hebben na zo'n reis.'

Vader staart mismoedig naar wat voor hem ligt.

'Ik heb speciaal voor jullie *tsjoelent* gemaakt, een echte Poolse specialiteit voor mijn Poolse Joden.'

'Sorry, maar wij zijn geen Poolse Joden,' antwoordt Kadoke.

'Jullie zijn Poolse Joden. Ik ben toch niet helemaal gek?' Ze kijkt hem weer aan met diezelfde achterdochtige blik, alsof ze hem er toch weer van verdenkt dat hij uitsluitend hierheen is gekomen om haar in de maling te nemen en haar belachelijk te maken.

'Wij zijn echt geen Poolse Joden,' herhaalt Kadoke en hij neemt een hap van de tsjoelent. Hij heeft het gevoel alsof hij puur vet eet, lang geleden heeft hij eens gans gegeten, de overheersende smaak van ganzenvet neemt tot in de verste uithoeken bezit van Kadoke's mond.

'Gans?' vraagt Kadoke, ook uit beleefdheid. 'Zit hier gans in?'

'Zeker,' zegt Anats moeder en haar ogen beginnen te stralen, 'ik dacht, jullie zullen wel gans lusten en ik heb stad en land afgereisd om gans voor jullie te vinden. Poolse Joden vinden gans heerlijk. Die leven op gans.'

'Ik ben geen Poolse Jood,' zegt vader, hij neemt een grote hap tsjoelent, daarna begint hij zachtjes te snikken. Kadoke probeert vader te troosten, maar het eten en de moeder van Anat bemoeilijken de pogingen tot troost en tederheid.

'Ik weet precies wie jij bent,' zegt Anats moeder tussen twee happen door, haar smaakt het ganzenvet uitstekend, dat het gerecht uit weinig meer dan ganzenvet, gans en doodgekookte groenten en aardappelen bestaat, daarover kan geen twijfel bestaan, maar zij smult. 'Je hoeft je niet meer te schamen, lieve meneer Kadoke. Je bent hier veilig bij mij. Eindelijk kun je ervoor uitkomen wie je bent, hier hoef je je niet meer te verstoppen, hier kun je eindelijk de Poolse Jood zijn die je je hele leven al bent geweest. Maar om terug te komen op het huwelijk van mijn dochter, ja hij sloeg haar. Hij was een chassied, maar hij sloeg. Je hebt ook chassidische Joden die slaan. En ik heb tegen haar gezegd: waarom scheiden als je terug kunt slaan? Terugslaan is goedkoper en makkelijker. Je hebt alles bij de hand in je keuken, je hebt een pollepel en als dat niet werkt ga je over op de grote soeplepel en als het echt uit de hand loopt is er het broodmes. Wat is een huwelijk als je niet terugslaat? Denk je dat ik nooit heb teruggeslagen? Soms ook preventief hoor. De Eeuwige heeft ons geslachtsdelen gegeven, maar hoe kun je die gebruiken als je niet af en toe terugslaat? Hoe kan het vuur in ons ontbranden als je niet af en toe een pollepel of een soeplepel pakt om je echtgenoot mee tot de orde te roepen? Geen wonder, heb ik altijd gezegd, dat er geen kinderen komen als je niet terugslaat. Nou ja, mijn dochter wilde liever scheiden dan terugslaan. Echt de gettomentaliteit, niets geleerd.'

Anats moeder kijkt tevreden, alsof ze wil laten zien dat zij als enige wel iets heeft geleerd. Ze stopt bijna wellustig een paar lepels ganzenvet in haar mond, het vet druipt langs haar kin maar daar trekt ze zich niets van aan.

Vader snikt nog altijd, Kadoke troost hem door zachtjes te zeggen: 'Ik weet dat je geen Poolse Jood bent, maak je maar niet druk, ik zal het misverstand rechtzetten.'

Vader schudt van nee, maar de moeder van Anat lijkt het gesnik van de oude man niet te deren, integendeel, alsof ze pas echt op haar gemak is als er aan haar tafel gehuild wordt, en dan vooral door mannen.

'Mijn vaders voorouders komen uit het Oostenrijks-Hongaarse keizerrijk, hij vindt het niet prettig dat je iets van hem maakt wat hij niet is.'

Anats moeder staat op en even vreest Kadoke dat ze nu een pollepel of misschien wel de grotere soeplepel zal pakken, tenslotte heeft zij van het verleden geleerd en heeft ze de gettomentaliteit achter zich gelaten, maar ze houdt alleen een plastic vorkje in haar hand, schenkt voor iedereen een glas water in en zegt dan: 'Polen, het Oostenrijks-Hongaarse keizerrijk, wat is het verschil?' Ze buigt zich over de nog altijd snikkende oude meneer Kadoke en zegt langzaam en voor haar doen buitengewoon duidelijk: 'Denk jij dat de Joden in het Oostenrijks-Hongaarse keizerrijk geen tsjoelent hebben gegeten, denk jij dat ze niet gesmuld zouden hebben van deze tsjoelent, denk je dat ze geen moord zouden hebben gedaan om een beetje van mijn tsjoelent te kunnen eten, maar ze zijn natuurlijk allemaal dood. Ze zijn vermoord door de nazi's of door de kozakken, ze zijn verkracht door de kozakken.'

Vader richt zijn hoofd op. 'Mijn voorouders zijn niet verkracht,' roept hij.

Van tegenwerpingen wil Anats moeder niets weten, daar is ze kennelijk ronduit allergisch voor. 'De kozakken verkrachtten iedere Joodse vrouw die ze konden vinden. Leer mij de kozakken kennen,' stelt ze. Het klinkt alsof de kozakken nog dagelijks bij haar over de vloer komen, op z'n minst in haar fantasie. De wellust waarmee ze daarnet over verkrachtingen sprak doet Kadoke beseffen dat deze vrouw misschien wel wat therapie kan gebruiken, hoewel hij officieel geen psychiater meer is. Ze kan wel wat hulp gebruiken bij het in goede banen leiden van haar woede.

Kadoke kucht, er zit een stukje gans vast in zijn keel. 'Vader zal ophouden met huilen als jij weer gaat zitten,' zegt hij, 'en misschien wat minder over kozakken en het Oostenrijks-Hongaarse keizerrijk spreekt, want vader zwijgt graag, vooral over het verleden.'

Anats moeder haalt haar schouders op maar gaat inderdaad weer zitten. 'Ik bepaal in mijn eigen huis waarover wordt gesproken en waarover niet. De gettomentaliteit is mij vreemd, in tegenstelling tot haar.' Ze wijst op haar dochter. 'Het was een klein mannetje, die echtgenoot van haar, ze had hem makkelijk kunnen slaan. Ze had hem makkelijk tot de orde kunnen roepen. Maar ze deed het niet, was je soms bang hem dood te slaan? En wat is het resultaat van dit alles, Anat? Dat je nu alweer vier jaar een gescheiden vrouw bent. Ik heb één dochter, gescheiden, geen kinderen, ze is bezig te promoveren in de wiskunde, ik moet trots op haar zijn, maar ik ben het niet. Soms denk ik: je kunt nog beter verkracht worden door de kozakken.'

Vader, die door de gesprekken over slaan aan een oud verlangen herinnerd lijkt te zijn, begint te hoesten, hij hoest van alles op, Kadoke neemt hem mee naar het toilet, de wc is net zo vies, misschien nog wel viezer dan de keuken zelf – als het maar strikt koosjer is maakt de smerigheid kennelijk niet meer uit – en daar op het toilet is vader zeker tien minuten bezig ganzenvet en andere etensresten uit te kotsen.

Tussen het kotsen door fluistert hij: 'Dit is het einde, zie je het niet?'

‘Dit is niet het einde. Je gaat hier nog heel lang leven,’ zegt Kadoke.

En ondanks alle liefde die hij voor Anat voelt, ondanks het allesoverheersende besef dat die dwaasheid zijn enige redding is, begint Kadoke te begrijpen dat je op deze heuveltop misschien inderdaad beter doodgeslagen kunt worden.

30

De maaltijd eindigt met zelfgemaakte apfelstrudel die voor de verandering niet naar ganzenvet smaakt. 'De Eeuwige zij geprezen, dit is te eten,' fluistert Kadoke in het oor van vader, maar die vertrekt geen spier. Daarna zingt Anats moeder nog een paar religieuze en Jiddische liederen. Haar afkeer van de gettomentaliteit is ongeveer net zo groot als haar liefde voor haar eigen gezang. In theorie is deze vrouw zijn toekomstige schoonmoeder en hopelijk is ze dat in de praktijk straks ook echt, alleen al daarom luistert hij met meer dan geveinsde interesse naar haar liederen. Er komt weerzin bij kijken die wat weg heeft van onverbloemde fascinatie. Wie is deze kleine vrouw en hoe kan uit haar zo iemand als Anat zijn gekropen?

Na het gezang is er oploskoffie, met poedermelk die uiteraard niet echt van melk is gemaakt, gelukkig drinkt Kadoke geen melk in zijn koffie, en vader wil helemaal geen koffie na het eten, hij wil zoals altijd thee. Zonder tegenstribbelen, ja met bijna iets van vriendelijkheid in haar gebaren en haar stem serveert Anats moeder de thee. Alleen al het feit dat zij niet meer over kozakken of Poolse Joden is begonnen, maar tussen de liederen door, in korte heftige erupties enkele dwingende adviezen voor een gelukkig huwelijk en een gelukkig leven geeft, kalmeert vader wat. Het recept voor een gelukkig huwelijk bestaat volgens Anats moeder uit wederzijdse afschrikking, waarbij beide partijen niet moeten aarzelen om in noodgevallen over te gaan tot geweld waarmee zij voornamelijk bedoelt: elkaar slaan met soep- en andere lepels. Het ergste wat je in een huwelijk kan overkomen zijn saaiheid en verveling en om die te bestrijden is veel geoorloofd. Aan alles is te merken dat Anats moeder zichzelf als een van de voornaamste bestrijders van saaiheid en verveling op deze wereld beschouwt.

In elk geval huilt vader niet meer en de dood komt evenmin ter sprake. Dat vader de apfelstrudel leek te waarderen heeft ook geholpen. Waar men zich met niets meer kan verzoenen is er altijd nog wel een stukje apfelstrudel of wat kersentaart die je met een dun draadje aan het leven bindt.

Anat rijdt hen terug naar de caravan, ze gaat met hen mee naar binnen en vraagt dan of ze hulp nodig hebben bij het inruimen van de kasten. Kadoke schudt zijn hoofd. 'Niet nu,' zegt hij, 'misschien morgen.' Hij is de 'slaapkamer' in gelopen. Er ligt een oud matras op het oude bed, boven dat matras hangt een airconditioning waaruit water druppelt, de airconditioning maakt geluiden die doen denken aan een zieke hond. Wat maakt het uit, denkt hij, ik ben hier voor de liefde gekomen, wat maakt een vies matras uit, een airconditioning die klinkt als een doodzieke hond? Als de liefde daar niet tegen kan, wat heb je er dan aan?

Naast het bed staat iets wat een kast moet voorstellen, een kast die ongetwijfeld al bestond toen Israël werd opgericht. Kadoke is geen estheet, maar de weerzin die deze mensen tegen elke vorm van schoonheid hebben getuigt van fanatisme. Wat zou de schoonheid hun hebben gedaan? Aan estheten en luidruchtige snobs heeft Kadoke een hekel, maar een klein beetje schoonheid kan toch geen kwaad? De Eeuwige is uiteindelijk ook een esthetisch wezen.

Anat staat nog in de woonkamer. 'Voor vanavond komt er geen hulp, maar vanaf morgen komt mevrouw Gitl je vader twee keer per dag helpen,' roept ze. Kadoke verlaat de ruimte met het oude bed en loopt langzaam naar zijn toekomstige vrouw toe. De fantasie neemt hem mee, vooral hier, dit mag dan een plek zijn waar je misschien beter kunt worden doodgeslagen, maar deze heuveltop is ook een plaats waar mensen worden besprongen door visioenen. En is de liefde niet uiteindelijk, voor zover zij meer is dan het praktische, een visioen?

'Over de betaling van mevrouw Gitl hebben we het nog wel,' zegt Anat. 'Geld zal het probleem niet zijn. Ze spreekt niet zo goed Hebreeuws, en nauwelijks Engels, maar ze is een uitstekend verpleegkundige, ze heeft in het beste ziekenhuis van Moskou gewerkt. Mevrouw Gitl vindt het een eer je vader te helpen.'

Kadoke vraagt niet waarom mevrouw Gitl het een eer vindt zijn vader te helpen. Je moet de dingen nemen zoals ze komen, zeker hier, waar de Eeuwige regeert en dan vooral zijn handlanger op aarde, Anats moeder.

Anat neemt hem mee naar de badkamer, het toilet ziet er nog redelijk uit, de douche is een piepklein hok, met een smoezelig wit gordijn ervoor. 'Ik heb een kruk in de douche gezet, zodat je vader kan gaan zitten als dat nodig is.' Ze toont hem de kruk, ook een museumstuk, maar zo te zien tenminste redelijk schoon. Vader houdt er niet van zittend te douchen, het liefst slaat hij het douchen over, maar in deze hitte is dat waarschijnlijk een slecht idee.

'Anat,' zegt Kadoke zacht, 'misschien loop ik te hard van stapel, maar ik ben niet meer zo jong en jij hebt ook al een leven achter de rug. Wat moet ik doen om je hart te veroveren? Kun je het me gewoon vertellen?'

Ze kijkt hem aan, met haar voet duwt ze wat torretjes opzij. Ook hier wemelt het van de torretjes, maar je kunt ze kennelijk met je voet opzij duwen en dan valt er prima mee te leven. 'Wat ben jij een merkwaardige man,' zegt Anat, 'ik vind je steeds merkwaardiger worden, je bent hier net, en nu begin je al over mijn hart. Maar je hebt gelijk, we worden niet jonger, en het feit dat je hier bent gekomen, wat ook de ware reden daarvoor moge zijn, neemt me voor je in. Je hebt recht op een eerlijk antwoord. Als je mijn hart wil veroveren moet je het hart van rabbi Menachem Eliëzer ben Zwi veroveren.'

Kadoke kijkt haar aan, even denkt hij dat ze een grapje maakt, maar ze staart serieus en zelfs wat droevig in zijn ogen. Alsof het haar ook weemoedig stemt dat het veroveren van haar hart via een dergelijke omweg dient te geschieden.

Daarop pakt Kadoke haar bij haar arm, niet onvriendelijk, eerder wanhopig. 'Dat kun je niet menen,' zegt hij, 'er zijn grenzen, ook hier, zelfs hier. Die man is achtennegentig jaar oud en ligt in coma in een ziekenhuis in Brooklyn. Zelfs als ik het zou willen, hoe kan ik zijn hart veroveren? Hoe kun je het hart van een achtennegentigjarige die in coma ligt veroveren? Ik wil jóúw hart veroveren en niet het hart van die rabbijn, vergeef me, hij mag de belangrijkste man zijn in het leven van je moeder, maar hij betekent niets voor mij, helemaal niets. Ik discrimineer niet, ik heb niets tegen stokoude mensen, ook niets a priori tegen rabbijnen, je vraagt alleen het onmogelijke van me. Als je niet wil dat ik je hart verover, als je wil dat ik vanaf nu mijn mond hou zeg dat dan gewoon, dan zal ik dat doen.'

Ze pakt zijn hand en haalt die van haar arm.

'Je zult zien dat het kan, praat maar met mijn moeder.'

Kadoke brengt zijn mond bij haar oor, de kans is klein dat vader dit hoort, maar hij wil geen enkel risico lopen. 'Jouw moeder,' fluistert hij, 'wekt de indruk niet zo van mannen te houden. Sterker nog, ik denk dat ze niet van mensen houdt, dat ze van niets houdt, alleen van ganzenvet, apfelstrudel en die doodzieke Menachem Eliëzer ben Zwi natuurlijk, ik waardeer haar gastvrijheid, maar ik heb het gevoel dat jouw moeder en ik elkaar niet zo liggen. Kunnen we dit ook buiten haar om regelen? Het is jouw hart, het is jouw liefde, met alle respect, het gaat jouw moeder niets aan. Mag dit iets tussen ons zijn en blijven?'

Ze gaat op de kruk in de tamelijk vieze douche zitten en kijkt Kadoke aan, haar ogen maken hem week, hij weet niet hoe hij het anders moet omschrijven, ze kijkt nu alsof ze dingen ziet, niet alleen hem, maar ook andere dingen, andere mensen, de comateuze achtennegentigjarige allicht, of misschien haar exman die ze niet wilde slaan, niet met een pollepel en ook niet met een grote soeplepel.

Anat zegt niets, ze blijft hem aankijken, zittend op die kruk. Uiteindelijk neem Kadoke het woord. 'Oké,' zegt hij, 'ik geef het toe, natuurlijk is dit een noodsprong, natuurlijk komen al die liefdesverklaringen ook uit mijn mond omdat ik nergens anders heen kan met mijn verlangen, met mijn leven, omdat mijn leven onmogelijk is geworden in Nederland, omdat ik weg moest, en toen in jouw armen ben gesprongen, ja dit alles is een soort van parachute waaraan ik mij vastklamp, maar kun je iets soortgelijks niet over elke verliefdheid zeggen, elke liefdesverklaring? En natuurlijk, je bent mijn achter-achter-achternicht, maar ik zie je niet als familie, je bent mij vreemd, als ik verliefd was geworden op een Tataar had mij die nauwelijks vreemder kunnen zijn. En nu ik toch bezig ben, nu je me dit allemaal hebt laten zeggen, waarom moet hier alles zo lelijk en zo vies zijn? Staat dat ook in de Bijbel? Is dat wat de Eeuwige van jullie wil?'

'Hou op "jullie" te zeggen. Van ons. Jij hoort erbij.'

'Ik weiger "ons" te zeggen. Sorry. Ik hoor er niet bij.'

Anat staat op, geeft Kadoke een vluchtig kusje op zijn wang en zegt dan: 'Ik kan nu niet al je vragen beantwoorden, maar je moet weten dat mijn moeder en ik ervan overtuigd zijn dat de Eeuwige jullie met een reden hierheen heeft gestuurd. Er zit een bedoeling achter.'

'Prima, een bedoeling.' Ze loopt naar de deur, hij loopt achter haar aan. 'Maar kunnen jullie me misschien vertellen wat voor bedoeling, dan weet ik dat ook. Als jullie de bedoeling van dit alles weten, als het een bedoeling had dat het tuchtcollege valse beschuldigingen geloofde en besloot dat ik mijn vak nooit meer mag uitoefenen, vertel me dan de bedoeling. Ik ben heel benieuwd, vertel het me. Wat is de bedoeling van het feit dat mijn leven vernietigd is? Wat is de bedoeling daarvan? En hoe weten jullie eigenlijk wat die bedoelingen zijn? Praat hij met jullie? De Eeuwige? Verschijnt hij aan jullie? Woont hij hier op deze heuveltop?'

Ze staat stil, kijkt nog even rond, dan zegt ze: 'Af en toe verschijnt rabbi Menachem Eliëzer ben Zwi in de dromen van mijn moeder. Zo communiceert hij met zijn volgelingen.'

'Ah, zo communiceert hij met zijn volgelingen, dat verklaart een hoop,' mompelt Kadoke.

Dan verdwijnt Anat in de hete nacht en Kadoke gaat naast vader zitten. Minutenlang zitten ze zo naast elkaar, zwijgend, voor zich uit starend, tot Kadoke naar het smerige matras met de smerige lakens en een smerig spreitje erbovenop wijst. 'Dat daar is ons bed,' zegt hij.

Vader zwijgt en daarom zegt Kadoke: 'Papa, dat daar is ons bed. We moeten slapen.'

31

Vroeg in de ochtend wordt Kadoke gewekt door lawaai, iemand bonst hard op de voordeur van de caravan. Het kostte hem grote moeite in slaap te vallen, het lukte pas toen het alweer licht begon te worden. Sinds hij een kind was heeft hij niet meer met vader in een bed gelegen. Vader snurkt luid maar is ook zeer beweeglijk, en wat Kadoke niet wist of misschien ook gewoon verdrongen heeft: de oude man praat en jammert in zijn slaap. De eerste uren had Kadoke geprobeerd naar het gejammer te luisteren – wat zei vader precies, droomde vader of lag hij ook wakker? –, vervolgens werd hij overmand door schuldgevoelens, oude schuldgevoelens. Had hij niet gewoon in Nederland moeten blijven? Ook al was hij daar dan in de ogen van de buitenwereld van een min of meer respectabele psychiater veranderd in een Joodse verkrachter. Had hij vader echt hierheen moeten slepen? Is het visioen van de liefde afdoende excuus om van jezelf een soort oorlogsmisdadiger te maken, hoe dan ook medeplichtig aan iets waaraan Kadoke liever niet medeplichtig had willen zijn?

Zo lag hij malend in bed, tussen het malen door probeerde hij zijn vader liefdevol te kalmeren, tot hij eindelijk in slaap viel.

Nog een keer wordt er hard op de deur gebonsd. Hij heeft alleen een onderbroek aan, loopt naar de voordeur, doet open, het zonlicht doet meteen pijn aan zijn ogen.

Voor hem staat een forse vrouw met dunne beentjes. Ze draagt een rok in allerlei felle kleuren en daarboven een blouse in andere felle kleuren. Ook zij heeft een rugzak om en op haar hoofd heeft ze net als Anats moeder een mal hoedje. Alsof deze mensen menen dat het bedekken van de haren van getrouwde vrouwen niet met een gewone hoofddoek kan, alsof God niet alleen iets tegen vrouwenharen heeft maar ook iets tegen hoofddoeken, malle hoedjes moeten het zijn, hoe maller hoe dichter je bij de Eeuwige komt.

Als de vrouw de halfnaakte Kadoke ziet, slaat ze een hand voor haar ogen, draait zich om en begint in het Russisch te spreken.

Dit zal mevrouw Gitl zijn. Kadoke trekt snel iets aan, komt dan terug, mevrouw Gitl staat inmiddels in de woonkamer. Ze heeft een vriendelijk gezicht, maar ze is wat ouder dan hij had verwacht, ze is vermoedelijk al in de zeventig. Eigenlijk niet eens zoveel jonger dan vader, had Anat geen andere bejaardenverzorgster kunnen vinden? Hoe moet zij vader in de douche zetten? Waar haalt ze de kracht vandaan? Al is ze dan zo te zien een flinke vrouw.

Hij beseft dat hij mevrouw Gitl niets kan aanbieden. Hij heeft de keuken amper bekeken, met moeite heeft hij gisteravond vaders kleren uitgetrokken en hem toen in bed gelegd. De koffers zijn nog altijd niet geopend, het tandenpoetsen heeft hij voor een keertje overgeslagen. Ze zal het hem niet kwalijk nemen, mevrouw Gitl, zo'n eerste dag op de Westelijke Jordaanoever, je moet wennen, zij heeft ook ooit moeten wennen.

Hij wil mevrouw Gitl de weg naar vader wijzen, maar ze is hem voor. Vader ligt op bed, de lakens heeft hij van zich afgeschopt. Ze bekijkt hem, schijnbaar zonder enige emotie. Uit haar rugzak pakt ze plastic handschoenen die ze geroutineerd omdoet, ze is oud maar op alles voorbereid. Vader heeft het broekje aan dat Kadoke hem in het vliegtuig had aangetrokken. Kadoke had er geen kracht meer voor om hem ook nog voor het slapengaan te verschonen, althans hem daarbij te helpen.

Bovendien wil vader liever niet door zijn zoon naakt worden gezien en de zoon wil de oude vader als het even kan ook liever niet naakt zien. Meestal geeft vader het aan als hij echt naar de wc moet, hij is niet altijd op tijd, maar hij doet tenminste moeite het toilet nog te halen.

Mevrouw Gitl spreekt ook tot vader in het Russisch, ze stelt zich kennelijk op het standpunt dat iedereen Russisch spreekt of het op z'n minst zou moeten verstaan. Vader kijkt haar aan met grote ogen, Kadoke zegt snel: 'Dit is mevrouw Gitl, zij komt je hier verzorgen.' Mevrouw Gitl knikt bij het horen van haar naam en buigt zich dan als een roofvogel in duikvlucht over vader heen en trekt hem bekwaam en razendsnel zijn broekje uit. De snelheid en de handigheid waarmee ze het doet maken van de handeling iets erotisch.

Kadoke trekt zich terug, hij wil dit niet zien. Hij begrijpt dat onoverkomelijke taalproblemen zullen rijzen, maar daar is niets meer aan te doen. Als hij Anat ziet zal hij vragen of er geen bejaardenverzorgsters zijn die een beetje Engels, Frans of Duits spreken. Bij voorkeur Duits, dat zou voor vader het beste zijn. Als die er niet zijn zal hij overwegen zelf Russisch te leren, hij is hier voor een visioen maar het welzijn van vader telt mee. Eigenlijk maakt hij ook bij voorkeur eerst kennis met de bejaardenverzorgsters voor ze zich gretig op vader storten. Een kort inleidend gesprek, het aftasten van elkaars gevoeligheden en behoeftes, dat is prettig, het blijft een intieme aangelegenheid, de zorg voor een ander, maar hier was van aftasten geen sprake, mevrouw Gitl doet niet aan inleidende gesprekken, mevrouw Gitl komt binnen, werpt zich op de bejaarde en binnen een tel is de bejaarde ontkleed. Gebrek aan efficiëntie kan haar niet worden verweten.

Kadoke staat met zijn rug naar vader in de hoek van de ruimte die een slaapkamer moet voorstellen, hij kijkt naar een paar dode torretjes en even vraagt hij zich af wat hij hier in deze nederzetting de hele dag zal gaan doen. Een beetje Russisch leren, daarmee zal hij beginnen, om met mevrouw Gitl te kunnen communiceren. Met de paar woorden Hebreeuws die hij als kind heeft geleerd zal hij zich allicht in de supermarkt kunnen redden. Maar op een gegeven moment zal hij zich echt nuttig moeten maken, zeker hier, hij gaat liever de hele dag bladeren vegen dan dat hij uren over de Talmoed of de Misjna gebogen zit.

Goed, hij moet Anats hart veroveren, maar ook daar zal hij ongeacht het resultaat niet de rest van zijn leven mee bezig zijn en dan? Hij kan boeken lezen, maar waar? Buiten is het te heet, binnen deprimeert alles hem, het licht, het meubilair, de tijdelijke woning genaamd caravan zelf.

Mevrouw Gitl die tijdens het verzorgen gewoon in het Russisch verder is blijven praten, komt nu naar Kadoke toe, pakt hem bij de arm en voert hem niet bepaald zachtzinnig naar het bed. Daar ligt vader bloot en hulpeloos naar het plafond te staren. Kadoke kijkt weg, maar mevrouw Gitl dwingt zijn blik weer naar vader toe. Ze pakt hem bij de nek, ze is oud maar sterk, en duwt hem langzaam voorover in de richting van vaders buik. Wil ze dat hij de oude man pijpt? 'Wat wil u van me, mevrouw Gitl?' vraagt Kadoke terwijl hij probeert weerstand te bieden aan haar krachtige arm. 'Kunt u gewoon met me praten? Ik vind dit niet prettig. In West-Europa gaan we niet zo met kinderen van bejaarde ouders om.'

Kadoke worstelt zich zo beleefd mogelijk los uit haar dwingende greep. Wil ze hem iets laten zien? Probeert ze hem iets te vertellen?

Ja, hij merkt dat er rond de penis en ballen van vader iets zit wat luieruitslag genoemd kan worden, de huid is rood, vader heeft last van pukkeltjes. Had hij vader gisteren moeten verschonen? Hij heeft het niet gedaan. Moet hij nu gestraft worden? Streeft mevrouw Gitl naar perfectie?

'We hadden gisteren een reisdag,' zegt Kadoke langzaam en nadrukkelijk. 'Ik heb vader na de vlucht niet meer kunnen verschonen. De kracht ontbrak, ik ben ook geen twintig meer.' Over het Poolse gerecht dat uit honderd procent ganzenvet leek te bestaan zwijgt hij discreet. Misschien heeft vader daar pukkeltjes van gekregen, dat kan ook. Mevrouw Gitl verstaat hem natuurlijk nauwelijks of helemaal niet, maar hopelijk was de toon van zijn woorden genoeg, de muziek ervan. Zijn vriendelijke lach.

Mevrouw Gitl draait vader om, behendig maar niet zachtzinnig. Vader was de behandeling van Rianne gewend, die omzichtiger te werk ging, ze wist van aanpakken maar niet zoals mevrouw Gitl hier invulling geeft aan het fenomeen bejaardenzorg.

Kadoke ziet de ingevallen billen van vader, de oudemannenbillen die hem aan de dood doen denken, waarom moet hij dit allemaal hier getoond krijgen? Denkt mevrouw Gitl dat hij iets belangrijks zal missen als hij dit niet ziet? Moet het kind zien wat de bejaardenverzorgster ziet? Mag het kind niets bespaard blijven?

Mevrouw Gitl trekt de billen van vader voorzichtig uit elkaar en ja, ook daar uitslag, viezigheid. Hij heeft de billen van vader niet goed schoongemaakt in het vliegtuig maar het was ook werkelijk geen sinecure om dat te doen.

'Kunt u me dit besparen?' vraagt Kadoke zo vriendelijk mogelijk. 'Ik weet niet wat u mij wil vertellen, dat ik niet alleen als psychiater maar ook als zoon heb gefaald misschien? Dat u als zelfbenoemd tuchtcollege mij ook uit de functie van zoon wil zetten? Ik neem aan dat u vader beter zal verzorgen, ik betaal daar ook voor. Ik vertrouw op u. Onder uw bezielende leiding zal het allemaal goed komen.' Hij weet dat mevrouw Gitl niets van zijn Engels verstaat, maar hij blijft hopen op de muziek van zijn woorden.

Mevrouw Gitl is niet echt onder de indruk van de muziek,

terwijl ze vader met haar ene gehandschoende hand onder controle houdt wijst ze met haar andere hand op uitslag op de bovenbenen. Ja, ook daar. Wat wil ze? Dat vader nog meedoet aan een schoonheidswedstrijd, dat hij op hoge leeftijd nog zijn benen de lucht in gooit en de handen van het enthousiaste publiek op elkaar krijgt? Hij is hoogbejaard, ziek, hij zal sterven, misschien al dit jaar, anders volgend jaar of over twee jaar. Over drie jaar. Hopelijk over vijf jaar.

Ze pakt uit haar rugzak poeder en iets wat op zinkzalf lijkt en begint vaders bovenbenen, billen en anus te bewerken. Ze doet het met overgave, dat moet gezegd, toch betwijfelt hij ernstig of ze echt de beste verpleegkundige van Moskou was. Niets wijst erop dat ze met een mensenlichaam bezig is, eerder heeft hij het idee dat ze deeg aan het rollen is en vader moet dat ook beseft hebben, want hij roept: 'Wat doet ze met me? Wat doet die vrouw met me? Ze vermoordt me.' Vader wil wel dood, maar kennelijk wil hij niet dat mevrouw Gitl hem over de grens heen helpt. Kadoke begrijpt dat, mevrouw Gitl heeft het woord 'zachtzinnig' niet hoog in haar vaandel staan en als je al dood moet of wilt, dan toch het liefst zachtzinnig.

'Ze is bezig je luieruitslag te bestrijden,' zegt Kadoke zo rustig mogelijk, 'ze was de beste verpleegkundige in Moskou, ze weet wat ze doet.'

Terwijl hij dat zegt draait mevrouw Gitl vader om en werpt zich op zijn oude, verschrompelde, afzichtelijke – Kadoke heeft er geen ander woord voor – penis en begint de ballen en het gebied eromheen ook met zinkzalf in te smeren. Af en toe kijkt ze triomfantelijk naar Kadoke alsof ze wil laten zien: zo doe je dat, zo ga je om met het geslachtsdeel van een oude man. Ik heb er verstand van. Ik heb alle oudemannenpenissen van Moskou met zinkzalf ingesmeerd.

Vader roept: 'Ze doet me pijn.'

En aangezien mevrouw Gitl nog steeds met de penis van vader

speelt zoals een kat met een halfdood muisje, begint Kadoke er ook genoeg van te krijgen. Dit is geen bejaardenzorg, dit is marteling, in Moskou vonden de mensen dat twintig of dertig jaar geleden kennelijk prachtig maar de tijden zijn veranderd. 'Stop,' roept Kadoke. 'Stop hiermee, mevrouw Gitl. Nu meteen.'

Mevrouw Gitl kijkt hem even aan maar trekt zich niets aan van zijn geroep, ze trekt zich überhaupt niets van Kadoke aan, ze begint weer tegen hem in het Russisch te praten, Kadoke kan zich niet aan de indruk onttrekken dat ze hem uitscheldt of op zijn minst de les aan het lezen is.

'Mevrouw Gitl,' zegt Kadoke, 'dit gaat zo niet. We hebben een vertaler nodig. U spreekt vrijwel uitsluitend Russisch, ik spreek geen Russisch. Ik ga een vertaler halen. En als u in de tussentijd van de penis van mijn vader af kunt blijven, meer vraag ik niet van u, gewoon van zijn penis afblijven, hij is daar niet van gediend.'

32

Kadoke gaat naar buiten, hij heeft slippers aan. Het felle zonlicht overvalt hem weer, hij heeft nog geen tien passen gedaan of hij begint al te zweten. De hete wind in zijn gezicht doet hem naar adem happen, tintelt onaangenaam op zijn huid. Hij loopt de route die Anat gisteren gereden heeft, meent hij, maar hij kan het huis van Anat niet meer vinden. Hij loopt door de straat waar hij het huis zou moeten zien, maar hij vindt het niet, dat ene huis, bouwvalliger dan de andere huizen.

Er is niemand buiten. Wie moet hij de weg vragen? De wind begint pijn te doen. Waar hij ook kijkt, hij ziet slechts identieke huizen, droge heuveltoppen, struiken, een magere kat, stof waait door de nederzetting, fijn zand. Dit is geen beloofd land, dit is een vervloekt land.

Eindelijk ziet hij een oude man met een baard en een plastic zak in zijn hand over straat schuifelen. Kadoke gaat op hem af en zegt langzaam in zo goed mogelijk gearticuleerd Engels: 'Ik zoek het huis van Anat Silberstajn, weet u waar ze woont?'

De man kijkt hem niet-begrijpend aan. 'Anat,' zegt Kadoke nog een keer, 'de wiskundige, ik heb haar dringend nodig.'

De oude man schudt langzaam zijn hoofd, zegt dan in zangerig Engels: 'Ken ik niet. Anat Silberstajn, nooit van gehoord. Ik ben op weg naar mijn dochter. Ik woon in Bne Barak, ik ken hier de weg van de bushalte naar mijn dochter en van mijn dochter naar de bushalte, verder ken ik de weg hier niet. Maar misschien kent mijn dochter degene die je zoekt. Ik heb sinaasappelen voor haar meegebracht.' Hij opent zijn plastic zak en laat Kadoke een twintigtal nogal zielige sinaasappelen zien.

Langzaam loopt de oude man de heuvel op en aangezien er verder geen mensen op straat zijn gaat Kadoke achter hem aan, naar de dochter van deze oude man die hem misschien kan helpen. Mevrouw Gitl mag een ruwe vrouw zijn, maar vader kan tegen een stootje. Wie de oorlog heeft overleefd zal ook de bejaardenzorg van mevrouw Gitl overleven. Hij kan hem best even alleen bij haar laten.

Als ze tien minuten aan het wandelen zijn vraagt Kadoke zich af of deze man echt de weg van de bushalte naar zijn dochter kent of alleen maar doet alsof. 'Spreekt u Russisch?' vraagt hij.

De man schudt zijn hoofd. Hij loopt gestaag, haast stoïcijns verder, met zijn plastic zak in zijn hand. Dan gaat hij een huis binnen, hij belt niet aan, hij klopt niet aan, hij gaat gewoon naar binnen, deuren staan hier kennelijk altijd open, hier zijn geen vijanden, die zijn buiten, op andere heuveltoppen, of gewoon overwonnen en verslagen, voor de verandering hebben de Joden eens gewonnen, en Kadoke volgt de oude man, gedwee eigenlijk, maar ook omdat hij geen andere keus heeft, hij is hier een vreemde, overgeleverd aan de andere bewoners. Ze staan in een woonkamer, een tapijt, een box, en overal kinderen, baby's, wat kleuters. Op een bank zit een vermoeide vrouw met nu eens geen hoedje op haar hoofd maar een betrekkelijk sierlijke hoofddoek, ze is bezig een baby de borst te geven, zeer discreet, dat wel.

Dochter en vader spreken kort met elkaar, dan zegt de dochter iets in het Hebreeuws tegen Kadoke terwijl ze verdergaat met zogen en Kadoke antwoordt: 'Ik spreek nauwelijks Hebreeuws, een paar woorden uit mijn jeugd ken ik nog, waar het om gaat is dat ik Anat Silberstajn zoek.'

'Anat Silberstajn, en wie ben jij?'

Kadoke wil eerst zeggen: 'Kadoke,' maar dat bedoelt deze vrouw niet, ze wil niet dat hij zegt hoe hij heet, ze wil dat hij uitlegt wat hij hier doet in deze nederzetting, hij die er overduidelijk niet uitziet als een kolonist. 'Familie,' wil hij dan zeggen, maar hij is geen familie van Anat, hij is iets anders van haar, hij wil iets anders van haar zijn, en voor hij echt heeft kunnen nadenken over de consequenties van dit antwoord zegt hij: 'Ik ben haar verloofde.'

De vrouw kijkt hem even vol ongeloof aan, dan houdt ze op met zogen, ze trekt haar blouse recht, snelt naar de keuken waar ze op hoge toon tegen haar vader begint te spreken. Heeft hij iets verkeerds gezegd? Had hij dit niet mogen zeggen? Weet deze vrouw dat hij gelogen heeft? Maar deze leugen kan waarheid worden, ze heeft met hem geslapen, Anat, tegen de wens van haar god in, dan kunnen ze zich ook verloven. Als je seks met iemand kunt hebben dan kun je je toch ook met diegene verloven? Het eerste moet voor de ware gelovige veel erger zijn dan het tweede.

Niet veel later keert de dochter terug naar de woonkamer, stapt over een paar peuters heen die bezig zijn elkaar de haren uit te trekken en zegt dan met een lach op haar gezicht: 'Ik kan het niet geloven, Anat Silberstajn heeft een verloofde gevonden. Het is een wonder, een wonder van God.'

Ze raakt even zijn bovenarm aan, pakt dan een gebedenboek en begint met de baby op haar arm een gebed te zeggen. In de open keuken is haar oude vader bezig met zijn sinaasappelen, hij bekommert zich niet om het wonder, de sinaasappelen hebben zijn prioriteit.

Kadoke weet zich geen houding te geven, hij bedoelde het woord 'verloofde' niet zo zwaar en deze vrouw neemt het woord 'verloofde' duidelijk nogal zwaar op, terwijl het zo'n licht, zo'n frivool woord is, niet meer helemaal van deze tijd. Toen hij nog op de crisisdienst werkte kwam hij nauwelijks mensen tegen die zich gingen verloven. Ze trouwden een enkele keer, sloten een samenlevingscontract, woonden samen, maar over verlovingen en verloofdes werd niet meer gesproken.

Hij heeft in zijn ouderlijk huis op een zondagavond op de bank seks gehad met zijn achter-achter-achternicht, voor wie hij vervolgens een diepe genegenheid is gaan voelen. Ze moeten er ook weer niet meer van maken dan het is, vooral zolang Anat nog niets af weet van de verloving. Kadoke vindt het onprettig dat het nieuws hier op deze heuveltop zal gaan rondzingen voor hij haar zelf heeft kunnen inlichten. De reacties op zijn eerste pogingen haar hart te veroveren wezen er nauwelijks op dat ze in Kadoke als verloofde een verrijking van haar leven zag.

Als de vrouw klaar is met bidden – ze doet er wel een minuut of drie over, ze fluistert in een sneltreintempo de woorden, alsof ze de gebeden uit haar hoofd kent hoewel ze ook een gebedenboek in haar hand heeft – legt ze eerst het gebedenboek op tafel, dan pakt ze Kadoke met beide handen bij zijn bovenarmen vast en zegt: 'We hebben de Eeuwige zo gesmeekt dat dit mocht gebeuren, de hele gemeenschap hier is al ruim twee jaar aan het bidden dat Anat een man zal vinden. Het is ongelooflijk, het is echt een wonder. Jij bent door God gezonden.'

Ze hebben twee jaar gebeden dat Anat een man zal vinden, maar zo afzichtelijk en moeilijk aan de man te brengen is Anat toch niet? Ze is een mooie vrouw, nu hij weer aan haar gewend is kan hij niet anders zeggen, een uitdagende, mooie vrouw met wat eigenaardigheden, zeker, en ze is al een keer getrouwd geweest, dat zal in deze kringen ook geen pre zijn, maar dat het een wonder is dat ze nu een man heeft gevonden, dat kan Kadoke moeilijk geloven. En dat hij door God gezonden is vindt hij eigenlijk ook niet prettig.

'Ik ben trouwens Rinatja,' zegt de vrouw, dan kijkt ze Kadoke wantrouwend aan, alsof haar opeens iets te binnen schiet: 'Je bent toch wel Joods?' vraagt ze.

'Dat wel,' antwoordt hij. 'Volgens de Neurenberger rassenwetten en volgens de rabbinale wetten.'

Ze monstert hem. 'Religieus?'

Kadoke schudt zijn hoofd.

'Maar dat zal je wel worden, niet? Je keert nu terug naar het jodendom.'

'Liever niet,' zegt Kadoke naar waarheid, hij heeft al genoeg verwachtingen gewekt die misschien niet waargemaakt kunnen worden, het moet hier echt niet te ver gaan. 'Ik blijf graag wie ik ben. Ik keer niet terug. Er is geen terugkeer voor mij, terug is naar Amsterdam en daar voel ik mij niet meer welkom.' En om snel over een ander onderwerp te beginnen vraagt hij: 'Zijn dit allemaal jouw kinderen?'

Ze kijkt vluchtig om zich heen alsof ze vergeten was dat er ook nog allemaal baby's en peuters in de kamer aanwezig waren van wie er nu twee hard aan het krijsen zijn. 'Er zijn er ook nog een paar bij van de buren en de overburen, dit is mijn oppasdag, ik heb negen kinderen en mijn doel is twaalf, als de Eeuwige het wil zal ik er twaalf hebben, dat zal me zo gelukkig maken, maar met negen valt ook goed te leven. Ik ben al gezegend, maar je kunt altijd nog meer gezegend zijn, nietwaar? Nu moet ik mijn goede vriendin Malka vertellen dat onze gebeden verhoord zijn. Malka heeft het hardst van ons allemaal gebeden.' Ze duwt hem met een wijsvinger in zijn rug zachtjes de deur uit, roept nog iets naar haar vader die licht hijgend bezig is sinaasappelen uit te persen. Het oppassen neemt ze kennelijk maar matig serieus, aangezien ze het nu overlaat aan haar oude vader die zo te zien meer interesse heeft voor perssinaasappelen dan voor kinderen.

Zo loopt Kadoke achter de vrouw met de hoofddoek aan door de stoffige, hete straten van de nederzetting, gelukkig hoeven ze dit keer niet ver. Ze gaan een huis binnen, ook hier veel kinderen maar niet zoveel als bij Rinatja.

De vrouw die Malka heet is aan het koken met een baby op

haar arm, Kadoke blijft een beetje op de achtergrond, eigenlijk moet hij terug naar vader. Hij wil mevrouw Gitl niet meteen van het ergste verdenken, maar hij vindt het vervelend vader zo lang alleen bij haar achter te laten in de caravan. Het is allemaal al veel voor hem, de verhuizing, de smadelijke afgang van Kadoke, het uiteenspatten van vaders droom dat de zoon ambities zou waarmaken die de ouders niet hadden kunnen waarmaken.

Rinatja begint weer opgewonden te spreken, wijst een paar keer naar Kadoke, Malka kijkt naar hem met een grote soeplepel in haar hand en Kadoke voelt zich een beetje alsof hij een exotisch verschijnsel is dat door de gehele nederzetting moet worden bekeken en betast. Als Rinatja is uitgesproken komt Malka op hem af, ook zij draagt een hoofddoek die op een bijzondere manier op haar hoofd zit, de hoofddoek lijkt op een klein torentje. In het Frans zegt ze tegen Kadoke, met schorre stem: 'Dus jij bent het wonder?'

'Nee, dat ben ik niet,' antwoordt hij in het Frans.

Om als Joodse verkrachter door de straten van Amsterdam te moeten lopen was geen pretje, maar om als wonder door een nederzetting op de Westelijke Jordaanoever te schuifelen staat hem ook niet aan.

Malka heeft een lichte huid en heldere, groene ogen. Hij schat haar eind dertig.

'Dat ben je wel,' zegt Malka en met de baby nog op haar arm drukt ze Kadoke tegen zich aan. 'Geef haar veel kinderen,' fluistert ze snikkend in zijn oor. 'Geef haar zoveel kinderen als de Eeuwige wil dat jullie zullen hebben, maar doe zelf ook een beetje je best. Je kunt de voortplanting niet geheel en al overlaten aan de Eeuwige, dan gebeurt er nooit wat. Je moet er echt wat voor doen.'

Ze lopen hier hard van stapel, hij is nog maar nauwelijks verloofd en meteen moet hij Anat veel kinderen gaan geven. Zelf heeft hij haar nooit op een overdreven kinderwens kunnen betrappen, eigenlijk niet eens op een kinderwens tout court. Het was haar ex-man die bezeten leek te zijn van het concept voortplanting, maar deze bezetenheid deelt hij kennelijk met meer mensen. Nu planten natuurlijk veel mensen zich voort, niet alleen de religieuzen, maar in deze nederzetting is de voortplanting doel en zin van het leven, en Kadoke mag voor wonder en dekhengst spelen. Al gebiedt de eerlijkheid hem te zeggen dat hij ook wel wat seculiere burgers kent die in voortplanting de zin van het leven hebben herkend.

'Laten we afwachten,' zegt Kadoke, 'verloofd of niet verloofd, kinderen of geen kinderen, alles is mogelijk, maar ik ben eigenlijk hierheen gekomen omdat ik het huis van Anat zocht, mijn oude vader wordt op dit moment verzorgd door een dame die uitsluitend Russisch spreekt, en vermoedelijk wat Hebreeuws, maar hij spreekt beide talen niet, ik eigenlijk ook niet, kunnen jullie me naar haar huis brengen?'

Malka heeft kennelijk geen behoefte aan al te praktische handelingen die voortvloeien uit praktische overwegingen, ze kijkt op een bepaalde manier smachtend naar Kadoke en zegt: 'Weet je dat ik twee keer per dag voor jouw komst gebeden heb? Anderen hebben maar een keer per dag voor jouw komst gebeden, maar ik heb twee keer per dag gebeden omdat Anat Silberstajn zo'n goede vriendin van me is. In het begin had ik een speciale man voor haar op het oog, maar de Eeuwige verhoorde mijn gebeden niet en toen heb ik gezegd: "Eeuwige, wij mensen moeten ook niet te veel vragen, wij vragen al zoveel van U, elke man die U naar Anat Silberstajn stuurt is goed, elke man, echt elke man, als hij haar maar kinderen kan geven en haar niet zal slaan."'

In die categorie valt Kadoke kennelijk, zaad geven en niet slaan, meer wordt er niet van hem verwacht. Als de Eeuwige het laat afweten en je genoegen moet nemen met elke man, dan komt Kadoke van pas.

'Ik moet zeggen,' zegt hij in zijn beste Frans, 'dat Anat eigenlijk nog nauwelijks iets van onze verloving af weet, ze weet alleen dat ik gevoelens voor haar heb, en ik heb sterk de indruk dat ze gevoelens voor mij heeft, maar over de precieze aard van die gevoelens tast ik nog in het duister. En over kinderen hebben we het helemaal niet gehad. Dus laten we niet op de zaken vooruitlopen.'

Wat hij zich uit de gesprekken met Anat herinnert die niet over ideologie en religie gingen, was dat vooral het verleden en wiskunde en dan met name de statistiek haar interesse hadden.

'Ik moet eigenlijk naar mijn vader toe,' zegt Kadoke nu in het Engels zodat Rinatja hem kan verstaan, 'die ligt op bed, ik was hier alleen omdat ik het huis van Anat niet kon vinden.'

Malka doet een stap naar achter, ze zegt iets tegen haar baby, ze tilt hem op en laat haar baby Kadoke zien. Kadoke zwaait naar de baby en gaat tegelijk iets naar achteren. 'Ik zei net tegen Ofer,' zegt Malka, 'mijn jongste, Ofer, "hertje" betekent dat, kijk goed naar het wonder. Dit is Gods wonder, de verloofde van Anat Silberstajn, voor wie we zo hebben gebeden en op wie we zo hebben gewacht.' Ze komt dichterbij, houdt haar baby stevig vast en zegt: 'Misschien geef je haar wel zeven kinderen, jullie zijn niet meer de jongste, maar het ene wonder leidt tot het volgende. Dat wisten de profeten al.'

Kadoke begint er genoeg van te krijgen, eerst mevrouw Gitl die er orthodox-communistische methoden uit de stalinistische tijd op na houdt als het om bejaardenverzorging gaat en nu vulgair messianisme – hij kan zich niet goed voorstellen dat deze vrouwen zelf niet inzien hoe ironisch het allemaal is –, Kadoke als een door God gezonden wonder? Daar kun je toch niet in geloven?

'Breng me naar Anat,' zegt hij eerst in het Engels en dan in het Frans. 'Ik waardeer jullie enthousiasme, maar ik ben echt geen wonder, het wonder moet vermoedelijk nog komen, er is sprake van een persoonsverwisseling. Ik ben geen wonder, ik ben niet door God gezonden, ik ben hier veeleer als paria gearriveerd.'

De vrouwen willen niets van een persoonsverwisseling weten en nog minder van paria's. Ze snoeren hem de mond, geven hem niet meer de gelegenheid nog meer tegen het wonder dat hij zelf zou moeten zijn in te brengen, en ze brengen hem naar Anat, die dichterbij woont dan hij had vermoed. Eerder als een gevangene dan als een autonoom wonder. Hij moet met de oude man, de vader van Rinatja, langs het huis zijn gelopen, kennelijk ging hij te veel op in de oude man of in zijn eigen gepeins. Kadoke heeft het huis waarnaar hij zo op zoek was volledig over het hoofd gezien.

33

Anat zit in haar vieze woonkamer onder de airconditioning over wiskundeboeken gebogen, maar Malka en Rinatja, merkt Kadoke op, lijken geen enkele viezigheid te zien. Hij zou zichzelf niet willen omschrijven als een man met smetvrees, maar het blijft wonderlijk dat zijn verloofde in zo ongeveer het smerigste huis woont dat hij ooit heeft betreden. Zijn moeder had een hekel aan viezigheid gehad en zelf moet hij ook toegeven: een beetje minder viezigheid doet de duurzaamheid van de liefde geen kwaad.

De vrouwen kussen Anat, omhelzen haar, feliciteren haar nog een keer, drukken haar tegen zich, er vloeien tranen, Malka begint te huilen. Kadoke begrijpt dat een verhoord gebed hevige emoties losmaakt. Malka draait zich om naar Kadoke: 'Hiervoor heb ik Parijs verlaten,' zegt ze in het Frans. 'Om dit mee te maken. Natuurlijk ook omdat ik wilde doen wat iedere Jood zou moeten doen, maar hier gebeuren de wonderen. In Parijs was het met de wonderen gedaan.'

Anat zelf kijkt Kadoke woedend aan, vol haat, vol verachting, nee dit gaat niet goed, hij heeft een fout gemaakt. Weer een fout.

'Ik ben het wonder niet,' zegt Kadoke eerst in het Frans, dan in het Engels. 'Sorry voor het misverstand. Ik ben echt het wonder niet.' Straks zal hij zijn excuses aanbieden aan Anat, hij zal het uitleggen, ze zal hem begrijpen. Tegelijkertijd komt hem dit allemaal zo negentiende-eeuws voor, de emoties, de tranen, op een bepaalde manier zelfs de viezigheid en niet te vergeten de foto's van de doodzieke, bijna honderdjarige rabbijn aan de muur, op de boekenkast en op de koelkast. Waarom leven deze mensen alsof het 1882 is en ze nog altijd in een sjtetl in Oost-Europa wonen? Goed, met airconditioning en andere Amerikaanse en westerse invloeden, maar toch: deze fundamentalistische nostalgie is tot mislukken gedoemd, de negentiende eeuw is voorbij, het jodendom in Oost-Europa is voorbij en dat kun je niet voortzetten op een heuveltop die van de Palestijnen was en van de Palestijnen had moeten blijven. Ook jullie geseculariseerde soortgenoten in Tel-Aviv lachen jullie uit, zou hij willen zeggen, met jullie wonderen en jullie vreugdes, jullie onuitputtelijke kinderwens, jullie vijandbeelden en jullie tribalisme.

Anat blijft hem vol haat en minachting aankijken terwijl haar vriendinnen in een angstaanjagende staat van extase, anders kan hij het niet omschrijven, om haar heen cirkelen. Het lijkt wel alsof ze haar van vreugde willen verscheuren. Niets is zo vernietigend als het verhoorde gebed. En tussen de woedende blikken die Anat hem toewerpt door, vertelt Anat haar vriendinnen dat ze het allemaal nog niet weet, zo begrijpt hij uit haar Hebreeuws, uit de paar woorden die hij opvangt en die hij zich herinnert uit zijn jeugd, dat ze zich misschien zal bedenken, dat ze het echt niet zeker weet of ze met deze man wil trouwen. En hij meent te begrijpen dat Malka met zeer hese stem, ze klinkt alsof ze ieder moment in hartverscheurend gehuil kan uitbarsten, tegen Anat zegt: 'Alsjeblieft, doe niet zo stom, laat deze kans niet lopen, misschien is het je laatste kans, meisje.' De drie vrouwen kijken naar hem zoals je in een winkel kijkt naar een kledingstuk dat in de uitverkoop is. Je denkt: het is niet helemaal mijn smaak en niet helemaal mijn maat, maar voor dat geld kan ik het eigenlijk niet laten liggen. Eerst was hij nog een wonder, nu de laatste kans.

Anat antwoordt met een vrij lange monoloog waar hij geen woord van verstaat, maar hij vermoedt dat ze spreekt over haar twijfel, over haar ernstige twijfel, misschien betrekt ze het verleden van Kadoke erbij, de valse beschuldigingen. Ze twijfelt over zaken waarover Kadoke zelf ernstig twijfelt, dat zou hij ook willen zeggen, dat hij echt niet weet of hij wel het wonder is, of hij dat wel wil zijn, Anats wonder. Hij zou het liefst gewoon een man willen zijn in haar leven, geen laatste kans, ook dat niet, een doodgewone man, eentje met een verleden waarover gezwegen dient te worden, maar wie heeft op een gegeven moment niet een verleden waarover beter gezwegen kan worden?

Als de vriendinnen eindelijk zijn verdwenen – nog altijd extatisch maar ook licht verward over de status van het wonder – zegt Anat: 'Wat doe je, klootzak? Wat doe je me aan? Waarom verspreid je deze geruchten? Is dit hoe je me denkt te krijgen? Jij bent door God gezonden, maar niet als wonder, als straf.'

Waarom in vredesnaam kan Kadoke niet gewoon Kadoke blijven, een gevallen psychiater uit Amsterdam die noodgedwongen een nieuw leven zoekt op de Westelijke Jordaanoever? Waarom moet hij gezonden zijn? Waarom moet hij nu weer een straf zijn? Wat heb je nog te kiezen als je wordt overvallen door een visioen, wat heeft hij nog te kiezen? Is het niet de aard van het visioen dat het op niemand anders geprojecteerd kan worden dan op degene die het opriep? Kan hij er wat aan doen dat deze vrouw in de bezette gebieden woont en er bedenkelijke ideologieën op na houdt? Is de liefde, als zij al iets is wat het spreken erover de moeite waard maakt, niet sterker dan welke ideologie ook?

'Het floepte eruit,' zegt Kadoke.

'Het floepte eruit? Je ruïneert mijn leven. Ik weet helemaal niet of ik jou als man wil, je bent een zelfhatende Jood met een bedenkelijk verleden, bovendien ben je familie en hoezeer ik je ook een Joodse echtgenote gun en hoezeer ik ook bereid ben de Eeuwige te vragen, nee te smeken, zo iemand naar je toe te sturen, ik weet niet of ik mezelf ga opofferen, ik denk eigenlijk van niet, ik wil niet de echtgenote worden van een zelfhatende Jood die de Thora en ons door God gegeven land afwijst en nu heb je mij in een onmogelijke positie gebracht door jezelf voor te doen als wonder. Kijk naar jezelf, Kadoke, kijk in de spiegel, jij bent geen wonder en je zult er nooit een worden. En haal je niets in het hoofd door wat er ooit gebeurd is in Amsterdam, ik was zwak, de Tweede Wereldoorlog maakte me zwak, ik dacht aan jouw overleden grootouders en toen wilde ik jou en...'

'Stop,' roept Kadoke. 'Hou op, je gaat me niet vertellen dat je seks met me hebt gehad omdat je geil werd van mijn vermoorde grootouders, van vergaste Joden, je gaat me niet vertellen dat je een nat kutje krijgt van vermoorde Joden, je bent pervers, je bent ziek, ik gebruik dat woord niet licht, maar dit vind ik ziek, en dat ik ondanks al je perverse en achterhaalde ideologieën gevoelens voor je heb ontwikkeld, geeft je niet het recht mij zo te behandelen. Wie denk je dat je bent? Wie denk je in vredesnaam dat je bent?'

Anat loopt naar de keuken, pakt een grote soeplepel, eentje waarmee je de soep uit de pan schept, Kadoke kan vanuit de verte de viezigheid eraan zien kleven, deze mensen verachten de afwas en de schoonmaak met een ongekende hartstocht, ze komt naar hem toe en slaat met de soeplepel hard op zijn schouder.

'Een nat kutje, zo spreek je niet met me, goj die je bent, dat soort taal slaan de niet-Joden uit. Jij bent zo geassimileerd dat er niets Joods meer aan je is, je bent eigenlijk een christen.'

Haar ex-man heeft ze geweigerd te slaan, ongetwijfeld om goede redenen, mensen moeten elkaar niet slaan, maar Kadoke is ze bereid te slaan. Hij weet niet of hij dit als een compliment of als een belediging moet zien. Is het intimiteit of eerder het tegenovergestelde? Het doet in elk geval behoorlijk pijn. Als ze al slaat, slaat ze niet voor de grap. Hij had vermoedelijk niet over een 'nat kutje' moeten beginnen en zeker niet in één adem met 'vermoorde Joden' – dat was echt niet empathisch van hem. Als ze gekalmeerd is zal hij zijn excuus aanbieden.

Ze heft de soeplepel op, klaar om hem op Kadoke's borstkas

terecht te laten komen. Hij houdt zijn handen beschermend omhoog, hij wil niet met haar vechten, hij is hier niet gekomen voor het gevecht, hij is hier gekomen voor het visioen. Hij draait zich om, vlucht de trap op, vluchten is beter dan vechten, ze komt achter hem aan. 'Anat,' roept hij, 'hou op, laten we ons als volwassenen gedragen. Dit is toch belachelijk.'

Hij opent een deur, staat in een slaapkamer, een bed dat ruikt naar een hondenmand en dat eruitziet als een hondenmand. Hij duwt de deur dicht. Aan de andere kant staat Anat. Ze timmert met de soeplepel tegen de deur die hij stevig dichthoudt. Overal zijn patiënten, zover het oog rijkt, niets dan patiënten, maar kunnen visioenen wel zonder iets van ziekte worden opgeroepen? Wie was Kadoke? Bestrijder van ziektes die hij zelf onder de leden had? En wie is hij nu? Een gevluchte en in ongenade geraakte psychiater die laveert tussen straf en wonder.

'Anat,' roept hij, 'je hebt je ex-echtgenoot nooit willen slaan, mij hoef je ook niet te slaan, je moeder gelooft in de helende werking van een goed pak slaag, maar zij droomt nog van kozakken. Zij leeft in de negentiende eeuw, zij kan geen afscheid nemen van die eeuw, het is echt de hoogste tijd, ook daarom ben ik in alle bescheidenheid in je leven verschenen, denk ik, om je afscheid te laten nemen van die eeuw. De kozakken zijn weg, de pogroms zijn voorbij, de nieuwe nazi's zijn niet te vergelijken met de oude nazi's en ja natte kutjes bestaan, bij Joden en bij niet-Joden, en als het je niet aanstaat wil ik beloven nooit meer over natte kutjes te beginnen, maar dan moet jij mijn vermoorde grootouders niet betrekken bij het feit dat je seks met mij hebt gehad, laat de vergaste Joden uit je seksleven. Dat is eigenlijk het belangrijkste wat ik van je vraag, voor de rest accepteer ik je zoals je bent. Min of meer.'

Anat duwt nog steeds tegen de andere kant van de deur. Af en toe slaat ze met de soeplepel op de deur, maar de intensiteit van haar slagen neemt af.

'Kom eruit,' roept ze, 'kom er nu uit, klootzak, dan sla ik je helemaal in elkaar.'

Het klinkt alsof ze ieder moment in huilen kan uitbarsten. Kan Kadoke er wat aan doen dat de mensen op deze heuveltop helemaal overstuur raken van het woord 'verloofde'? Wist hij dat ze al twee jaar met z'n allen aan het bidden waren dat Anat eindelijk een man zou vinden? Waarom heeft ze hem dat indertijd niet verteld in Amsterdam? 'Bij ons in de nederzetting zijn ze met z'n allen aan het bidden dat ik een man vind, maar ik wil geen man, de statistiek heeft mijn warmere interesse.' Ze hadden er hartelijk om kunnen lachen en hij had het nog begrepen ook.

'Anat,' roept hij met vriendelijke stem, 'kunnen we de zaak van de verloving laten rusten? Ik ben hier eigenlijk voor vader, ik heb je gezocht omdat mevrouw Gitl met hem bezig is, ze schijnt alleen Russisch te spreken, zoiets zei je al, en ze heeft zich met zinkzalf en al op zijn penis gestort, vader houdt er niet van als bejaardenverzorgsters zich op zijn penis storten. Hij wilde al dood, na een paar dagen mevrouw Gitl zal die doodswens dringend zijn. Kun jij misschien bemiddelen? Als je belooft me niet meer met die soeplepel te slaan zal ik de deur opendoen, je hebt me echt pijn gedaan. Vergeet de verloving, het gaat nu om vader.'

Voorzichtig neemt hij afstand van de deur, er gebeurt niets, hij wacht, nog steeds niets, hij moet de deur zelf opendoen en daar staat Anat. De soeplepel heeft ze nog in haar hand, maar niet meer als een wapen, zelfs niet als een soeplepel, meer als een stuk speelgoed waarop ze is uitgekeken.

'Sorry,' zegt ze zonder hem aan te kijken, 'misschien heb ik me sterker voorgedaan dan ik ben, misschien was het geen goed idee dat jij en je vader hier kwamen.'

Hij zou haar willen omhelzen, hij zou haar tegen zich aan willen drukken, hij zou met zijn handen door haar rossige haar willen gaan, maar hij vreest dat hij zo de andere Anat weer zal wakker schudden, de Anat die van haar moeder heeft geleerd dat ze de ander, de man, er alleen onder kan krijgen door hem af en toe met soeplepels, pollepels of ander keukengereedschap tot de orde te roepen.

'Waarom heb je me niet verteld dat ze in deze nederzetting voor je aan het bidden zijn? Waarom heb je dat niet gewoon gezegd?' Ook hier op de gang ruikt hij nog altijd de geur van hondenmand, van lakens die zeker zes maanden niet zijn gewassen.

'Ik was bang dat je ons allemaal zou uitlachen, ik wilde niet dat je mensen van wie ik hou zou uitlachen, daarom ben ik er niet over begonnen en bovendien vond ik dat het je niet aanging.'

Ze gaat naar beneden, hij volgt haar, ze legt de soeplepel op het aanrecht.

'Weet je,' zegt ze zacht, 'wat ik heb gezegd is waar, als rabbi Menachem Eliëzer ben Zwi zijn zegen geeft aan dit huwelijk, dan zal ik me erbij neerleggen.'

'Me erbij neerleggen' klinkt niet erg gepassioneerd. Alsof Kadoke een ziekte is waarmee je moet leren leven. Een huidziekte, drie dermatologen en vijf jaar verder denk je: ik leg me erbij neer.

'Ik begrijp het niet,' zegt hij, 'ik heb Amsterdam en Europa verlaten omdat het negentiende-eeuwse gif, en het gif uit de twintigste eeuw uiteraard, daar weer in de mode is en ik kom hier en ik word ondergedompeld in andersoortige negentiende-eeuwse nonsens. Sorry, ik heb er geen ander woord voor, hoe kan een wiskundige geloven dat een hoogbejaarde rabbijn die in coma ligt zijn zegen kan geven aan een huwelijk? Leg het me uit, want ik begrijp het niet.'

'Het kan,' zegt ze, leunend tegen de aanrecht, 'het is zo kortzichtig te denken dat de wiskunde en de Eeuwige elkaar uitsluiten. Voor mijn moeder vertegenwoordigt rabbijn Menachem

Eliëzer ben Zwi hoop, hij verschijnt in haar dromen en aan die verschijningen houdt ze zich vast. Toen vader stierf kon ze verder dankzij Menachem Eliëzer ben Zwi. Iedereen zegt dat het een ongeluk was, maar we weten dat het geen ongeluk was.'

Anat wacht niet op antwoord, ze gaat de deur uit en loopt de heuvel af in de richting van een rijtje caravans, een van die caravans is nu het huis van Kadoke en hij loopt achter haar aan.

De hete wind uit het oosten voelt nu nog onaangenamer dan eerder op de ochtend.

Ze loopt sneller dan hij, dat hij niet zo snel kan lopen komt door zijn slippers.

'Anat,' roept hij, 'niet zo snel. En overigens spijt me dat echt van dat natte kutje.' Misschien moet hij zich aanpassen, misschien gaat assimilatie alle kanten uit, ook terug, niet alleen vooruit, wat dat ook moge betekenen, misschien moet hij zich assimileren aan die merkwaardige vorm van de negentiende eeuw die op deze heuveltop heerst.

Ze gaat niet langzamer lopen.

'Anat,' roept hij, 'denk je dat die Menachem Eliëzer ben Zwi ook in mijn dromen kan verschijnen? Hoewel ik mijn dromen eigenlijk nooit onthoud.'

'Begin met bidden,' zegt ze, 'eerst bidden, dan dromen.'

34

Vader ligt op bed, meer dood dan levend, bijna als een bewijsstuk, kijk: zo ziet het verval eruit. Mevrouw Gitl is nergens te bekennen. Ze heeft niet alleen vaders kruis en billen maar ook een groot deel van de rest van zijn lichaam met zinkzalf ingesmeerd. Kadoke kijkt er in stilte naar, hij weet niet wat hij moet zeggen, hij weet niet hoe hij dit weer moet goedpraten. Vader zelf heeft zijn ogen open, maar daarmee is alles gezegd. Op antwoorden en verklaringen van zijn zoon zit hij zo te zien niet te wachten, nu niet, misschien nooit meer. De oude man staart naar het plafond alsof hij daar iets heeft gezien wat hij nooit eerder heeft waargenomen, iets wat hij eigenlijk nooit hoopte waar te nemen.

'Kijk dan,' zegt Kadoke tegen Anat, 'noem je dit bejaardenzorg?' Maar ze staat niet naast hem. Ze is nog in de andere ruimte.

'Jullie hebben je koffers nog steeds niet uitgepakt,' roept ze met die typische mengeling van wanhoop en lichte verontwaardiging in haar stem. 'En alle lekkere dingen die ik voor jullie heb gekocht, jullie hebben niets aangeroerd, alles staat nog in de koelkast zoals ik het daar heb neergezet. Kunnen jullie dan niet voor jezelf zorgen? Moet ik jullie alles voorschotelen? Kunnen jullie niets zelf?'

'Anat,' zegt Kadoke als ze eindelijk naast hem staat en ze met zijn tweeën vader bekijken die hulpeloos op bed ligt, verward misschien. Zou hij nog weten waar hij is? 'We kunnen veel zelf, we hebben decennialang zonder jou geleefd, voor het geval je dat vergeten mocht zijn, maar zie je nu hoe mevrouw Gitl mijn vader achterlaat, hoe ze hem heeft toegetakeld, noem je dit zorg? Gaat dit hier voor bejaardenzorg door?'

Hij opent eindelijk een van de koffers en pakt een schoon maar oud T-shirt en probeert daarmee voorzichtig, zonder vader al te veel pijn te doen, de zalf van het lichaam te verwijderen, terwijl hij mompelt: 'Het komt goed, papa, ze houden van je, maar ze laten het op vreemde manieren blijken.'

'Wat doe je?' vraagt Anat. Ze buigt zich over de oude man die nog altijd in trance is, alsof mevrouw Gitl een drug is waarvan hij iets te veel heeft gebruikt.

'Ik verwijder de zalf,' zegt Kadoke, 'dat doe ik, nooit heeft hij dergelijke zalf nodig gehad. Dit is niet goed voor hem.'

Even heeft hij het gevoel dat het visioen waarvoor hij hierheen is gekomen, het noodvisioen, misschien wel het enige in zijn leven, uitsluitend onvoorziene en ongewenste neveneffecten heeft, dat het verder een leegte is, een gat, en om die leegte blijft hij tegen beter weten in heen cirkelen.

Vooral voelt het alsof hij niet langer zijn verlangen en zijn fantasie controleert, de fantasie controleert hem, hier op deze heuveltop is alles fantasie, een radicaal uit de hand gelopen fantasie, waar hij zich moedwillig in heeft gestort.

'Au,' roept vader. 'Nee,' roept vader, 'nee, nee, nee.' Het is ook geen doen de zalf te verwijderen met een T-shirt, maar hij kan vader toch niet zo laten liggen? En Anat zegt alleen dat mevrouw Gitl van de communisten allemaal onderscheidingen heeft gekregen voor haar verpleegkundige werk en dat dat hoogst uitzonderlijk was voor een Joodse vrouw, want ook de communisten hadden het niet zo op Joden, Kadoke moet dus niet doen alsof hij meer van bejaardenzorg weet dan mevrouw Gitl, maar Kadoke wil er niets van horen, hij wil vader helpen en wel nu meteen. Voor vader is hij vanochtend vroeg uit deze caravan gegaan om vervolgens in een hardnekkig universum van wonderen en misverstanden te belanden waarin kennelijk niemand zich bekommert om bejaarden. Ja, om één bejaarde bekommert men zich, een comateuze rabbijn in Brooklyn, maar verder worden de bejaarden hier aan hun lot overgelaten. Daarom bekommert hij zich nu zelf om vader, onhandig en toch met overgave en in het volle besef dat hij het is die deze oude man hierheen heeft gesleept.

'Je ruïneert dat T-shirt.' Anat trekt hem het T-shirt uit de hand, hij verweert zich, misschien uiteindelijk pro forma, vermoedelijk is dat hoe hij zich zijn hele leven heeft verweerd tot hij oog in oog stond met de vriend van Michette en hij besefte dat er iets de moeite is om je werkelijk tegen te verweren: valse beschuldigingen.

Zo staat Anat vlak voor hem, met het vieze T-shirt dat ze uit zijn handen heeft weten te trekken, met haar rossige haar en haar felle en toch ook zachte ogen en hij weet dat ze een fanaticus is, een religieuze en politieke fanaticus, hij vraagt zich af waarom het oude continent hem in de armen moest drijven van deze fanaticus, waarom hij hier op deze verdorde heuveltop in een verstikkende woestijnwind zijn vader ongelukkig moest maken in naam van de liefde. De kleine troost is dat zijn vader in een bejaardentehuis waarschijnlijk nog ongelukkiger was geweest.

Waarom moest hij in een perverse versie van de negentiende eeuw belanden, was dat zijn straf omdat hij iemand had willen redden die niet gered had mogen worden? Of was het hoogmoed, niets dan hoogmoed geweest dat hij Michette had willen redden en is hij uiteindelijk voor deze hoogmoed gestraft, is dat waarvoor de mensen altijd weer worden gestraft? En altijd is er weer de hoop op het paradijs, je kunt geen stap zetten of je komt die hoop uit het verleden tegen. Geef mensen het vermogen te verlangen en ze willen het verleden terug of anders willen ze wel een Messias, bij voorkeur binnen een paar maanden. Misschien moet je tegen mensen zeggen: voor jou is er geen paradijs, voor jou zal er nooit een zijn. Omdat het zo is. Hoe kun je de wreedheid van het leven ontkennen? Heeft hij niet een groot deel van zijn leven doorgebracht met het verzachten en ontkennen van die wreedheid, het telkens weer anders formuleren van wreedheid zodat zij geen wreedheid meer lijkt, maar iets anders: een catastrofe waarmee geleefd kan worden.

Dat alles gaat door hem heen, terwijl hij naar Anat staart, een heel leven raast door zijn gedachten, alsof het leven niets anders is dan slordig onthouden dromen, verwachtingen en teleurstellingen.

Dan pakt Anat zijn gezicht met beide handen vast, alsof ze wil zeggen: hier is het leven, Kadoke, hier is het, wakker worden, naast het bed van vader, het doodsbed misschien wel, maar wat doet dat ertoe, ook naast het doodsbed is leven, en ze zoent hem. Nu opeens. Waarom? En waarom hier? Moet vader alles zien, kan die man niets bespaard blijven? Maar natuurlijk zoent Kadoke haar terug, geen schaamte, geen aarzeling, nu niet, in godsnaam nu niet, even geen gemiste kansen. 'Doe maar langzaam,' zegt ze na een paar seconden, 'we hebben geen haast. Je beweegt je tong alsof je haast hebt.' Dan maakt ze zich los uit zijn omhelzing.

'Misschien hebben ze gelijk,' zegt ze fluisterend, 'als mijn beste vriendin Malka het ziet moet ik het misschien ook gaan geloven. Ik heb me altijd verweerd tegen die gebeden, ik wilde niet dat ze voor mij baden, er zijn betere mensen om voor te bidden, denk je niet? Mensen die het meer verdienen. Maar ze konden er niet mee ophouden, ze waren ervan overtuigd dat als het vuur van hun gebeden groot genoeg zou zijn, de Eeuwige genade met mij zou hebben en mij een man zou sturen van wie ik zou kunnen houden.' Ze doet een stapje achteruit. 'Ik denk niet dat ik van je kan houden,' zegt ze, en ze bestudeert Kadoke, van top tot teen, alsof ze hem nu pas ziet, 'maar je bent een man, dat valt niet te ontkennen.'

Kadoke knikt. Gelukkig zijn er zelfs op deze heuvel dingen die niet ontkend kunnen worden.

'Misschien ben jij het wonder,' zegt ze aarzelend. 'Ik had me bij het wonder iets anders voorgesteld, ik zeg het eerlijk, iets moois, iets fantastisch, iets zachts en liefs. Niet een oude, gevallen psychiater uit Amsterdam, maar je moet genoegen nemen met de wonderen die je krijgt, is het niet? Als dit het wonder is, dan ís dit het.'

'Zo oud ben ik ook weer niet,' antwoordt Kadoke.

'Vermoedelijk heb ik verleerd de wonderen te herkennen, dat zal het probleem zijn, dat ik niet de enige ben die dat niet meer kan, dat wij dat niet meer kunnen, dat is de kern van al onze problemen, misschien is dat onze zonde, maar als Malka in jou dat heeft gezien waarvoor iedereen hier gebeden heeft, wie ben ik dan om je af te wijzen? Dat zou ze me nooit vergeven. Ik kan je niet afwijzen, niet meer, nu niet meer. Zullen we trouwen, Kadoke? Als ik het niet doe, dan... Dat zou het einde van mijn vriendschap met Malka zijn, ze zou het ondankbaar en onvergeeflijk vinden. Wat denk je? Dit is toch wat je wilde? Dit is toch waarvoor je hierheen bent gekomen?'

Een ding hoopt hij vurig, dat vader dit allemaal niet hoort. Dit soort gesprekken zou hem weleens fataal kunnen worden. 'Je kunt niet met me trouwen om je vriendin Malka te plezieren,' zegt hij indringend maar zo zacht mogelijk terwijl hij probeert Anat bij vader vandaan te duwen. 'Dat is absurd. Dat is slecht. Je doet jezelf tekort, je doet mij tekort. Om die reden moeten mensen niet met elkaar trouwen, om die reden zouden mensen niet eens bij elkaar moeten blijven.'

Ze knijpt hem in zijn arm. En weer wil ze hem wakker schudden, maar waaruit, hij is wakker, hij is klaarwakker. 'Luister, Kadoke,' zegt ze, 'ik hou niet van je, en ik denk niet dat ik ooit van je zal gaan houden en jij houdt wel van me, dat heb je gezegd, maar ik wil een gelijkwaardig huwelijk, dat kan alleen als we allebei niet van elkaar houden, dus ik wil je vriendelijk verzoeken op te houden met die liefde van je. Ik vind die liefde van jou eerlijk gezegd niet zo prettig. We zullen trouwen en kinderen krijgen als de Eeuwige het wil, maar ik moet die liefde van je echt niet. Sorry.'

Vader steunt en Kadoke kijkt Anat onderzoekend aan. Meent ze dit? Misschien moet hij haar gewoon kussen, zij heeft hem gekust, nu mag hij haar kussen, maar hij durft niet. Wat moet je hierop zeggen? Hoe antwoord je als degene op wie je je liefde hebt geprojecteerd, noodgedwongen, maar wat doet dat ertoe, jou een liefdeloos huwelijk voorstelt? Het pragmatische antwoord, juist hier op deze heuveltop, zou moeten luiden: 'Ja, natuurlijk, graag, ideaal is het niet, maar ja, waarom niet? Laten we het proberen.' Er is geen enkele reden niet pragmatisch te zijn, zelfs het visioen vereist enig pragmatisme, wil het althans de werkelijkheid halen.

'Anat, als ik met je trouw en ik ga hier met je wonen, op deze plek waarvan jij zegt dat die aan de Joden is gegeven en ik zeg je, alleen iemand die het slecht met je voor heeft geeft zo'n plek aan je, maar goed, als ik met je trouw, als, en ik mag niet van je houden, van wie moet ik dan houden?'

Ze haalt haar schouders op. Aan haar gezicht te zien vindt ze dit een volstrekt onzinnige vraag. 'Dat is mijn zorg toch niet? Je bent te lang bij de niet-Joden geweest, zij hebben van de liefde een afgod gemaakt. Wat is liefde? Wat stel je je erbij voor? Wat stel je je er in godsnaam bij voor? Je zult als de Eeuwige het wil kinderen en kleinkinderen hebben, is dat niet liefde genoeg? Wat moet je nog meer? Heb je zelfbevestiging nodig? Kun je nog altijd niet zonder? Moet ik je handje vasthouden en zeggen dat je ondanks alles echt heel wat voorstelt, is dat wat je wil? Heb je dan niets in jezelf overwonnen? Ze zeggen dat jij het wonder bent, is dat niet genoeg voor je? Een wonder kan wel voor zichzelf zorgen. Hou van wie je wil, hou van mijn moeder of van je vader of van rabbi Menachem Eliëzer ben Zwi. Er zijn genoeg mensen die om je liefde verlegen zitten, waarom moet je altijd degene ermee opzadelen die er juist niet op zit te wachten?'

Ze moet de blik in zijn ogen hebben gezien, meer dan beteuterd, toch een beetje verslagen. 'Geloof me,' zegt ze, 'we hebben veel meer kans van slagen als we niet van elkaar houden en ook niet proberen te doen alsof.'

'Hoe bedoel je, niet proberen te doen alsof? Ik wil helemaal niet doen alsof, niets in mij wil doen alsof.' Hij heeft het opgegeven Anat de andere kant uit te duwen, in de richting van genegenheid en liefde, waarin zij niets meer dan een christelijke afgod ziet. En hij wil dit gesprek niet nu voeren, niet hier, maar kennelijk moet dit gesprek hier worden gevoerd, met vader als getuige. Kennelijk wil ze dat vader alles hoort en alles ziet, voor zover de oude man nog kracht heeft om naar dit tafereel te kijken, om naar de gesprekken te luisteren, voor zover het hem überhaupt iets interesseert.

Vader is weer aan het mompelen, maar Kadoke kan zich niet concentreren op wat daar allemaal wordt gemompeld, welke klachten worden geuit, welke doodswensen de mond van vader verlaten, even niet. Straks zal hij zich om vader bekommeren, met liefde. Maar nu is het eigen leven dringender, het leven dat wordt gesymboliseerd door de vrouw die tegenover hem staat, aan haar heeft hij het opgehangen. Hij heeft haar niet opgezadeld met zijn liefde, beseft hij, hij heeft haar opgezadeld met zijn leven. Hij staat tegenover een vrouw die met hem wil trouwen maar die niet wil dat hij haar zijn liefde aanbiedt, dat woord alleen al, liefde. Het verwart hem, alsof hij weer zestien is. Maar toen was hij niet verward, hij was hooguit eenzaam, de eenzaamheid heeft hem nooit verward, de eenzaamheid heeft hem gerustgesteld, het was het gebrek aan eenzaamheid dat hem kon verwarren, beter gezegd, de overgang van de eenzaamheid naar de niet-eenzaamheid en daarna weer terug, de transitie had hem verward. Hij slaat zijn armen om haar heen, radeloos is hij, was hij dan toch meegesleept door zijn fantasieën? In zijn hardnekkige fantasie had hij voor zich gezien hoe de vriendschap met Anat langzaam evolueerde naar iets wat in de buurt kwam van liefde. Hij had zelfs gedagdroomd dat hij zich zou gaan interesseren voor de statistiek. Zo blijft hij haar vasthouden, hoe kan het dat deze vrouw net heeft voorgesteld niet meer te doen alsof ze van elkaar houden, dan maar zo, geen liefde, wel zoenen, dat wil ze wel, de liefdeloze zoen, prima, beter dan geen zoen, alles beter dan niets, en terwijl hij haar zoent naast het doodsbed van vader, terwijl hij proeft hoe ze smaakt en ruikt, een beetje naar cornflakes, ze moet cornflakes voor het ontbijt hebben gegeten, en terwijl hij voelt hoe ze de hand met het vieze T-shirt om hem heen slaat waardoor hij de sensatie heeft dat ze hem daarmee wil bedekken, beseft hij dat er met liefdeloosheid te leven valt, als dit de liefdeloosheid is, dan moet het maar zo zijn, dan moet het dit maar zijn, tot ze zegt: 'Dit kan eigenlijk niet, hè. Laten we wachten tot we getrouwd zijn. We lopen weer op de zaken vooruit. Altijd lopen we weer op de zaken vooruit. We zijn zo feilbaar, wij mensen, en ik ben wel een gruwelijk feilbaar mens terwijl ik zo graag een goed mens wil zijn. Meer wil ik eigenlijk niet, maar het goede ontglipt me steeds weer. Sinds jij in mijn leven bent verschenen meer dan ooit.'

'Ik ben niet in je leven verschenen, jij bent in mijn leven verschenen, weet je nog? Jij belde bij mij aan, op een avond.' Hij streelt haar wang en blijft haar wang strelen, liefdeloos, zo liefdeloos als hij maar kan, heel teder, maar liefdeloos, want zo wil ze gestreeld worden. 'Omdat je zo geobsedeerd was door het verleden, omdat het je niet losliet, daarom belde je bij mij en mijn vader aan, je had niet genoeg aan de statistiek, je wilde het verleden herkauwen, zoals iedereen hier in deze nederzetting het verleden aan het herkauwen is, jullie zijn herkauwers, maar hoe dan ook, als jij niet had aangebeld, als je dat verleden tijdig had losgelaten dan had je nergens last van gehad. Dan was ik hier niet geweest, dan had je nog kunnen wachten op het wonder, het wonder zoals jij je dat voorstelde.'

Ze doet een stap achteruit, bekijkt hem even onderzoekend, zijn woorden moeten haar verbaasd hebben. Dan gaat ze weg, hij roept haar nog achterna: 'En mevrouw Gitl dan, kunnen we het in godsnaam nog even over mevrouw Gitl hebben, dat is echt dringend… ik bedoel, de rest kan wachten,' maar ze reageert niet, misschien is ze ook overrompeld door de gebeurtenissen, door de aantrekkingskracht van de liefdeloosheid. Kadoke zelf voelt die aantrekkingskracht met een kracht, met een bezetenheid die hem doet denken dat de ware gelovige zich zo door God aangetrokken moet voelen. Anat had vermoedelijk op veel gerekend, maar niet hierop, een huwelijk met een tegenvallend wonder, zoals Kadoke daar zelf ook niet op had gerekend.

Als dit is waar de storm die zijn leven heeft vernietigd hem laat vallen is het goed. Hij heeft zich tenslotte verweerd, het is niet alleen de storm die hem hier heeft neergesmeten in deze religieuze nederzetting, het is ook zijn eigen keus, zijn zinsbegoocheling, een ander woord voor liefde, zijn redding, de manier waarop hij zijn redding heeft vormgegeven, hoe hij die redding bij elkaar heeft gefantaseerd. Al weet hij diep vanbinnen dat redding en ondergang niet zo gek veel van elkaar hoeven te verschillen. Om te geloven in de redding moet je dat vergeten en is hij niet hierheen gekomen omdat hij geloofde in redding? Niet in haar god, niet in haar politiek, niet in haar zionisme, maar in haar, in de hoop, een hoop die hem nu bijna dwaas voorkomt, dat zij hem zou zien, dat zij hem eindelijk echt zou zien. En om gezien te worden was hij bereid zich te tonen.

Pas nu Anat verdwenen is, hoort hij wat vader aan het mompelen is: 'Waar ben je mee bezig?' En ook: 'Wat doe je me aan?'

Kadoke knielt bij het bed, pakt vaders hand die net zo glibberig aanvoelt als de rest van het met zalf bewerkte lichaam.

'Vader,' zegt hij, 'de dingen lopen anders dan ik had verwacht, maar wat wil je precies? Wat kan ik voor je doen?'

Vader schudt zijn hoofd.

Kadoke haalt een poloshirt, een broek en wat sokken uit de koffer. Met moeite kleedt hij vader aan. De kleren zal hij daarna weg kunnen gooien, want ze zullen onder de zinkzalf zitten, maar beter slordig aangekleed in kleren die ontsierd zullen zijn met zinkzalf dan de hele dag halfnaakt op bed blijven liggen. Ondanks alles moet de dood toch bestreden worden en het leven verlengd.

'Ze heeft me verkracht,' zegt vader als hij eindelijk aangekleed aan tafel zit in de 'woonruimte'.

'Wie?'

'Die Russin.'

Kadoke kijkt in de koelkast wat hij vader kan aanbieden.

'Wil je thee?' vraagt Kadoke. Negeren, dat is het beste. Ridicule beschuldigingen doodzwijgen, doen alsof het nooit gezegd is. Dat was in Amsterdam het beste, dat is hier ook het beste. Wat er ook veranderd is, dat niet.

'Geen thee, alsjeblieft niet.'

'Koffie?'

'Ik heb het warm, ik heb het verschrikkelijk heet. Is er bier?'

'Het is nog geen twaalf uur in de ochtend. Je gaat niet opeens midden op de dag bier drinken. Bovendien ben je hier bij vrome Joden, die drinken geen bier, sinds je moeder wilde worden ben je zelf ook helemaal opgehouden met bier drinken en toen je toch weer man wilde zijn bleef je het bier afwijzen. En nu wil je opeens bier. Je bent zo wispelturig.'

Vader probeert zijn stoel naar achteren te schuiven, maar Kadoke duwt de stoel meteen weer aan. Vader moet nu gewoon even rustig blijven zitten. Geen bier, geen verkrachtingen, gewoon rust. 'En mevrouw Gitl heeft je niet verkracht, je moet niet zulke onzinnige dingen beweren.'

'Je was er niet bij, je liet me weer eens alleen. Jij hebt niet gezien wat die Russin met me deed. Je was er niet bij.'

Kadoke schudt zijn hoofd. 'Ik ga een ommetje maken,' zegt hij en hij zet een glas water voor vader neer. Hij probeert het luchtig te houden. Welke andere mogelijkheden zijn er? Luchtigheid, een klein grapje hier, een wonder daar, dat de mensen hier helaas allesbehalve luchtig opvatten.

'We zijn in een ramp terechtgekomen,' zegt vader.

'Ach, overdrijf toch niet altijd zo. We hebben elkaar. Veel mensen hebben elkaar niet.'

Even is het stil, dan zegt vader: 'Waarom ga ik niet dood? Moet ik er getuige van zijn dat je me nog meer pijn gaat doen? Weet je hoe erg ik het vind dat je nooit meer psychiater zult zijn? Weet je hoe vreselijk ik dat vind? Weet je hoeveel pijn jouw leven mij doet, wat ervan geworden is?'

35

Op het heetst van de dag loopt Kadoke opnieuw op zijn teenslippers door de nederzetting. Ook nu is er bijna niemand op straat. Hij ziet wat kinderen, een paar verwaarloosde en doodmagere katten, de identieke huizen, hij loopt en loopt om zijn gedachten te ordenen. Hij had van alles verwacht maar een huwelijksaanzoek op de eerste dag van zijn nieuwe leven in de bezette gebieden, dat niet. Vooral niet dat het gepaard zou gaan met het verzoek de liefde buiten het huwelijk te laten, hij kan er nog altijd niet over uit, een realistisch verzoek daar niet van, maar Kadoke is een beetje oud voor realisme. Op dit punt van zijn leven verdraagt hij het eigenlijk nauwelijks meer.

En dan zijn er nog de praktische punten, moet hij bijvoorbeeld de zorg voor vader verder toevertrouwen aan mevrouw Gitl? Als niet aan haar, aan wie dan wel? Hij kan natuurlijk trouwen en zelf bejaardenverzorger worden in de nederzetting, maar aanlokkelijk vindt hij dit vooruitzicht niet. Nog afgezien van het feit dat vader niet op zijn zoon als bejaardenverzorger zit te wachten.

Anat zelf lijkt zich nauwelijks druk te maken om de problemen die mevrouw Gitl veroorzaakt, maar buiten haar ideologie en haar wiskunde maakt ze zich om vrijwel niets druk, zelfs het huwelijk is voor haar vermoedelijk eerder een noodlot, iets wat haar eerder overkomt dan dat het nou een instituut is waar ze zich vreselijk druk om zou moeten maken. Terwijl het Kadoke al na een ochtend duidelijk is dat wat die Gitl zorg noemt, niet meer is dan een opeenstapeling van problemen, vooral taalkundige problemen, en misschien zelfs onversneden sadisme.

Hij blijft staan bij een plek waar vuilnis wordt verzameld, hiervandaan kan hij goed het hek zien dat om de nederzetting is gezet, verderop een andere nederzetting en daarnaast een Palestijns dorp, makkelijk te herkennen, niet alleen vanwege de minaret, maar ook omdat de huizen daar niet allemaal identiek zijn, niet allemaal lijken op huizen die je eerder zou verwachten in een voorstadje van Fort Lauderdale. Wat zoeken deze mensen hier? Hij zou het willen begrijpen maar het lukt hem niet. Een gemeenschapsgevoel? Een lotsbestemming? Een aaneenschakeling van rituelen, waardoor je je nooit meer hoeft af te vragen: hoe moet ik leven? Wat is het goede leven? Het ritueel is het antwoord op alle vragen, de heilige teksten een handleiding waaraan niemand hoeft te twijfelen, het leven zelf gereduceerd tot een kwestie van interpretatie van die teksten. Voor dergelijke rituelen hoef je je natuurlijk niet op deze afzichtelijke heuvel terug te trekken, dat kan ook prima in Antwerpen of Buitenveldert, maar dit hier is het Beloofde Land. Niet het zionisme als laatste overlevingsstrategie, als fysieke overlevingsstrategie, maar als een messianistische onderneming, bedoeld om het Joodse volk nieuw leven in te blazen, om de assimilatie, wat volgens sommigen het spirituele uitsterven zou betekenen, een stap voor te zijn. De ziel mag dood, als het lichaam maar blijft staan, zo praktisch is Kadoke dan ook weer. Een dood lichaam is namelijk nogal permanent, een dode ziel, daar kan wel nieuw leven in worden geblazen, kijk naar hem. Hij lag op de grond, hij was uitgeschakeld, knock-out geslagen en toen kwam het visioen en zijn ziel begon weer te leven. Het laatste visioen, zo voelde het, Anat was zijn laatste visioen.

Er zitten steentjes en zand tussen zijn tenen, hij doet zijn slippers uit, maakt zijn voeten schoon, zo goed en zo kwaad als dat gaat en denkend aan de mensen in deze nederzetting, zijn dorpsgenoten moet hij misschien wel zeggen, ontkomt hij niet aan de vraag hoe hij zelf eigenlijk leeft. Begrijpt hij zichzelf? Kan hij de levensstijl van deze mensen – hun geïnternaliseerde nostalgie, die wanhopige en tegelijkertijd uiterst succesvolle pogingen de negentiende eeuw nooit te laten eindigen –, kan hij deze mensen afwijzen, nog helemaal afgezien van de politieke implicaties, zonder zijn eigen leven onder de loep te nemen? Waar staat hij voor? Hoe zou hij het goede leven omschrijven? Tegen het tribalisme, tegen het fanatisme, voor de liberale relativering, voor een doorleefd en waarachtig individualisme, maar waar heeft hem dat gebracht? Op dezelfde heuveltop waar zijn tegenstanders hun geluk hebben gevonden.

De hete wind is niet gaan liggen en de geur van vuilnis prikkelt in zijn neus, toch verroert hij zich niet, hij blijft kijken naar de andere heuveltoppen, naar de Middellandse Zee, die je zou moeten kunnen zien maar die ook vandaag door het fijne zand dat de wind meevoert onzichtbaar blijft. Ook hij, de scepticus, kon toen hij was gevallen niet opkrabbelen zonder zich iets van een paradijs voor te stellen, zonder dat was het hem niet gelukt, maar zolang het visioen abstract en vaag bleef was het prettig om zich erin rond te laten drijven als in een zwembad op een hete namiddag. Nu krijgt het idee vorm, het wordt vaste materie, het krijgt grenzen, hij kan plotseling zien waar het in uitmondt, in het liefdeloze huwelijk. Hier loopt het ten einde, in deze stoffige straten, in dit dorp dat nauwelijks een dorp genoemd kan worden, een *jisjoev* noemen ze het, met zo veel mogelijk kinderen en zo veel mogelijk kleinkinderen, zoveel is zeker, als de Eeuwige het wil, en Kadoke's zaad en de eitjes van zijn toekomstige vrouw meewerken. Was dit echt waaraan hij zich had vastgeklampt? Wat waren de alternatieven geweest, voor hem, gevallen psychiater, waaraan had hij zich omhoog kunnen hijsen? Welke extase, welk heilig vuur had het leven voor hem nog in petto gehad? Leven zonder was wat mager. Misschien was dat wat deze mensen hier samenbracht, de behoefte aan een heilig vuur. Hoe onheilig het hem ook mag voorkomen en hoezeer het vuur zelf wat hem betreft eerder een levensgevaarlijke bosbrand is. Had hij niet op tijd ingezien dat hij het heilige vuur op waarde moest schatten, had hij niet op het nippertje geleerd, zijn verliefdheid, dat krankzinnige droombeeld serieus te nemen? Als hij dat niet had gedaan had hij toch nooit deze tocht ondernomen, had hij nooit zijn weerzin tegen religie en ideologie overwonnen, hoe halfslachtig ook, en was hij hier niet verschenen met zijn oeroude vader en had hij nooit tegen Anat gezegd: hier ben ik, doe met me wat je wil.

Want dat was uiteindelijk wat hij door hier te verschijnen, zonder dat misschien precies zo uit te spreken, tegen haar had gezegd. Daarom kon ze hem ook zonder blikken of blozen een liefdeloos huwelijk aanbieden. En hij moet toegeven dat het juist de liefdeloosheid is die hem in deze constellatie intrigeert, eindelijk verlost van de liefde, ze heeft gelijk, een afgod van de christenen is zij, eindelijk verlost van de stem die je op eenzame avonden, tijdens het wandelen, in je oor fluistert: je moet van iemand houden. Hou van iemand, Kadoke, echt van iemand, zonder voorbehoud, zonder de nooduitgangen te hebben bestudeerd, zonder je al uit de voeten te hebben gemaakt voor het goed en wel kon beginnen.

Verlost van de liefdesdwang, van het veinzen, van alle pleisters en verbanden, van alle slaapmiddelen en gesuikerde leugens, dat is de liefdeloze liefde die Anat hem aanbiedt. En tevens verlost van dat zelfverzonnen verlangen, die slordig in elkaar geflanste fantasie dat er ook iemand van jou moet houden om mens te mogen zijn, om te mogen bestaan, de eenzaamheid moet als een ziekte worden afgeschaft, schaf dan meteen de mens maar af. Wat Anat eigenlijk tegen hem heeft gezegd is: ik bied je mijn onvermogen aan en ik neem genoegen met het jouwe.

Hij draait zich om en ziet een groep vrouwen de heuvel af komen. Ze dragen kleding die hij inmiddels is gaan herkennen als typisch voor deze nederzetting, misschien wel typisch voor meer nederzettingen, wijde spijkerrokken, stevige sandalen, hoedjes of hoofddoeken waaronder een toren van knotjes moet schuilgaan. Wat verstoppen ze toch allemaal onder die hoofddoeken? Hij zou het wel willen weten. Als Anat met hem getrouwd is, zou ze dan ook zo'n rare hoofddoek op haar hoofd bouwen? En zou hij dan voor de seks haar hoofddoek moeten afdoen of doet ze dat zelf? Of houdt ze hem op, als ze een vluggertje maken op hete namiddagen, een liefdeloos vluggertje, geen tijd om de hoofddoek af te doen. Een van de vrouwen zwaait. Naar hem? Wie is hier nog meer? Is dat Malka? Hij twijfelt. De vrouwen zijn ook zo ver weg. Hij kan hun gezichten niet goed herkennen.

Kadoke blijft staan, ze komen zijn kant uit, hij ziet nu dat ze in hun handen klappen en als ze nog dichterbij zijn hoort hij dat ze liederen zingen. Er wordt hier vreselijk veel gezongen. Misschien hoort dat ook bij de negentiende eeuw, misschien was dat de eeuw van de zangkunst, in die eeuw zongen de mensen zoals ze tegenwoordig op de sociale media zitten, om aan de stilte te ontkomen.

Zingend en klappend komen ze zijn kant uit, een processie, een miniatuurprocessie, alleen dan zonder katholieke heiligenbeelden. Hij weet eigenlijk niet waar hij heen moet. Als hij achteruitgaat trapt hij in een geïmproviseerde vuilnisbelt en om voor de zingende vrouwen weg te rennen vindt hij ook onbeleefd, dit moet tenslotte zijn dorp worden. Hier staat zijn huis, met een beetje pech wordt hij hier begraven, hij rilt eerlijk gezegd van afschuw bij de gedachte, niet vanwege dat begraven maar vanwege wat er nog aan vooraf zal gaan, ondanks de liefde, maar goed, dit is de prijs voor de val, de prijs van de liefdeloze liefde die hem nu als de enige juiste voorkomt, de onchristelijke liefde, o ja, hij wil Christus uit de liefde halen.

Deze mensen hier hebben slechts de ene Christus door de andere vervangen, het nageslacht is hun Christus, ze leven voor het nageslacht, demografische oorlogsvoering is hun kruis en dan sturen ze hun nageslacht naar het leger, in sommige gevallen, of naar de Joodse leerscholen, in andere. Hij zou het echt helemaal zonder Christus willen doen.

Nog zijn de vrouwen niet bij hem met hun gezang, hij kijkt naar de huizen achter hen, dit dorp, deze kolonie, ja dit is de prijs voor zijn laatste visioen: deze nederzetting, deze misdaad die op zal houden misdaad te zijn als de nederzetting maar lang genoeg blijft bestaan, het permanente is immers nooit een misdaad. Hij ziet zijn caravan, het tl-licht, de smerigheid, hij moet toch eens bij Anat informeren wat zij en haar moeder tegen schoonmaakmiddelen hebben. Voor hij aan dit huwelijk begint zou hij dat wel willen weten.

36

De vrouwen moeten hem hebben, alsof ze voor hem de straat zijn afgedaald, alsof deze miniatuurprocessie het op hem gemunt heeft, ze komen steeds dichterbij, ze slaan niet af, nee ze komen regelrecht en vastberaden op Kadoke af, ze gaan met z'n allen om hem heen staan zingen en klappen. Vooral het gezicht van Malka fascineert en beangstigt hem tegelijk, pure vreugde vermengd met iets wat hem aan een manische toestand doet denken. Sinds ze meent dat haar gebeden zijn verhoord is ze allicht in een manie beland.

Ze dansen om hem heen, de dames, en Kadoke die zich geen raad weet, besluit dan maar dat dit een vorm van folklore is waarop hij niet echt had gerekend maar waarvan hij desalniettemin buitengewoon gecharmeerd dient te zijn, daarom zegt hij in het Engels en het Frans: 'Dank jullie wel, heel mooi, heel fraai. Maar nu ga ik weer verder, dit was buitengewoon.'

Wat een energie hebben deze mensen, om zo in deze hitte te staan dansen. Maar dan herinnert hij zich dat ze in hem het bewijs zien dat hun gebeden zijn verhoord. Daar komt die energie natuurlijk vandaan, de sprankeling van het verhoorde of schijnbaar verhoorde gebed. Toch blijft het hem benauwen wat ze in hem zien, ook al gaat het gepaard met een aan extase grenzende geborgenheid. Wat ze allemaal in Amsterdam in hem zagen was onprettig en onrechtvaardig, maar dit is ook niet goed te praten.

Hij wil zich uit de cirkel losmaken, maar de vrouwen drijven hem voort alsof hij een stuk vee is dat zich heeft losgemaakt van de kudde en dat nu weer moet worden teruggevoerd naar het stuk land dat voor hem bestemd is.

Zingend, dansend, klappend, pratend, af en toe onderbroken door Malka die hem in het Frans instructies geeft die dwingend van toon en inhoud zijn, wordt Kadoke in de richting van Malka's huis geleid. Hij laat het gebeuren, verzet is zinloos, bovendien is dit de beste vriendin van Anat, hij moet haar goedkeuring zien te winnen, haar vriendschap, haar liefde misschien wel, en de beste manier om dat te bewerkstelligen is vermoedelijk om zich vooralsnog gedwee op te stellen, meegaand te zijn.

In het huis van Malka is een tafel gedekt met plastic bordjes en plastic vorken, er staat een thermoskan op tafel en een grote pot oploskoffie alsmede een chocoladetaart. Die oploskoffie, daar heeft Kadoke nu stiekem ook al genoeg van, geloven deze mensen dat God iets tegen espresso heeft?

Achterin zitten wat jongens en mannen, de een met meer zijlokken dan de ander, mager zijn ze allemaal ook, broodmager, de mannen staren Kadoke aan met iets waarin hij afschuw herkent, een zekere teleurstelling. Enkele van de mannen dragen zichtbaar een wapen. Daar krijgt hun negentiende eeuw dan een trekje van de eenentwintigste eeuw mee, ze hebben wapens van hun god gekregen om ermee te schieten. Hun negentiende-eeuwse soortgenoten meenden dat alles over je heen laten komen de beste manier was om je door het leven te slaan. Kadoke heeft daar begrip voor, al heeft hij recentelijk opwellingen van verzet gekend, maar zonder wapens, hij heeft eervol, vreedzaam, en eenzaam in de Amsterdamse regen gedemonstreerd tegen literatuur die niets anders dan laster was. Hier voelt Kadoke juist de behoefte lofliederen te zingen op meegaandheid en gelatenheid. De weerzin van deze mensen ooit nog ergens een minderheid te zijn is zo groot dat ze al hun agressie bij voorbaat afdoen als noodzakelijk verweer tegen een boze en barre buitenwereld.

De gevallen psychiater heeft begrip voor de teleurgestelde

gezichten van de mannen: hebben ze eindelijk het signaal gekregen dat hun gebeden zijn verhoord, worden ze opgezadeld met Kadoke. Toch voelt hij de behoefte te benadrukken dat hij geen oplichter is, hij heeft niemand moedwillig om de tuin geleid, veeleer is hier sprake van een persoonsverwisseling. Er kwam maar geen man voor Anat, en toen ze hem zagen, toen hij de gelukzalige en misschien uiteindelijk ook noodlottige beslissing had genomen met vader naar deze nederzetting af te reizen, meenden ze dat hij het was, dat hij het wel moest zijn.

Dan merkt hij de moeder van Anat op, ze kijkt naar hem met betraande ogen, klimt op een kleine kruk en omhelst hem stevig.

Tijdens het omhelzen komen de tranen zonder gêne, ja het heeft iets exhibitionistisch zoals ze zonder aarzeling zijn schouders en zijn wang bevochtigt met haar tranen. Dan zegt ze in dat Engels van haar dat nauwelijks Engels mag heten maar dat toch uiterst doeltreffend is, zoals alles aan deze miniatuurvrouw doeltreffend is: 'Ik wist niet dat jij het was, mijn jongen, ik wist niet dat jij het was voor wie we hebben gebeden, ik dacht dat je die vreselijke man was die we jaren geleden hebben ontmoet.'

'Ik wist het ook niet,' antwoordt Kadoke geheel naar waarheid.

'Maar nu weet je het,' fluistert ze in zijn oor en daar voegt ze aan toe: 'Ik ben net even gaan liggen, omdat het me allemaal wat veel werd en toen verscheen de rabbijn eindelijk weer in mijn droom. Ik heb zo op hem gewacht, maar je weet nooit wanneer hij verschijnt. Hij zei dingen tegen me, mooie dingen, interessante dingen, hij sprak ook over jou.'

Kadoke voelt dat hij nu alleen maar kan vragen: 'Wat heeft hij allemaal gezegd?' en dat doet hij dan ook.

'Dat zal je nog wel zien,' zegt Anats moeder en ze knijpt een beetje in zijn wang, als ware die wang een vrucht, en opgelucht, ja bijna herboren, stapt ze van de kruk en stort zich als eerste op de chocoladetaart die op tafel staat.

Kadoke blijft verdwaasd in de keuken staan, mensen kijken naar hem, maar niemand durft een gesprek met hem te beginnen. De taalbarrière zal een rol spelen, maar deze mensen kunnen op hun eigen manier communiceren, door te zingen, Kadoke in zijn wang te knijpen, hem op andere manieren te betasten. Er is hier leven buiten de taal.

Een van de mannen achter in de kamer komt op Kadoke af, hij geeft Kadoke een hand, en Kadoke zelf bereidt zich voor op een gesprek, vragen, lastige vragen misschien, over politiek en religie, maar de man zegt helemaal niets, hij haalt een keppeltje uit zijn zak en drukt dat op Kadoke's hoofd.

Kadoke aarzelt niet, hij wil als het om assimilatie gaat ver gaan, als het moet zal hij zich aan de negentiende eeuw assimileren, maar hij gaat hier niet de religieuze Jood uithangen, dat niet. Daarom haalt hij het keppeltje van zijn hoofd en geeft het terug aan de man met de woorden: 'Nee, bedankt, liever niet,' maar de man negeert Kadoke en zijn woorden en met iets meer agressie dan daarvoor wordt het keppeltje weer op het hoofd van Kadoke gedrukt. Even dreigt het tot een handgemeen te komen maar de aandacht van de mensen wordt afgeleid door de komst van Anat die Kadoke's vader bij zich heeft. De oude man zinkt neer op een stoel en lijkt nauwelijks te beseffen waar hij is, minder nog dan de dag ervoor in elk geval. Kadoke wil naar hem toe gaan, maar er staan te veel mensen tussen hem en vader in en ze lijken niet van plan plaats te maken voor Kadoke.

De goede vader zit aan Kadoke vast. Beseft Anat dat? Of wil ze daar liever niet al te veel over nadenken?

Anat zelf heeft rode konen alsof ze hevig aan het blozen is of hoge koorts heeft. De mensen gaan om haar heen staan, en wel zo dat Kadoke ook in het midden van de cirkel belandt. Dan valt iedereen stil en Kadoke verwacht dat Anats moeder nu het woord zal nemen, maar ze is druk bezig een stuk chocoladetaart te verorberen en is overduidelijk niet in de stemming om iets te zeggen. Een grote honger woont in deze vrouw. Kennelijk zijn de mensen hier ervan op de hoogte dat de moeder van Anat de gewoonte heeft al met eten te beginnen lang voor de andere mensen mogen toeslaan, want niemand vindt het zo te zien vreemd dat zij zich als enige van de aanwezigen al volstopt met chocoladetaart.

Vermoedelijk is het aan de chocoladetaart te danken dat de dochter de moeder voor is en het woord neemt: 'Ik doe dit in het Engels, zodat ook mijn aanstaande echtgenoot dit kan verstaan. Jullie weten dat ik vaak heb gezegd: bid niet voor mij, doe het niet, maar jullie waren eigenwijs, jullie vonden me bescheiden, maar misschien was ik gewoon weerbarstig. Nu ben ik toch blij dat jullie voor me gebeden hebben, de toewijding en het vertrouwen dat jullie in de Eeuwige hebben gesteld is beloond. Hij laat ons niet in de steek, Hij heeft ons nooit in de steek gelaten.'

Kadoke moet even aan Auschwitz denken, maar hij wil de feestvreugde niet bederven.

'Het wonder is verschenen,' zegt Anat. 'En misschien is het niet het wonder dat we hebben verwacht,' ze kijkt nu naar Kadoke, 'maar de wegen van de Eeuwige zijn ondoorgrondelijk, Hij zal hier een bedoeling mee hebben gehad. Wij weten nog niet welke bedoeling. Maar ik heb het geaccepteerd, het heeft zo moeten zijn, wij zullen gelukkig worden, deze man zal mijn echtgenoot worden en als de Eeuwige het wil zullen wij kinderen en kleinkinderen krijgen.'

Er wordt geklapt, er wordt weer gezongen, mensen omhelzen Kadoke, mannen kussen hem, iemand probeert weer een keppeltje op zijn hoofd te zetten, er zijn ook kinderen die aan zijn broekspijpen trekken, een vrouw met een baby in haar armen laat de baby half overgeven over de neus en wang van Kadoke, maar ook dat mag liefde en geborgenheid heten.

Als men even stilvalt, voornamelijk omdat er chocoladetaart wordt gegeten, maakt Kadoke van de gelegenheid gebruik te roepen: 'Mensen, lieve mensen, vrienden.'

Hij moet het nu zeggen, als hij het nu niet doet hoeft het nooit meer, hij moet deze mensen uitleggen wie hij is, althans wie hij niet zal worden. Ze kijken naar hem, gespannen, Anat ook wat bezorgd meent hij te zien, ze vertrouwt hem niet, Kadoke probeert oogcontact te zoeken met zijn vader, maar de oude man is in slaap gesukkeld of is nu echt bezig dood te gaan. Wat het ook is, vader moet even wachten. Straks zal Kadoke zich om hem bekommeren, over een halfuurtje krijgt vader alle liefde waarop Anat niet zit te wachten.

'Vrienden,' zegt Kadoke, 'ik wil dat jullie weten dat ik ontzettend blij ben om Anats man te worden, ook verrast. Ik had niet verwacht dat dit zo snel zou gebeuren, maar alles gebeurt hier snel. Dat begrijp ik nu.'

'Er is haast bij,' roept een vrouw met een grote hoed op, eerder een wagenwiel dan een hoed, 'jullie zijn niet meer zo jong.'

'Nee,' gaat Kadoke verder, 'we zijn niet meer zo jong, althans ik ben niet meer zo jong, Anat is nog best jong, en ik ben ook eigenlijk geen wonder, dat wilde ik even zeggen. Ik kan dit wonder dat jullie in me zien niet zijn, ik wil het ook niet zijn, ik ben maar heel gewoon.'

Dat hij een gevallen psychiater is vermeldt hij niet expliciet. Het zou deze mensen alleen onnodig verwarren, voor zover ze het niet al weten.

'Natuurlijk besef ik,' gaat Kadoke verder, 'dat wij allen zijn wat de ander in ons ziet. Ik kan jullie niet verbieden in mij een wonder te zien, ik ben het niet, maar als jullie hardnekkig in mij een wonder willen blijven zien is het niet aan mij voortdurend te roepen: ik ben geen wonder. Ik wil wel dat jullie weten, hoe flexibel ik ook ben, dat ik geen wonder met een keppeltje ben. Ik ben hooguit een wonder zonder keppeltje. Ik geloof niet in jullie eeuwige, ik heb niets tegen hem, maar ik kan niet in hem geloven, hoezeer me dat op sommige momenten ook spijt. Dat was alles voor dit moment, dank voor jullie gastvrijheid. Misschien kan Anat dit vertalen, het spijt me dat mijn Hebreeuws niet goed genoeg is om rechtstreeks in jullie moedertaal, in jullie lingua franca moet ik zeggen, tegen jullie te spreken.'

Kadoke kijkt naar Anat, maar ze schudt haar hoofd. Er valt een naar Kadoke's gevoel pijnlijke stilte, terwijl hij toch echt het idee had dat hij een waarachtige en tegelijkertijd liefdevolle korte toespraak had gehouden. Al had hij allicht zijn liefde voor Anat kunnen betuigen, maar niet alleen Anat, iedereen schijnt hier geaccepteerd te hebben dat het huwelijk een liefdeloze aangelegenheid is in dienst van de voortplanting. Uiteindelijk is Kadoke een veredelde versie van de dekhengst.

Nog altijd zijn de mensen stil, ze staren hem aan, ze lijken te denken dat hij nog meer zal zeggen, maar dat is hij niet van plan.

De man die hem een keppeltje op het hoofd probeerde te drukken doet een paar passen naar voren en zegt dan met luide stem: 'Jij zegt dus dat de Eeuwige jou niet hierheen heeft gestuurd, jij zegt dat we ons vergissen, jij vertelt ons dat onze gebeden niet zijn verhoord, dat onze gebeden er niet toe doen. Waarom ben je hier gekomen, denk je dat je geheel uit vrije wil bent verschenen?'

Kadoke schraapt zijn keel. 'Nou, ik wil de kracht van jullie gebeden helemaal niet relativeren, ik kan niet bidden, ik kan niet geloven, maar ik begrijp heel goed dat de zogenaamde geseculariseerde mens zijn eigen gebeden en zijn eigen geloof heeft. Ik wilde eigenlijk alleen bescheiden zijn.' Hij lacht om zijn eigen grapje, dat nauwelijks een grapje genoemd kan worden, hij is de enige die lacht. Alleen al daarom praat hij snel verder.

'En ja, ik denk dat ik min of meer uit vrije wil ben verschenen. Een hoop omstandigheden, een vleugje vrije wil. Zullen we het daarop houden?'

De man is nog niet klaar, hij doet weer een stap in de richting van Kadoke.

'En wie heeft jou die vrije wil gegeven?'

'Ja,' zegt Kadoke, 'jezus, sorry, ik vrees dat dit onderdeel uitmaakt van de menselijke constitutie. We hebben ons eraan vastgeklampt. Nietwaar? We moeten ons er wel aan vastklampen.'

De man wijst naar Kadoke, een beschuldigende vinger, zo voelt het. 'De Eeuwige heeft jou de vrije wil gegeven, de Eeuwige heeft jou het vermogen gegeven goed en kwaad van elkaar te scheiden.'

Bedoelt de man dat welke keuze Kadoke ook zou hebben gemaakt, de Eeuwige er toch wel achter zit? Dat noemt Kadoke valsspelen.

'Als jullie in mij een loopjongen van de Eeuwige willen zien,' verklaart Kadoke, 'zal ik mij daar niet tegen verzetten, ik wil me überhaupt tegen weinig verzetten, dat heb ik meen ik al gezegd, ik heb al verklaard dat wij zijn wie de ander in ons ziet, helaas, maar jullie kunnen niet van me vragen in dingen te geloven waarin ik niet kan geloven.' Daarop baant Kadoke zich een weg naar de chocoladetaart, althans wat ervan over is, hij voelt aan dat het gesprek dreigt te ontsporen. Theologische discussies dienen te worden vermeden, ze zijn slecht voor de liefde.

'Waar was dat voor nodig?' sist Anat in zijn oor. 'Waarom moest je je hier afficheren als de agnostische klootzak die je bent?'

Was dat een inherent onderdeel van het liefdeloze huwelijk, dat je wordt aangesproken met klootzak?

'Ik probeerde eerlijk te zijn,' zegt Kadoke.

Een vrouw drukt hem een plastic bordje met wat chocoladetaart in de hand, hij eet ijverig, hoewel hij nauwelijks eetlust heeft. Iemand anders overhandigt hem een plastic bekertje met slappe oploskoffie. Een oude kromgetrokken vrouw roept: 'We hadden bijna de hoop opgegeven, en toen kwam het wonder,' en trekt bij die woorden hardhandig aan zijn arm.

Hij begrijpt nog steeds niet waarom deze gemeenschap – klein maar ook weer niet zo klein – geobsedeerd is met het vinden van een echtgenoot voor Anat. Als je per se wil bidden zijn er toch betere dingen om voor te bidden?

'Je maakt me te schande,' zegt Anat, 'je kunt toch doen alsof, eerst heb je je behendig en bijzonder vaardig in de positie van mijn aanstaande echtgenoot gemanoeuvreerd, en dan weiger je te doen alsof. Hoe moeilijk kan het zijn om gewoon je mond te houden en je een beetje aan te passen?'

Iemand feliciteert hem. Hij kan geen handen schudden, maar knikt vriendelijk.

'Ik heb,' fluistert hij tussen de felicitaties door, 'mijn halve leven gedaan alsof, ik had een voorstelling van de liefde waarin ik nu juist even niet meer hoef te doen alsof, hoe raar dat ook mag klinken voor iemand die vrijwillig naar een nederzetting afreist, maar ik dacht aan je ogen, aan hoe je naar me keek.'

Ze schudt haar hoofd. 'Hou op met die romantische onzin. Leer eindelijk eens waar het om gaat in het leven.'

Kadoke beseft dat dit niet het moment is om deze discussie met Anat voort te zetten. Dan komt de moeder van Anat op hem af, klemt zich aan hem vast, zegt dingen tegen hem die hij maar half volgt, maar omdat ze zo te zien echt geïnteresseerd is in een gesprek met haar aanstaande schoonzoon vraagt hij haar vriendelijk of iemand weleens haar huis komt schoonmaken.

'Nee, nooit,' zegt ze, 'dat doe ik zelf.'

'Maar niet heel vaak toch,' roept Kadoke in haar oor om boven het lawaai uit te komen. Het is een beetje vrijpostig, maar dat kan er wel bij. Het maakt allemaal niet meer zoveel uit.

'Niet heel vaak,' antwoordt ze. 'Dat klopt. Rabbi Menachem Eliëzer ben Zwi is mij verleden jaar op de derde dag van Pesach in een droom verschenen en hij zei: "Vergeet het stof, vergeet de schuurspons, als hij komt op wie we allemaal zo wachten, dan zal al het stof van de aarde verdwijnen, en jouw koekenpan zal eruitzien alsof die nog nooit gebruikt is. Vergooi je tijd niet met dweilen en schrobben, met ramenlappen en stofzuigen, en bekommer je om het hogere."'

'O werkelijk,' roept Kadoke. 'En toen ben je ermee opgehouden, met schoonmaken?'

'Toen ben ik er grotendeels mee opgehouden,' zegt Anats moeder, met een ondeugende opgetogenheid, alsof ze zelf wel weet dat het een tikkeltje onbetamelijk is om zo radicaal met schoonmaken op te houden. 'Alleen op vrijdagochtend voor de sabbat ga ik snel met een dweil door het huis. En voor Pesach uiteraard. Waarom je tijd verdoen met schoonmaken als hij snel komt op wie we zo wachten, de rabbijn heeft ook gezegd dat als meer mensen zich met het hogere zouden bezighouden en minder met stof en vetresten, hij op wie we zo wachten nog eerder zal komen, en weet je dat ik denk dat ik weet wie het is?'

'O ja?' roept Kadoke, terwijl hij merkt dat een vrouw met een baby in haar arm ook wat aandacht van hem wil.

'Het is de rabbijn zelf,' fluistert Anats moeder. 'Hij is het zelf. We wachten op hem. Hij moet zich alleen nog bekendmaken aan de rest van de wereld.' En weer klinkt ze ondeugend en opgetogen tegelijk.

Alles is hier messianisme, denkt Kadoke, zelfs de aangekoekte koekenpannen, de vette tafel en het verloederde toilet, overal messianisme.

37

Na een betrekkelijk feestelijk diner in het huis van Anats moeder – veel smaakte weer naar ganzenvet en het besef dat de moeder van Anat in afwachting van de komst van de Messias opgehouden was met het schoonmaken van de pannen, zorgde ervoor dat Kadoke het ganzenvet nog beter meende te proeven – zit hij met vader en Anat in de caravan.

Ze bespreken mevrouw Gitl die nog laat op het feest was verschenen waar ze hem had aangesproken, in het Russisch uiteraard maar kennelijk in de overtuiging dat hij haar nu wel zou verstaan. Ze had hem zalf getoond die nog uit de Sovjet-Unie kwam en die, zo vertaalde uiteindelijk een vriendelijke man, een Rus die Engels sprak, volgens mevrouw Gitl de beste zalf tegen doorligwonden en andere huidproblemen was die er op deze wereld te krijgen was. Men leefde hier grotendeels in de negentiende eeuw, maar mevrouw Gitl hield hardnekkig vast aan het tijdperk-Brezjnev. Kadoke had vanwege die eenzame positie bijna sympathie voor haar gekregen, maar toen herinnerde hij zich de woorden van vader, die meende dat mevrouw Gitl een poging had gedaan hem te verkrachten. En hij begreep dat hij zijn lieve, oude vader niet zonder meer aan mevrouw Gitl kon blijven blootstellen, Brezjnev of geen Brezjnev.

Nu zit hij met zijn aanstaande echtgenote aan tafel en bespreekt de bejaardenzorg. Er is een huwelijk, maar het praktische mag niet worden vergeten, ook al heeft het niets met het huwelijk te maken.

'Mevrouw Gitl,' zegt hij, zijn woorden zorgvuldig afwegend, nog zorgvuldiger dan anders, 'is misschien een verstandige, zorgzame vrouw, Anat, ik weet het niet, ik kan haar niet verstaan, misschien is ze ook intelligent, ik heb geen idee, maar vader ziet in haar een verkrachter. Dat is een groot woord, een hard woord, maar ik moet dat woord gebruiken, want dat is het woord dat vader gebruikte. En ik kan hem begrijpen, ze heeft zijn penis ingesmeerd met een zalf die volgens mij nog uit het tijdperk-Brezjnev komt, of misschien zelfs nog uit het tijdperk-Chroesjtsjov en zelfs als die zalf niet uit een van die twee tijdperken komt, dan moet je weten dat vader er niet van houdt als zijn penis wordt ingesmeerd. Hij vindt het niet nodig, en ik eigenlijk ook niet. Het is te laat voor dergelijke ingrepen.'

Vader doet hardnekkig alsof dit gesprek niet over hem gaat. Anat kijkt erg verdrietig en dat op de dag van haar verloving, ze zijn nu toch zo ongeveer verloofd als Kadoke het allemaal goed heeft begrepen. Anat zwijgt, ze neemt het persoonlijk, zoveel is duidelijk, ze ziet er een afwijzing in. Liefdeloosheid is één ding, maar de afwijzingen gaan gewoon door. De verbitterde, de rancuneuze, de cynicus ziet in het leven niets dan een reeks afwijzingen, terwijl Kadoke meent dat je de afwijzing moet omhelzen alsof ze een van de mooiste vrouwen is die je ooit hebt gezien. Dat is hem niet altijd gelukt, hij geeft het toe, maar desondanks blijft het een nastrevenswaardig project: God wijst je af en jij wijst God af, dat is de kern van de grap, een heilige grap, maar ook om de heilige grappen kan gelachen worden, al was het maar omdat het melodrama van de pijn te veel op de dood lijkt. Mevrouw Gitl echter is geen heilige grap, althans niet voor vader.

'Kunnen we niet iemand anders vinden?' vraagt Kadoke. 'Ik gun iedereen zijn nostalgie, en jullie zijn natuurlijk een gemeenschap die op niets dan nostalgie is gebouwd, de een verlangt naar Brezjnev, de ander naar het sjtetl van een jaar of honderdvijftig geleden, een derde verlangt naar de Messias, wat ik ook een vorm van nostalgie zou willen noemen, maar vader heeft voor mij nog steeds prioriteit, hij verlangt er gewoon naar dat zijn penis met rust wordt gelaten, dat is alles, jij bent natuurlijk ook een prioriteit voor mij, alleen vader moet geen collateral damage worden van onze, hoe zal ik het noemen, liefdeloze liefde.'

'Geef haar een kans,' zegt Anat en ze kijkt haar aanstaande echtgenoot vernietigend aan, 'ze heeft veel bejaarden hier verzorgd, het is haar lust en haar leven. Het is haar roeping.'

'Dat begrijp ik,' antwoordt Kadoke, 'dat het háár lust en leven is. Haar roeping voor mijn part. Maar hoe dachten die bejaarden erover? Hebben die ook nog wat te zeggen?'

Er is veel wat hem scheidt van zijn aanstaande vrouw – politiek, religie, mevrouw Gitl –, misschien moet hij wat mevrouw Gitl betreft meegaand zijn. Je kunt niet van alles een gevecht op leven en dood maken, zeker niet met je verloofde.

Vader hangt in zijn stoel. Hij was thuis gelukkiger geweest, begrijpelijk, wat heeft hij hier te zoeken? Het had iets ontstellend egoïstisch hem hierheen te slepen, Kadoke kan het niet ontkennen. Maar zijn visioen niet najagen voelde als sterven, en Kadoke wilde niet sterven, nog niet. Vader was een sta-in-de-weg, vader moest worden geofferd. Geen visioen, of er moest wel iets voor worden geofferd. De zionisten hadden ook een visioen en toen Madagaskar en andere exotische oorden onhaalbaar of onpraktisch bleken, waren de Palestijnen hun sta-in-de-wegs. De kolonisten die Amerika kwamen bevolken hadden eveneens utopische voorstellingen, noodgedwongen misschien maar menige utopie is uit nood geboren, ook zij zagen het beloofde land voor zich, een beetje zoals Kadoke in Anat iets gezien moet hebben, en nog steeds ziet overigens, wat een belofte genoemd moet worden. Overal visioenen, zover het oog reikt, maar op sommige plekken meer dan andere, en overal mensen die sta-in-de-wegs zijn.

Maar Kadoke kan met vader-als-offer niet goed leven, hij wil het offer ongedaan maken, verzachten.

Vader richt zich op, pakt een glas water, zet het aan zijn mond. De helft druppelt op zijn poloshirt. 'Ga je trouwen?' vraagt vader met schorre stem. 'Heb ik dat goed begrepen?'

'Ja,' zegt Kadoke na een kleine aarzeling, 'we gaan trouwen.'

'Jullie kennen elkaar amper.'

'Er is haast bij, vader,' zegt Kadoke, 'we zijn hier in een religieuze nederzetting, het gaat om de kinderen, ze hebben geen geduld, ik ben niet meer zo jong, ik denk dat ze vrezen voor de kwaliteit van mijn zaad, vind je het goed als we gaan trouwen? Denk je dat Anat een goede vrouw voor me zal zijn? En ik een goede man voor haar? Lieve vader, heb ik jouw zegen? Heeft zij jouw zegen?'

Vader werpt Anat een blik toe, dan zegt hij tegen zijn zoon: 'Had je niet beter een hond kunnen nemen?'

'Een hond?'

'Een huisdier. Als mensen zich eenzaam voelen op jouw leeftijd kunnen ze toch ook een huisdier nemen?'

'Wat zegt hij?' vraagt Anat.

'Hij suggereert dat ik een hond had moeten nemen, maar ik hou niet van honden.'

'Wat moeten we met een hond? Ik wil een kind. Daarom trouwen we, om kinderen te krijgen. Geen hond.'

'Hij bedoelt,' zegt Kadoke, 'dat ik in plaats van jou een hond had moeten nemen. Dat dat beter bij me had gepast, dat me dat had gesierd.'

Anat schudt haar hoofd. 'Jullie zijn twee onmogelijke mannen. De een is nog onmogelijker dan de ander.'

Ze pakt vader met beide handen bij de schouders. 'Zeg jij dat een hond beter is dan ik? Als de Eeuwige had gewild dat man en hond zich met elkaar vermengden had Hij het huwelijk tussen man en hond wel aangemoedigd. Maar dat heeft Hij niet gedaan. Kun je niet een beetje gelukkig zijn? Is dat echt onmogelijk? Je zoon gaat trouwen, je zoon is eindelijk thuisgekomen en jij ook. Kun je daar niet een beetje gelukkig om zijn?'

Vader zegt niets meer. Hij kijkt stuurs voor zich uit. Hij houdt er niet van om gelukkig te zijn op commando. 'Ik kan niet een beetje gelukkig zijn,' mompelt hij, 'daarvoor is er te veel gebeurd.'

'Mijn moeder heeft zelf gezegd,' verklaart Anat, bijna trots, 'dat de Eeuwige soms merkwaardige wonderen op ons afstuurt en ze heeft gelijk, ik denk dat jullie met z'n tweeën het merkwaardigste wonder zijn dat de Eeuwige Zijn volk ooit heeft doen toekomen.'

'Ik weet het niet,' zegt Kadoke zacht, 'ik ben niet zo bekend met de wonderen van de Eeuwige, ik kan alleen herhalen wat ik al heb gezegd, dat ik bereid ben elke rol te spelen die jullie me willen laten spelen, maar ik zet, een uitzondering daargelaten, geen keppel op. Daar ligt de grens.'

Anat mompelt iets in het Hebreeuws, Kadoke vindt het beter niet te vragen wat ze mompelde.

Samen met Anat brengt hij vader naar bed, ze kleden hem zwijgend uit, doen hem een nieuw broekje aan, Anat staat erop vader in te smeren met de zalf die mevrouw Gitl hier heeft achtergelaten, maar Kadoke weet dat op het nippertje te voorkomen. En vader roept: 'Ik vind dit vreselijk, die vrouw in Nederland kon niet ophouden over Jezus te praten, maar ze wist in elk geval wat ik nodig had.'

Ze stoppen hem in, voor zover hij daar behoefte aan heeft in deze hitte, en dan zegt Kadoke zachtjes tegen vader: 'Ik kom straks naast je liggen.'

Hij loopt met Anat terug naar de woonkamer, ze lijkt te aarzelen of ze moet gaan zitten. 'Eigenlijk hoor ik hier niet met jou alleen te zijn,' zegt ze.

'Eigenlijk,' antwoordt Kadoke.

‘Maar goed, je bent al vaker met me alleen geweest.’

Kadoke gaat zitten, het tl-licht maakt alles zo lelijk, maar hier mag alles lelijk zijn, het lelijke, lijkt men hier te denken, brengt de mensen dichter tot God.

‘In de andere kamer is vader, voor zover je dat een kamer kunt noemen. Misschien stelt je dat gerust? En hoe gaat het nu verder?’ vraagt hij aan Anat. ‘Wat zijn de plannen precies? Het was een beetje een verwarrende dag voor mij en voor jou ongetwijfeld ook. Misschien kunnen we samen ook eens ontspannen. Iets leuks doen samen. In de tuin van je moeder staat die oude pingpongtafel, zullen we eens pingpongen?’

Ze gaat zitten, hij schenkt haar water in. ‘En nu we toch hier zijn, hebben jullie eigenlijk ook nog ander licht dan tl-licht of brengt het tl-licht de komst van de Messias eveneens naderbij?’

‘Het is gewoon praktisch,’ antwoordt ze en ze speelt wat met haar glas. ‘Wat maak je je druk om het licht? En hoe het nu verdergaat, ik zal mijn proefschrift niet afkrijgen voor we trouwen, maar ik kan het ook daarna afmaken. We zullen eerst in een caravan gaan wonen, daarna in een huis, in een van de huizen die ze nu aan het bouwen zijn. Je moet werk zoeken, ik denk in elk geval dat je dat wil, ik kan je daarbij helpen. Ik weet niet wat voor werk, misschien kun je ergens therapeut worden, maar je spreekt de taal niet, misschien kun je therapeut worden voor mensen die de taal niet spreken. En dan, ja dan, dan zullen we als de Eeuwige het wil kinderen hebben. Eerst een kind en dan gaan we tafeltennis spelen. Een kind is echt dringender dan tafeltennis, heb je dat op jouw leeftijd nog niet begrepen?’

Kadoke knikt. Hij denkt na over hoe hij zal antwoorden op dit programma, dit samengevatte leven, deze toekomst in een notendop, hoe hij het moet verwoorden. Eindelijk zegt hij: ‘Een comateuze rabbijn verschijnt regelmatig in de dromen van je moeder en aan zijn woorden, beter gezegd aan haar dromen hecht ze waarde, meer dan dat, ze ziet daar van alles in. Daar heb ik geen oordeel over, of misschien stiekem wel, maar ik besef dat dat oordeel er niet toe doet. Vooral ook niet omdat ik hier te gast ben. Maar ik op mijn beurt hecht waarde aan mijn ideeën, als ik mijn dromen zo mag noemen, mijn fantasieën, over jou, over ons. Ik wil vrijwel elke rol in jouw leven spelen, ook die van dekhengst, maar toen mijn leven uit elkaar viel, toen ik niet meer kon leven waarvoor ik meende te leven, hoewel ik misschien al jaren mechanisch mijn plicht heb vervuld, enfin, dat doet er allemaal niet toe, toen verscheen jij, en je hebt me gered. De fantasie die ik over jou had en heb, zo moet je het misschien ook noemen, heeft mij gered, maar ik kan wie jij bent niet scheiden van mijn fantasie. Ik weet niet of ik jou zie of alleen mijn fantasie over jou, maar dat weet je nooit of pas als het te laat is. En voor mij is het leven niet alleen het praktische en het eeuwige, het is ook het nu, het verlangen dat aan het nu vastzit, dat zich niet richt op een verlosser, of op een honderdjarige in coma, maar op jou.'

Hij pakt haar hand, hij heeft niet gedronken, geen druppel, aan wijn hebben ze hier net zo'n hekel als aan espresso, behalve op sabbat, maar hij voelt zich aangeschoten, al was het maar door het besef dat het hem niet altijd lukt zijn eigen leven te overzien met de nodige distantie.

Met haar hand, haar zachte hand, in de zijne blijft hij zitten, luisterend naar het gesnurk van vader en eindelijk zegt hij: 'Anat, laat me meer zijn in jouw leven dan een dekhengst. Ik verlang naar jouw liefde en je zult me nu vast weer ervan beschuldigen dat ik te lang onder de christenen heb geleefd, en ik begrijp jouw bezwaren tegen de liefde, voor zover het doordachte, weloverwogen bezwaren zijn, voor zover ze meer zijn dan intuïtieve afkeer, maar ik verlang naar je begeerte, dat is wat ik bedoel, ik verlang naar iets wat jij me misschien niet kunt geven, maar is dat niet de kern van de liefde, of je dat nu liefdeloosheid noemt of niet, dat je altijd verlangt naar iets wat de ander niet te geven heeft?

En volgens mij is dat ook de kern van het messianisme dat jullie hier bedrijven, alleen dan de wat kille variant ervan, jullie vragen iets van jullie eeuwige wat hij helemaal niet te geven heeft, maar daar wil ik me verder helemaal niet mee bemoeien. Jullie eeuwige is jullie eeuwige. Ik weet waar ik ben, in een religieuze nederzetting, en toch vraag ik het je, want alles wat verboden is gebeurt, ik vraag het je omdat ik mezelf zou vervloeken als ik het niet zou vragen: begeer mij, dan zal ik jou begeren. Wat kunnen we elkaar anders geven? Behalve de liefdeloosheid, laat het de tederste liefdeloosheid zijn die mensen zich kunnen voorstellen.'

Anat ondersteunt haar hoofd met haar vrije hand en zegt: 'Woorden, woorden, woorden, wat een woorden. Heb je ook zoveel gesproken met je patiënten? Geen wonder dat je geen psychiater meer mag zijn.'

En dan brengt ze haar gezicht dichter bij het zijne en ze kust hem, ze grijpt zich aan hem vast en hij aan haar, ze staat op, hij staat op. Ze neemt hem mee naar de douche, ze ontdoet hem van het T-shirt, het stinkende T-shirt, stinkend naar zweet en ganzenvet, ze trekt haar rok uit, hij ziet torren lopen, hij denkt: we vrijen op de torren, maar wat maakt het uit.

'Zet het water aan,' fluistert ze, 'dan hoeft vader ons niet te horen.'

Hij zet de douche aan, en dan zoent hij haar weer, zo kalm en rustig zoals hij lang niet heeft gezoend – maar hij heeft natuurlijk lang niet gezoend – en vervolgens fluistert hij: 'Je weet toch heel goed dat ik geen wonder ben? Dat niemand mij heeft gestuurd? Dat ik gewoon een gevallen psychiater ben die nergens anders heen kon? Dat weet je toch? Je speelt het alleen maar mee, niet?'

Ze pakt zijn hoofd vast, stevig, alsof ze het voorlopig niet wil loslaten en dan zegt ze: 'Je kent me niet, Kadoke, en je begrijpt niets van me, helemaal niets. Ik weet zeker dat je het wonder bent.' Vervolgens bijt ze in zijn lip.

Ze vrijen staand naast de douche, terwijl het water blijft lopen, op de torren en de kevers die hier hun huis hebben, en terwijl ze vrijen kijkt ze hem aan, ze blijft hem aankijken alsof ze inderdaad een waanvoorstelling ziet, alsof hij het niet is maar heel iemand anders en als hij haar vingert schreeuwt ze een beetje, maar gelukkig overstemt het neervallende water alles, vast ook haar geschreeuw, en tussen dat water door, tussen haar overgave, tussen zijn overgave door vraagt hij zich af waarom hij zoveel van haar denkt te houden dat hij voor haar naar deze apocalyptische plek is gereisd. Waarom kon hij het niet zonder redding? Hij was gevallen maar je kunt ook als hond leven, waarom moest hij zich weer oprichten? Hij pakt haar gezicht vast, trekt het dichterbij, hij streelt haar, alsof hij weet, nu nog beter dan vroeger, welke gevaren er allemaal op de loer liggen, en hij zegt: 'Ik ken de voorwaarden, dit is het liefdeloze huwelijk, maar ik wil dat je weet dat ik van je hou. Op de meest liefdeloze manier die mogelijk is, maar ik wil dat je het weet.'

Ze kleedt zich aan, bijna zo alsof die handelingen niets te maken hebben met het vrijen, alsof ze weer iemand anders is. Hij draait de douchekraan dicht en ook hij kleedt zich aan.

'Hoe kun je,' vraagt ze, 'in jouw buurt een goed mens zijn? Je haalt dingen in me naar boven die niet naar boven hadden moeten komen.'

Zonder het geluid van de douche klinkt haar stem opeens zo hard.

'Een goed mens,' zegt hij zo zacht mogelijk, 'ik weet het niet. Maak ik het je moeilijk een goed mens te zijn? Door wat te doen? Door hier te zijn? Ik dacht dat ik het wonder was. Ik weet trouwens ook niet of je ernaar moet streven een goed mens te zijn. Goed? Wat is goed? De grootste misdaden zijn begaan in naam van de goedheid, dat diskwalificeert niet alle goedheid, maar het zou ons toch moeten verleiden tot een beetje bescheidenheid, we hoeven het niet voortdurend over goedheid te hebben.'

'Je bent een beproeving,' zegt Anat, 'dat is ook een soort wonder.'

Ze lopen naar de woonkamer, Anat pakt een klein gebedenboek uit de boekenkast, kennelijk had ze het daar neergezet in de hoop dat hij of vader er gebruik van zou maken.

'Wat ga je doen?' vraagt hij.

'Ik ga bidden.'

Ze bladert in het gebedenboek en begint geconcentreerd te bidden. Hij kan zich amper voorstellen dat hij zonet nog seks met deze vrouw heeft gehad.

'Laat me maar even,' zegt ze tussen de gebeden door, 'ga maar slapen. Staar me niet aan alsof ik een exotische bezienswaardigheid ben.'

Hij gaat naar de slaapkamer. In het donker kleedt hij zich uit, tandenpoetsen komt morgen wel en dan gaat hij naast vader liggen die sterk naar oude man ruikt. Naar oude man en naar gebakken gans.

Pas daar, liggend naast vader, dringt het echt tot hem door dat hij gaat trouwen, Anat is geen affaire, voor zover hij op een affaire had gehoopt, maar een huwelijk met alles erop en eraan. Er is geen weg terug en waarheen zou die weg ook moeten voeren? Wat kan hij anders doen dan roekeloos zijn? Dat had hij tegen Anat moeten zeggen: het goede is het roekeloze. Niet al het roekeloze is het goede, maar al het goede is het roekeloze.

Hij zou kunnen opstaan om het haar te zeggen, want in die andere kamer is Anat nog aan het bidden, maar Kadoke blijft naast zijn oude vader liggen.

38

Hij wordt weer wakker van hard bonzen op de deur en hij denkt meteen: mevrouw Gitl. Het is hier Groundhog Day, elke dag gebons, elke dag mevrouw Gitl. Hij kleedt zich snel aan en gaat dan naar de voordeur, maar daar staat geen forse Russin, daar staat een heel kleine vrouw, Anats moeder, ze kijkt hem achterdochtig aan met haar felle ogen, alsof ze alles weet. Als niet alles, dan toch wel genoeg, genoeg in elk geval om dit wonder niet helemaal te vertrouwen.

'Mag ik binnenkomen?' vraagt ze.

'Natuurlijk.'

Ze snelt naar binnen alsof ze niet op bezoek is, alsof deze caravan van haar is, wat misschien strikt genomen ook zo is. Anats moeder trekt een paar kasten open, werpt een blik op de koffers, die inderdaad nauwelijks uitgepakt halfopen naast de eettafel liggen. Wanneer had hij de tijd gehad zich om praktische zaken te bekommeren?

'Koffie?' vraagt ze.

Kadoke knikt.

Ze loopt haastig naar de keuken, zet water op en uit een van de kasten haalt ze een pot oploskoffie die Kadoke nog niet was opgevallen. Maar hij had ook nog niet goed in de keuken rondgekeken, ook daarvoor had hij amper tijd gehad.

Anats moeder zet een mok koffie voor hem neer en dan komt er uit haar tas een servet waarin twee stukken cake zitten gewikkeld.

'Voor jou,' zegt ze, 'Anat vertelde dat jullie niet goed voor jullie zelf kunnen zorgen.'

Kadoke drinkt wat van de koffie, neemt aarzelend een hapje van de cake – de smaak valt mee – en vraagt zich af wat er gaat komen. Zou zij nu de verzorging van vader op zich nemen? Is dat waarom ze hier in alle vroegte is verschenen?

'Vanochtend,' zegt ze, zonder enige teleurstelling te laten blijken dat Kadoke niet op haar opmerking heeft gereageerd, 'heeft hij weer met me gesproken.'

'De rabbijn,' zegt Kadoke met weinig enthousiasme. Want wie anders zou er in alle vroegte tot deze vrouw spreken? Deze vrouw leeft op haar dromen, waarin steeds dezelfde honderdjarige figureert.

'Precies,' zegt Anats moeder die opstaat om de deur naar de zogenoemde slaapkamer te sluiten. Kennelijk is dit gesprek niet voor vaders oren bestemd. 'Mijn steun en toeverlaat is weer verschenen, een grote wijsgeer, en hij heeft gezegd, hij heeft mij op het hart gedrukt...' Ze kijkt Kadoke ernstig aan, ze staat weer op het punt in tranen uit te barsten. 'Dat ik jou moet testen.'

'Mij? Testen? Hoe?'

'Jou testen. Jij moet worden getest.'

'Ik ben al genoeg getest. Ze hebben me in Amsterdam getest. Op de proef gesteld kun je het beter noemen. Daarom ben ik hier gekomen, omdat ik genoeg op de proef was gesteld. Omdat ik er niet meer tegen kon.'

Anats moeder zucht, staat op en maakt voor zichzelf ook wat oploskoffie, gaat dan weer zitten en zegt zachtjes: 'De eerste man van mijn dochter was een goede man, hij ontspoorde maar sommige mensen ontsporen niet omdat ze slecht zijn, hij kon het niet. Daarom ontspoorde hij.'

'Wat kon hij niet?'

Anats moeder schudt haar hoofd. Ze vindt Kadoke dom, op zijn minst vindt ze dat hij domme vragen stelt. Hij neemt nog een slok koffie. Je leeft alsof je de wanhoop hebt overwonnen, alsof wanhoop iets is voor andere mensen, voor patiënten en dan op een dag klopt de wanhoop op de deur. Even heeft hij het gevoel dat Anats moeder de wanhoop in eigen persoon is, dat zij hier is om hem eraan te herinneren dat hij niets heeft overwonnen, dat de wanhoop akelig dichtbij is en altijd op de loer ligt.

'Hij kon het niet,' zegt ze. 'Wat een man moet doen.'

'Wat moet een man doen? Als ik vragen mag.'

'En nu moeten we jou testen om te kijken of jij het wel kunt.'

Ah, ze wil weten of Kadoke een betrouwbare dekhengst is. Straks zal ze zijn zaad nog naar een laboratorium willen sturen, maar aan dergelijk onderzoek werkt hij niet mee. Hij weigert een keppel te dragen en zijn zaad blijft ongetest, daar liggen zijn grenzen.

Anats moeder legt haar hand op de zijne, bijna liefdevol. 'De rabbijn, mijn rabbijn, die mij na de dood van mijn man nooit in de steek heeft gelaten...' Even denkt Kadoke dat ze hem nu gaat vertellen dat ze een affaire met de honderdjarige heeft gehad, maar gelukkig bespaart ze hem dergelijke details. 'Hij heeft mij vanochtend vroeg met heldere stem verteld dat ik jou moet testen. Ja, het wonder moet worden getest, zei hij.'

Hoe wil ze hem testen? Wat bedoelt ze? Nu twijfelt hij toch weer. Een soa-test, bedoelt ze dat?

'Je mag me best testen,' zegt Kadoke. 'Al heb ik geen idee hoe je dat wil gaan doen, wat je precies bedoelt.'

Haar gezicht klaart op. 'Rabbi Menachem Eliëzer ben Zwi heeft mij opgedragen de fouten uit het verleden niet te herhalen. Ik moet erbij zijn.'

'Waarbij?'

'Voordat jullie trouwen. Normaal kan dat niet. Voor het trouwen is er niets, ja een woestijn is er, een droge woestijn, maar in dit geval moeten we een oase opzoeken. Alle wetten mogen worden overtreden als het een zaak van leven of dood is. Dat weet je misschien als je iets van het Jodendom weet. Voortplanting is een zaak van leven of dood.'

'Zo kun je het zien,' antwoordt Kadoke en hij stopt weer een stukje cake in zijn mond, vooral beleefdheidshalve eigenlijk.

'Ik moet erbij zijn,' zegt Anats moeder, 'ik moet het met mijn eigen ogen zien, dat heeft de rabbijn, een grote wijsgeer, zo wijs dat wij hem eigenlijk niet verdienen, mij vanochtend in alle vroegte verteld. Voor het huwelijk wordt voltrokken moet ik met eigen ogen zien wat jij met mijn lieve dochter doet als jullie eenmaal getrouwd zijn om de catastrofes uit het eerste huwelijk te voorkomen.'

Kadoke trekt zijn hand onder haar hand vandaan, hij neemt een slok koffie. Begrijpt hij haar goed? Is dat echt wat zij hem voorstelt?

'Ik weet niet of ik het allemaal volg,' zegt Kadoke, 'maar als ik me niet vergis, dan stel je me iets uitzinnigs voor, iets zo uitzinnig dat ik je zou willen vragen dit eerst met je dochter te bespreken, ik kan me niet voorstellen dat zij hiermee instemt. Om eerlijk te zijn denk ik niet dat ik hiermee instem, er bestaat ook nog zoiets als etiquette, als menselijke waardigheid, noem het voor mijn part moraal.'

Zijn hand wordt weer gegrepen – gegrepen, dat is het woord – en Anats moeder zegt: 'Omdat het een zaak van leven of dood is moet ik zien hoe jij mijn dochter gaat bevruchten als jullie eenmaal getrouwd zijn. Ik bedoel, ik moet het zien voordat jullie gaan trouwen, want als het niets is gaat het hele huwelijk niet door, wonder of geen wonder. Dat is moraal. Geen christelijke moraal, maar joodse moraal, dat is de moraal van rabbijn Menachem Eliëzer ben Zwi, die niet voor niets geregeld in mijn dromen verschijnt. O, ik bid elke dag dat hij in de nacht weer zal verschijnen.'

Kadoke trekt zijn hand niet meer terug. Hij kijkt naar de ventilator aan het plafond. Een lichte wanhoop maakt zich van hem meester. Is voortplanting dan echt het enige waar deze mensen in geïnteresseerd zijn? Is zijn leven dan gereduceerd tot niets anders dan dat? Maar hij beseft meteen dat hij diplomatiek moet zijn, hij moet dit zorgvuldig aanpakken. Assimilatie is een compromis tussen je eigen verlangens en de behoeftes van de meerderheid, hij begrijpt heel goed dat er in dit geval van een compromis nauwelijks sprake kan zijn, maar assimilatie is ook het 'nee' liefdevol en teder verwoorden. Dat laatste zal hij doen, er zit niets anders op.

'Iedereen heeft het recht een voyeur te zijn,' zegt hij zacht, 'ook een moeder.'

'Een voyeur?' Ze slaat haar hand op de zijne, ja ze slaat hem. 'Denk je dat het voor mij een pretje is jou straks naakt te zien? Ik doe het voor mijn dochter, ik doe het voor de grootste rabbijn van deze tijd. Ik doe het voor het nageslacht.'

'Luister,' antwoordt Kadoke, 'ik heb me nooit laten voorstaan op mijn schoonheid en dat zal ik ook in deze religieuze nederzetting niet doen. Maar het moet me van het hart dat het buitenissig is om toe te willen kijken hoe je dochter seks heeft met haar aanstaande echtgenoot. Ook al is het omdat de grootste rabbijn van onze tijd, zoals jij dat zegt, je dat heeft opgedragen, ook al is het om mij te testen. Ik denk eigenlijk dat jouw dochter mij moet testen en niet jij. Misschien moeten mensen elkaar helemaal niet testen, misschien moeten ze daar eens mee ophouden. Ik geloof eerlijk gezegd dat mijn huwelijk iets is tussen Anat en mij en dat jij er niet zoveel mee te maken hebt, ook al begrijp ik dat jij je er graag mee bemoeien wil. Misschien moet je een stapje terug doen, erken, als ik zo vrij mag zijn, dat dit een aangelegenheid van je dochter is. Gun haar een eigen leven.'

Anats moeder laat zijn hand los. Ze schudt treurig haar hoofd, zet haar hoed wat rechter op haar hoofd, deze dag draagt ze een grijze hoed met zwarte strepen. 'Jij begrijpt niet hoe belangrijk de woorden van Menachem Eliëzer ben Zwi zijn. Als je dat zou begrijpen zou je niet zo reageren. Je moet niet bang zijn.' Ze pakt nu met beide handen zijn rechterhand, bijna liefdevol.

'Bang waarvoor?'

'Voor mijn ogen?' Ze drukt hard op zijn hand.

'Ik ben helemaal niet bang voor je ogen.'

'Voor wat ik straks zal zien.'

'Ik ben helemaal niet bang voor wat je straks meent te moeten zien.'

'Heb je iets te verbergen?' vraagt ze en ze kijkt hem indringend aan. 'Doet alles het nog bij jou? Sommige mannen zijn daar bang voor. Die weten dat het niet allemaal meer werkt of dat het nooit gewerkt heeft, en die denken: ik kom er wel mee weg. Maar die zijn eigenlijk niet meer in staat hun rol te vervullen. Ben jij daar nog toe in staat?'

'Voor zover ik weet wel ja, alles doet het nog, maar dit is echt iets tussen mij en Anat, sorry. Ik trek hier een grens. Ik weet dat jullie houden van grenzeloosheid, jullie leven in een land zonder grenzen…'

'Geen jullie. Hou op met dat ge-jullie. Wij. Jij hoort nu bij ons.'

'Nee! Ik trouw met je dochter en allicht hoor ik bij haar, maar ik hoor niet bij jullie. Ik hoor nergens bij.'

'Waarom wil je niet meewerken aan het onderzoek?'

Onderzoek, werkt deze vrouw bij de politie?

'Omdat het absurd is, zelfs in het jodendom, in geen enkele cultuur komt zoiets voor. Ik ben niet bang, ik word gewoon niet graag bekeken als ik seks heb, ook niet door de moeder van mijn aanstaande echtgenote. Het is absurd, het is schadelijk voor je dochter, laat ons met rust.'

'Veel mannen zijn bang.'

'Dat zou goed kunnen, maar ik ben niet bang, althans niet voor je ogen.' Als zij zo nodig zijn hand wil pletten moet ze dat maar doen, hij laat zich niet intimideren.

'Je zult er geen last van hebben. Ik zal het met Anat bespreken, zij zal het begrijpen en zij zal ook jou overtuigen, je bent bang omdat je in Europa hebt geleefd, daar moest je bang zijn voor de antisemieten, maar dat hoeft niet meer.'

Nu heeft Kadoke er genoeg van. Hij rukt zijn hand los en zegt: 'Luister, jouw ogen en de antisemieten, dat zijn echt twee verschillende dingen. Ongetwijfeld lopen er antisemieten rond in Europa, maar zelfs voor hen ben ik nooit overdreven bang geweest, of überhaupt maar bang, hooguit vond ik hun vooroordelen onprettig, zoals ik jouw verzoek onprettig vind, en nu wil ik je verzoeken mij alleen te laten. Volgens Anat is dit mijn caravan, althans de caravan van vader en mij, en ik wil graag wat privacy, ik begrijp dat privacy voor jou een vreemd begrip is, dat jij alles wil zien, maar mensen hebben het recht soms ongezien te blijven.'

'Ik begrijp niet wat je zegt.' Ze staat op, werpt een blik op de cake, neemt het servet waarin de cake heeft gezeten mee en loopt dan naar de deur. Daar blijft ze staan en ze kijkt Kadoke nog even aan, niet vijandig, eerder uitdagend, alsof ze nu al weet dat ze deze strijd zal gaan winnen.

Dan gaat Kadoke naar de slaapkamer, waar vader naar het plafond ligt te staren. 'Weet je zeker dat je hier wil blijven?' vraagt vader met schorre stem.

'Ik weet niet waar we heen kunnen,' antwoordt Kadoke terwijl hij vaders hoofd streelt, 'ik heb me aan Anat verbonden, en daarmee heb ik me aan deze plek verbonden.'

'Aan elke verbintenis kan een eind worden gemaakt,' antwoordt vader. 'Je bent haar gevangene niet, je bent niemands gevangene.'

39

Aan het eind van de middag komt Anat terug uit Jeruzalem van een gesprek met haar promotor. Kadoke had haar een bericht gestuurd of hij haar even kon spreken, het liefst voor het avondeten. Het was wel belangrijk, maar niets waarover zij zich ongerust zou moeten maken. Hij wilde niet dat ze zou denken dat hij zich bedacht had en het liefdeloze huwelijk toch maar aan een ander wonder zou overlaten.

Kadoke zelf heeft zich in de middag nuttig gemaakt door de koffers uit te pakken, kleren in de klerenkast te hangen, en eens goed rond te kijken in de keuken, zodat Anat noch haar moeder nog langer kunnen verzuchten dat hij en zijn vader niet voor zichzelf kunnen zorgen. Hij weigert als hulpbehoevende zijn huwelijk in te gaan. Als de keuken is bestudeerd – het meeste eten dat Anat en haar moeder voor hem en zijn vader hebben achtergelaten heeft hij meteen in de vuilnisbak gedeponeerd (biscuitjes waarvan de houdbaarheidsdatum twee jaar geleden was verstreken, zoute stengels, houdbaarheidsdatum anderhalf jaar geleden verstreken, smeerkaas, houdbaarheidsdatum niet verstreken, maar zowel vader als hij hebben een hekel aan smeerkaas) – en de koffers grotendeels leeg zijn neemt hij plaats aan tafel, hij kan niet zeggen dat hij zich opeens thuis voelt in deze caravan vol tl-licht, maar hij doet zijn best. Hij zal zijn best blijven doen, zeker zolang hij voornemens is Anats echtgenoot te worden.

Mevrouw Gitl had zich weer over vader ontfermd maar dit

keer zonder zalf, wat Kadoke als een gunstig teken opvatte, een voorteken dat het universum mededogen met hem heeft. Overal zijn tekenen, we moeten ze alleen ontwaren en onze interpretaties met enige scepsis tegemoet treden anders gebeuren er ongelukken, meent Kadoke. Als mevrouw Gitl bereid is tot concessies betreffende haar wonderzalf uit de Sovjet-Unie, dan valt het leven in deze nederzetting misschien mee. 'Je zult aan mevrouw Gitl moeten wennen,' zei Kadoke tegen vader, 'we zullen allemaal aan elkaar moeten wennen, maar het gaat ons lukken.'

Het door schuldgevoel ingegeven optimisme maakte weinig indruk op vader.

Als de zon alweer bijna aan het ondergaan is maar het nog net zo heet is als midden op de dag staat Anat voor de deur. Ze wil niet binnenkomen, ze stelt voor een wandeling te maken.

Kadoke heeft vanwege de hitte een korte broek aangetrokken waar ze naar zijn idee een afkeurende blik op werpt. Zo lopen ze door de straten van de nederzetting, dit keer nemen ze een andere route. Ze komen langs huizen in aanbouw.

'Hier zullen we gaan wonen,' zegt Anat.

Hij werpt een blik op de huizen in aanbouw. Dus zo eindigt hij, als kolonist, tegen wil en dank, maar toch een kolonist. Het kost hem moeite zich voor te stellen dat hij gelukkig zal zijn in zo'n huis, maar misschien kost het hem vandaag gewoon moeite zich überhaupt voor te stellen gelukkig te zijn. Hij moet nu eerst met Anat over de voyeuristische neigingen van haar moeder spreken. Het geluk is van later zorg.

'Heb je weleens het idee dat je moeder ervan houdt om jou of andere mensen te begluren?' vraagt hij terwijl hij Anats hand probeert vast te pakken. Ze zijn nu op het punt beland waar hij gisteren stond toen hij een aantal zingende vrouwen op zich af zag komen.

'Niet op straat,' sist ze. En dan vraagt ze: 'Begluren, hoe bedoel je?'

'Bekijkt ze je? Dat bedoel ik. Komt ze weleens je kamer binnen als je naakt bent? Als jij onder de douche staat, wat doet je moeder dan?'

'Weet ik veel wat ze doet als ik onder de douche sta. Wat zijn dat voor rare vragen? Waar ben je op uit?'

'Ik ben nergens op uit, maar dit is een belangrijke aangelegenheid, Anat,' zegt Kadoke, 'kun je je alsjeblieft een beetje concentreren, het gaat vermoedelijk om ons geluk.'

Ze kijkt hem verbaasd aan. Bevalt het woord 'geluk' haar niet?

'Om ons geluk? Maak je je om mijn geluk maar geen zorgen. Dat heb ik al geprobeerd uit te leggen. Het feit dat je met me naar bed bent geweest, dat je mijn man zult worden, dat je nog vaker met me naar bed zult gaan geeft je geen recht je te bekommeren om mijn geluk. Ik kan me daar prima zelf om bekommeren. En wat mijn moeder betreft, die gaat echt niet kloppen voor ze mijn kamer binnenkomt. Dat zou ook een beetje raar zijn, ik ben haar kind. Waar wil je heen? Probeer je een wig te drijven tussen mijn moeder en mij?'

Kadoke staat stil. 'Je bent een volwassen vrouw, Anat, je bent geen kind meer, je moeder moet weten wat de grenzen zijn. Ik drijf geen wig tussen jullie, dat is heel iets anders. Mensen hebben grenzen en die grenzen moeten worden erkend, aangegeven en erkend.'

Ze schudt haar hoofd. 'Je kent mijn moeder, ze houdt niet van grenzen. Leer ermee leven. Je wilde mij toch? Nou, dan krijg je mijn moeder ook. En haar grenzeloosheid.'

Hij weigert door te lopen, hij hoeft niet per se gelukkig te worden in deze nederzetting, het grote geluk is misschien een overdreven aangelegenheid, maar hij wil niet ongelukkig worden en als zijn schoonmoeder die zo ongeveer om de hoek woont geen grenzen kent, dan zal hij ongelukkig worden. Dat weet hij zeker.

'Ze is vanochtend bij me geweest,' zegt Kadoke. 'Ze wil ons

begluren. Ze wil ons betrappen. Hoe moet ik het zeggen? Ze wil erbij zijn. En ik ben een ruimdenkend mens, ik gun iedereen zijn perversie, maar dit is niet mijn perversie. Ik wil ervan verschoond blijven. Ja, ik hou van je, ik kan dat niet vaak genoeg zeggen, maar betekent dat ook dat ik begluurd moet worden door jouw moeder? Nee.'

'Waar heb je het over?' vraagt Anat, duidelijk geïrriteerd dat Kadoke haar lastigvalt met aangelegenheden die wat haar betreft niet of nauwelijks de moeite van het bespreken waard zijn.

'Ik weet niet hoe ik het duidelijker moet zeggen, Anat, ze wil kijken hoe we seks hebben, jouw moeder, ze wil me testen heeft ze gezegd, maar wat ze met dat testen bedoelt werd al heel snel duidelijk, ze wil gluren. Gewoon ordinair gluren.'

'O,' zegt Anat, 'ja ze heeft gedroomd, nu begrijp ik wat je bedoelt, ze heeft weer gedroomd, voor mijn moeder is de rabbijn buitengewoon belangrijk, veel mensen in deze gemeenschap denken daar anders over zoals je weet en vinden haar verering zelfs een beetje bedenkelijk, maar voor haar is hij alles. Hij heeft haar gered toen mijn vader er niet meer was, ze wil zeker weten dat je... nou ja, dat je weet hoe je moet vrijen, ik weet niet hoe ik het anders zal zeggen, en aangezien ze denkt dat ik er niets van weet wil ze even komen kijken. De rabbijn heeft haar daarvoor permissie gegeven en ons ook, om te vrijen voor het huwelijk, hij schijnt haar zelfs opdracht te hebben gegeven erbij te zijn. Het is echt niet dat ze er altijd bij wil zijn, maar ze wil gewoon een of twee keer een kijkje komen nemen. Zodat ze me met een gerust hart met jou kan laten trouwen.'

'Een of twee keer een kijkje komen nemen', hij zou Anat bijna een oorvijg geven.

'Hoe moet ik nog duidelijker zijn dan ik al ben geweest? Ik wil niet dat ze een kijkje komt nemen, ook niet een of twee keer, ik wil dat ze wegblijft als we seks hebben. Is dat echt te veel gevraagd?'

'Ik begrijp je,' zegt Anat, 'ik heb begrip voor je positie, misschien kunnen we een compromis vinden, we maken een filmpje en we laten haar dat zien, dan begrijpt ze dat ze nergens bang voor hoeft te zijn.'

'Nee,' roept Kadoke. 'Nee. Ook geen filmpje. Niets. Gewoon geen inmenging, ons seksleven gaat haar niets aan. Niets, helemaal niets.'

'Schreeuw niet zo. Je lijkt net op mijn ex, die ging ook altijd schreeuwen als hij geen goede argumenten meer had.'

Ze lopen weer verder. Hij zou haar nu willen kussen zoals gisteravond, maar hij begrijpt dat dat onmogelijk is in het openbaar, ook al heeft de moeder van Anat dan besloten dat ze per hoge uitzondering seks mogen hebben vóór het huwelijk, maar wel in haar bijzijn.

'Anat,' zegt hij, 'ik begrijp dat je loyaliteit bij je moeder ligt. Ook al gaan we trouwen, je moeder blijft je moeder, en ik begrijp dat je eerste huwelijk mislukte. En natuurlijk hoop je dat bepaalde misstanden uit het verleden zich niet zullen herhalen. Al weet ik niet over welke misstanden we het precies hebben, want ik vind de verhalen over je eerste echtgenoot nogal verwarrend. Maar dat betekent niet dat ik, omdat ik van je hou, alles wat je moeder doet of voorstelt geweldig moet vinden. Ik wil niet dat ze een kijkje komt nemen als we seks hebben, ook niet één keer, en ook niet omdat haar rabbijn haar heeft opgedragen dat te doen, zelfs als de VN-Veiligheidsraad had besloten dat het een goed idee is, dan nog zou ik ertegen zijn, begrijp je dat?'

Ze loopt stug verder zonder iets te zeggen, en hij volgt haar, niet gedwee, maar toch zoals iemand die niet helemaal zeker is van zijn zaak. Hij vreest dat iets in hem geknakt is toen het tuchtcollege besloot dat hij geen psychiater meer kon zijn, en dat ze dat ziet, dat zijn pogingen rechtop te lopen een pose zijn.

Wat voor kolonist zal hij worden? De beschaamde kolonist?

De kruipende kolonist? Ik deed het uit liefde, zal hij zeggen, maar zullen ze hem geloven?

Bij een struik pakt ze hem bij de schouder. 'Jij kent mijn moeder niet, ik wel en ik gun haar dit plezier, ik weet dat het haar rustig maakt, dat ze dan zal denken: ik heb er alles aan gedaan, ik heb er alles aan gedaan dat mijn dochter de beste man trouwt die er is. Wat heb jij er voor last van? Jij wil toch alleen maar met me vrijen. Meer wil je niet.'

'Ik wil best meer, maar jij hebt me duidelijk gemaakt dat meer er niet in zit. Dat was jij, Anat, ik wilde meer, en ik heb je gisteravond nog duidelijk gemaakt hoezeer ik ernaar verlang door jou begeerd te worden, ik heb je geprobeerd duidelijk te maken wat het is, liefde, iets wat begint met een fantasie, een voorstelling, en wat hier eindigt op deze vreselijke heuveltop, en dat ik tot nu toe bereid ben genoegen te nemen met alles wat je me toewerpt.'

Ze heeft zijn schouder losgelaten, en nu pakt ze hem daar weer vast, diezelfde schouder, en dit keer wekt haar aanraking nog meer verlangen in hem op, urgent verlangen. 'Jij bent toch zogenaamd zo open, alles kan en mag toch,' zegt ze, 'er hoeft toch niet geoordeeld te worden. Wat voor last heb jij ervan als mijn moeder één keer komt kijken? Waarom zeg je nee? Jij die spreekt over liefde en verlangen kan zich niet voorstellen dat mijn moeder rustig op een stoel zit te kijken terwijl wij vrijen, wat ongelooflijk bekrompen ben je eigenlijk, jij die je voordoet als de wereldburger, jij die op ons neerkijkt, omdat wij in God geloven en de Thora volgen, omdat wij ons niet schamen ons te verdedigen, omdat wij ons niet zoals jij voor alles schamen, jij die meent dat wij, zoals je zelf hebt gezegd, nog in de negentiende eeuw leven, jij kunt mijn oude, lieve moeder niet eens dat kleine pleziertje gunnen. In welke eeuw leef jij eigenlijk? Wordt het niet eens tijd dat je echt kritisch naar jezelf gaat kijken?'

In welke eeuw leeft hij eigenlijk? In deze eeuw, zou hij willen zeggen. Hij besluit dat de prijs die het kost om dit gevecht te winnen vermoedelijk niet de moeite waard is.

'Luister, als het er wat jou betreft om gaat jouw moeder, die oud is maar niet lief, een pleziertje te gunnen, wie ben ik dan om nee te zeggen? Het is een door en door pervers plezier, maar wie ben ik om oude moeders hun perverse pleziertjes te onthouden? Inderdaad, misschien was het bekrompen van me om tegen dat begluren te zijn, misschien was dat al te kleinburgerlijk, misschien moet ik me voor meer openstellen, ook voor perverse afwijkingen, moet ik vaker tegen de perversiteit zeggen: kom binnen, eet mee. Als jij het wil, prima, ik denk niet dat het goed is voor onze relatie, maar we zullen vast nog wel meer dingen doen die niet goed zijn voor onze relatie. Waarom niet? Als dit is wat je wil, akkoord.'

Snel en haastig omhelst Anat Kadoke. 'Ik vind dit zo lief van je,' zegt ze, 'ik weet dat het voor jou een opoffering is, maar je zult zien dat als we eenmaal bezig zijn we zullen vergeten dat ze er is.'

Kadoke denkt niet dat hij zal vergeten dat de moeder van Anat er is, maar hij kan natuurlijk altijd doen alsof, voor Anat, op zijn minst voor haar. En kan dat hele verrekte christendom, waarvan Anat zo graag beweert dat hij er volledig mee besmet is, niet zo worden samengevat: zelfopoffering is liefde, hoe vaker je jezelf opoffert hoe groter je liefde. Offer jezelf op, voor het te laat is.

40

Meteen na de wandeling wordt de moeder van Anat ingelicht, en ze is extatisch. Eerst haalt ze een grote foto van de rabbijn van de boekenkast en bedekt die met allemaal kusjes. Als ze daarmee klaar is zegt ze iets wat vermoedelijk een gebed is en vervolgens drukt ze Kadoke zo goed en zo kwaad als het gaat tegen zich aan, waarna ze fluistert: 'Ik wist wel dat je ondanks alles een goed mens bent.'

Een goed mens? Hij stemt in met voyeurisme, maakt dat hem tot een goed mens? En 'ondanks alles', wat moet hij daar nu weer van denken? Hij stelt zich nog altijd op het standpunt dat hij ten onrechte is veroordeeld door het tuchtcollege. Als hij ergens niet van overtuigd is, is het zijn schuld.

Zijn hele leven had schuld voor hem vastgestaan, leven was schuldig zijn, zolang je schuldig was wist Kadoke in elk geval dat hij nog leefde, maar toen hij eenmaal echt werd veroordeeld, toen het allemaal geen theoretische maar een uiterst praktische en onrechtvaardige aangelegenheid bleek te zijn, veranderde zijn verhouding tot de schuld. Vanaf dat moment voelde hij de neiging mensen op straat aan te klampen en te zeggen: 'Kijk naar mij, het is niet waar wat op tv en in de kranten over mij wordt beweerd, ik ben onschuldig.'

'Morgen,' zegt Anats moeder met vuur in haar ogen, 'morgenmiddag. In jullie caravan. Ik zorg wel dat jouw vader tijdelijk bij mevrouw Gitl onderdak vindt.'

'Morgen al?' vraagt Kadoke aan Anat. 'Heeft het zo'n haast?

Kan het echt niet een weekje wachten?'

'Ja, morgen, waarom niet? Waarom moeten we een week wachten?' Anat klinkt onaangedaan, bijna zakelijk, alsof ze het over de levering van een wasmachine heeft. Hoe eerder hoe beter, anders stapelt de vuile was zich op.

'Ik moet me eigenlijk even voorbereiden,' zegt Kadoke.

'Waarop? En hoe wil je je voorbereiden?'

'Op het idee. En hoe weet ik ook nog niet. Mentaal, denk ik. Hoe bereiden mensen zich mentaal op iets voor? Ze stellen het zich voor en naarmate ze het zich vaker voorstellen wordt het minder erg, als het goed is.'

'Wat moet je je voorstellen? Dat je mijn man zult worden?'

'Dat jouw moeder toekijkt terwijl wij seks hebben. Ik zei wel ja, maar ik weet eigenlijk niet of ik het kan. Krijgen we daarna ook een rapport van je moeder, hoe we het hebben gedaan? Of komt ze dat rapport gewoon tijdens het eten aan ons voorlezen, inclusief aanbevelingen met wat we in de toekomst beter kunnen doen?'

'Doe niet zo cynisch. Mijn moeder is gewoon ongerust. En waarom zou morgen niet kunnen? Waarom moeten we zo lang wachten? Wordt het daar beter van? Ben je een man?'

'Een man? Ja, ik ben een man ja.'

Wordt hij nu aangesproken op zijn mannelijkheid? Ook dat nog. Alsof de test alleen niet voldoende is, nu moet ook nog met zoveel woorden worden vastgesteld dat zijn mannelijkheid een twijfelgeval is. Alle schuld begint met twijfel, dan wordt er gewikt en gewogen en als je pech hebt wordt het hardste oordeel geveld.

'Dan kun je morgen met me vrijen. Je hebt toch zin in me? Je wil me toch altijd? Je hebt toch altijd zin in me?'

Is dat waar man-zijn op neerkomt? Altijd zin hebben? Altijd willen? Dit is een vruchteloze discussie, hij geeft het op, hij zal dit offer brengen, hopelijk heeft de moeder aan een keer gluren genoeg.

Er kan ook niet heel lang verder over worden gesproken. Het avondeten dreigt alweer te worden opgediend aan de plakkerige keukentafel waarop etensresten van een paar weken geleden kleven, een keukentafel die indirect aan de komst van de Messias bijdraagt, want God schijnt niet te willen dat de mensen zich bezighouden met zulke banale activiteiten als het afnemen van het plastic tafellaken met een sponsje.

Anat gaat vader uit de caravan halen – misschien is cel toch een beter woord, vader en Kadoke zitten daar in een cel – en Kadoke vraagt uitermate beleefd in de keuken aan Anats moeder of de komst van de Messias erg vertraagd wordt als hij probeert de tafel een beetje schoon te maken. Ze doet alsof ze hem niet begrijpt, geeft hoe dan ook geen antwoord, en daarom probeert hij gewoon maar met een sponsje de tafel schoon te boenen, maar dat is onbegonnen werk. Een nieuw tafellaken, dat is het beste. Als hij in de stad is zal hij een flinke voorraad tafellakens kopen, al vraagt hij zich meteen af wanneer hij ooit weer in de stad zal zijn. Deze nederzetting voelt als een gevangenis voor mensen zoals hij, mensen zonder auto, mensen die de taal niet spreken, mensen die morgen op uiterst merkwaardige wijze zullen worden getest.

Niet veel later zitten ze met z'n allen slordig gefrituurde kipschnitzels – vanbinnen half rauw – te eten met wat chips uit een zakje. Kennelijk heeft de Messias ook een hekel aan verse groente, behalve dan misschien op zaterdag, niets menselijks is de Verlosser uiteraard vreemd.

Vader zegt: 'In de gevangenis krijgen ze beter eten.'

'Wat zeg je?' vraagt Anats moeder.

Dit is zeker niet het moment haar tegen de haren in te strijken, daarom antwoordt Kadoke snel namens vader: 'Dat het allemaal zo lekker is. En zoveel.'

Anats moeder knikt voldaan. 'Ja, veel is het, je moet goed eten, want je moet morgen presteren.' Ze knijpt in zijn arm.

Natuurlijk, hij is hier om te presteren, ook het huwelijk is een kwestie van presteren. Stel je voor dat er te veel wordt genoten. Dat is vermoedelijk nog erger dan een eettafel goed schoonmaken. God heeft een hekel aan te veel menselijk genot en zelf heeft Kadoke in dat genot ook weleens de gapende afgrond van de leegte gezien.

Gelukkig spreekt noch zij noch Anat verder over de test van morgen – vader hoeft niet alles te weten – en als hij na het avondeten langzaam met vader de heuvel richting caravan afdaalt, vader loopt gelukkig iets beter dan de eerste dag, betrapt hij zich op iets wat bijna overmoed genoemd moet worden, hij zal Anats moeder wel aankunnen, waarom niet? Vergeleken bij het tuchtcollege heeft hij van haar niets te vrezen, is ze onschuldig, geen werkelijke vijand.

Kadoke brengt vader naar bed, het broekje zal mevrouw Gitl morgen wel verschonen, vooralsnog weigert ze 's avonds te komen, wat Kadoke een beetje merkwaardig vindt voor iemand die in bejaardenzorg de zin van het leven heeft ontdekt.

Als vader in bed ligt, na de nodige verwensingen en tegenwerpingen, poetst Kadoke in de badkamer zorgvuldig zijn tanden. Hij kleedt zich helemaal uit en bekijkt zichzelf in de spiegel. Anats moeder zal hem morgen komen keuren, ze kan weinig op hem aan te merken hebben, hij ziet er prima uit voor een man van in de veertig. Een beetje bleek maar een bleke man is ook een man.

Die nacht slaapt Kadoke onrustig. Het zijn niet alleen de gedachten aan de test die hem steeds weer doen ontwaken, maar vooral het besef dat hij zich in een avontuur heeft gestort zonder werkelijk te hebben nagedacht over de gevolgen ervan. Hij heeft zich aan Anat vastgeklampt en is op goed geluk naar haar nederzetting gereisd, dat dat binnen twee dagen tot een huwelijk zou leiden had hij niet kunnen denken. Hij hoopte op liefde, hij kreeg een huwelijk, dat overkomt wel meer mensen. Het is niet zozeer spijt die hem overvalt als wel toch twijfel: kan liefde echt een noodsprong zijn? Of blijft de noodsprong altijd door de liefde heen kieren? Is de noodsprong het wonder, is dat de ware betekenis van het woord 'noodsprong', een noodsprong waaraan je niet bezwijkt, dat moet wel een wonder zijn.

Mevrouw Gitl arriveert stipt op tijd en zoals altijd met een ernstig en zorgelijk gezicht, maar ze speelt het ook deze ochtend klaar vader niet in te smeren met haar zinkzalf. Hij is haar dankbaar. En hij zegt in het Russisch, met behulp van Google Translate: 'Ik ben u dankbaar.' Wat niet geheel het gewenste effect heeft, ze schudt alleen geërgerd het hoofd.

De rest van de ochtend leest Kadoke vader wat voor uit de krant en na de lunch – hij heeft soep uit een pakje gemaakt – wordt vader gehaald door mevrouw Gitl die kennelijk op de hoogte is van de test, want ze geeft Kadoke een knipoog, schudt hem daarna de hand en houdt vervolgens een monoloog van zeker twee minuten in het Russisch waarop Kadoke reageert met de woorden, wederom met behulp van Google Translate: 'Zeker', en: 'Uitstekend'. Hij stemt in met datgene wat hij niet of nauwelijks verstaat, ook dat is assimilatie.

Na de monoloog gaat Gitl met vader de straat op. 'Waar ga ik heen?' vraagt vader.

Ja, er wordt met vader gesold, Kadoke beseft het, maar het is niet anders. Misschien draagt een beetje sollen ook bij aan hernieuwde levenslust. 'Je gaat een middag naar mevrouw Gitl,' antwoordt Kadoke.

'Wat word ik gestraft,' antwoordt vader, 'wat moet ik gezondigd hebben.'

Kadoke antwoordt niet, hij kijkt ze na, en sluit dan de deur. De schuld is er weer, dat oude, vertrouwde beest, god wat heeft hij dat beest gehaat en ervan gehouden, maar nu verjaagt hij de schuld door aan de test te denken. Hij die op de proef wordt gesteld kan zich niet al te veel schuld permitteren.

Hoewel het nog warmer is dan gisteren besluit Kadoke geen korte broek aan te doen. Je kunt zo'n test beter niet in korte broek beginnen, dat maakt een slechte indruk, hij zal zich moeten ontkleden maar dat betekent niet dat je al half ontkleed aan het geheel hoeft te beginnen. Hij doet een kakikleurige broek aan en een wit T-shirt en loopt dan op blote voeten door het huis. IJsberend vraagt hij zich af waarom de test eigenlijk hier moest plaatsvinden, ze hadden het toch ook bij Anat thuis kunnen doen. Dan had vader tenminste rustig aan de tafel kunnen blijven zitten die zijn tafel zal worden. Uit nervositeit doet Kadoke af en toe de deur van de caravan open, maar Anat en haar moeder zijn nergens te bekennen, er waait nog wel die hete, onaangename oostenwind, en de magere zwerfkatten, die zijn er ook nog. Ze hebben zich om onduidelijke redenen rond de caravan van Kadoke verzameld.

Even blijft Kadoke zo staan in de deuropening van zijn nieuwe en toch tijdelijke woning, de hete wind waait in zijn gezicht, de zwerfkatten komen dichterbij, ze lijken te denken dat ze iets zullen krijgen, maar Kadoke heeft hun niets te geven. Kijkend naar de zwerfkatten bekruipt hem even iets van twijfel, heel even lijkt het alsof de liefde is verdwenen, alsof ze hem verlaten heeft, zoals geloof je kan verlaten. En is liefde niet eerst en vooral een kwestie van geloof? Daar in die deuropening met de zwerfkatten om zich heen beseft hij dat dit geloof hem niet mag verlaten, dat hij niet zonder kan, dat hij zich zonder niet kan oprichten.

41

Eigenlijk verwachtte hij niet meer dat ze komen, hij was al aan een misverstand of een grap gaan denken – hoewel hij Anats moeder geen vrouw voor grappen vindt en Anat eigenlijk ook niet –, misschien was er een ongeluk gebeurd. Maar juist als hij zich heeft voorgenomen niet langer te wachten, zichzelf niet langer te kwellen met voorstellingen hoe de test zal verlopen, hoe het zal zijn om te vrijen onder het toeziend oog van de moeder van de vrouw naar wie hij verlangt – alleen al de woorden 'het toeziend oog' bezorgen hem rillingen – staan ze voor de deur. Ze kijken allebei erg opgetogen, de moeder gedraagt zich euforisch, wat Kadoke geen goed teken vindt. Je bent niet euforisch als je wordt getest en zo kijk je ook niet als je een test afneemt, dat zou van sadisme getuigen.

De moeder heeft een jurk aan die zonder dat Kadoke daar iets al te negatiefs mee bedoelt grotesk moet worden genoemd, al was het maar omdat de wijde jurk de indruk wekt dat er gemakkelijk twee personen in kunnen. Ja, even heeft hij de indruk dat er stiekem nog een tweede persoon in die jurk verstopt zit. Verder heeft ze een schilderij onder haar arm, aan de andere arm hangt een merkwaardig schoudertasje dat nog van voor de oorlog lijkt te zijn. Voor deze gelegenheid heeft ze verder een felgeel hoedje opgezet, waardoor ze tegelijkertijd iets aandoenlijks én ook iets van een licht kwaadaardige tovenaar heeft.

Anat zelf heeft een zedige maar beslist niet lelijke blauwe zomerjurk aan. Een vestje bedekt haar schouders. Ook heeft ze met een krultang haar haar bewerkt. Ze ziet eruit alsof de test een echte, feestelijke ceremonie moet gaan worden. Kadoke heeft amper in de spiegel gekeken. Hij had zich er zoiets bij voorgesteld als een tandartsbezoek, snel en efficiënt.

'Kom binnen,' zegt Kadoke. Alsof die woorden nog nodig zijn. Anats moeder komt overal binnen, waar deuren gesloten zijn maakt ze die open, waar haar de toegang wordt ontzegd dringt ze zich binnen, zo is ze, daarover bestaat wat Kadoke betreft geen twijfel.

Anats moeder stapt over de drempel, loopt linea recta naar de slaapkamer, doet daar het tl-licht aan en zet het schilderij op een witte tuinstoel. Het schilderij blijkt geen schilderij te zijn, maar een grote, ingelijste foto van de honderdjarige rabbijn die op de foto nog geen honderd is, eerder tachtig. Nog groter dan de ingelijste foto, die al in de woonkamer hangt. De huid van de rabbijn is nog niet zo gelig als op recentere foto's van hem en zijn ogen stralen een zekere levenslust uit, naast weemoed en spot. De rabbijn intrigeert hem, hij moet het toegeven, het idee dat deze man duizenden kilometers verderop in een ziekenhuis in coma ligt en toch nog zo'n macht over Anats moeder uitoefent blijft hem bezighouden. Hoe langer Kadoke naar de foto kijkt hoe meer hij het gevoel heeft dat de rabbijn zelf ook wel weet dat zijn volgelingen iets in hem zien wat hij helemaal niet is. Kadoke heeft uiteraard geen idee hoeveel volgelingen hij behalve Anats moeder precies heeft, maar hij weet zeker dat de rabbijn zijn volgelingen belachelijk vindt, ze misschien zelfs stiekem veracht en haat.

'Daar zijn we dan,' zegt Anats moeder terwijl ze de ingelijste foto nog wat beter op de tuinstoel plaatst, 'en hij kijkt mee. Hij wil alles zien. Zijn oordeel zal ons allemaal verder helpen. Hij zal ons zegenen en behoeden, beschermen en de weg wijzen.' Ze werpt een liefdevolle blik op de foto van de rabbijn, bukt zich en geeft hem kusjes op zijn neus, zijn wangen en zijn voorhoofd.

‘Best een mooie man,’ zegt Kadoke om iets te zeggen.

‘Nee,’ antwoordt Anats moeder op een toon alsof ze dit soort gesprekken gewend is. ‘Geen mooie man, een heilige man. Een *tsadiek*.’

‘Waarom ligt hij eigenlijk in Brooklyn in een ziekenhuis in coma?’ wil Kadoke weten. ‘Was hij wel een zionist?’

‘Ís,’ zegt Anats moeder en ze brengt haar mond dicht bij zijn oor, ‘op hoge leeftijd kreeg hij het inzicht dat Amerika een dependance is van het Beloofde Land. Een soort buitenhuis. Vergeet niet dat de president van de Verenigde Staten ook door de Eeuwige gezonden is, die man heeft eindelijk de ambassade naar onze ondeelbare hoofdstad Jeruzalem verplaatst, hij heeft luid en duidelijk gezegd dat de Golanhoogtes van ons zijn, nee die man is door de Eeuwige gezonden, net als jij. Op een andere schaal natuurlijk.’

Vervolgens slaat ze met kracht en een zekere ergernis de lakens van het bed en Kadoke ziet dat vader vannacht is doorgelekt, er zitten onaangename vlekken in het beddengoed. Anats moeder negeert de vlekken, naast al het andere is ze uiteraard een vrouw die vlekken gewend is, zonder vlekken zou ze zich niet thuis voelen op deze wereld. Ze pakt nog een tuinstoel uit de woonkamer, zet die naast de stoel waarop de ingelijste foto van de rabbijn staat, haalt uit haar tas wat breiwerk, zet haar leesbril op en gaat breien. ‘Begin maar,’ zegt ze achteloos, ‘bij de dokter in de wachtkamer brei ik ook altijd.’

Anat staat nog altijd in de deuropening. Ze verroert zich niet, ze gedraagt zich alsof ze er niet bij hoort, alsof het niet ook haar test is. Moet hij haar nu vragen naar het bed te komen of moet hij in de deuropening met Anat beginnen te vrijen? Als de moeder alles wil zien zal ze zich in dat geval moeten omdraaien en als ze wil dat de comateuze rabbijn alles ziet zal die tuinstoel met zijn foto erop ook moeten worden omgedraaid.

Om tijd te winnen vraagt Kadoke: ‘Wat ben je aan het breien?’

‘Sjaals,’ zegt Anats moeder, ‘ik brei altijd sjaals. En soms wat babykleertjes voor de buren. Want zelf heb ik helaas nog geen kleinkinderen.'

Kadoke blijft voor het bed staan en hij vraagt zich af waar vader heen moet als hij met Anat in een huis zal wonen. Moet zijn moeilijke maar fijne vader dan tot zijn dood in deze caravan blijven wonen? In zijn eentje? Samen met de torretjes? De gedachte ontroert hem. Een tamelijk ellendig einde van een tamelijk ellendig leven. Hij zal vader niet verzaken, hij zal hem dienen zoals deze mensen hun god en hun land dienen.

Zou de test eigenlijk al begonnen zijn? Hij durft het niet te vragen. Anats moeder zit vol overtuiging te breien en Anat zelf staat maar bij de deur. Kan ze niet gewoon naar hem toe komen? Zij wilde dit toch voor haar moeder doen? Kan zij niet het initiatief nemen?

Omdat ze geen aanstalten maakt dat te doen zegt hij ten slotte: 'Anat, zullen we proberen dit snel en efficiënt tot een goed einde te brengen?'

Nu komt ze, schoorvoetend, naar hem toe, nooit was ze verlegen, maar nu wel, of ze speelt dat ze verlegen is, is dat de rol die ze voor haar moeder moet spelen? De verlegen vrouw. De vrouw die niet weet wat ze wil, de vrouw die niet mag genieten, terwijl hij haar toch zou omschrijven als een vrouw die weet wat ze wil en die ook weet hoe ze moet genieten.

Zo staan ze vervolgens allebei voor het bed op nog geen anderhalve meter afstand van Anats moeder, die volledig opgaat in haar breiwerk.

Kadoke streelt Anats met de krultang bewerkte haren, Anat, naar wie hij zo is gaan verlangen toen hem in Nederland zijn leven werd ontnomen, Anat, op wie hij zoveel fantasieën heeft geprojecteerd, en hij begint haar te zoenen, maar vanuit zijn ooghoeken ziet hij de moeder een sjaal breien en hij denkt: ze kijkt niet eens, dit is onbegonnen werk. Ze wilde alles zien, maar ze kijkt niet, we doen iets fout.

Hij maakt zich los. 'Ik kan dit niet,' fluistert hij in Anats oor, 'het is niet je moeder, het is de rabbijn, die blik, zijn ogen, zijn spot, het is me te veel. Het is me echt te veel. Begrijp je? Die man denkt dat Amerika het buitenhuis is van het Beloofde Land, zo kan ik niet vrijen.'

Ze schopt hem zachtjes tegen zijn schenen. 'Zet door,' zegt ze zacht. 'Krabbel nu niet terug, Kadoke, we zijn er zo vanaf. Je weet niet half hoe blij en opgelucht moeder zal zijn als ze dit heeft gezien. Dit is liefde.'

Voor hij hierop heeft kunnen antwoorden heeft Anat hem zijn T-shirt uitgetrokken. Haar moeder zet haar leesbril af en bestudeert de halfnaakte man vóór haar grondig. 'Je komt zeker nooit in de zon,' zegt ze.

'Weinig,' antwoordt Kadoke beleefd, 'ik heb daar geen tijd voor.'

Ze maakt een beweging met haar schouders, zet haar leesbril weer op, en gaat verder met breien.

Ten einde raad ontdoet Kadoke zijn aanstaande vrouw maar van haar vestje, maar meteen daarna overvalt hem een diepe wanhoop. Hij heeft eerder seks gehad, maar nog nooit wist hij zo zeker als nu dat hij eigenlijk geen idee heeft hoe het moet. Je hebt seks zoals je leeft, zonder erover na te denken, tot je wordt getest, tot de twijfel begint, de intuïtieve zekerheden aan diggelen zijn geslagen.

'Help me,' fluistert hij in het oor van Anat. 'Hoe gaan we dit doen?'

'Doe gewoon je broek uit. Kleed je uit. Laat moeder zien dat je een man bent,' zegt ze. 'Je bent toch geen schooljongen?'

'Ik ben geen schooljongen,' fluistert hij, 'maar dit is echt absurd, ik vrees dat ik de rest van mijn leven geen seks meer met je kan hebben zonder aan je moeder en haar breiwerk te denken. Dat kan niet de bedoeling zijn. Is dat liefde?'

Anat knijpt hem in zijn bovenarm. 'Schiet op,' zegt ze, 'hoe langer je erover doet hoe moeilijker het wordt. Zeur niet over liefde.'

Kadoke knikt. Hij moet zich voegen. Met stroeve bewegingen ontdoet hij zich van zijn broek. Dan trekt hij ook zijn onderbroek uit en hij is daarmee nog niet klaar of Anats moeder verrijst uit haar stoel, met breiwerk en al, ze lijkt opeens veel groter dan ze is, misschien toch door die rare jurk die ze heeft aangetrokken voor deze ceremonie. En met iets onheilspellends in haar stem, iets donkers, vraagt ze: 'Windt mijn dochter je niet op? Vind je haar niet mooi?'

'Heel mooi,' antwoordt Kadoke meteen, 'jouw dochter is een heel mooie vrouw.'

'En waarom zie ik daar dan niets van?' buldert Anats moeder met een stem alsof ze een heel regiment moet toespreken.

'Mama, geef deze man even de tijd,' zegt Anat.

'Nee,' roept haar moeder, 'nee Anat, we hebben je ex jaren de tijd gegeven en wat is daarvan gekomen? Niets. Geen kind. Alleen maar ellende. Deze man krijgt niet het voordeel van de twijfel, deze man krijgt geen tijd, we hebben namelijk geen tijd te verliezen, deze man is stokoud, deze man moet presteren. Wonder of geen wonder, hij moet laten zien wat hij kan.' Vervolgens praat ze nog zeker een minuut verder in het Hebreeuws met Anat en Kadoke kan zich niet aan de indruk onttrekken dat deze vrouw de aanstaande echtgenoot van haar enige dochter op oudtestamentische wijze aan het vervloeken is. Hij hoeft als schoonzoon niet te worden bejubeld, hij weet dat hij niet de ideale schoonzoon is, maar om voor het huwelijk is begonnen al oudtestamentisch vervloekt te worden vindt hij onaangenaam. Is hij daarvoor hierheen gekomen?

Even had Kadoke zijn handen voor zijn ballen en geslachtsdeel gehouden, maar hij beseft dat dit in deze omstandigheden niet alleen zinloos maar zelfs contraproductief is. Hij doet een stap naar voren, nu Anats moeder haar vervloekingen beëindigd heeft, zal hij zich aan haar laten zien, hij heeft niets om zich voor te schamen, ja hij komt niet vaak in de zon, maar komen deze mensen vaak in de zon? En dan zegt hij: 'Ik werk mee aan jouw voyeuristische neigingen, prima, hoe je die neigingen in overeenstemming brengt met jouw god is iets tussen jou en hem, maar ik wens me niet als dank voor de medewerking ook nog eens te laten uitschelden en te laten kleineren. Er zijn grenzen.'

'Kadoke,' roept Anat met schelle stem, 'dit is geen voyeurisme, wat we hier aan het doen zijn is iets heiligs, begrijp je dat niet? Dit is het heilige. Maak moeder alsjeblieft niet kwaad.'

'Nee,' zegt Kadoke en hij begint nu zelf bijna te schreeuwen. 'Ik begrijp niet dat voyeurisme iets heiligs is, het perverse is niet het heilige, noem me ouderwets, noem me beperkt, maar dat begrijp ik niet en dat wil ik ook niet begrijpen.' Vanuit zijn ooghoeken ziet hij hoe Anats moeder de ingelijste foto van de rabbijn van de tuinstoel heeft gepakt– ze heeft het breiwerk op de grond laten vallen – en nu met de foto van de rabbijn een soort rondedans maakt waarbij ze wederom talloze kusjes op de foto drukt.

'Zie je hoe onrustig je mijn moeder maakt?' zegt Anat. 'Je brengt haar in de war. Dit doet ze alleen als ze aan papa moet denken.'

Hij brengt moeder in de war? Dat moet een grap zijn. Als iemand hier mensen in de war brengt is het Anats moeder. En is ze er ooit wel goed aan toe?

Dan fluistert Anat in zijn oor: 'In godsnaam, neuk me, Kadoke, je hebt het eerder gedaan, ik weet dat je het kunt. Doe het voor mijn moeder, ik smeek het je.'

'Sorry,' fluistert Kadoke terug, 'het gaat niet. Ik kan je niet in het bijzijn van je moeder neuken. Ik kan in haar aanwezigheid niet opgewonden worden. Zo lukt het niet. Als je de waarheid wil weten, als ik aan je moeder denk word ik gewoon depressief. Als ik aan je moeder denk zou ik nooit meer seks willen hebben. Helemaal nooit meer. Begrijp je dat, Anat? Dat is de waarheid. Ze zeggen dat alle vrouwen uiteindelijk hun moeder worden, maar als jij je moeder wordt dan kan ik me beter nu ophangen.' Hij beseft dat hij nu wel erg klinkt als zijn eigen vader, als zijn eigen moeder, maar hij spreekt de waarheid. Depressieve gevoelens en seks gaan slecht samen en Anats moeder deprimeert hem.

Anat geeft hem een oorvijg en de moeder die intussen weer op haar tuinstoel is gaan zitten en het breien heeft hervat zegt, zonder op te kijken: 'Goed zo. Sla hem maar. Je ex heb je nooit durven te slaan, en we weten waar dat toe heeft geleid. Hij is jou gaan slaan. Daarom moet je deze preventief slaan en twee keer zo hard, daar worden ze flink van. Daar worden ze een man van.'

Anat gaat zeer terecht niet in op deze opruiende woorden, ze zegt enkel zacht in zijn oor: 'Neuk me. Je gaat me nu neuken of ik hoef je nooit meer te zien.'

Is dit de prijs van de liefde? Dat hij de moeder en haar neerbuigende opmerkingen op de koop toe moet nemen, dat hij zich moet lenen voor spelletjes waarvoor de meeste mensen zich zelfs nadat ze gemarteld zouden zijn niet zouden lenen?

'In godsnaam, trek die jurk dan uit,' fluistert Kadoke, en eerder gedreven door wanhoop dan door lust of zelfs maar plichtsbesef ontdoet hij zijn aanstaande echtgenote zelf dan maar van haar jurk. Ja, hij is verliefd geworden op dit lichaam, op deze vrouw waaraan dit lichaam vastzit, op deze hem vreemde vrouw die gelooft in dingen waar hij nooit in zal kunnen geloven maar ondanks al het verlangen dat hem niet heeft verlaten kan hij nu eigenlijk alleen aan de breiende moeder denken.

'Ik kan het niet,' zegt hij weer. 'Sorry, het gaat niet. Dit gaat niet.'

'Zijn er problemen?' vraagt Anats moeder terwijl ze haar ogen niet van haar breiwerk af haalt. 'Zijn er nu al problemen? Als er nu al problemen zijn, als het nu al niet lukt, hoe moet het dan over een jaar lukken? Over een paar maanden? Ik heb deze test met hulp van de grote rabbijn niet voor niets georganiseerd. Hij is mij in een droom verschenen, hij heeft het allemaal voor zich gezien, hij heeft tegen mij gezegd: "Test je aanstaande schoonzoon." Als het vandaag niet gaat zal het nooit gaan.'

'Er is niets aan de hand. We hebben even een gesprekje,' antwoordt Kadoke.

De moeder maakt afkeurende geluiden.

Anat pakt zijn piemel vast, niet teder, praktisch. 'Doe het,' zegt ze, 'zet me alsjeblieft niet voor schut.' En er klinkt zoveel wanhoop en kwaadheid in haar stem dat hij het bijna gedaan zou hebben, voor haar, voor deze vrouw van wie hij ondanks alles houdt, maar hij heeft geen erectie. Hij houdt Anat vast, hij drukt haar tegen zich aan, maar het is een knuffel, geen seks.

Dan klinkt de stem van Anats moeder, hard en meedogenloos: 'Anat, neem dat vreselijke ding in je mond, dat wil soms helpen.'

Ze kijken allebei naar de breiende vrouw. En hoezeer hij Anats moeder ook veracht omdat ze hem in deze situatie heeft gebracht, kan hij niet anders dan ook zien dat ze lijdt, dat ze ongelukkig is. Anders zou ze zichzelf dit toch allemaal niet aandoen?

'Jij vindt mijn dochter niet mooi, hè,' zegt Anats moeder terwijl ze haar breiwerk op de grond legt en voor het vieze bed begint te ijsberen. 'Jij ziet niet welk geschenk je van de Eeuwige hebt gekregen.'

'Ik vind je dochter heel mooi.'

Anats moeder schudt haar hoofd. 'Je bent een ondankbare, ik zie het aan het vreselijke ding dat daar tussen je benen hangt, je vindt haar niet mooi genoeg.'

'Nee,' zegt Kadoke, 'geen ondankbare. Veel, maar dat niet. Ondankbaar ben ik niet.' Hij veracht zijn eigen beleefdheid, en onder het toeziend oog van Anats moeder beseft hij dat hij een leegte is, een gat dat wordt ingevuld door anderen, patiënten, ouders, vriendinnen, moeders van vriendinnen.

Hij ontdoet Anat van haar beha en onderbroek en duwt haar dan zachtjes op vaders bed, op de vlekken van vader. Als hij op haar gaat liggen zal het misschien goed komen. Het bestaan zal beginnen, of hij zal concluderen dat voor de helft bestaan ook leven is, maar bovenal hoopt hij dat zijn keuze voor Anat, zijn beslissing zich aan haar te verbinden hem zal verlossen van zijn demonen.

Kadoke voelt haar warmte, hij ruikt haar, die specifieke geur, die hij de eerste keer rook in zijn ouderlijk huis toen ze tegen alle verwachtingen in op een zondagavond met elkaar naar bed gingen. Op een avond toen hij nog niet alles had verloren, toen hij nog geloofde dat het zijn taak was de pijn van anderen te doen verminderen of misschien zelfs weg te nemen, hoezeer hij rationeel ook besefte dat genezing, echte genezing, een wensdroom is, ook weer een vorm van messianisme eigenlijk, die genezing.

De warmte van haar lichaam, de wrijving van zijn lichaam tegen het hare doen hem inderdaad goed, maar niet genoeg om dat te kunnen verrichten wat Anats moeder 'presteren' noemt.

42

Hoe verhoud je je tot je falen? Wetend dat je faalt, wetend dat het falen je reduceert tot niets dan dat, wetend dat je wordt bekeken, dat de sensatie van het falen niet van de sensatie van het bekeken worden te scheiden is.

Denkend aan alle mislukkingen, wrijvend over de borsten van zijn toekomstige echtgenote en ondanks alles hopend op verlossing fluistert Kadoke in Anats oor: 'Ik wil je zo graag neuken, maar mijn lichaam laat me in de steek.'

Ja, dat is het, niet zijn geest of zijn ziel, of hoe je het ook zou moeten noemen, laten hem in de steek, de ziel is ongebroken, maar het lichaam faalt en het zou ervoor moeten worden gestraft. Het zou gegeseld moeten worden en op een schandkar door de hete straten van deze erbarmelijke nederzetting moeten worden gereden. Hoe kan het hem juist nu in de steek laten, nu hij wordt getest, nu het erop aankomt.

'Dit is vreselijk,' roept de moeder in haar merkwaardige Engels – hij verdenkt haar er steeds meer van haar accent expres aan te dikken – terwijl ze nog altijd loopt te ijsberen, 'dit is erger dan je eerste echtgenoot, er lopen toch genoeg potente Joden rond, waarom moet je altijd weer de impotente Joden uitzoeken, Anat? Waarom heb ik een dochter op de wereld gezet die alleen maar impotente Joden om zich heen verzamelt, waarom Almachtige, waarom?'

'Ik ben niet impotent,' roept Kadoke terwijl hij neukbewegingen blijft maken zonder dat het hem lukt de dochter te penetreren, 'ik ben dit alleen niet gewend te doen in bijzijn van de moeder.' Hij kijkt achterom. 'Jij zou eens moeten nadenken over je rol in dit geheel. Ik vind niet dat je het woord "ziek" al te achteloos in de mond moet nemen. Nee, je moet uiterst voorzichtig zijn mensen "ziek" te noemen, als het even kan moet je dat laten. Maar er zit iets zieks in de manier waarop jij je voyeuristische neigingen ten koste van je dochter uitleeft.'

Anat bijt hem in zijn oor en fluistert: 'Hou op mijn moeder te beledigen, ze is niet ziek. Ze doet gewoon wat de rabbijn haar opdraagt en nu moet je me neuken. Het interesseert me niet of je lichaam je in de steek laat, je zorgt maar dat je niet in de steek wordt gelaten door dat lichaam van je.'

Kadoke wordt gek, voortdurend moet hij iets, nooit stopt het moeten, of je naakt bent of niet, of je liefhebt of niet, aan het moeten komt geen eind. Hij zou de liefde willen zien als het tegenovergestelde van moeten, nooit meer moeten – mogen, alleen nog maar mogen.

'Ik wens niet voor impotente Jood te worden uitgemaakt,' roept hij. 'Er zijn, zoals ik al zei, grenzen. Dit is er een van. Ik ben geen impotente Jood.'

Hij kijkt weer achterom om te zien of zijn woorden enige indruk hebben gemaakt.

'Ik maak uit wie je bent,' antwoordt de ijsberende moeder, die nu kennelijk werkelijk driftig is, 'en ik zie wie je bent, mijn ogen bedriegen me niet, ik ben oud maar ik heb uitstekende ogen, jij bent een impotente Jood. Ik zag het al toen we je afhaalden van Ben-Gurion, toen zei ik tegen mezelf: weer een impotente Jood. Wat stelt de Almachtige mij op de proef. En toen ze zeiden dat jij het wonder was waarvoor ze maandenlang hebben gebeden, toen dacht ik: hoe kan een impotente Jood het wonder zijn? Hoe kan dat? Maar ik ben maar een eenvoudige vrouw, misschien weten zij, de wijzen, de geleerden, dingen die ik niet weet, wie weet zien zij dingen die ik niet zie, misschien is het wonder dit keer een impotente Jood uit West-Europa, wie weet, de Almachtige heeft Zijn baldadige en krankzinnige buien, dat geef ik toe, maar één ding weet ik nu zeker: jij gaat de problemen van mijn dochter niet oplossen. Haar eerste echtgenoot was een impotente Jood, zo impotent worden ze niet meer gemaakt, het was bijna een prestatie, ik heb zijn geslachtsdeel bekeken, want ik dacht: dat moet ik met mijn eigen ogen zien, ik kan je verzekeren, je had er een microscoop bij nodig, je zag niets. Helemaal niets. En toen dat huwelijk eindelijk ontbonden was, heb ik Anat gesmeekt: je mag met iedereen thuiskomen, als hij maar Joods en potent is. En wat doet ze? Alleen om me te plagen, om me te pesten... komt ze met jou thuis.'

Kadoke kan het niet meer aanhoren, deze tirades, deze zelfvoldane aanklachten, deze manipulaties. De wanhoop en de zelfverachting doen merkwaardige dingen met mensen. 'Hoer,' roept Kadoke tegen Anat. Het woord windt hem op. 'Kleine hoer,' zegt hij tegen Anat. 'Ik zal je neuken. Als dat is wat die hoerenmoeder van je wil, als dat is wat ze denkt dat ons gelukkig maakt, zal ik je neuken.' Misschien kan hij zo een erectie krijgen, misschien kan hij zo vergeten dat de moeder kijkt, wetend dat haar ogen alle begeerte doden, dat haar ogen de grote moordenaars van de begeerte zijn.

En ja, het lukt. Het simpele woord 'hoer' doet zijn pik groeien.

Op dat moment echter begint Anats moeder met beide handen op het matras te slaan.

'Kom van mijn dochter af,' krijst ze, 'kom van haar af en wel nu meteen.'

Alleen al omdat Kadoke niet tegen dat gekrijs kan klimt hij van Anat af en gaat naakt tegenover haar moeder staan.

'Dat je mijn dochter, mijn enige dochter, de reden waarom ik nog leef, de reden waarom ik er nog geen eind aan heb gemaakt, hoer noemt, dat neem ik niet licht op. Zelfs haar ex, die vreselijke dingen heeft gedaan, je weet nog maar de helft van alles wat is voorgevallen, heeft haar nooit hoer genoemd. Nooit. Hoe kun je haar hoer noemen? En mij hoerenmoeder? Waar denk je dat je bent, in een bordeel? Je bent in de heuvels van Judea en Samaria, onze heuvels, heuvels die altijd al van de Joden waren, hier zijn geen bordelen, hier zijn geen hoeren, ja misschien in de Palestijnse dorpen, maar niet bij ons. Is dat wat de christenen je hebben geleerd, dat je hoer moet zeggen tegen de vrouw met wie je in bed ligt? Dat doen de christenen, die zien overal hoeren, voor hen is zelfs hun valse verlosser Jezus niets dan een straathoer, maar wij hebben het niet over hoeren, wij Joden houden onze mond als we aan voortplanting doen, want in de stilte van het genot komt de Eeuwige tot ons. Hebben ze je dat nooit geleerd?'

'Dat hebben ze me nooit geleerd en het spijt me,' zegt Kadoke zacht maar nadrukkelijk. De moed, de overmoed, is toch weer uit hem verdwenen. Hij voegt eraan toe: 'Nee, ze hebben me niet veel geleerd. Maar wat denk je dat seks is? Dan zeg je van alles, dan komt er van alles uit je mond, het onbetamelijke komt uit je mond. Dat staat los van christenen en joden, het onbetamelijke hoort erbij. Gun mensen het onbetamelijke en om je de waarheid te zeggen, jij bent een en al onbetamelijkheid.' Hij vraagt zich af of deze vrouw weet wat hij bedoelt met 'het onbetamelijke' maar ze zal het gezien de context van zijn woorden wel begrijpen. En een spijtbetuiging van Anats moeder kan nooit kwaad, zeker niet in deze omstandigheden, tijdens een test. Misschien moet hij gewoon accepteren dat hij een onderdaan is, geboren voor onderdanigheid, gedoemd tot nederigheid, anders dan de mensen op deze heuveltop die de onderdaan in zichzelf hebben uitgeroeid en nu denken te moeten heersen en overheersen. 'Ik wil je dochter echt geen hoer noemen, ik bedoel, ik weet dat ze dat niet is, maar tijdens de seks gebeuren er soms merkwaardige dingen. En zeg je dingen bij wijze van spel. Begrijp je dat? Ik zou het seksuele ironie willen noemen.'

Ze schudt haar hoofd. 'Hou op,' roept de moeder van Anat. 'Wij joden doen niet aan ironie en al helemaal niet aan seksuele ironie, dat is echt iets voor christenen die een valse verlosser aanbidden en die alleen al daarom hun toevlucht tot de ironie hebben moeten nemen. Wij joden aanbidden geen valse verlosser en daarom hebben we ook geen ironie nodig. Ik wil dat je mijn dochter nooit meer hoer noemt. Daar gaat het nu om. Nooit meer. Hoor je me? Wij zijn geen hoeren. Wij nemen woorden serieus, wie met dergelijke woorden strooit zal hoererij oogsten, wij zijn het volk van het boek.'

Kadoke slaat zijn armen over elkaar. Onderdanigheid is een ding, maar je mag nog wel zeggen wat je graag wil zeggen, zeker tijdens de seks, tenslotte luistert dan, als het goed is, niemand mee behalve degene met wie je seks hebt. 'Het gaat je niets aan hoe ik je dochter noem, tijdens het vrijen en erna, prima dat jullie het volk van het boek zijn, ik zal jou geen "hoerenmoeder" meer noemen, dat beloof ik, maar mag ik met je dochter seks hebben zoals ik seks met haar wil hebben, de seks is iets tussen mij en Anat, blijf weg uit ons privéleven. Al noem ik je dochter hond. Bemoei je niet overal mee. Dat je een keer mag komen kijken omdat die rabbijn van jou je dat heeft opgedragen vind ik al heel wat. Maar blijf daarna weg, laat ons met rust, maak ons niet kapot, hou op ons kapot te maken.'

Zo voelt het. Deze vrouw zegt wel te leven voor haar enige dochter, maar de waarheid kan Kadoke al na een paar dagen in de nederzetting niet ontgaan, ze bestaat om haar enige dochter en alles wat aan die vrouw vastzit kapot te maken. Dat is de reden van haar leven, ze leeft niet vóór haar dochter, maar tégen de dochter. Deze vrouw is de destructie in eigen persoon.

Hij zal Anat niet laten kapotmaken. Een onderdaan, prima, hij is een onderdaan, maar wel een onderdaan die wil leven.

Samen met zijn aanstaande echtgenote als het even kan, en hij wil haar ook nog kunnen neuken zonder voortdurend aan Anats moeder te moeten denken. Dat is niet veel gevraagd. Dat is een bescheiden wens. Als het moet zal hij de rest van zijn leven elke avond haar naar ganzenvet smakende gerechten opeten, tot die concessie is hij bereid. Maar dan wel een privéleven.

Ze lacht honend, de moeder van Anat. Haar konen zijn rood, ze kijkt feller dan ooit, alsof het gevecht, waarop ze zich al haar hele leven heeft voorbereid, eindelijk is begonnen, het definitieve gevecht, om en met haar dochter. De Palestijnen zijn niet haar vijand, dat is slechts een afleidingsmanoeuvre, de christenen zijn kinderspel, ze bestookt ze met venijn, maar dat is voor haar slechts bijzaak, de ware vijand woont in haar huis, de ware vijand heeft ze zelf op de wereld gezet. Zoals veel van hun ergste vijanden zelf door de mensen op de wereld zijn gezet.

Anat zit intussen op het bed en lijkt verdwaald te zijn in de strijd tussen haar aanstaande echtgenoot en haar moeder. Verdwaald, dat is het woord, ze kijkt naar de muur, ze kijkt alsof ze hier niet wil zijn.

Dan pakt de moeder haar dochter bij de hand en trekt haar mee naar een hoek van de bedompte kamer waar ze een indringend gesprek met Anat voert. Kadoke verstaat er niets van maar wordt er desondanks onbehaaglijk van. Ze zijn duidelijk met elkaar aan het ruziemaken, het klinkt alsof ze het over een belangrijke politieke of religieuze aangelegenheid hebben maar hij weet dat het over hem gaat. Over de onderdaan die kennelijk nog niet onderdanig genoeg is. Hij kijkt naar de blote billen van Anat. Ze heeft mooie billen, maar vooral ziet hij de moeder en hoort hij de stem van haar moeder. Ze praat alsof haar leven ervan afhangt en misschien doet het dat ook wel.

Eindelijk zijn ze klaar met debatteren, moeder en dochter. Hoe kun je seks hebben als er zulke debatten aan vooraf moeten gaan? Hoe kan dat van hem worden gevraagd?

De dochter wordt naar Kadoke geleid, zoals een terdoodveroordeelde naar de galg.

Anats moeder zet haar hoedje wat rechter, werpt een blik op haar naakte aanstaande schoonzoon. 'Het is ons duidelijk dat je mijn dochter niet aantrekkelijk vindt,' verklaart ze kalm, maar aan elke lettergreep is te horen dat ze woedend is, 'dat je niet ziet wat je wordt gegeven, ondankbare, maar we hebben geen tijd een nieuwe man te vinden, de rabbijn heeft gezegd: thee gezet met kokend water smaakt het beste, maar soms moet je theezetten met lauwwarm water omdat er niets anders voorhanden is.'

Straks is hij alleen met Anat en even voelt hij de liefde weer in zich oplaaien, dwars door de moeder en haar gele hoedje heen, straks zal hij Anat beminnen zoals hij haar wil beminnen.

'Ik heb tegen Anat gezegd,' vervolgt de moeder, 'neem dat vreselijke ding in je mond want dat wil soms helpen en dat gaat ze nu ook doen.'

De moeder kijkt naar Anat, maar die verroert zich niet. Eindelijk doet ze aan werkweigering, eindelijk wordt het ook haar te veel. Eindelijk komt ze in opstand.

'Anat,' zegt de moeder scherp. 'Doe wat je moet doen.'

Nu moet hij zijn liefde in bescherming nemen, nu moet Kadoke het voor haar opnemen, dit is het moment te laten zien dat hij meer is dan een onderdaan, zoveel meer, dat hij een man is, voor zover dat het woord is, zoals hij een man was toen hij in zijn eentje in de regen in Amsterdam protesteerde tegen literatuur die niets dan laster is, maar voor hij heeft kunnen beginnen aan zijn weerwoord, voor hij zich nader heeft kunnen verklaren, dat ze Anat niet kan bevelen, ook al is ze duizend keer haar moeder, dat ze respect moet tonen, dat ook een moeder, juist een moeder grenzen moet kennen, dat haar kinderen niet haar eigendom zijn, voordat hij dat allemaal heeft kunnen zeggen is de moeder voor haar dochter gaan staan, vlak voor haar, de vrouw voor wie ze beweert te leven en ze roept nu openlijk woedend, met dezelfde hartstocht en verachting waarmee Mozes de stenen tafelen kapot moet hebben gegooid: 'Als jij dat vreselijke ding niet in je mond neemt, dan doe ik het. Hoor je me, Anat, als jij het niet doet, dan doe ik het, want zo krijg je nooit een kind.'

Ze roept het in het Engels, ze roept het zodat hij het ook hoort, zodat hij weet wat hier op het spel staat.

Maar Anat kijkt glazig voor zich uit en verroert zich nog altijd niet, nee zij gaat vandaag geen vreselijke dingen meer in haar mond nemen. Zoveel is duidelijk.

Dan draait de moeder zich om, klein en woedend, een en al razernij, en zonder zich veel voorover te moeten buigen neemt Anats moeder het slappe geslacht van Kadoke in haar mond.

'Nee,' roept Kadoke. 'Nee.'

Ze likt aan zijn geslachtsdeel alsof het een waterijsje is dat zo snel mogelijk moet smelten.

Anat zit op de rand van het bed en ze staart voor zich uit, misschien denkt ze aan haar proefschrift, aan de wiskunde, de statistiek, aan de meesters van het toeval, aan de kansberekening, waar ze ook aan denkt, hier in deze caravan, in deze nederzetting op deze heuveltop is ze niet meer.

En hoe ellendig Kadoke dit ook vindt, hij kan zijn neiging tot beleefdheid, tot distantie nog altijd niet overwinnen. Hij tikt op het gele hoedje en zegt gedecideerd: 'Hou hiermee op, dit is ziek, dit is doodziek.' Het enige antwoord is dat zijn aanstaande schoonmoeder hem met twee handen tegen zijn buik in de richting van de muur duwt zonder op te houden aan zijn geslachtsdeel te likken alsof het een waterijsje is. Dat mag werkelijk een prestatie heten voor een vrouw van haar leeftijd. Wat een discipline zit er in deze vrouw, ze balanceert tussen discipline en razernij, maar neigt toch het meest naar razernij, uiteindelijk is leven voor haar niets anders dan razend zijn, razernij, discipline en voortplanting, meer is het niet.

Anat zit nog altijd onbeweeglijk op het bed en wekt niet de indruk verbaasd te zijn. Het messianisme neemt merkwaardige vormen aan, je maakt je huis niet schoon, je pijpt je aanstaande schoonzoon, soms leidt het messianisme tot volkerenmoord, daarbij vergeleken is orale seks met je schoonzoon inderdaad zo'n klein vergrijp dat je bijna van een deugd moet spreken. Een goede daad, wetende dat het zoveel erger had kunnen zijn.

Tegen zijn zin in, alsof het buiten hem om gebeurt, voelt hij zijn geslachtsdeel groeien in de mond van zijn aanstaande schoonmoeder. Hij vindt het vreselijk, hij denkt aan dode ganzen, aan ganzenvet in vieze pannen die nooit worden schoongemaakt maar het helpt niet en hij roept: 'Anat, laat dit niet toe. Ik wil je moeder niet boos maken, je moet me helpen.'

Maar ze kijkt hem alleen aan alsof hij een vreemde is en ze zegt alsof het een lesje is dat ze uit haar hoofd heeft geleerd: 'Ja, Kadoke, soms moet je dat vreselijke ding in je mond nemen. Soms moet dat.'

'Maar ik wil dat jij het doet,' roep Kadoke, 'jij en niet je moeder. Ik ga met jou trouwen, niet met je moeder. Ik hou van jou, niet van je moeder, ik wil jou, niet je moeder.'

Op dat moment neemt de moeder van Anat Kadoke's geslachtsdeel in haar hand en bestudeert het met grote interesse. Ze begint te lachen, ze heeft ondanks alles iets wat dodelijke humor moet worden genoemd. Ze streelt het een beetje, ze knort tevreden. 'Und als der Rebbe lacht,' zingt ze plotseling, 'lachen alle Chassidim.'

Gaat ze nu ook nog Jiddische liederen zingen? Is het dan nooit genoeg? Hij zou tegen de Eeuwige willen zeggen die niet zijn eeuwige is maar toch: is het dan nooit genoeg?

Ze kijkt achterom. 'Het vreselijke ding groeit,' zegt ze tegen Anat, 'kijk dan, het groeit, wat jij niet kunt, kan jouw moeder wel, Anat.'

'Ja mama,' zegt Anat droogjes, bijna dromend, 'jij kunt dat.'

Bijt van je af, Anat, wil Kadoke roepen, laat je niet vernederen. Maar ook hij zwijgt. Er komt geen geluid uit zijn mond. Zijn mond is kurkdroog, hij schraapt zijn keel en voordat hij klaar is met schrapen is de moeder van Anat al weer begonnen het geslachtsdeel van Kadoke te likken, als een reptiel eigenlijk.

Maar dat kan Kadoke niets schelen, of ze hem likt als een reptiel of niet. Dat ze het doet, daar gaat het om, dat ze zich dat permitteert en dat hij niet bij machte is haar te stoppen. 'Luister,' zegt Kadoke en hij pakt haar bij haar schouders, 'ik weet niet wat je je precies had voorgesteld bij deze ceremonie, maar ik kan het niet. En ik wil hier ook niet als een kleuter terecht worden gewezen voor het woord "hoer". Laat ons met rust.'

Anats moeder gaat hier niet op in. Ze is geconcentreerd bezig en tussen het likken door zegt ze: 'Anat, ga alvast liggen, hij is bijna zover. Ik voel het, hij is bijna zover.'

Hij wordt behandeld als een stuk vee, maar hij is het vee dat in opstand kan komen en dat zal hij ook doen. Hij tikt weer met zijn wijsvinger op de hoed van Anats moeder. Ze kijkt omhoog, vragend maar ook geïrriteerd. 'Wat wil je? Zie je niet dat ik bezig ben? Denk je dat dit gezond voor mij is, in deze hitte, op mijn leeftijd dat vreselijke ding in mijn mond te moeten nemen? Denk je dat ik het voor mijn plezier doe? Er zitten vast allemaal bacteriën aan. Ik doe het voor Anat, ik ga er beslist dood aan, ik doe het omdat zij het niet kan.'

Kadoke wijst naar Anat die in tranen op de rand van het bed zit.

'Ja, ze huilt,' zegt Anats moeder, die duidelijk grotere catastrofes in het leven heeft meegemaakt en van een beetje tranen niet onder de indruk is, vooral niet van de tranen van haar dochter, 'soms huilen mensen, jij mag ook huilen. Als je je daar goed bij voelt, ik heb wel meer huilende mannen gezien, als ze niets meer weten te zeggen gaan ze huilen.'

'Ik wil niet huilen,' antwoordt Kadoke, 'maar misschien kun je ophouden je dochter dit aan te doen.'

Anats moeder toont geen interesse in Kadoke's woorden. Ze haalt zijn geslachtsdeel uit haar mond en zegt: 'Kijk hoe groot het is geworden, een paar minuten neem ik dat vreselijke ding in mijn mond en kijk hoe groot het is. Waarom kun jij dat niet, Anat? Is dat waarom je altijd impotente Joden uitkiest? Omdat je weet dat je het niet kunt? Zo moeilijk is het niet, je hoeft er niet eens echt intelligent voor te zijn, het is geen wiskunde, maar je moet niet bang zijn voor het vreselijke ding en jij bent er altijd bang voor geweest, altijd. Zolang ik je ken heeft dat vreselijke ding je nachtmerries bezorgd.'

43

De test is voorbij. Met hulp van Anats moeder heeft Kadoke een erectie gekregen en onder haar bezielende leiding heeft hij met Anat gevreeën. Nooit eerder voelde seks als een van de tien plagen, misschien de ergste van de tien, de zwaarste straf.

Toen het voorbij was moest Anat met haar benen wijd blijven liggen, want de moeder zei: 'Ik wil dat vreselijke zaad uit je zien druipen, anders geloof ik nog niet dat het goed zal komen.'

Uit haar handtas pakte ze een kleine zaklantaarn, ze zei tegen Kadoke: 'Je zult wel denken: wat merkwaardig dat die vrouw een zaklantaarn bij zich heeft, maar als ik iets doe, doe ik het graag goed. Daarom heb ik een zaklantaarn meegenomen voor we van huis gingen.'

Minutenlang heeft ze tussen de benen van haar dochter gelegen en met een zaklantaarn het geslachtsdeel van haar dochter beschenen tot ze kennelijk tevreden was. Vervolgens prevelde ze snel en haastig een paar gebeden, kuste de foto van de rabbijn talloze malen en zei tegen Kadoke: 'Ik heb weinig respect voor je, maar je bent niet impotent, dat is in elk geval een ding.'

En nu is ze zo te horen in de badkamer aan het gorgelen en Kadoke zit naast Anat op bed die met haar benen wijd ligt alsof haar moeder nog altijd bezig is met een zaklantaarn Anats geslachtsdeel te beschijnen en hij streelt haar haren, hij kijkt naar haar rode, opgezwollen ogen terwijl ze horen hoe Anats moeder in de badkamer bezig is te gorgelen, ongetwijfeld met dezelfde razernij waarmee ze eerder Kadoke's geslachtsdeel likte.

'Het spijt me,' zegt Kadoke tegen Anat, want hij weet niets anders te zeggen, maar ze reageert niet. Ze ligt daar maar en hij beseft dat hij verlangt naar haar vurigheid, al is het een vurigheid die gepaard gaat met ideologische en religieuze overtuigingen die niet de zijne zijn. Hij brengt zijn mond naar haar mond, hij wil haar kussen maar ze duwt hem weg. 'Nee, niet nu,' mompelt ze.

'Je hebt gelijk,' antwoordt Kadoke. 'Niet nu.' Hij blijft haar haar strelen. 'Ik had je moeten beschermen,' fluistert hij, 'maar het lukte me niet. Misschien kun je me vergeven. Misschien ook niet. Ik ben in mezelf teleurgesteld. Ik durfde niet tegen je moeder in te gaan, en ik wist ook niet of jij dat wilde, ik bedoel, je woont bij haar, je houdt zoveel van haar, ik had het idee dat er niemand is van wie je zoveel houdt als van haar.'

Ze komt overeind, duwt haar aanstaande echtgenoot weg en begint zich in een hoek van de kamer langzaam aan te kleden, met haar rug naar Kadoke toe. Dan staat ook hij op en kleedt zich aan. Ze zijn allebei aangerand, Anat en hij, maar hij zal met de dader moeten leven en wat misschien erger is, de dader bedoelde het goed.

Anat wil de deur van de slaapkamer uitgaan, maar hij houdt haar tegen. 'Ga niet zo weg,' zegt hij, 'alsjeblieft niet. Niet zonder iets te zeggen, niet alsof ik je dit allemaal heb aangedaan. Blijf tegen me spreken zoals je altijd tegen me bent blijven spreken.'

Ze schudt haar hoofd. 'Wat wil je dat ik zeg?'

'Veel,' zegt Kadoke. 'Zoveel. Praat tegen me. Begin daarmee. Zeg gewoon iets tegen me.'

Anat haalt haar schouders op. 'Je lichaam liet je in de steek. En toen raakte mijn moeder in paniek. Zullen we het daarop houden?'

'Is dat hoe je het wil samenvatten?'

'Ik weet niet hoe ik het wil samenvatten. Moet je alles samenvatten? Ik wil het er gewoon niet meer over hebben. Dat lijkt me het beste. Ze raakte in paniek. Zonder kinderen houdt voor haar het leven op. Zonder kinderen is voor haar de geschiedenis zinloos.' Ze wrijft met haar handen in haar ogen, alsof ze net wakker is geworden.

Kadoke knikt.

Anats moeder komt de slaapkamer binnen. Ze ruikt naar mondwater. 'Ik had wat ontsmettingsmiddel meegenomen,' zegt ze, 'ik vreesde al dat ik dat vreselijke ding in mijn mond zou moeten nemen. Een moeder kent haar dochter.'

Dan pakt ze de ingelijste foto van de rabbijn, drukt weer een paar kusjes op zijn gezicht en zegt tegen Kadoke: 'Ik zou er een miljoen voor overhebben zijn echte hand weer eens te kussen, maar ik kan niet meer zo ver vliegen. Dat gaat niet meer. Maar hij is dichtbij, deze grote wijze, hij is desondanks heel dichtbij.' Even kijkt ze naar Kadoke, dan zegt ze: 'Toen de Eeuwige de Amerikaanse president naar ons toe stuurde wist Hij wat Hij deed, maar toen Hij ons met jou opzadelde had Hij duidelijk niet zo'n goede dag.'

Vervolgens gaan moeder en dochter de deur uit. Kadoke kijkt hen na, maar ze kijken niet meer om. En hij blijft in de deuropening van de caravan staan, lichtelijk verdoofd, voor het eerst van zijn leven echt vervreemd, vervreemd van zichzelf, van zijn verlangens, van de liefde. Hij blijft daar maar staan tot hij zijn vader en mevrouw Gitl, begeleid door een paar zwerfkatten, de heuvel ziet afkomen.

Als vader eindelijk in de woonkamer op zijn vaste plaats zit, hij is erg bezweet en ruikt naar het parfum van mevrouw Gitl, blijft mevrouw Gitl nog even staan, ze wrijft vader over zijn hoofd, legt een paar haren recht en kijkt dan naar Kadoke. Vervolgens zegt ze het eerste woord in een andere taal dan het Russisch dat Kadoke haar heeft horen zeggen. 'Freund,' zegt ze en ze wijst op vader. 'Freund,' herhaalt ze nog een keer. Ze aait de oude man weer een paar keer over het hoofd en verlaat dan lichtelijk stampend als een oud maar trots paard het tijdelijke onderkomen van Kadoke en zijn vader.

Kadoke gaat naast vader zitten. 'Is dat waar?' vraagt Kadoke. 'Zijn jij en mevrouw Gitl vrienden geworden?'

'Ik had geen keus,' antwoordt vader.

'Goeierd,' zegt Kadoke.

Zo zitten ze daar, tot het weer tijd wordt naar Anats woning te gaan om naar ganzenvet smakend eten te verorberen. Maar voor het zover is drukt vader Kadoke nog tegen zich aan, met onvermoede kracht, en hij zegt: 'We leven, dat is het belangrijkste. We leven. Geen idee wat we hier doen in dit oord. Overal hekken, overal prikkeldraad, het is hier een gevangenis, en de gevangenen lijken het niet te beseffen, maar we leven, daar gaat het om.'

Dan laat vader Kadoke los en hij staart weer voor zich uit, alsof hij niets gezegd heeft.

44

De voorbereidingen voor het huwelijk gaan grotendeels aan Kadoke voorbij. Beter gezegd, hij ondergaat de voorbereidingen met een opgewekt soort gelatenheid. Verzet is hoe dan ook zinloos. Deze mensen zijn te sterk voor hem. Misschien zijn ze zo lang zwak geweest en hebben ze zo lang met machteloosheid geleefd dat ze de niet geheel onlogische en toch absurde conclusie hebben getrokken dat uitsluitend vertrouwen op kracht de juiste levensstrategie is, dat de preventieve vernedering van interne én externe vijanden de beste manier is om met vijanden en potentiële vijanden om te gaan. En als hij één ding heeft begrepen is het wel dat familieleden ook potentiële vijanden kunnen zijn. Of hij een wonder is of een interne vijand is Kadoke nog niet duidelijk, vermoedelijk allebei tegelijk.

Hij ontmoet een rabbijn, eentje die nog niet in coma ligt, en tijdens het gesprek probeert hij beleefd te blijven zonder zichzelf compleet te verloochenen. Geen volledige zelfverloochening meer, dat is het minimale wat Kadoke van de toekomst verwacht. 'Ik ben niet gelovig,' zegt hij in het wat bedompte kantoortje van de rabbijn waar een ventilator warme lucht verspreidt. Hij spreekt met dezelfde sombere kalmte waarmee hij vroeger patiënten toesprak. 'Maar ik zal Anat geen strobreed in de weg leggen als ze haar geloof wenst uit te oefenen. Ik zal er nu en dan zelfs aan meedoen, zoals je meedoet aan een gezelschapsspel waar je eigenlijk geen zin in hebt.'

'Het jodendom is geen gezelschapsspel,' antwoordt de rabbijn met een ernstig gezicht. 'God is geen gezelschapsspel. Ik ben geen gezelschapsspel. Je kunt er niet nu en dan aan meedoen, je doet eraan mee of niet.'

'Het gaat om het meedoen,' zegt Kadoke, 'om de manier waarop je eraan meedoet. Over God wil ik me niet uitlaten. Ook niet over u. Ik heb geen mening over God. Ook niet over u. Ik had het over mijn participatie. Ik participeer, omdat ik het niemand moeilijk wil maken, vooral mijn aanstaande echtgenote niet. Maar als mij geen andere keuze wordt gelaten dan wel of niet meedoen, dan kan ik alleen maar niet meedoen.'

De rabbijn zucht. 'Anat zal je brengen waar je uit moet komen. Ze zeggen dat jij het wonder bent waarvoor maandenlang is gebeden, wonderen nemen soms merkwaardige gedaantes aan. Zijn bedoelingen kunnen wij lang niet altijd begrijpen. Daar moeten we ons bij neerleggen.' De rabbijn kijkt Kadoke onderzoekend aan alsof hij zich er eens goed van wil vergewissen welke krankzinnige gedaante het wonder dit keer heeft aangenomen. Welke bedoelingen de Eeuwige hiermee gehad zou kunnen hebben, met dit wonder.

'Kun je tefilin leggen?' vraagt de rabbijn ten slotte, misschien ook omdat Kadoke zwijgt. Hoe langer hij hier is hoe meer hij tot het inzicht is gekomen dat het als aanstaande schoonzoon annex wonder het beste is veel te zwijgen. Niet altijd, dat is passieve agressie, maar glimlachend zwijgen, dat vinden de mensen heerlijk. De mens heeft niet zozeer behoefte aan een andere mond als wel aan een ander oor.

'Ik heb het lang geleden gedaan,' antwoordt Kadoke, en hij denkt aan de gebedsriemen die hij op zijn twaalfde van zijn moeder kreeg. 'Daarna ben ik er meteen mee opgehouden, ik wil het geen slechte gewoonte noemen zoals roken een slechte gewoonte is, hoewel ik ook daarmee ben opgehouden, met roken, maar ik ben niet van plan er weer mee te beginnen. Niet met roken, niet met tefilin leggen.'

De rabbijn staat op. 'Het huwelijk zal je goeddoen,' verklaart hij, een beetje gedesillusioneerd, hij had duidelijk net iets meer verwacht van het wonder, 'Anat zal je goeddoen, de voortplanting is belangrijker dan tefilin, het mooiste is tefilin leggen én je voortplanten, maar het mooiste is niet altijd haalbaar.'

'Niet altijd,' antwoordt Kadoke en hij staat ook op, 'niet altijd. Maar je kunt proberen in de buurt te komen.'

Als hij Anat vertelt over het gesprek met de rabbijn zegt ze: 'Je mag binnenshuis doen wat je wil, als je buitenshuis maar geen aanstoot geeft aan de mensen. Het is een kleine gemeenschap. Men praat veel en graag.'

Het getto zit nog diep in de mensen, concludeert Kadoke, nederzetting of geen nederzetting, ook in Anat, het getto is feitelijk niets anders dan de angst aanstoot te geven. Het interne getto bestaat uit de zekerheid dat je klein bent, dat de ander je klein wil houden en dat je daarom maar het beste klein kunt blijven, om klappen te voorkomen. Maar ook de kleine mensen hebben iemand nodig om zich groot te kunnen voelen.

'Dan zal ik veel binnenshuis blijven,' zegt Kadoke tegen zijn aanstaande vrouw. 'Dat is het beste.' Hij hoopt dat ze lacht, dat ze de wat wrange humor van zijn opmerking inziet, maar ze lacht niet, ze kijkt hem alleen maar aan, met grote ogen.

Vader ondergaat de voorbereidingen op het huwelijk met volledige distantie, maar op een andere manier dan Kadoke. Hij wil gewoon niets over het huwelijk horen, terwijl hij zijn zoon toch naar het baldakijn zal moeten begeleiden. Instructies maken hem nerveus. 'Als ik nog leef als jij gaat trouwen,' zegt vader, 'als, let wel, als, dan hoor ik die avond wel wat ik moet doen.'

Waar hij nog minder over te spreken is dan instructies en raadgevingen, is het verzoek van Anats moeder om een financiële bijdrage te leveren aan het feest. 'Jij hebt beweerd dat ze in jou een wonder zien,' verklaart vader op een avond in bed, met veel energie voor zijn doen, 'maar het wonder is gewoon mijn bankrekening. Dat is het enige echte wonder hier. Als ze geen geld hebben voor een feest kunnen ze het feest toch ook achterwege laten?'

'Nee,' zegt Kadoke, 'zonder feest gaat het niet.'

'Maar waarom moeten er vierhonderd mensen komen?' wil vader weten. Hij windt zich steeds meer op, terwijl opwinding slecht is voor zijn hart. 'Die vreselijke vrouw heeft beweerd dat er vierhonderd mensen zullen komen. Waar haalt ze die vandaan? Zijn honderd niet genoeg? Heeft ze alle daklozen en armen van Jeruzalem uitgenodigd? Toen ik met je moeder trouwde waren er zestien mensen op het feest, zestien, de andere mensen waren trouwens allemaal dood, dus zelfs als we meer mensen hadden willen uitnodigen had dat niet gekund. Ik vond zestien eigenlijk al te veel. Vierhonderd is echt overdreven. Ik zou die gastenlijst weleens willen zien. En als ik haar al geld moet geven zou ik haar het liefst geld willen geven om haar huis eens goed schoon te maken.'

Kadoke schudt zijn hoofd. 'Vader,' zegt hij, 'die vreselijke vrouw die we ook gewoon Anats moeder kunnen noemen meent dat we in afwachting van de komst van de Messias onze tijd niet moeten verdoen met banaliteiten zoals schrobben en dweilen. Het niet schoonmaken van haar huis is een heel bewuste keuze die haar is opgedragen door haar spiritueel adviseur.'

'Maar dat is het leven,' roept vader met schorre stem, 'als je tegen dergelijke banaliteiten bent ben je tegen het leven. En hoe kun je vóór de Messias zijn en tegen het leven? Wat is dat voor een Messias die tegen het leven is? Die zegt: maak je huis maar niet schoon, ik kom er zo aan. Gaat de Messias straks eigenhandig het huis van die vreselijke vrouw schoonmaken? Is de Messias niets anders dan een schoonmaakploeg uit de hemel?'

De boutade eindigt in een hoestbui. Als die voorbij is zegt Kadoke: 'Je moet haar echt niet de hele tijd "vreselijke vrouw" noemen, hoe vreselijk ze misschien ook is. Noem haar Anats moeder of voor mijn part mevrouw Silberstajn, en ik ga niet met Anats moeder over het feest onderhandelen, dat is geen goed idee, vrienden van de rabbijn komen, de rabbijn die voor haar zo belangrijk is, haar spiritueel adviseur die in coma ligt, je weet wel.'

'Als je een spiritueel adviseur hebt die in coma ligt,' antwoordt vader tussen het hoesten door, 'dan moet je een spiritueel adviseur zoeken die niet in coma ligt en dat zal ik haar morgen ook vertellen. Dat ze korte metten moet maken met die man die in coma ligt. En eigenlijk interesseren haar spirituele adviseurs me ook niets, of ze in coma liggen of niet, het enige wat ik weet is dat ze mijn bankrekening wil plunderen. Die vrouw praat over liefde en hoeveel ze van je houdt, alsof je haar eigen zoon bent, maar om de drie zinnen zegt ze: "We hebben nog twintigduizend euro nodig voor het feest, lieve meneer Kadoke, wanneer kunnen we het geld verwachten, lieve meneer Kadoke?" Twintigduizend euro voor een feest. Wat is dat voor een feest? Daar kun je in deze contreien een jaar of langer van leven.'

'Huwelijksfeesten zijn duur, ik denk hoe dan ook dat ze erg teleurgesteld zal zijn als je de gastenlijst wil zien, dat ze dat als een motie van wantrouwen zal beschouwen, die vrouw is gesteld op vertrouwen, ook al geeft ze daar zelf weinig aanleiding toe.' Er komt alleen nog wat gezucht en gesteun uit de mond van de oude man en Kadoke streelt zijn vader tot die in slaap is gevallen.

Ook Anat blijft gereserveerd in de aanloop naar het huwelijk. Ze praat voornamelijk over praktische dingen – maar gelukkig niet over geld – die hem niets interesseren en die Anat, ziet hij in haar ogen, ook niet echt bezighouden, het menu voor het feest bijvoorbeeld. Maar kennelijk is dat haar interpretatie van het liefdeloze maar bestendige huwelijk dat zij nastreeft, het praktische, het alledaagse, dat is haar liefdeloos genoeg. De fysieke intimiteit moet, zo heeft zij verklaard, vanaf nu wachten tot na het huwelijk. Daarmee is eigenlijk aan alle intimiteit een einde gekomen, want in intimiteit met woorden was ze nooit goed. Haar woorden hebben al snel een ideologische lading en ideologie is het tegenovergestelde van intimiteit.

Behalve over het menu praat ze af en toe over een keppeltje dat ze voor Kadoke aan het haken is en waarvan ze hem al drie keer de voortgang heeft laten zien. Maar ook dat doet ze, vermoedt Kadoke, vooral omdat het van haar verwacht wordt. Ze haakt zonder passie, ze haakt omdat het moet.

Het feest en de huwelijksinzegening zullen plaatsvinden in Jeruzalem in een soort van hal waar met een beetje goede wil ook tweeduizend mensen terechtkunnen. Anats moeder benadrukt hoe bescheiden ze is met slechts vierhonderd genodigden. 'Ik heb er een intiem feest van gemaakt,' verklaart ze vol trots als Kadoke en zijn vader op een avond weer eens kennis hebben gemaakt met haar Oost-Europese recepten die misschien mensen in de strengste winters op het Poolse platteland goed hebben gesmaakt maar die in de hitte van de bezette gebieden een aanslag zijn op de maag, op het gehele lichaam eigenlijk. 'Daarom heb ik de meeste van mijn vrienden en kennissen niet uitgenodigd,' gaat Anats moeder verder. 'Ik had makkelijk duizend mensen kunnen uitnodigen, maar ik wilde jullie niet op kosten jagen. Sommige mensen zeggen: ja, het is traditie dat de moeder van de bruid voor het feest betaalt, maar jullie komen uit Europa, jullie hebben veel geld. Daarom wil ik jullie de eer laten. Ik had liever zelf voor het feest betaald, maar ik dacht: nee, nee, ik laat de Kadoke's de eer. Zo ben ik. Dat heb ik voor jullie over. Ik gun jullie die eer.'

Vader verwijdert met enige moeite een kippenbotje uit zijn mond en zegt dan: 'De volgende keer moet je ons niet zoveel eer aandoen, want dat hebben we niet verdiend.'

De gigantische zaal in Jeruzalem, een soort fabriek maar dan voor bruiloften, zal de bewuste avond worden verdeeld in drie zalen, zodat er tegelijkertijd met het feest van Kadoke en Anat nog twee andere huwelijksfeesten kunnen plaatsvinden, wat de prijs van Kadoke's feest volgens Anats moeder aanzienlijk drukt, maar vader is daar niet van onder de indruk. Hij blijft beweren dat het wonder zijn bankrekening is en dat hij als geen ander weet dat die rekening in werkelijkheid geen wonder is, slechts een magere melkkoe. Toch maakt hij twintigduizend euro over. En voegt eraan toe dat ze verder niets van hem kunnen verwachten, ook niet na zijn dood. 'Niets, helemaal niets,' roept hij.

Samen met Anat koopt Kadoke een donkerblauwe broek en een witte blouse, want kennelijk is dat het uniform dat hij hoort aan te trekken op zo'n dag die Anats moeder steeds weer 'de mooiste dag uit jouw leven' noemt. Kadoke kan zich niet aan de indruk onttrekken dat alles hier is bedoeld om zijn liefde voor Anat te ondermijnen, te ridiculiseren, te verkleinen, maar hij blijft eraan vasthouden, aan die liefde, en dat eraan vast blijven houden, tegen beter weten in, voelt als een verzetsdaad, tegen de ideologie en de religie, tegen het alomtegenwoordige geloof dat de wereld uit Joden en vijanden van de Joden bestaat, tegen het defaitisme dat uit deze overtuiging spreekt.

In een kleine winkel in een deprimerende en armoedige buurt van Jeruzalem schaffen ze de kleren aan bij een bejaarde met slechts vier tanden in zijn mond die familie is van de buren van Anat – de vrijwel tandeloze man heet Josef – en die daarom tien procent korting op de kleren geeft en vervolgens Kadoke nog een identieke blauwe broek aansmeert met de woorden: 'Als je vlak voor het huwelijk vlekken maakt op je broek is het goed een extra broek bij je te hebben, want een goede Jood trouwt niet in een vieze broek. Luister naar mij, als je naar je bruiloft gaat, de belangrijkste dag in je leven, neem dan in een klein plastic tasje zodat niemand het ziet een extra onderbroek mee en een extra lange broek. Als het nodig is kun je je verkleden, je weet nooit wanneer er ongelukken gebeuren. Iemand heeft eens gezegd, ik weet helaas niet meer wie: het grootste ongeluk en de grootste vreugde gaan hand in hand. Een schone onderbroek en een schone lange broek, dat is wat een Jood nodig heeft op zijn bruiloft want je weet...' en met die woorden knijpt Josef Kadoke in zijn wang, 'in het leven van de Jood gebeuren altijd ongelukken.'

Kadoke laat zich verleiden en hij schaft nog een broek en nog een overhemd aan, hoewel hij vreest dat hij broek noch overhemd ooit zal dragen. Als ze de winkel die meer op een uitdragerij dan op een winkel lijkt uit lopen vraagt Kadoke aan Anat: 'Waarom heeft die man nog maar vier tanden in zijn mond? Daar is tegenwoordig toch iets aan te doen?'

'Zeker,' antwoordt Anat, 'daar is iets aan te doen. Maar hij is net als mijn moeder een aanhanger van rabbijn Menachem Eliëzer ben Zwi en vlak voor hij in coma raakte heeft de rabbijn tegen Josef gezegd: "Maak je geen zorgen om je gebit, Josef, de Messias komt razendsnel en hij zal je nieuwe tanden geven."'

De Messias is niet alleen een schoonmaakploeg maar ook een tandarts, een wonderdokter.

'Ik zou ook nog graag wat nieuwe tafellakens voor je moeder kopen,' zegt Kadoke.

Anat schudt haar hoofd. 'Dat moet je niet doen. Daar is mama totaal niet van gediend. Ze is graag baas in haar eigen keuken.'

De dagen voor het huwelijk mag Kadoke traditiegetrouw zijn bruid helemaal niet meer zien of spreken en vader begint geel slijm op te hoesten. Wat Kadoke interpreteert als protest tegen het huwelijk maar ook begrijpt hij dat er een reële kans is dat vader een longontsteking aan het ontwikkelen is. En hij hoopt maar dat vader niet sterft op de dag van het huwelijk, want dat zou Anats moeder hem nooit vergeven. Nog afgezien van het feit dat hij niet weet hoe hij zonder vader in deze nederzetting moet overleven. Hij beseft tevens dat dat slijm ophoesten iets is wat hij met mevrouw Gitl moet bespreken, maar aangezien hij zijn vaste tussenpersoon Anat niet mag spreken of zien en mevrouw Gitl op het woord 'Freund' na exclusief in het Russisch blijft communiceren moet het gesprek over het gele slijm van vader maar na de bruiloft plaatsvinden. Of desnoods tijdens de bruiloft als de situatie van vader snel verslechtert. Hij heeft het geprobeerd hoor, hij heeft mevrouw Gitl het gele slijm laten zien en gevraagd: 'Krankenhaus?' Maar mevrouw Gitl antwoordde: 'Njet! Gitl.' En daarna klopte ze een paar keer hard met haar rechterhand op de holte tussen haar indrukwekkende borsten.

De bruiloft is gepland op een donderdag, en die dag hangt weer samen met de cyclus van Anat, want de bruiloft moet plaatsvinden op het hoogtepunt van haar vruchtbaarheid. Kadoke is eerlijk gezegd bevreesd dat Anats moeder zich na het feest, desnoods met geweld, weer toegang zal verschaffen tot hun slaapkamer, maar Anat heeft gezworen dat ze op de huwelijksnacht alleen zullen zijn, helemaal alleen, wat eigenlijk al heel wat is, beseft Kadoke.

In afwachting van een eigen huis zal hij samen met Anat zijn intrek nemen in een caravan naast die van zijn vader. Het bezwaart hem vader alleen te moeten achterlaten in een caravan, maar aangezien ze naast elkaar wonen kan hij vaak bij vader binnenwippen en desnoods neemt hij hem in huis. Als Anats moeder kan toekijken bij de seks kan hij zijn eigen vader wel in de caravan nemen.

Op de bewuste donderdagmiddag zal hij samen met vader en mevrouw en meneer Gitl naar Jeruzalem rijden. Hij heeft zich aangekleed in het uniform dat hij met Anat heeft aangeschaft, de extra broek in een plastic zak neemt hij niet mee. Er zullen geen ongelukken gebeuren, althans niet de ongelukken waarop de bejaarde met vier tanden doelde. Kadoke vindt dat hij er in het uniform uitziet als een schooljongen, maar het is maar voor een avond. Vader blijft sceptisch over het huwelijk: 'Dit wordt je ondergang,' heeft hij die ochtend gezegd, verder komt er vooral geel slijm uit zijn mond en ondanks dat slijm en de scepsis wil hij voor de gelegenheid toch in een pak worden gehesen. 'Ik ben ertegen,' zegt vader kuchend, 'en ik denk dat er weinig goeds van zal komen, maar ik wil mijn wollen pak aan.'

Kadoke vreest dat vader de enige zal zijn die in een oud grijs pak van het fijnste wol dat hem niet meer echt goed zit op de bruiloft zal verschijnen, maar hij wil hem het plezier van de onafhankelijkheid en de waardigheid niet misgunnen.

45

Aan het eind van de middag arriveren mevrouw en meneer Gitl, ongeveer een uur te laat. Mevrouw Gitl heeft een jurk aangetrokken die zeer kleurrijk is maar die net als haar zalf tegen doorligwonden uit de tijd van Brezjnev moet stammen. Er zijn veel manieren om in het verleden te leven, maar mevrouw Gitl heeft voor de meest radicale manier gekozen, taal, garderobe, het is allemaal Sovjet-Unie wat de klok slaat, het is Brezjnev, Brezjnev, en nog eens Brezjnev. Mevrouw Gitl woont weliswaar in de bezette gebieden, maar eigenlijk is ze hier nooit echt aangekomen.

Meneer Gitl, die zich al die tijd schuil heeft gehouden – zelfs toen Kadoke met vader bij mevrouw Gitl kwam eten was er van meneer Gitl geen spoor te bekennen – blijkt een kleine man te zijn die een paar keer in mevrouw Gitl past en die eerder de indruk wekt de butler van mevrouw Gitl te zijn dan haar echtgenoot. Hij spreekt een paar woorden Engels en glimlacht veel, waarbij hij de neiging heeft je smekend aan te kijken met onderdanige, blauwe ogen. Iets in zijn blik zegt: red mij, alsjeblieft, red mij.

Tijdens de reis naar Jeruzalem wordt niet gesproken, wat Kadoke eens te meer het gevoel geeft dat ze op weg zijn naar een begrafenis. Vader beperkt zich tot zuchten en nu en dan het ophoesten van geel slijm. Kadoke vangt het slijm op in zijn hand en laat het aan mevrouw Gitl zien, huwelijk of geen huwelijk, de gezondheid van vader gaat voor. Mevrouw Gitl kijkt naar het slijm, zegt dan vriendelijk: 'Freund,' en geeft Kadoke een zakdoekje waarin hij het slijm kan deponeren.

'Nee,' zegt Kadoke, 'dit is vies, geel slijm dat vader nu al een week aan het ophoesten is, dat is geen Freund, mevrouw Gitl, dit zou weleens een beginnende longontsteking kunnen zijn.'

Meneer Gitl zit aan het stuur en kijkt ook niet erg vrolijk. Kadoke houdt vaders hand vast en knijpt er zachtjes in zoals vader vroeger in zíjn hand kneep.

'Hoe gaat het met je, vader?' vraagt Kadoke vlak voor ze uitstappen.

'Wat denk je zelf,' antwoordt vader tussen het hoesten door. 'Wat denk je zelf, idioot.'

Ze lopen, nee schuifelen naar de hal, mevrouw Gitl met vader voorop, en meneer Gitl met Kadoke erachteraan, meneer Gitl kijkt treurig maar hij blijft vriendelijk naar Kadoke lachen, grijpt af en toe de arm van Kadoke en heeft al drie keer zacht gezegd: 'Ik vond het ook niet prettig, een dergelijke ceremonie, maar als het goed is hoef je het nooit meer te doen.' Meneer Gitl is Kadoke's lotgenoot.

Ze gaan de feestruimte binnen waar al honderden mensen zijn. Mannen en vrouwen zitten gescheiden, er is een gordijn gespannen tussen de heren en de dames, mevrouw Gitl neemt afscheid van vader alsof ze hem nooit meer zal zien. Misschien weet ze meer dan Kadoke.

'Het is overdreven,' mompelt vader, 'maar ze geeft in elk geval wel om mij.'

Dat is vooruitgang. Eerst zag hij nog een verkrachter in haar, nu meent hij liefde van haar te ontvangen.

Kadoke herkent niemand van de aanwezigen, maar dat is ook logisch. Hij heeft zich een beetje afzijdig gehouden van het leven in de nederzetting. De synagoge heeft hij niet bezocht, het sociale leven, wat daar ook onder verstaan mag worden op die plek, gaat grotendeels aan hem voorbij.

Meneer Gitl wijst naar voren. 'Daar zit de bruidegom,' zegt

hij. 'De bruidegom zit altijd vooraan.' En meneer Gitl loopt angstig en voorovergebogen tussen alle jongemannen die liederen aan het zingen zijn naar voren.

'We zijn er bijna,' fluistert Kadoke tegen zijn vader, hij heeft het erg warm in zijn synthetische blauwe broek, overal zit zweet, het lijkt bijna alsof hij in zijn broek heeft geplast.

Af en toe grijpt iemand de hand van Kadoke. Er wordt op zijn schouder geklopt. Ja, een oudere man geeft hem zelfs een kus op zijn wang. Zouden al deze mensen weten dat hij het wonder is? Hij kan het nauwelijks geloven en als het zo zou zijn, zou het hem zeer onbehaaglijk maken.

De meeste volgelingen van de rabbijn zijn identiek gekleed, al dragen ze een heel ander uniform dan Kadoke, wat ook logisch is want Kadoke is geen volgeling, hij is hier niet voor de Messias of voor het nageslacht, hij is hier voor de liefde.

Ze lopen door de immense zaal. Kadoke wordt duizelig van de mensen en het lawaai. Sommige gasten zeggen iets tegen hem in het Hebreeuws, maar hij laat alles over zich heen komen. Als er naar hem wordt gezwaaid zwaait hij terug, zo is hij ook wel weer.

Tegen de tijd dat ze eindelijk aan het einde van de zaal zijn waar een speciale tafel is gereserveerd voor de bruid en de bruidegom en hun familie wordt meneer Gitl nerveus. Hij bestudeert de naambordjes die op de tafel zijn gezet – ook hier is alles van plastic, borden, naamkaartjes, bestek –, hij pakt een leesbril uit zijn borstzakje, bestudeert de kaarten herhaaldelijke malen, stopt de leesbril weer weg, haalt hem weer uit het borstzakje, bestudeert de naamkaartjes nog een keer.

'Mijn Hebreeuws is niet zo vreselijk goed,' zegt meneer Gitl uiteindelijk tegen Kadoke, 'praten gaat prima, lezen blijft lastig, maar één ding weet ik zeker: dit is niet jouw bruiloft.'

De muziek begint te spelen en de mannen gaan dansen. 'Zij denken dansend dichter bij God te komen,' brult meneer Gitl in het oor van Kadoke, 'maar ik wil gewoon graag op mijn eigen stoel dichter tot God komen.'

Iemand pakt Kadoke bij zijn hand en sleurt hem mee de kring in waar met een zekere overgave, ja misschien zelfs iets van extase wordt gedanst. Kadoke probeert zich los te rukken, maar dat stellen de jongemannen niet op prijs. Of beter gezegd, ze zien er een spel in, hoe meer Kadoke zich probeert los te rukken hoe harder zij aan hem trekken en op een gegeven moment heeft Kadoke het gevoel alsof de broodmagere maar oersterke mannen met hem aan het overgooien zijn. Als de een hem loslaat pakt een ander hem weer vast en de dans wordt steeds wilder. De extase neemt toe. Kadoke heeft er an sich niets op tegen dat mensen dichter bij God willen komen, hij kan zich voorstellen bij wijze van experiment zelf ooit dichter bij God te willen komen, maar hij weet heel zeker dat hij dat niet dansend zal doen.

'Ik ben op de verkeerde bruiloft,' roept Kadoke in het Engels en het Frans. Maar deze mannen spreken waarschijnlijk Engels noch Frans, en zelfs als ze die talen hadden gesproken hadden ze Kadoke's woorden beslist genegeerd.

Tegen de tijd dat de muziek wat rustiger gaat spelen, laten ze Kadoke los en hij maakt van de gelegenheid gebruik uit de kring te kruipen naar meneer Gitl toe die zegt: 'Laten we zo snel mogelijk weggaan, jouw bruiloft is hiernaast.'

46

De huwelijksvoltrekking gaat snel en pijnloos. Trouwen doen de Joden zoals ze begraven, gehaast en een tikkeltje slordig alsof ze er de nadruk op willen leggen hoe kort en morsig het menselijk verblijf op aarde is.

Anat en haar moeder huilen uiteraard, dat wel, de vader van Kadoke hoest geel slijm op, en Kadoke zelf bekijkt het tafereel alsof niet hij maar iemand anders hier trouwt. Geluksgevoelens en ontroering zouden hem moeten overvallen, maar zoals dat gaat, als ze echt gewenst zijn laten het geluksgevoel en de ontroering het afweten, ze komen altijd onverwacht en zelden als genode gasten. Als je denkt dat het nooit meer gaat gebeuren, dan zijn ze er opeens.

Anat ziet er, vindt Kadoke, prachtig uit, doorzichtig, haar sproeten ontroeren hem. De ontroering is misschien de eerste aanzet tot het toekomstig geluk, ze straalt, ook dat, het huwelijk lijkt haar genoeg te zijn, de liefde verzint ze er zelf wel bij, en voor het eerst sinds ze allebei de test met betrekkelijk succes hebben afgelegd kijkt ze hem vol genegenheid aan.

Tot een gesprek heeft het nog niet kunnen komen – Kadoke wil graag de verslechterde toestand van zijn vader met haar bespreken – maar ze zijn getrouwd, dat is iets, voor de joodse wetten en daarmee voor de Israëlische wet zijn ze man en vrouw, ze eten, althans Kadoke doet zijn best iets naar binnen te werken, en hoewel dit eten niet naar ganzenvet smaakt, hier smaakt alles naar iets te lang gefrituurde kip, lukt hem dat nauwelijks.

Op Kadoke's eigen bruiloft wordt ook gedanst, maar minder uitbundig. Men danst daar eerder omdat het traditie is, omdat het erbij hoort dan om werkelijk nader tot God te komen, wat Kadoke stiekem prettig vindt. Andermans extase heeft iets angstaanjagends, vooral als je zelf niet extatisch bent aangelegd. Is hij het ooit geweest? Past het wel bij hem?

Vrienden van de comateuze rabbijn van Anats moeder hijsen hem op een stoel en zeulen zo met hem rond, iets waar hij misselijk van wordt, maar ook dat laat hij over zich heen komen. Anat had al ruim van tevoren tegen hem gezegd: 'Ze zullen je op een stoel zetten en zo met je dansen, en je moet je niet verzetten, want dat heeft geen zin en het zou ook beledigend zijn.'

Hij heeft zich niet verzet, hij heeft genoeg mensen beledigd, en zolang hij niet hoeft over te geven is alles best.

Anats moeder gedraagt zich voor de verandering keurig, alsof ze ondanks alles een vrouw is die grenzen kent, ze doet geen poging tot vernedering en dreigt ook niet Kadoke's privacy te schenden. Er zit bijna iets van tederheid in de manier waarop ze Kadoke bij zijn arm pakt en in zijn oor fluistert: 'Ik ben zo blij dat het bidden niet voor niets is geweest.'

Als iedereen een driegangenmenu van plastic borden en met plastic bestek naar binnen heeft gewerkt en het dansen over zijn hoogtepunt heen is zegt Anats moeder: 'Nu moeten jullie naar huis. Ik heb ervoor gezorgd dat iemand jullie naar jullie caravan zal rijden. Vader gaat later wel met meneer en mevrouw Gitl terug naar de nederzetting.'

Gehaast neemt Kadoke afscheid van vader, die niet ontroerd is, hij zit gewoon naast mevrouw Gitl alsof hij beseft wat zijn noodlot is en inziet dat je het alleen maar kunt omarmen. Hij zweet, ondanks de airconditioning. Het pak zit als een dwangbuis om hem heen. 'Je ziet me morgen,' zegt Kadoke, 'alles komt goed, mevrouw Gitl past op je.'

Dansend en zingend worden Kadoke en Anat naar de uitgang

begeleid waar een auto gereedstaat om hen naar de nederzetting te rijden. Een jongen die kennelijk ook in de nederzetting woont maar die Kadoke niet eerder heeft gezien zit achter het stuur. De jongen blijkt de zoon van een van de vriendinnen van Anat te zijn. Hij zit zingend achter het stuur, deze jongen moet er werkelijk plezier aan beleven om Anat en Kadoke naar hun huwelijksnacht te rijden, vermoedelijk omdat het een mitswa is, via hen komt hij dichter tot God. Weer een goede daad verricht.

Het dansen heeft Kadoke uitgeput hoewel hij zelf nauwelijks hoefde te dansen en de ceremonie zelf, hoe haastig die ook werd afgewerkt, heeft hem toch verlegen gemaakt. Hij zit nu naast zijn vrouw. Een beetje alsof je een affaire hebt en op een dag besluit je je partner te verlaten voor die affaire en dan zit je naast elkaar en dan denk je: ja, dit is het, er is geen ander, we zijn met zijn tweeën, en nu? Het illegale ligt achter ons, maar wat doen we nu precies met het legale? Wat doen we ermee, waar laten we het?

Zo zit hij naast Anat terwijl de jongen steeds harder zingend en met ware doodsverachting door de heuvels rijdt. Een onbestemde angst overvalt hem.

Hij kijkt uit het raam. Het is donker, de scherpe bochten maken hem opnieuw misselijk. Misschien heeft hij te weinig gegeten en te veel wijn gedronken of heeft hij per ongeluk een bedorven stukje kip naar binnen gewerkt. Hij concentreert zich op de weg, legt zijn hand op de knie van zijn vrouw en beseft dat hij door te wonen in de bezette gebieden een obstakel voor vrede is geworden, hoezeer zijn vrouw ook zal beweren dat hij een salonsocialist is die zich dergelijke opvattingen kan permitteren, omdat hij niet weet wat het is als ze je naar het leven staan.

De misselijkheid wordt erger. Als hij over haar heen zal kotsen zal ze hem dat ook vergeven. Eerst laat ze zijn hand op haar knie liggen, dan legt ze haar hand op de zijne en zegt: 'Nu ben jij mijn tweede echtgenoot.' Ze kijkt hem aan, ernstig en onderzoekend, alsof ze zeker wil weten dat haar tweede echtgenoot echt beter is dan de eerste. Alsof ze zich ervan wil vergewissen dat de tweede de laatste zal zijn.

47

In de caravan die vrijwel identiek is ingericht als die waar hij al die tijd met zijn vader heeft gewoond loopt Anat meteen naar de slaapkamer, gaat op het bed zitten, staat dan op om in de keuken wat water te drinken en komt vervolgens weer terug naar het bed. Ze hebben eerder met elkaar gevreeën, niet recent maar toch, en nu voelt hij een ongemak, een verlegenheid die hem zelf verbaast. Ze zit daar in haar bruidsjurk op het matras in de caravan, ze heeft rode konen en ze kijkt voor zich uit alsof ze diep in gedachten verzonken is. Hij is zelf ooit getrouwd geweest, van de huwelijksnacht kan hij zich weinig herinneren, hij was dronken, en religie speelde geen rol, voortplanting ook niet, wat het allemaal minder beladen maakte. Andere herinneringen, andere belevenissen overschaduwden die eerste huwelijksnacht.

Eindelijk kijkt ze hem aan, Anat, de wiskundige, zijn vrouw die het huwelijk liefdeloos wil houden om problemen te voorkomen, en in haar ogen ziet hij toch iets van verlangen en wat hij op deze warme nacht in de bezette gebieden liefde wil noemen.

Hij doet zijn schoenen en sokken uit, vooral vanwege de warmte. In deze slaapkamer bevindt zich aan het plafond een ventilator, dat is het grote, misschien enige verschil met de slaapkamer waarin hij de afgelopen weken heeft gelegen. Vanavond zal hij niet naast zijn oude vader liggen, maar naast zijn betrekkelijk jonge vrouw. Zal hij vader missen? De geur van vader? De geur van het verval, de stoppelige wangen, de zware ademhaling? Het gerochel.

Kadoke zoent zijn vrouw, eerder omdat hij niets weet te zeggen, dan omdat hij naar haar verlangt, wat niet wil zeggen dat er geen verlangen is, het is er vaak maar nu even niet. Nu is er verlegenheid, ongemak, aarzeling.

Ze zoent terug, ze smaakt deze avond naar hoestbonbons, misschien heeft ze uit pure zenuwen de hele avond op hoestbonbons gekauwd. Hij heeft het niet gezien, maar vermoedelijk heeft hij niet goed gekeken, omdat hij zelf zo nerveus was, nerveuzer dan hij had willen toegeven. Er is geen ander leven, er komen geen herkansingen, in dat besef zit de emotie die hij zich tijdens de huwelijksvoltrekking niet heeft toegestaan en die hem nu overmeestert.

Ze doet ook haar schoenen uit, gaat in kleermakerszit op het armoedige matras zitten, ja armoedig, maar het doet er niet toe, hij kan zonder luxe, je kunt veel missen, meer dan je denkt. De flexibiliteit van de mens is zijn zegen én zijn vloek. In Anats ogen meent hij nu iets anders te zien, een twijfel, een voorbehoud, ze hebben zich in het huwelijk gestort, zonder na te denken, nadenken is soms levensgevaarlijk, als je erover nadenkt doe je het niet meer, en nu, nu ze het achter de rug hebben met z'n tweeën ziet hij in haar ogen dat het nadenken is begonnen. En met het denken komt de twijfel. Of vergist hij zich?

'Mag ik je iets vragen?'

'Natuurlijk,' zegt hij.

Ze streelt zijn voeten en ze kijkt ernaar alsof ze die voeten niet eerder heeft gezien, alsof ze die vandaag voor het eerst ziet.

'Wil je iets voor me doen?'

Hij knikt en vraagt zich af wat dat zou zijn. Wil ze bidden? Moet er voor de verandering samen worden gebeden? Hij is ertoe bereid, daar niet van, zeker in deze nacht, dat kan er nog wel bij. Waarom niet? Voor een keer samen bidden, en dan neuken.

Als dit zijn vrouw is, als dit zijn leven is, is hij daartoe bereid. Laat God komen, hij kan hem aan.

'Alles,' zegt hij, 'vandaag alles. Vannacht alles.'

'Wil je iets voor me aantrekken?'

'Aantrekken?'

Hij moet lachen, hij dacht dat ze iets gingen uittrekken.

'Is het iets religieus?' vraagt hij voor de zekerheid.

Ze schudt haar hoofd.

'En het heeft niets met je moeder te maken?'

'Niets.'

'En die komt vanavond ook niet?'

'Nee, vanavond laat ze ons met rust.'

'Een keppeltje?'

'Nee, geen keppeltje.'

Even lacht ze, hij kust haar op haar voorhoofd, ze rukt haar sluier af, hij streelt haar haren, hij woelt door haar haren, als dit de liefdeloosheid is die ze hem heeft beloofd dan kan hij er uitstekend mee leven, dan heeft hij niet veel meer nodig.

'Wacht,' zegt ze, 'ik zal het pakken.'

'Wat?'

'Je moet iets op je hoofd zetten.'

Ze staat op, gaat de slaapkamer uit en hij blijft daar zitten op het bed, alsof het niet zijn eigen bed is en hij beseft hoe vreemd ze eigenlijk voor elkaar zijn, vreemden, volstrekte vreemden.

Ze komt terug. In haar hand heeft ze een pet. Ze kijkt verlegen en straalt een beetje alsof dit het cadeau is dat ze hem al die tijd al heeft willen geven, alsof ze het wezen van haar zijn in haar handen heeft. Anat overhandigt hem de pet. Hij bekijkt hem, een ss-pet. Hij ruikt eraan.

'Hoe kom je hieraan?' vraagt hij.

'Internet.'

'Is het een echte?'

'Ik denk het.'

Hij ruikt nog een keer aan de pet, een beetje een muffe geur, eerder mottenballen dan mens. Een rare gedachte dat deze pet ooit door een ss'er is gedragen.

'Waarom heb je deze pet gekocht?'

'Interesse.'

Ze is weer naast hem gaan zitten. Hij legt zijn hand op haar been.

'Interesse? Voor wat precies? Voor petten?'

'Voor de oorlog.'

'Maar je gaat toch geen parafernalia uit de oorlog verzamelen, dat is iets wat sneue oude mannen doen die met behulp van hun verzamelwoede het gebrek aan tederheid in hun leven proberen te compenseren. Zo ben jij toch niet?'

'Iedereen heeft zijn eigen manieren om zich voor het verleden te interesseren.'

Kadoke knikt, maar niet om instemming te betuigen. 'Moeten we de oorlog niet achter ons laten?' vraagt hij. 'Wordt het niet langzaam potsierlijk er nog steeds op te teren, zeker in dit land, zeker in deze bezette gebieden, ik bedoel, iedereen leeft hier in het verleden, in zijn eigen verleden, maar jij, waarom jij? Jij bent te intelligent daarvoor.'

'Te intelligent waarvoor?'

'Voor de mythologisering van het verleden. Leven is loslaten, twintig jaar geleden had ik dat niet zo gezegd, niet zo durven te zeggen, nu wel. Laat los. Voor het te laat is.'

'Loslaten is sterven.'

Hij wil haar kussen, maar ze duwt hem weg. 'Nee,' zegt hij, 'vasthouden is doodgaan. En wat moet ik ermee? Wat moet ik met je obsessies? Hoe moet ik me daartoe verhouden? Ik denk echt dat we ons moeten losmaken van de gedachte, van de overtuiging dat pijn het enige betaalmiddel is. Jij geeft me een beetje van jouw pijn, ik geef je een beetje van mijn pijn en die transactie noemen we liefde. Ik denk dat dat een doodlopende weg is, misschien is die doodlopende weg de enige, maar ik denk dat we naar alternatieve betaalmiddelen moeten zoeken. Het is ironisch dat we niet vrijen maar praten op onze huwelijksnacht. Dat past vermoedelijk bij ons, dat is wie wij zijn. Maar het is belangrijk dat we afspreken dat mijn pijn waardeloos is in deze relatie en jouw pijn ook, we kunnen elkaar niet met onze pijn betalen, we moeten andere betaalmiddelen zoeken. Ik had dat niet eerder zo gezien, ik had dat niet eerder zo begrepen, maar nu je hier met die pet aan komt zetten zie ik het. We moeten de pijn devalueren tot die niets meer waard is, anders zitten we in een eindeloze spiraal gevangen, niet van wraak en meer wraak, maar van pijn en meer pijn, van pijn als de enige algemeen geaccepteerde munt.'

Anat zucht. 'Je bent met me getrouwd, dus ook met mijn obsessies, dat had je kunnen weten, Kadoke, dat had je moeten weten. Liefde is uiteindelijk de obsessies van degene van wie je houdt omarmen, anders is het geen liefde.'

Hij kijkt naar de pet. 'Ik wist niet dat dit je obsessies waren, ik dacht dat je andere obsessies had, althans dat die zich anders zouden materialiseren. Je proefschrift, je god, je moeder. Je land. Waarover je niet kon ophouden te spreken, vrijwel vanaf het eerste moment dat we elkaar ontmoetten. Ik wist niet dat je obsessie een pet was, een ss-pet.'

'Je moet hem opzetten,' zegt ze zachtjes, bijna verleidelijk. 'En dan moet je met me vrijen.'

Hij bekijkt de binnenkant van de pet en schudt langzaam zijn hoofd. Dan staart hij zijn vrouw in haar ogen. Ze kijkt zo ernstig, haar ernst overmant hem met emotie, doet hem sidderen. Kadoke dacht haar te kennen, de vrouw met wie hij in een caravan zou gaan wonen, de vrouw met wie hij ging trouwen, met wie hij zich voort zou gaan planten en dan op een avond blijkt ze uit niets dan geheimen te bestaan, uit het onmededeelbare.

'Jullie vragen te veel van me,' zegt hij zacht, 'eerst je moeder die wil kijken hoe we vrijen om zeker te weten dat ik niet impotent ben en dan jij met die ss-pet tijdens onze huwelijksnacht, jullie vragen te veel. Ik ben niet impotent maar ik ben ook geen ss'er en ik ga die pet niet opzetten, ook niet tijdens onze huwelijksnacht. Eerder nog een keppeltje.'

Ze streelt hem zachtjes, ze kust hem. 'Ik weet dat je geen ss'er bent, natuurlijk ben je dat niet, jij niet, Kadoke, jij bent een Jood, maar ik vind het geil die pet, ik word er opgewonden van als jij die pet opzet, het is een spel. Het is ons spel.'

Weer schudt hij zijn hoofd en legt dan de pet naast zich neer. 'Je kunt alles spel noemen,' zegt hij, 'alles, deze nederzetting, dit land, het zionisme, jouw moeder, de oorlog, deze pet, je kunt het allemaal spel noemen, maar het is geen spel, het is echt, en door het een spel te noemen wordt het niet minder echt. Het blijft wat het is.'

'Wat wij in bed doen kan toch een spel zijn?'

'Ja en nee,' antwoordt Kadoke. 'Ik weet het niet. Ik weet niet hoe onschuldig dergelijke spelen zijn, minder onschuldig dan ik vroeger dacht.'

Ze blijft hem strelen in haar bruidsjurk en hij denkt aan die keer dat ze moesten vrijen onder het toeziend oog van een comateuze rabbijn, althans een foto van de rabbijn, en Anats moeder. 'Ik ben toch je vrouw,' zegt ze, 'je doet dingen voor je vrouw, dat is het huwelijk, dat is de liefde.'

Kadoke neemt de pet op zijn schoot. 'Heeft je ex deze pet ook moeten dragen?'

Ze knikt. 'Niet altijd, op het eind wel. Ik vroeg het hem, ik heb hem er nooit toe gedwongen, ik heb hem wel gesmeekt, hij had een groot minderwaardigheidscomplex, daarom vond hij het prettig als ik hem smeekte, als ik hem moest smeken tot de tranen over mijn wangen liepen.'

Kadoke voelt zich misselijk worden, alsof hij weer op die stoel zit en aanhangers van een comateuze rabbijn met hem door een felverlichte ruimte dansen, de vreugde leek losgezongen van hem, alsof hij slechts een middel was om de Eeuwige te naderen. Iets soortgelijks voelt hij nu. Zou het haar ex iets uitmaken wie die pet opzet? Hij? Een nieuwe man? Kan het haar eigenlijk iets schelen wie er onder die pet schuilgaat?

'Maar Anat, geen wonder dat het huwelijk mislukte, ik zou zelfs bijna zeggen, geen wonder dat hij je is gaan slaan, je maakte iets van hem wat je niet van mensen moet willen maken. Deze pet moet je geen mens opzetten, zeker niet je echtgenoot.'

'Jij begrijpt het niet, Kadoke,' zegt ze, 'ik dacht dat jij intelligenter was. Jij.'

Ze staat op, trekt haar bruidsjurk uit en gaat voor hem staan in haar ondergoed, eenvoudig ondergoed, maar niet lelijk, bijna onschuldig in alle eenvoud. Een groene beha, een meisjesonderbroek, alsof ze nog op de middelbare school zit.

'Ik heb recht op mijn fantasie,' zegt ze, 'iedereen heeft recht op zijn fantasie, wat jij liefde noemt is niets anders dan het recht hebben op je fantasie en het recht hebben ervoor te zorgen dat die fantasie werkelijkheid wordt. Wij gelovigen, wij die de Thora hebben kunnen nog zeggen dat wij de fantasie van God zijn, met een vrije wil, dat zeker, maar diep vanbinnen weten we dat onze vrije wil ook een fantasie van God is, maar jij die nergens in gelooft, jij bent alleen met jouw fantasie die werkelijkheid moet worden. Dat is jouw eenzaamheid, dat is jullie eenzaamheid. Diep vanbinnen weet ik dat het vuur van God dat in mij heeft gebrand en nog steeds brandt te vergelijken is met het vuur van de eenzaamheid dat in jou brandt, Kadoke. Daarom wil ik dat je die pet opzet, zodat ik me aan jou kan verbinden en jij aan mij. Maak mij eenzaam. Dan zal ik jou eenzaam maken, zoals je nooit meer eenzaam zult worden gemaakt. Dat is wat ik je kan geven. Dat is wat ik van je vraag.'

Hij staat op, wil zijn vrouw aanraken, maar ze duwt hem weg. Het vuur van de eenzaamheid, is dat wat echt in hem brandt?

Niet de liefde, die niet, die brandt kennelijk niet in hem. Hij heeft gehoord wat zijn vrouw net zei, hij luistert, zij die niet kunnen praten moeten luisteren, God is eenzaamheid, niet de overwinning op de eenzaamheid, maar de viering ervan.

'En hoe zit het dan met het toeval?'

'Waar God is, is er geen toeval, en waar toeval is, is God niet.'

Weer doet hij een poging haar aan te raken en weer duwt ze hem weg.

'Eerst die pet op,' zegt ze.

Ze pakt de pet, houdt hem voor zich zoals je een hond een bot voorhoudt. En hij kleedt zich uit, de synthetische broek, zijn overhemd, zijn onderhemd. Zo staat hij nu voor haar, naakt, bijna gedienstig.

Ze zet hem de pet op, hij zoent haar.

'Wat doe je met me, Obersturmbannführer?' vraagt ze.

'Ik kus je,' zegt hij. 'Welk vuur brandt er in me? Wat zei je net? Je zei dat er een vuur in me brandde? Welk vuur was het?'

Ze schudt haar hoofd. 'Ik weet het niet meer, ik zei maar wat.'

En hij kust haar gretig, haastig, wetend dat dit niet lang kan duren. Natuurlijk is er geen toekomst, deze heuvels hebben geen toekomst, dit vuur heeft geen toekomst.

'Wil je me, Obersturmbannführer,' vraagt ze zacht, haar stem is hoger dan normaal, 'wil je dit Jodinnetje?'

Hij voelt met zijn vingers over haar gezicht, alsof hij een blinde is, alsof hij niets kan zien. 'Ik wil je,' zegt hij en hij beseft dat dit geen duurzame liefde is, er bestaat misschien geen duurzame liefde, alleen de dood is duurzaam en eeuwig. Hij duwt haar op het bed.

'Als je me wil, Obersturmbannführer,' zegt ze, 'hoef ik dan vandaag niet te sterven? Mag ik vandaag blijven leven? Omdat je me wil? Is dat zo? Omdat je me wil mag ik blijven leven? Omdat jullie me allemaal willen? Omdat ik zo verschrikkelijk lekker ben? Is dat wat je me te vertellen hebt, Obersturmbannführer?'

‘Vandaag,’ zegt Kadoke, en hij voelt haar lichaam onder zich, haar warme en bleke lichaam, dat ziet hij, dat voelt hij, ‘vandaag mag je blijven leven, maar morgen ga je het gas in. Morgen wil ik iemand anders.’

Ze kust hem, duwt haar lichaam tegen het zijne, knijpt hem, betast hem, likt hem alsof dit spel een kwestie van leven en dood is.

‘Keel me,’ zegt ze. ‘Sla me in mijn gezicht.’

Hij maakt zich los. ‘Ik kan je geen pijn doen, lieve Anat, je vraagt te veel.’

Ze knijpt hem in zijn schouder, hard, zonder mededogen, met een intense agressie en hij sluit niet uit dat die agressie de waarheid is van de overgave.

‘Je kunt meer dan je denkt, Obersturmbannführer,’ fluistert ze, ‘veel meer.’

48

De pet wordt een ritueel, hun ritueel, hij wordt het symbool van hun intimiteit, niet alleen fysiek. Op de meest onverwachte momenten pakt Anat de pet, die ze goed verstopt heeft, achter in een la waarin haar panty's en onderbroeken liggen en dan verandert Kadoke in een Obersturmbannführer. Hij weet niet beter, de pet is hun leven, hun geheim, hun verborgen en op een eigenaardige manier ook veilige ruimte. Hun exil maar een heerlijk, vrijwillig exil. In die ruimte zijn ze uit de tijd gevallen. Ze zijn het verleden en de toekomst, hun ouders en hun nog niet geboren kinderen, de vijand en degene die de vijand verleidt, want is de vijand uiteindelijk niet bij uitstek degene die verleid moet worden? Ze zijn alles en iedereen, behalve zichzelf, of hooguit via een omweg, een absurde omweg, komen ze dan toch weer bij zichzelf uit.

Op een sabbatmiddag zegt Anat: 'Obersturmbannführer, doe het ergste wat je kunt doen, geef dit Jodinnetje een kind, het zal je carrière schaden, het zal je leven schaden, je zult uit je ambt worden ontheven, maar je kunt mij altijd laten doden voor ze erachter komen. Je zult het doen, niet? Je zult mij doden als ze erachter komen.'

Door deze woorden begrijpt hij eens te meer dat hij nog niet heeft gedaan wat van hem verwacht werd, waarvoor hij als wonder is binnengehaald, hij moet voor nageslacht zorgen. Daarom is hij hier. Ook dringt het op dat moment tot hem door dat hij moet gaan werken, dat hij niet langer vrijwel fulltime als halfslachtige bejaardenverzorger van zijn vader kan functioneren, de ledigheid maakt hem gek, het vrijwillige exil is niet genoeg, het is de verveling van deze nederzetting die als een wurgslang om zijn nek ligt.

Zijn nutteloosheid knaagt aan zijn laatste gevoel van waardigheid. Hij kan iets, meer in elk geval dan voor Obersturmbannführer spelen in een bed in de bezette gebieden.

Na de seks, na het spel, het ritueel zou hij misschien moeten zeggen, bespreekt hij het met Anat.

'Ik moet gaan werken,' zegt hij en hij zet zijn pet af. 'Eigenlijk maakt het me niet eens zoveel uit wat voor werk, maar dit kan zo niet langer doorgaan, hier word ik gek, ik moet iets doen, lieverd.' Na de seks heeft hij de gewoonte haar lichaam zacht en geconcentreerd te strelen alsof hij het spel op die manier uit haar kan drijven, de vrijplaats van de pet is ook iets wat moet worden uitgedreven, waarvan ze zich moeten ontdoen, waarvan je moet bijkomen zoals je moet bijkomen van alcoholmisbruik.

'Je spreekt de taal niet,' zegt ze. Ze staan in de badkamer, ze wast haar gezicht. 'Je hebt vier lessen Ivriet gevolgd, en je kunt amper vragen waar de wc is. Is dat assimilatie, Kadoke? Daar geloofde jij toch in? Maar hier wil je je niet aanpassen. Hier wil je niet bij de meerderheid horen. Hier in dit land, jouw land, wens je de vreemdeling te blijven die je altijd al was, hier wens je als een paria door onze jisjoev te dwalen, als de andere mannen in sjoel zijn wandel je door de lege straten, als de andere mannen aan Thorastudie doen lees jij de krant, hier wens je de sabbat te negeren, hier wens je ons te bekritiseren. En waarom eigenlijk? Denk je nog steeds dat je zoveel beter bent dan wij?'

'Maar zie je dan niet,' zegt hij, 'dat jullie hier slechts de dromen waarmaken van een paar orthodoxe christenen in Amerika en Europa? Jullie droom is een door en door christelijke droom geworden, zie je dat niet?'

Ze kijkt hem furieus aan.

Hij begint zich aan te kleden, hij wil een wandeling maken. 'Jij hebt gezegd dat het vuur van de eenzaamheid en het vuur van God uiteindelijk hetzelfde zijn, weet je dat nog? Tijdens onze huwelijksnacht. Lang geleden, maar ook weer niet zo lang geleden.'

Ze blijft haar gezicht wassen. 'Ik weet het niet meer,' zegt ze, 'en het doet er ook niet zoveel toe wat ik allemaal heb gezegd die nacht. Het gaat erom wat jij nu zegt. Ik zal proberen dat van die christelijke droom te vergeten. Ik zal me erop concentreren dat je wil werken, en dat ik je daarbij moet helpen. Dat is wat je verwacht. Dat is wat je zegt. Dat is wat je wil dat ik doe.'

Hij knikt, doet een T-shirt aan. 'Ik spreek Engels, Duits, Frans. Ik was een psychiater, ik ben niet al mijn vaardigheden verloren. Er moet hier toch plek voor me zijn, ergens. Met mijn capaciteiten.'

Ze droogt haar gezicht af met een verwassen handdoek en zegt dan: 'De zus van een goede vriendin van me werkt op een school waar ze ook veel lessen in het Engels geven en ze zoeken een dramadocent. De oude is vertrokken. Misschien is dat iets voor je. Je bent geen dramadocent, maar een psychiater heeft wel iets weg van een dramadocent, vind je niet? Je kunt op zijn minst solliciteren. Ik ga naar mijn vriendinnen. De *seudah shlishit* is bij mijn moeder, om een uur of vijf.'

Een dramadocent, het klinkt niet echt als iets voor Kadoke, hij heeft het drama geprobeerd te vermijden, het eigen drama en dat van anderen, maar welke keuzes heeft hij nu nog? En je zou kunnen zeggen dat een dramadocent het drama ook probeert te vermijden, juist door het te ensceneren.

'Een dramadocent,' zegt hij. 'Misschien. Ik zou het kunnen proberen, ik wil alles wel proberen. Ik ben nu op een punt in mijn leven dat ik opensta voor alles.' Hij neemt zijn vrouw in zijn armen, het bevreemdt hem toch nog dat hij op dit punt is uitgekomen, even ziet hij zichzelf als een ander, dat hij dit is geworden, dat hij vanuit deze nederzetting moet proberen een baan te vinden die hem iets van waardigheid verleent. Dit alles overkomt niet hem, maar een ander.

Ze maakt zich los uit zijn omhelzing, ze doet haar hoofddoek om, hij streelt haar nek, haar lieve nek, waaraan hij ondanks alles, ondanks deze heuvels, deze God, deze oorlog die geen oorlog mag heten, gehecht is geraakt.

'Hoe kan het,' fluistert hij, 'dat je nu naar je vriendinnen gaat terwijl je net nog met je man in bed lag die een SS-pet moest opzetten, hoe breng je die twee dingen met elkaar in verband? Hoe doe je dat?'

Ze glimlacht via de spiegel naar hem. 'Iedereen heeft geheimen,' zegt ze, 'jij zou dat moeten weten. Denk je dat jij geen geheimen hebt? Je zegt wel dat je van alles wil proberen, maar ik weet dat het niet zo is, je bent kieskeurig. Ook nu nog, altijd geweest. Ik zie wat je verbergt, niet alles, maar wat ik zie is genoeg.'

Ze kust hem op zijn wang, maar dan bedenkt ze zich, en kust ze hem op zijn mond, gretig, alsof hij nog zijn SS-pet op heeft, alsof hij nog de Obersturmbannführer is die haar zo opwindt. 'Kijk niet zo treurig,' zegt ze.

Ze verlaat de caravan voor Kadoke dat kan doen, voor hij nog iets heeft kunnen zeggen, dat hij niet treurig kijkt bijvoorbeeld, helemaal niet treurig, en hij blijft wat staan treuzelen in de badkamer. Heeft ze gelijk? Is hij kieskeurig? Hij vindt van niet, anders zou hij niet in deze caravan blijven wonen, in deze nederzetting. Hij bekijkt zichzelf in de spiegel. Kijkt hij treurig? Nog steeds niet.

Vader, die niet langer geel slijm ophoest, zit in zijn caravan naast mevrouw en meneer Gitl die amandeltaart hebben meegebracht. Meneer Gitl leest een Russische krant, mevrouw Gitl is bezig in het Russisch te spreken, tegen wie is onduidelijk en vader zit als een hond naast hen met een half stukje amandeltaart voor zich. Een vorkje hangt in zijn hand.

'Vader,' zegt Kadoke.

Vader kijkt op. 'Fijn dat je er bent,' zegt hij.

Mevrouw Gitl mompelt iets en meneer Gitl vertaalt: 'Mijn vrouw wil weten of er al een kind op komst is.'

'Nog niet,' zegt Kadoke, 'maar er is werk op komst. Ik ga werken. Als het meezit. Ik ga solliciteren. Ik ga eindelijk wat doen.'

Meneer Gitl vertaalt de woorden en mevrouw Gitl schudt haar hoofd, dan spreekt ze weer een paar volzinnen in het Russisch. Meneer Gitl zegt: 'Mijn vrouw vindt dat je niet moet werken, maar vader moet worden. Geld is het probleem niet, werk is het probleem niet, een kind is het probleem. Jouw kind is het probleem, jouw kind en dat van Anat dat er niet is en dat er al lang had moeten zijn.'

Kadoke antwoordt, gedweeër dan hem lief is: 'Ik doe mijn best, we moeten alleen geduld hebben, het is niet in onze hand, we doen wat we doen moeten.' Meneer Gitl vertaalt de onderdanige woorden van Kadoke en dan wendt Kadoke zich tot zijn vader: 'Gaat het?' vraagt hij. 'Is het lekkere amandeltaart?'

Vader schudt zijn hoofd, neemt voorzichtig een hap en schudt weer zijn hoofd. Of het een ja of een nee is, is onduidelijk.

Even blijft Kadoke naar dit tafereel staan kijken, hij aait zijn vader over zijn hoofd, geeft hem kusjes op het vrijwel kale hoofd. Iedereen bidt op zijn eigen manier. Dan gaat hij terug naar zijn eigen caravan.

49

De school waar Kadoke mag solliciteren heet Hand in Hand en wordt geleid door een zus van een goede vriendin van Anat, die zus heet Rana en ze is volledig geseculariseerd.

Op Hand in Hand worden joodse, christelijke en islamitische feestdagen gevierd. Anat vindt het vreselijk. Ze zegt: 'Het is de enige school waar ik je heen durf te sturen. Op een goede joodse school willen ze je toch niet hebben en als ze je zouden willen hebben vrees ik dat je daar gruwelijke dingen zou zeggen en vreselijke morele praatjes zou verspreiden, dat je mensen van hun identiteit zou beroven. Omdat dat nu eenmaal is wat je overal doet.'

Ze zegt het half plagend, maar aan haar ogen ziet hij dat ze het meent, in haar ogen is hij een man die andere mensen van hun identiteit wil beroven. 'Ik beroof niemand van zijn of haar identiteit,' zegt hij, 'al wat ik zeg is dat het ook anders kan gaan, anders dan het nu gaat.' Hij merkt dat ze hem niet gelooft, dat hij wat haar betreft smoesjes verkondigt, dat haar man talloze hardnekkige maar minder prettige eigenschappen heeft.

'Op Hand in Hand,' zegt ze met een ernstig gezicht, 'worden alle feestdagen gevierd, wat wil zeggen dat ze op een gegeven moment helemaal geen feestdagen meer vieren. Maar dat kan jou niets schelen. Dat mensen niet meer weten wie ze zijn. Omdat jij niet meer weet wie je bent moet iedereen worden zoals jij bent. Ik weet wie je bent, ik weet met wie ik getrouwd ben.' Even lacht ze, eigenlijk alleen met haar ogen. En daarop kust ze hem, waardoor hij dwars door alle liefdeloosheid toch weer haar tederheid voelt. 'Ja, ik weet met wie ik getrouwd ben, Kadoke, ik weet met welk wonder de Eeuwige mij heeft opgezadeld.' Hij ziet tranen in haar ogen maar hij durft niet te vragen waar die vandaan komen, wat ze betekenen, ze weet met wie ze getrouwd is, misschien is dat reden genoeg voor tranen, daarom zegt hij alleen: 'Ik doe mijn best, het wonder doet zo verschrikkelijk zijn best.'

Ook dat is de waarheid, en hij beseft dat het tijd wordt minder zijn best te doen, want precies dat zo vreselijk zijn best doen heeft hem naar deze plek gevoerd, hij is ook gevallen doordat hij maar niet wenste op te houden zijn best te doen.

Op een woensdagochtend reist hij naar Jeruzalem om het sollicitatiegesprek te voeren. Het is herfst en nog warm, maar hij heeft een colbertje aangetrokken, hij blijft een Europeaan, hij zal het niet onder stoelen of banken steken. Ook niet bij een sollicitatiegesprek, juist dan niet.

Op de school – het gebouw verraadt de eigenaardigheden van een bepaald soort architectuur waarbij verdwalen onderdeel is van het concept – vindt hij na enige moeite het kantoortje van de directrice Rana, een pittige dame van begin vijftig die Kadoke eerst uitvoerig uitlegt wat het idee is van Hand in Hand en pas dan vraagt of hij iets wil drinken.

'Thee, graag,' antwoordt hij.

In een kleine aktetas die hij speciaal voor deze gelegenheid heeft gekocht zitten wat papieren waarmee hij zijn verleden probeert te verduidelijken, kopieën van enkele artikelen over suïcidepreventie die hij heeft geschreven, wat natuurlijk an sich weinig te maken heeft met wat een dramadocent doet, maar hij wil graag zijn verleden grondig toelichten. Niet alleen verbaal, hij wil de bewijzen laten zien dat hij meer is dan een gevallen psychiater, dat hij betrekkelijk succesvol was voor hij viel, voor hij ten onrechte van de rots werd geduwd.

Rana komt terug met thee in een plastic bekertje, hij heeft alvast de artikelen uit zijn tas gehaald, maar ze zegt: 'Ik weet wie je bent, Kadoke, ik weet wat je hebt gedaan, maar hier op deze school richten we ons op de toekomst. We laten het verleden rusten, aan het verleden kunnen we niets meer doen.'

Kadoke knikt. 'Je kunt er niets aan doen,' zegt hij, 'maar je kunt er wel over praten, het besef dat er niets aan het verleden te doen is betekent niet dat het verdwijnt. Ik ben ten onrechte beschuldigd, ik ben beschuldigd van misdrijven die ik niet heb begaan, ik ben veroordeeld voor die misdrijven. Ik weet niet of jij weet hoe dat voelt, misschien wel, misschien niet. De pijn is uniek, vreemd en uiteindelijk toch vertrouwd, de pijn mondt uit in schaamte. Ja, ik heb een nieuw leven opgebouwd, ik ben verliefd geworden op Anat, jij kent haar, jouw zus kent haar, ik weet dat dat woord uit mijn mond belachelijk klinkt, uit de mond van een man van mijn leeftijd, maar er is geen ander woord. Als het leven een gebouw is, dan viel ik uit mijn leven, en tijdens het vallen greep ik me vast aan die verliefdheid. Belachelijk, maar ook reëel, al te reëel, dus al moeten we ons op de toekomst richten, en ja, laten we dat doen, daarom zit ik hier immers, om me op de toekomst richten, ik wil toch benadrukken dat het verleden waarover niet gesproken moet worden mij gevormd heeft. Ik ben uit mijn bestaan gegooid, en de wrok, vrees ik, de wrok die daaruit voortvloeit gaat nooit helemaal over, de toekomst is gekleurd en op smaak gebracht door die wrok. Mijn toekomst is ook wrok en zal altijd wrok zijn. Wat ik hooguit kan doen is zwijgen, ik kan de wrok onbenoemd laten.'

Zijn eigen woorden verbazen hem. Dat hij ze hier uitspreekt, dat hij dit hier zegt. Maar Rana antwoordt: 'Wij hebben hier te maken met islamitische kinderen, christelijke, joodse, atheïstische, Palestijnse, Israëlische kinderen, elke combinatie denkbaar vind je hier op deze school. Wij weten dat wonden bestaan, dat hoef je ons nooit uit te leggen, deze school is één grote wond, hoewel ik dat niet mag zeggen van mijn bestuur. Ik heb je cv bestudeerd, ik heb geprobeerd enkele artikelen te lezen die je me gestuurd hebt. Je lijkt me een capabele man, of je dat ook bent zullen we zien. En wat je wonden betreft, ik heb erger gezien, Kadoke. Waarmee ik niet wil zeggen dat je een aansteller bent, alleen dat we de neiging hebben zo naar onze wonden te staren dat we ons nauwelijks meer kunnen voorstellen dat er grotere verwoestingen bestaan dan de verwoestingen die ons zijn aangedaan. Ik weet niet of het helemaal volgens de regels is als ik je aanstel als dramaleraar, maar als alles volgens de regels was gegaan was deze school er nooit gekomen. Wat weet je eigenlijk van drama en dramales? Weinig, vermoed ik. Maar misschien kun je iets van de kinderen leren en als jij iets van hen hebt kunnen leren, dan kunnen zij allicht iets van jou leren. Over geld ga ik niet, als je wil weten wat je gaat verdienen moet je bij de zakelijk directeur zijn. Veel zal het niet zijn, maar je woont in een nederzetting, je hebt niet veel nodig.'

Ze kijkt hem onderzoekend aan.

'Dat was het,' zegt ze.

'Wanneer kan ik beginnen?' wil hij weten.

'Wanneer je wil. Dan roosteren we je in.'

Ze staat op.

Hij doet dat ook.

'Hoe hou je het uit, in die nederzetting?'

'Liefde,' zegt hij terwijl hij de kopieën van zijn artikelen weer in zijn aktetas stopt. Toch teleurgesteld, ja zelfs wat weemoedig dat hij ze voor niets heeft meegenomen.

Ze knikt, gooit zijn plastic bekertje waarin nog wat thee zit in een prullenmand.

'Je bent niet religieus toch?'

'Nee, nooit geweest ook. Maar ik doe mee. Af en toe. Voor mijn vrouw. Ik pas me aan.'

'Je doet mee? Maar er zit geen bodem onder je liefde, zonder religie, zonder God, zonder ideologie, in die nederzetting, in die heuvels. Hoe hou je het uit? Zelfs mét God lijkt het me amper te doen. Als ik jou was zou ik erover nadenken, over die liefde van je. Voor het geval je het op een dag niet meer uithoudt in die nederzetting. Over wat er dan met je moet gebeuren. Waar je heen moet. Ik zeg het maar, ik heb het mensen eerder zien proberen, buitenstaanders, het lukt niet altijd. Soms gaat het prima hoor, ik wil je niet bang maken.'

'Niets lukt altijd.' Kadoke sluit zijn aktetas, het gevoel dat hij deze voor niets heeft gekocht bekruipt hem, dat de tas hem geen waardigheid verleent, maar tot een buitenstaander maakt, eentje die niet weet waar hij terecht is gekomen. Dan geeft hij Rana een hand en hij zegt: 'Ik kan volgende week beginnen.'

50

Anat blijkt sceptisch over zijn werk als dramaleraar, hoewel ze hem zelf heeft aangemoedigd te solliciteren en heeft geprobeerd een goed woordje voor hem te doen. Maar nu ze weet dat hij daar echt kan beginnen, dat hij aan de slag kan, al was het maar voor een proefperiode, lijkt ze zich te bedenken, alsof ze voelt dat ze iets dreigt kwijt te raken wat ze ondanks alles niet wil kwijtraken. Eigenlijk wil ze niet dat hij de nederzetting verlaat, althans zo min mogelijk. Ze wil hem dicht bij zich hebben en als ze zelf niet in de nederzetting is wil ze zeker weten dat hij zich nooit ver van de caravan verwijdert.

Hij probeert haar gerust te stellen, ze hoeft zich geen zorgen te maken. Waarover ook? Dat hij van haar zal vervreemden op een school die zich van een ideologie bedient die haar niet zint? Waarom heeft ze hem daar dan heen gestuurd? Hij staat sceptisch tegenover alle ideologieën, dat weet ze toch, natuurlijk zal hij voor de ene ideologie meer sympathie hebben dan voor de andere, maar hij blijft een scepticus. Dat hij niet in staat was sceptisch tegenover zijn eigen verliefdheid te staan doet daar niets aan af.

'Het is maar voor drie dagen per week,' zegt hij. 'Ik blijf wie ik was, althans ik blijf wie ik was toen ik hier kwam.' Maar zijn pogingen haar gerust te stellen werken niet, angst heeft haar beet en laat haar niet meer los. En hij begrijpt het niet, waarom zou ze bang zijn, voor wat precies? Voor wie?

'Je gaat naar de Palestijnen,' zegt ze.

Het is de avond voor hij aan de slag zal gaan als dramaleraar. In zijn aktetas heeft hij alvast geprinte improvisatieoefeningen gestopt die hij online heeft gevonden. Hij moet vroeg op, hij kan een lift krijgen van een inwoner van de nederzetting die in Jeruzalem in het laboratorium van een ziekenhuis werkt. Vandaar zal hij een bus moeten nemen of een taxi. Hij voelt zich als een kind dat voor het eerst naar de middelbare school gaat.

'Ik ga niet naar de Palestijnen,' zegt hij, 'ik ga naar een school die tegen de klippen op probeert recht te doen aan het feit dat jullie niet de enigen zijn die hier wonen. Hier wonen ook andere mensen. Ik ga naar een school waar jij me heen hebt gestuurd, omdat je dacht dat ze me daar wel wilden hebben en ze wilden me hebben, een school die zoals ik het begrepen heb probeert ervoor te zorgen dat de mensen hier kunnen samenleven. Dat je elkaar niet als vijand hoeft te zien, dat dat niet de veronderstelling hoeft te zijn.'

Hij schenkt kokend water in een kopje waar wat oploskoffie in zit en een klein beetje suiker. Kadoke heeft het gevoel dat hij nooit iets anders heeft gedronken dan oploskoffie, dat hij dit spul al zijn hele leven drinkt en dat zijn laatste drankje op zijn sterfbed oploskoffie zal zijn.

'Je kunt de verschillen niet ontkennen,' zegt ze. 'Tussen volkeren, tussen mensen, tussen culturen. Idealen zijn mooi, zolang je er niet voor hoeft te sterven, waarmee ik bedoel: zolang die idealen er niet toe leiden dat je vermoord wordt, jullie in Europa dachten idealen te kunnen hebben en jullie denken het nog steeds, maar wij weten beter. Wat betekent samenleven als de waarheid van dat samenleven is dat je kunt worden uitgeroeid? Waarom zou je dan nog willen samenleven?'

Kadoke neemt een slokje, brandt zijn tong en zegt dan: 'Wie heeft het over uitroeien? Waarom moet dat woord vallen? Waarom moet je alles zo extreem maken? Waarom meteen weer dat uitroeien erbij halen, waar is dat in vredesnaam voor nodig?

Zie je niet dat jullie de sterkeren zijn, dat jullie al heel lang de sterkeren zijn? Het gaat niet over uitroeien of niet uitgeroeid worden, niet elk conflict gaat daarover.'

'Jawel,' zegt ze, en ze doet een keukenkast open en dan weer dicht, alsof ze iets zoekt, 'de waarheid van elk conflict is dat het gaat om uitgeroeid worden of niet uitgeroeid worden. Maar jij denkt dat je daarvoor te beschaafd bent, te beschaafd voor de waarheid, dat je erboven kunt staan, dat je de waarheid kunt overwinnen.'

'Ik denk niet dat je de waarheid kunt overwinnen, ik denk dat jij een absolute waarheid verkondigt die geen absolute waarheid is.'

Anat geeft geen antwoord meer, ze zoekt iets in de keuken, zwijgend, nukkig. Heeft hij haar beledigd door haar waarheid in twijfel te trekken? In de hoop dat ze het gesprek zal voortzetten gaat hij aan tafel zitten met zijn oploskoffie en neemt de improvisatieoefeningen nog eens door. Nu zijn nieuwe leven op het punt staat te beginnen, of misschien moet hij zeggen: nu zijn nieuwe leven steeds vastere vormen aanneemt – eerst een partner, vervolgens werk –, merkt hij hoe zenuwachtig hij is. Hij kan weer falen. Alles kan weer misgaan. De nederzetting was veilig, bedrukkend en beklemmend, maar veilig. Hier was hij een wonder, of wat er voor een wonder doorgaat op deze plek. Goed, hier wonen was immoreel naar zijn maatstaven, deze veiligheid was immoreel, maar hij was hier voor de liefde, kan liefde immoreel zijn? Is alleen al op een plek aanwezig zijn, zelfs als je daar voor de liefde bent, immoreel? Is hij een legitiem doelwit, zoals sommige tegenstanders van de bezetting zullen beweren, omdat hij in deze nederzetting is gaan wonen?

Die avond liggen ze in bed, zonder te vrijen, ze heeft ook niet meer het woord tot hem gericht, dat hij haar opvattingen over de waarheid niet kon ondersteunen heeft ze hem kennelijk zeer kwalijk genomen, ze liggen naast elkaar, ze draagt een lang wit

T-shirt bij wijze van pyjama en ze zegt: 'Ik vond het altijd een geruststellend idee dat je hier was, dat je hier op me wachtte. Nu weet ik niet waar je bent. Of beter gezegd, ik weet waar je bent, je gaat naar de Palestijnen, ik had je daar nooit heen moeten sturen, nooit.'

Hij streelt haar haren, haar nek. Haar lichte wanhoop ontroert hem, in zo'n stemming heeft hij haar niet eerder gezien. Zij was de sterke, onafhankelijke vrouw, de liefdeloze, hoewel hij goed beseft dat afhankelijkheid ook liefdeloos kan zijn, maar deze afhankelijkheid voelt niet liefdeloos, angstig eerder, beducht op gevaar.

'Onzin, liefste,' zegt hij. 'Onzin. Je weet waar ik ben. Op school. En als ik klaar ben kom ik terug, we moeten nog maar afwachten of ze me voor langere tijd willen hebben. Ik wist niet dat je zo gehecht aan me was, aan mijn aanwezigheid, ik wist het echt niet. Zo ken ik je niet, wat is er?'

Ze draait van hem weg, doet het licht uit. 'Je gaat naar de vijand,' zegt ze. 'Ik heb je er zelf heen gestuurd, maar toch. Gehecht of niet gehecht. Eigenlijk dacht ik dat ze je niet zouden aannemen.'

Hij moet lachen, drukt haar tegen zich aan. Ze is geen vrouw meer die al een huwelijk achter de rug heeft, die aan het promoveren is, die de pijn van de volwassenheid – een heel ander soort pijn dan die van de jeugd – met zich meedraagt, ze is een meisje dat een nachtmerrie heeft gehad en zich ervan wil verzekeren dat de nachtmerrie echt een nachtmerrie was.

'Je dacht dat ze me niet zouden aannemen. Je laat me ergens solliciteren in de hoop dat ze nee zullen zeggen, dat is geweldig,' fluistert hij in haar oor terwijl hij haar blijft vasthouden en hij merkt dat de zwaarte van haar angst hem het matras in drukt, hem de adem beneemt. Even komt het hem voor alsof deze plek, deze nederzetting, deze heuveltop, niets dan angst is, angst die de gedaante van huizen en caravans heeft aangenomen, van hekjes en prikkeldraad, van God en een sportveld, en liggend in het echtelijk bed vraagt hij zich af, dwars door alle liefde die hij voor Anat voelt, door de herinnering aan de verliefdheid, de restanten van de verliefdheid, of hij op deze plek oud kan worden. Hoe moet je oud worden tussen gestolde angst, hoe moet je leven tussen mensen die het dode verleden levend willen houden en dat toekomst noemen?

Hij houdt haar steviger vast, alsof de kracht van zijn omhelzing haar angst kan wegnemen. 'Je moet niet zo zwart-wit denken, zo werkt het niet, lieve Anat. Er zijn geen absolute vijanden, die tijden liggen achter ons. We willen graag geloven dat ze er zijn, omdat die absolute vijanden ons geruststellen. Maar jij kunt zonder die geruststelling, jij en ik kunnen zonder die geruststelling.'

Ze draait zich om, kijkt hem aan terwijl hij haar zo stevig vasthoudt, ze kijkt onderzoekend, en voor het eerst in hun huwelijk voelt hij niet haar overrompelende kracht maar haar overrompelende onzekerheid. 'Ik ga niet naar de vijand,' zegt hij nog een keer. 'Nee, ik ga niet naar de vijand. Ik ga proberen nuttig te zijn, ik ga proberen aan te tonen dat ik meer kan dan hier op deze heuvels wachten op het vaderschap. Ik ga kinderen dramales geven hoewel ik nog nooit dramales heb gegeven, maar ik ga het doen omdat ik het moet. Anders kan ik hier niet blijven, anders word ik gek.'

Ze duwt hem op zijn rug, houdt zijn armen vast, gaat op hem zitten, als een dier, een klein dier dat een ander dier probeert te overmeesteren, een dier dat in zijn doodsangst onvermoede krachten heeft gevonden. 'Ik ben bang dat je weggaat, bang dat je hier niet kunt blijven, dat je te veel weet, dat je te veel denkt, begrijp je wat ik bedoel? Ik ben zo bang.'

Hij schudt zijn hoofd. 'Liefste,' zegt hij, 'ik begrijp het niet. Ik begrijp het echt niet. Wat ik denk is uiteindelijk zo liefdevol, niet over deze plek, maar over jou, zo liefdevol.'

'Nee,' zegt ze zonder zijn bovenarmen los te laten. 'Hoe kun je mij lossnijden van deze plek? Zie je niet wie ik ben? Zie je nog steeds niet wie ik ben? Is liefde niet dat je de waarheid over de ander verdraagt? Maar ik weet waarom je mij niet ziet, waarom je dat niet durft, waarom je dat niet kunt. Als je mij zou zien zou je niet meer van me houden. Als je mij zou zien zou je hier niet blijven.'

51

Om zeven uur staat hij voor zijn caravan met zijn aktetas, hij heeft een witte blouse met korte mouwen aan en een van de blauwe broeken.

De vrouw die hem een lift geeft naar het ziekenhuis is correct. 'Als het te warm is of te koud in de auto moet je het zeggen,' zegt ze. Verder doet ze amper pogingen een gesprek te voeren, wat Kadoke onbehaaglijk maakt. Voor een stoplicht vraagt ze of hij bekend is met de organisatie Christenen voor Israël. En als hij antwoordt: 'Daar ben ik helaas mee bekend', antwoordt ze slechts: 'Dat zijn nou goede christenen, ze bestaan wel.' Haar weigering sociaal te zijn voelt ook als een oordeel. Ze moet hem niet, hij woont hier maar hij blijft een paria, een paria tussen de paria's.

Voor het ziekenhuis noemt ze het nummer van de bus die hij moet nemen, maar omdat het zijn eerste dag is besluit hij met de taxi te gaan.

Ruim voor aanvang van zijn lessen arriveert hij op de school. Er zijn al mensen maar Rana is er nog niet en hij weet niet wie hij moet aanspreken, daarom zwerft hij wat door de school, als een hondje.

Als Rana eindelijk verschijnt lijkt ze zijn komst half vergeten te zijn. 'Ach ja,' zegt ze, 'vandaag begin jij. Wat gaat de tijd snel. In mijn hoofd was het nog ver weg. Normaal koppelen we altijd een Joodse aan een Arabische leraar, maar jou laten we het vooralsnog alleen doen, jij bent een geval apart.'

Ze bestudeert het rooster en begeleidt hem dan naar een lokaal. Het verbaast hem dat ze niet vraagt hoe hij zijn lessen zal invullen, wat hij eigenlijk van plan is te doen. Alles is zo informeel hier, alles gaat zo tussen neus en lippen door. Maar misschien is het al zo bijzonder dat ze hier de feestdagen van de drie monotheïstische religies vieren dat de metamorfose van psychiater tot dramaleraar niet meer is dan een detail. Misschien kun je op een school als deze alleen maar informeel zijn. Rana zegt: 'Je krijgt een groep van elf-, twaalfjarigen, ze hebben zelf gekozen voor deze dramales, dus ze zouden gemotiveerd moeten zijn, de vorige dramaleraar, op wie ze erg gesteld waren, verhuisde naar het noorden van het land, maar ze zullen jou zeker het voordeel van de twijfel geven. Het zijn aardige kinderen.'

Met die woorden laat ze hem alleen met de kinderen. Het is een groepje van vijftien, hij kan niet zien wie Palestijns en wie Israëlisch is, al heeft hij bij een meisje zijn vermoedens, ze draagt een hoofddoek.

Kadoke kijkt de kring rond en ziet hoe de kinderen hem aanstaren, de een brutaal en uitdagend, een ander eerder neutraal, een derde verlegen. Hij wacht tot het tijd is om te beginnen, haalt zijn papieren uit zijn tas, heeft toch het gevoel dat hij auditie komt doen, auditie voor de kinderen, al beseft hij ook dat hij overwicht moet uitstralen. Het overwicht dat hij had toen hij actief was als psychiater. Dan zegt hij: 'Ik heb een moeilijke naam, Kadoke, maar jullie hoeven die naam niet te gebruiken. Jullie mogen me ook anders noemen. En er is nog iets wat moeilijk aan me is. Ik ben jullie dramaleraar, maar ik heb nog nooit dramales gegeven. Ik ben opgeleid tot iets heel anders, ik ben opgeleid om psychiater te worden. Jullie weten vast wat een psychiater is.'

Een jongetje steekt zijn vinger op. In BBC-Engels zegt hij: 'Een psychiater maakt mensen beter, mensen die ziek zijn in hun hoofd.'

'Juist,' zegt Kadoke. 'Dat klopt. Al maken we tegenwoordig niet meer zo graag het onderscheid tussen wat met een moeilijk woord "somatisch" en "psychisch" wordt genoemd. Mensen hebben dikwijls allerlei ziektes tegelijkertijd, en al die ziektes beïnvloeden elkaar. Maar ik ben hier niet om over mijn oude beroep te praten, ik ben hier om dramales te geven en misschien kunnen jullie me daarbij helpen, want jullie hebben dramales gehad, heb ik begrepen. Wat is drama eigenlijk?'

Hij kijkt de groep rond, hij wil zien of hij contact met de kinderen heeft. Een meisje in een olijfgroene jurk steekt haar vinger op. 'Drama is als er erge dingen gebeuren.'

'Maar is het de bedoeling dat wij hier erge dingen laten gebeuren?' vraagt Kadoke.

Een paar kinderen lachen.

De jongen die al eerder aan het woord was zegt: 'Drama is als je doet alsof. Een neef van me is doodgeschoten door soldaten.'

Kadoke knikt. 'Ja,' zegt hij. 'Maar als het echt is, is het ook drama, of kan het ook drama zijn maar andersoortig drama. Je doet alsof er iets ergs gebeurd is en dat noemen we drama. Het doen alsof is de kern van wat we hier doen. Kunnen we dat zo zeggen?'

Een meisje in een broekpak roept: 'Ik heb eens een toneelstuk gezien over een moord, maar die moord was echt gebeurd.'

De kinderen beginnen door elkaar te schreeuwen, en Kadoke maant tot stilte alsof hij dit al weken doet. Het verbaast hem maar de woorden van de kinderen dwingen hem tot een eenvoudige precisie en verschaffen hem uiteindelijk ook inzichten. Als drama doen-alsof is, dan kan hij ook met overtuiging doen alsof hij een dramaleraar is, alsof dit zijn roeping is, zijn leven. Hij hoeft het alleen maar te spelen, meer niet, soms is spelen genoeg, mits je het met overtuiging en liefde doet, met aandacht en concentratie.

'Soms is drama iets naspelen wat in het echt is gebeurd,' zegt

Kadoke. 'Waarom zouden we dat doen? Waarom zouden we iets naspelen? Wat zijn daar de voordelen van?'

'Je kunt er beter naar kijken,' zegt een meisje dat wat groter en volwassener is dan de andere kinderen.

'Ja,' zegt Kadoke, 'uitstekend. Je kunt er beter naar kijken, en je mág er beter naar kijken. Als wij op straat naar het drama staren dat ons niet toebehoort zijn we al snel ramptoeristen maar in het theater mag het, daar is het zelfs de bedoeling dat wij ernaar staren, ernaar kijken. En wat zouden de voordelen zijn van dat kijken?'

'We vinden het mooi,' zegt hetzelfde meisje, verlegen, alsof ze zich schaamt dat ze het mooi vindt, alsof ze beseft dat er in dat mooi vinden iets onbehaaglijks zit.

De jongen die als eerste heeft gesproken roept: 'We kijken ernaar omdat het niet echt is. Ik heb weleens een steekpartij op straat gezien en toen zei mijn moeder dat ik snel moest doorlopen.'

Kadoke heeft zich geprobeerd voor te bereiden, maar zo'n gesprek gaat altijd weer een andere kant uit dan je verwachtte.

'Misschien kunnen we zeggen,' stelt Kadoke aarzelend voor, 'dat drama iets is waar we naar kijken omdat het mooi is, maar waarvan we weten dat het niet echt is, anders zouden we snel doorlopen, omdat een mes op straat ons bedreigt en een mes op het toneel niet.'

De kinderen knikken. Een klein jongetje in een gymbroek zegt: 'Ik zou ook wel willen kijken als het echt is.' Er klinkt gemor. Kennelijk zegt het jongetje wel vaker dingen die als sociaal onwenselijk worden ervaren.

Kadoke begint met de improvisatieoefeningen maar de oefeningen, een ervan is genaamd 'In de dierentuin', komen hem in deze ruimte oubollig voor, lijken niet aan te sluiten bij de ervaringen van de kinderen. Toch doen ze enthousiast mee. Ze doen alsof ze improviseren, ze doen alsof ze het leuk vinden en ze doen alsof hij geen psychiater is maar een dramaleraar. Als hij klaar is loopt hij door de gangen op zoek naar Rana. Ze zit in haar kantoortje met een man te praten die leraar Engels blijkt te zijn.

'Kom erbij,' zegt ze. 'Hoe ging het?'

'Voor een eerste keer niet slecht,' antwoordt Kadoke. 'Dat klinkt misschien wat arrogant, maar ik geloof dat ik de waarheid spreek. Voor een eerste keer ging het niet slecht.'

De leraar Engels, een lange man met een donkere huid en donkere ogen, hij heeft iets hoekigs, zegt dat het niet zo moeilijk is, dat iedereen wel dramadocent kan zijn. Al voegt hij er meteen aan toe: 'Daar bedoel ik niets denigrerends mee. Iedereen kan ook leraar Engels zijn. Is ook niet moeilijk.' De leraar Engels zegt dat hij Fahed heet en geeft Kadoke een stevige hand.

De woorden storen hem, tot zijn eigen verbazing. Het gemak waarmee wordt gedaan alsof iedereen kan wat hij kan staat hem tegen. Zijn leven heeft hij geprobeerd te doen wat vrijwel niemand kon en ook nu zou hij graag een uitzonderlijke dramaleraar willen zijn. Hij zou Fahed willen tegenspreken, hij zou met hem in discussie willen treden, maar hij krijgt de kans niet. Rana zegt dat ze beseft dat ze Kadoke nog helemaal niet zijn rooster heeft gegeven. Ze rommelt wat met haar laptop, beklaagt zich over de printer, maar geeft hem uiteindelijk een papiertje met daarop zijn rooster.

'Je tweede les vandaag valt uit, die groep is op excursie. Dus dan… Dan zien we je morgen weer.'

Hij geeft Fahed en Rana een hand, vraagt zich even af of ze zijn werk hier echt als werk beschouwen of dat het meer een soort van liefdadigheid van de kant van de school is. Ze hebben medelijden met hem, en omdat ze Anat een plezier willen doen hebben ze hem aangenomen.

In de gangen komt hij nog het kleine jongetje tegen dat het sociaal onwenselijke antwoord gaf. Het jongetje zwaait naar Kadoke, vriendelijk en toch uitdagend. Kadoke zwaait terug.

Dan staat hij buiten. Hij vraagt zich af of hij terug zal gaan naar de nederzetting of nog wat door Jeruzalem zal dwalen. Eigenlijk wil hij terug naar de nederzetting, terug naar zijn ballingsoord, naar zijn gevangenis, de plek waar hij zich ondanks alles thuis is gaan voelen, als dat het woord is, thuis. Ooit had iemand tegen hem gezegd: 'Je hecht je aan wat voorhanden is.' Hij kon zich helaas niet meer herinneren wie, een voormalige collega, een ex, maar de woorden herinnert hij zich goed. Eigenlijk zijn deze woorden een andere manier om te zeggen dat je het noodlot niet alleen moet omarmen, je moet je eraan hechten. Wat anders valt er te omarmen? Aan wat anders kun je je hechten? Maar ondanks dit besef, ondanks het feit dat het noodlot omarmd moet worden, dat je je eraan moet hechten, loopt hij door de straten van Jeruzalem, uren loopt hij, tot aan de oude stad. Nog is hij een gevallen psychiater, maar steeds minder, steeds meer is hij een niet-religieuze inwoner van de bezette gebieden, een dramaleraar op een school voor Palestijnse en Israëlische kinderen. Staand voor de muren van de oude stad beseft hij dat hij ondanks zijn huwelijk, ondanks zijn wonden lang gedacht heeft dat een terugkeer mogelijk was, stiekem, Europa bestond nog, Europa liep niet weg. Maar lopend door deze stad met zijn improvisatieoefeningen in zijn aktetas begrijpt hij: Europa bestaat nog, maar niet meer voor hem.

52

Anat wacht op hem in de keuken, ze is pannenkoeken aan het bakken, Amerikaanse pannenkoeken, van die dikke. 'Hoe was het bij de Palestijnen?' vraagt ze en ze serveert hem een pannenkoek die hij staand naast haar aan het ondanks al zijn pogingen toch wat plakkerige aanrecht opeet terwijl zij alweer een volgende pannenkoek aan het bakken is.

'Ik was bij kinderen,' zegt hij, 'kinderen die mij hebben geprobeerd uit te leggen wat het verschil is tussen het echte en het minder echte drama. Ik heb ze niet gevraagd wie Palestijns was en wie Israëlisch. Dat deed er niet toe. Ik zag kinderen.'

Anat concentreert zich op de pannenkoek in de pan en met volle mond zegt ze: 'O, meneer de humanist zag weer eens alleen kinderen. Maar ik kan je verzekeren dat de kinderen niet meneertje de humanist zagen, zij weten precies wie jij bent. Ook die bourgeois-Palestijnen, de Palestijnen die hun kinderen op een half-joodse school willen doen om hun een betere toekomst te geven. Niet de echte Palestijnen, die brengen hun kinderen niet naar die school.'

'Nu zijn er ook al echte en minder echte Palestijnen.' Hij zou willen zuchten, zoals een oud-collega van hem tijdens vergaderingen kon zuchten, theatraal en hard, met onmiskenbare agressie, misschien zou hij zelfs boos willen worden.

Ze geeft hem de kans niet. 'Ik weet waarover wij het oneens zijn,' zegt ze snel en ze omhelst hem, hij voelt haar handen die nog kleverig zijn van de pan en het deeg. 'Ik ben getrouwd met een gevallen man, dat weet ik, dat besef ik, ik hoop dat je door dit werk te doen weer een beetje omhoog kunt vallen, dat hoop ik echt. Sorry dat ik zo uitviel. Ik weet wie je bent en ik leg me erbij neer. Alles in mij heeft zich erbij neergelegd.'

'Omhoog vallen, wat een raar concept.' Hij schudt zijn hoofd. 'En ik heb mijn waardigheid allang hervonden, ik ben nooit echt een onwaardige geweest. Nooit. Ik heb gedacht: waarom ik? Heb ik dit verdiend? Dat heb ik gedacht, maar wrok is niet hetzelfde als onwaardigheid. Wat denk jij dat het verschil is tussen het echte en het onechte drama?'

Ze gaat naar de slaapkamer en komt terug met de ss-pet.

'Wij zijn het onechte drama,' zegt ze. 'Het echte drama ligt achter ons en misschien voor ons, als we niet oppassen. Het zal komen, maar wanneer?'

Hij kijkt naar zijn vrouw, naar de pet, naar de pan, het beslag. 'Anat,' zegt hij, 'lieve Anat, ik heb net voor dramaleraar gespeeld en nu moet ik alweer voor Obersturmbannführer spelen, zoveel transformaties in zo'n korte tijd, dat kan ik niet aan.' Maar in haar ogen ziet hij begeerte, een agressieve nietsontziende begeerte, zo scherp als een mes, dodelijk als een machinegeweer. Het is de begeerte die hem opwindt, die hij zelden bij haar ziet, die hem ook beangstigt, hij zet de pet op. Ze draait het vuur uit, ze gaan naar de slaapkamer en daar neukt ze zich naar het leven toe, neukend mag ze bestaan, dat windt haar op, en hij moet voor de dood spelen, ook dat windt haar kennelijk op, dat ze getrouwd is met een man die bij tijd en wijle voor de dood speelt, voor *ein Meister aus Deutschland*, en hij doet het graag, daar niet van, voor haar doet hij alles, haar opwinding is zijn opwinding. Al vraagt hij zich tussendoor ook weleens af wat hij nu eigenlijk zelf wil. Wil hij voor de dood spelen? Wil hij voor haar beul spelen, al is het een spel? Haar liefde, haar goedkeuring wil hij, vooral dat. De afgekeurde mens wil weer worden goedgekeurd. En even schiet het door hem heen dat sommige afkeuring zo diep snijdt dat geen goedkeuring ertegenop kan.

Zijn kleren zijn op een eenvoudige stoel naast het bed gegooid. Hij ligt op haar, naakt, een naakte man met een pet op zijn hoofd van een ss'er, dat is hun ritueel en hij speelt met overgave voor de dood, zoals hij ooit voor psychiater speelde. Ja, met net zoveel overgave speelt hij nu voor de dood.

Na afloop zou hij haar weleens willen vragen waarom haar dit toch zo opwindt, waarom hun seksleven zo geritualiseerd is, en of ze niet een beetje achterlopen, de wereld is toch veel verder, de wereld heeft de vernietiging van het Europese Jodendom toch achter zich gelaten, waarom moet die vernietiging steeds weer onderdeel zijn van hun seksleven? Maar dergelijke vragen stelt hij niet, na afloop wil ze alleen getroost worden, getroost voor het spel dat zij zelf initieert, voor de dood die zij zelf oproept, voor de vernedering waarnaar ze zelf verlangt, en hij troost haar, omdat hij dan niet meer de dood is, maar Kadoke, iemand die door omstandigheden verdwaald is in een religieuze nederzetting op de Westelijke Jordaanoever, verdwaald in het eigen leven.

Nee, nooit stelt hij vragen over het spel, hij streelt haar alsof ze gewond is teruggekomen van een of ander slagveld, alsof je naar het leven toe neuken een slagveld is en hij weet wat ze op dat slagveld heeft doorstaan. De pet ligt dan op het nachtkastje en allebei doen ze alsof die pet er niet is.

Zo worden ze nog meer een stel dan voor die tijd, een gewoon stel, zij het met een klein geheim, maar welk gewoon stel heeft geen kleine geheimen? Sommige stellen hebben zelfs grote geheimen. Op vrijdag bakt Anat een taart of koekjes, met een zekere overgave, ze krijgt dan iets moederlijks en behandelt Kadoke als een kind, een jongen die een koekje heeft verdiend, ondanks alles. Vermoedelijk doet ze dat om te wennen aan het kind dat ze ooit hoopt te krijgen.

Verder is zij aan het promoveren, het gaat maar door, het onderzoek, en hij werkt drie dagen als dramaleraar bij Hand in Hand. Aanvankelijk onwennig, als iemand die stiekem weet dat hij op een dag ontmaskerd zal worden, maar geleidelijk aan met steeds meer vertrouwen, met een aan zekerheid grenzende hoogmoed dat hij niet ontmaskerd zal worden omdat er niets te ontmaskeren valt, hij is wie hij zegt te zijn. Hij begint de namen van de kinderen te kennen, de namen van enkele collega's, hij ontwikkelt een routine.

En vader is er, die maar niet doodgaat, zonder dat je kunt zeggen dat hij nog echt in leven is, hij klaagt vanuit zijn eigen caravan, hij klaagt over alles, maar dat is zijn liefde en soms zegt hij tegen Kadoke: 'Het is goed dat je er bent,' en Kadoke antwoordt: 'Het is goed dat jij er bent.'

De proefperiode eindigt, er was kennelijk toch sprake van zo'n periode, hij wist het niet eens tot Rana het hem op een dag vertelt, vol blijdschap dat zijn proefperiode voorbij is, dat hij zich in korte tijd enorm heeft ontwikkeld, als dramaleraar zegt ze er vlug achteraan. Hij komt thuis met verhalen, verhalen over de lessen, verhalen van kinderen, verhalen over en van collega's. Hij zorgt er wel voor dat het politieke uit de verhalen wordt gefilterd. Het zijn neutrale verhalen die Anat niet boos kunnen maken en als ze tijd heeft en in een goed humeur is bakt ze pannenkoeken voor hem, zodat hij al wat in zijn maag heeft voor ze bij haar moeder gaan eten die meer en meer in de ban is van de comateuze rabbijn in Brooklyn. Het messianisme stoot haar steeds krachtiger uit de werkelijkheid.

Zelfs in de nederzetting lijkt men zich te hebben neergelegd bij Kadoke als tegenvallend maar immer aanwezig wonder. Nu en dan maakt iemand een praatje met hem, neutrale vragen, sneeuwt het veel in de winter in Amsterdam, waarop hij neutrale antwoorden kan geven. Men vermijdt gevoelige onderwerpen, al zijn er een paar hardnekkige bewoners die hem dichter bij God proberen te brengen, steeds weer, waar ze ook beginnen als ze hem zien, ze eindigen altijd bij hun god. Hij gaat deze mensen zoveel mogelijk uit de weg. Hij wil niet dichter bij God worden gebracht, hij is eigenlijk al veel te dichtbij.

Een collega nodigt hem uit voor een feestje. Hij gaat erheen, blijft niet lang, in dit gezelschap voelt hij zich toch weer een beetje een paria, dit keer niet omdat hij een gevallen psychiater is, maar omdat hij in een nederzetting woont. Een religieuze nederzetting nog wel. Hij probeert het onderwerp te vermijden of licht ironisch dan wel met enige distantie erover te praten. 'Ik ben er neergesmeten,' zegt hij. 'De liefde heeft me er neergesmeten.'

Tegen een ander zegt hij: 'Ik ben aangespoeld, ik ben een drenkeling.' Maar hij beseft dat deze woorden al te frivole en ongeloofwaardige excuses zijn voor zijn aanwezigheid in de nederzetting. En toch, hoe langer hij in die nederzetting woont hoe meer hij eraan gewend is geraakt, hoe meer hij beseft dat de groene lijn die de bezette gebieden van de niet-bezette gebieden scheidt niet meer zo'n belangrijke lijn is. De status quo die eeuwig zou kunnen duren overschaduwt al zijn bezwaren. Niet de plek waar hij woont, maar de mensen tussen wie hij woont, hun tot ideologie verheven achtervolgingswaan kan hem bedrukken. Al beseft hij ook dat ze in tijden van paranoia leven en dat het verleden de achtervolgingswaan zo redelijk doet lijken, zo begrijpelijk, bijna logisch. Maar hij spreekt er niet over, niet in de nederzetting en niet erbuiten.

Het enige wat aan zijn religieus-burgerlijke geluk ontbreekt is een zwangerschap. Ze neuken braaf elke zaterdagmiddag zoals de gewoonte is onder orthodoxe joden en soms ook tussendoor, dan komt ze aanzetten met de ss-pet en hij vraagt zich weleens af of hij niet stiekem toch dood zaad heeft. Of de geruststellende performance die hij heeft opgevoerd voor het oog van Anats moeder niet misleidend was.

Op een ochtend als hij weer eens een lift heeft gekregen van de vrouw die in het ziekenhuis werkt, stelt hij zich de vraag hoe een andersoortig geluk in zijn leven eruit zou hebben gezien. Het niet-burgerlijke geluk. Of misschien juist wel het burgerlijke geluk, vanuit Nederlands perspectief kun je deze nederzetting nauwelijks burgerlijk noemen. Heeft hij het andere geluk ooit gekend? Heeft hij er ooit naar verlangd? Wat voor vorm zou het hebben aangenomen? Welke levens zou hij dan hebben geleid? Was zijn val stiekem een redding? Of is die gedachte slechts de logische consequentie van de omarming van het noodlot, wie het omarmt moet zijn val ook omarmen. Hij concludeert dat het hoogst onzeker is of hij werkelijk gelukkiger was geweest als hij niet gevallen zou zijn.

53

Die middag komt Fahed naar hem toe. Of de kinderen die normaal Engels hebben met Kadoke's dramales mee kunnen doen. Fahed moet naar de tandarts, er is een kies afgebroken, het is dringend.

Kadoke heeft zich neergelegd bij de informele manier waarop hier dingen worden geregeld. Hij was zo gewend aan de formele gang van zaken bij de crisisdienst, dat het informele hem bij tijd en wijle als anarchistisch, bijna zondig voorkomt. Maar hij zegt: 'Natuurlijk, laat de kinderen maar komen.'

Zo zit hij in plaats van met een groepje van vijftien, met achtentwintig kinderen. Ze zijn luidruchtig, gelukkig is zijn didactische methode erop vooruitgegaan. Al doende leer je. Hij waart door het lokaal als een zachtaardige meester, doet dingen voor, niet dat hij kan acteren maar hij doet alsof, grijpt in waar nodig, houdt bij de les als de kinderen niet bij de les wensen te blijven, strooit met complimenten en deelt af en toe een opbouwende vermaning uit. Hij vergeet en verliest zichzelf en die sensatie ervaart hij als geluk.

Aan het eind van de dag komt Fahed hem bedanken. 'Dank je,' zegt hij. 'Het was een spoedgeval.' Hij lacht. 'Mijn mond is nog een beetje verdoofd, maar het gaat eigenlijk alweer.'

'Het was niets,' zegt Kadoke een beetje ongemakkelijk, 'graag gedaan.' Tussen de kinderen vergeet hij dat hij speelt, maar omringd door collega's – zelfs dat woord staat hem tegen – kan hij het spelen niet vergeten.

‘Kan ik je een drankje aanbieden?’ vraagt Fahed.

Kadoke wil nee zeggen, hij moet naar de nederzetting, maar als goede collega vindt hij ‘nee’ zo hard en afwijzend. Hij wil niet iemand zijn die altijd maar nee zegt, die zich onttrekt aan alle sociale verplichtingen. Daarom zegt hij: ‘Een drankje kan altijd.’

Ze lopen naar een café, het is een lange wandeling, niet ver van de woning van Fahed, die vertelt dat hij getrouwd is met een Joodse vrouw maar zelf een bedoeïen is en dat hij drie kinderen heeft. Drie dochters. Kadoke stelt vragen en omschrijft zichzelf vervolgens als een niet-religieuze Jood die beland is in een religieuze nederzetting, als een agnostische zionist – ‘Ik ben er niet voor, maar er ook niet tegen, bovendien valt er weinig meer voor of tegen te zijn, de staat is er’ – die getrouwd is met een orthodox-joodse vrouw.

‘Een vat vol tegenstrijdigheden,’ zegt Fahed, ‘zo’n huwelijk, het huwelijk. Jij. Ik. Wij allemaal.’

Het café is vol, ze nemen plaats op het terras, Fahed vraagt om koffie, Kadoke bestelt fruitsap.

Ze praten wat over school, kinderen, collega’s, roddelen kan het niet genoemd worden, het is meer het uitwisselen van informatie. Dan wil Fahed weten hoe Kadoke in dat vat vol tegenstrijdigheden dat zijn huwelijk is, is beland. Zo vanuit Amsterdam, het vredige Amsterdam. Kadoke dacht dat Fahed het al wist maar kennelijk niet, en beleefdheidshalve doet hij nog eens zijn verhaal, hoewel hij merkt dat het hem moeilijk valt. Het blijft een ingewikkeld verhaal. Een psychiater die een patiënte bij hem thuis als bejaardenverzorgster aanstelt en vervolgens beschuldigd wordt van grensoverschrijdend gedrag terwijl hij geloofde aan alternatieve therapie te hebben gedaan, dat is een verhaal waar mensen hun wenkbrauwen bij optrekken. Maar Fahed luistert alleen, stelt een paar vragen, bestelt nog een koffie en zegt vervolgens dat er altijd mensen zijn die andere mensen ten val willen brengen, de afwijking is dikwijls al reden genoeg voor het doen struikelen. De koffie komt. Ze praten verder, Kadoke wil weten hoe de ouders van Fahed het vinden dat hij met een Joodse Israëli is getrouwd en Fahed antwoordt: 'Ik ben een veganist en getrouwd met een Israëli. Dat vinden ze allebei moeilijk. Ik ben veganist geworden om ze te laten wennen aan mijn vrouw. Eerst was er het veganisme, en toen mijn familie daaraan gewend was, kwam ik op de proppen met mijn Joodse vrouw.'

Kadoke glimlacht. De vrouw die deel uitmaakt van een ander volk als een eetgewoonte die als vreemd en misschien onwenselijk wordt beschouwd. De partner is een eetgewoonte, een collectie voorschriften, een paar taboes, enkele geboden.

Kadoke ziet dat hij te laat is om tijdig bij het ziekenhuis te zijn voor zijn lift. Hij moet de vrouw een appje sturen, maar hij stelt het uit. Zo loom zit hij hier, op dit terras, na school, alsof hij vakantie heeft van het leven, van zijn lieve, nog net niet dode vader, zijn lieve, fanatieke vrouw. In plaats van een appje te sturen, in plaats van zich verantwoordelijk te gedragen vraagt hij hoe Fahed de toekomst ziet en hij beseft dat hij klinkt als een toerist, een buitenstaander die zich zorgen maakt om de toekomst. Die denkt: zoals het nu gaat kan het niet verdergaan. Hier maken de mensen zich geen zorgen, althans niet op zijn manier, niet op de Europese manier, zorgen zijn er voor mensen die nog geloven dat hun zorgen iets uithalen.

Fahed vertelt dat hij ooit fysiotherapeut was maar zich een veredelde masseur voelde en dat hij zich toen heeft laten omscholen tot leraar Engels. De voormalige fysiotherapeut legt een hand in de nek van Kadoke. 'Niet dat ik geen goede veredelde masseur was,' zegt Fahed, 'voel maar, maar het beviel me niet, de patiënten, ze bevielen me niet meer. Hun klachten, hun verhalen, hun pijntjes.' Fahed knijpt in de nek van Kadoke, die denkt: hij wil me wurgen. Dit is geen massage, dit is kelen. En hij herinnert zich dat hij Fahed wilde tegenspreken toen die beweerde dat iedereen dramaleraar kon zijn, dat iedereen Engelse les kon geven. Maar Kadoke antwoordt: 'Dat begrijp ik, dat het je te veel werd, de klachten, de verhalen. Ik herken wel iets. Maar het voelt goed.'

Als hij later zich zal afvragen hoe en waar het begonnen is dan zal hij terugkeren naar die middag toen hij meende dat Fahed hem op dat terras wilde wurgen. Die middag dat ze iets gingen drinken omdat Fahed een noodgeval had bij de tandarts. Je hebt een begin en dikwijls ook iets van een eind nodig, voor de dood komt moet je kunnen zeggen: hier begon het en hier eindigde het. Zoals mensen de dag van hun geboorte markeren, hun trouwdag en andere dagen, feestdagen. Hoeveel jaar zijn we al samen? Hoe oud zijn de kinderen? Hoeveel jaar is moeder dood? Hoeveel jaar is het geleden dat ik viel, dat ik in de spiegel keek en een gevallen man zag?

Als Fahed drie mokken koffie heeft gedronken en Kadoke drie verschillende soorten vruchtensap heeft genuttigd (grapefruit, sinaasappel en druif) en ze door de straten van Jeruzalem lopen, door een wijk waar Kadoke niet eerder is geweest, vertelt Fahed dat vroeg of laat de éénstaatoplossing zal arriveren, dat alle andere oplossingen geen oplossingen zijn maar dat er veel bloedvergieten aan vooraf zal gaan en hij zegt dat met een berusting die niet van cynisme is te onderscheiden maar die net zo goed verdriet zou kunnen zijn, groot verdriet.

Kadoke heeft geen idee waar hij heen gaat, hij loopt gewoon achter Fahed aan – gaan er nog bussen naar de nederzetting? Of moet hij een taxi nemen? – en hij betrapt zich op het verlangen te vragen: 'Wanneer komt het bloedvergieten? Niet dat ik er bang voor ben, of misschien toch, maar wanneer komt het? Volgend jaar? Over vijf jaar? Over een decennium? Wanneer begint het grote bloedvergieten?' Hij geeft toe aan zijn verlangen, hij stelt die vragen, net iets anders, iets genuanceerder, maar ongeveer toch zo, alsof niets anders ertoe doet, alsof hij het nu moet weten, alsof dat de ware reden is dat hij met zijn oude vader naar de dorre heuvels op de Westelijke Jordaanoever is verhuisd, om te weten wanneer het bloedvergieten begint.

Fahed pakt Kadoke bij zijn bovenarm, de voormalige masseur knijpt in de arm van zijn collega. 'Ben ik een waarzegger?' vraagt Fahed. 'Het zal komen maar ik weet niet wanneer en hoe groot het zal zijn weet ik ook niet, ik heb drie kinderen, ik kan me echt niet de hele dag afvragen wanneer het zal beginnen. Jullie denken zo simpel, jullie buitenstaanders, jullie zijn hier een paar weken en denken alles te begrijpen, met jullie meninkjes. Het conflict valt uiteen in tientallen, nee honderden kleine conflictjes, wat moet ik erover zeggen, denk je dat ik alles begrijp, denk je dat ik alles wil begrijpen?'

Maar Kadoke kan niet loslaten, kan niet ophouden met vragen. Hij wil nu alles weten, hij wil alles van Fahed weten, waarom van hem, geen idee. Het overvalt hem, het willen weten. 'Maar waarom ben je met een Israëlische vrouw getrouwd?'

Fahed heeft de bovenarm van Kadoke nog altijd vast alsof dat zijn woorden kracht bij zal zetten. 'Waarom ben jij met een orthodoxe vrouw getrouwd? We studeerden samen, we werden verliefd, van het een kwam het ander, toen trouwden we, toen kregen we twee dochters, toen dachten we: we willen nog een zoon, toen kregen we een derde dochter, toen dachten we erover te scheiden, toen deden we het toch niet. Hoe gaan levens, jij weet hoe levens gaan. Hier leven we net zoals mensen elders. Wat denk jij? Dat we buitenaardse wezens zijn?'

'Maar jij blijft de Arabier, de Palestijn, de bedoeïen, de moslim.'

'Hou op,' zegt Fahed en hij knijpt nog harder, 'ik heb drie kinderen die moeten eten, die naar school moeten, die straks het leger in moeten of misschien moeten ze dat ook niet. Ja, voor sommige buren ben ik de Arabier, maar als ik met ze spreek, dan zijn ze vriendelijk en zeggen ze: je bent een vriendelijke man,

Fahed, een goede buurman, jij bent de goeie Arabier, als er een wc verstopt zit kom je ons helpen want jij weet hoe je wc's moet ontstoppen. De goede Arabier is de behulpzame Arabier. Jij leeft in een theoretische werkelijkheid, daar moet je eens uit komen.'

'Toch moet ik de vraag nog één keer stellen,' zegt Kadoke. 'Wanneer denk jij dat het bloedvergieten begint? Als je gelooft dat het onvermijdelijk is, dan heb je misschien ook een vermoeden wanneer het begint? Een idee? Een theorie, ja mensen hebben theorieën, daarom zijn we mensen, omdat we theorieën hebben over hoe het leven in elkaar zit, hoe wijzelf in elkaar zitten en die toetsen we dan, daarom zou ik graag willen weten wanneer het begint.'

Fahed duwt Kadoke tegen een lantaarnpaal, of is het een stoplicht? Kadoke weet het niet. 'Geen idee wanneer het begint,' zegt Fahed. 'Ik werk niet voor de geheime dienst en die weten het trouwens ook niet. Het begint als genoeg mensen willen dat het begint, als de alternatieven erger zijn dan het bloedvergieten zelf, en heus niet iedereen zal doodgaan. Waar maak je je druk om? Ben je bang dat je aan de verkeerde kant van de geschiedenis staat? Omdat je in een religieuze nederzetting bent terechtgekomen? Denk je dat het voor mij verschil maakt of je ten westen of ten oosten van de groene lijn woont, denk je dat ik mijn geschiedenis niet ken? Maar wie ben jij eigenlijk? Waar geloof jij in? Waarom ben je hier gekomen? Ik weet waarom mijn vrouw naar dit land is gekomen, maar waarom moest jij hier zo nodig naar toe? Jij draagt dat oude Europese met je mee, jij staat overal boven, jij draagt dat ongenaakbare met je mee, je bent gevallen zei je, en toch ongenaakbaar. Wat heb je van de kinderen die je lesgeeft geleerd? Waarom ben je onze school binnengedrongen? Onze levens? Voor wie werk je?'

En met die woorden drukt Fahed zijn lippen op Kadoke's mond en kust hem alsof hij pas zal weten wie Kadoke is en voor wie hij werkt als hij hem gekust heeft.

Dan zegt Fahed: 'Dit doe ik normaal nooit.'

'Ik ook niet,' antwoordt Kadoke. Al weet hij niet zeker wat Fahed bedoelt. Een collega kussen? Een man kussen? Op straat kussen? Iemand anders dan zijn vrouw kussen?

'Waarom kom jij de vrede verstoren?' wil Fahed weten. Alsof het Kadoke's schuld is, de kus, alsof er niets was gebeurd als Kadoke was weggebleven.

'Er is hier geen vrede.'

'Ik heb het gehoord van mijn vrouw. Die kent mensen in jouw nederzetting, die zeggen: de een is voor hem, de ander is tegen hem. De een zegt: hij is zo kwaad niet. De ander zegt: hij is het kwaad dat zich vermomd heeft als wonder. Dat is de vrede verstoren, als je voor of tegen jou moet zijn. Waarom kunnen mensen niet gewoon neutraal tegenover jou staan? Op school ook, mensen hebben een hekel aan je of ze hebben fantasieën, ze zien van alles in je. Waarom ben jij een vredeverstoorder?'

'Die hekel is ook een fantasie,' fluistert Kadoke. 'Alles is fantasie.' Hoewel hij nog altijd tegen een lantaarnpaal aangedrukt staat en hij weinig bewegingsvrijheid heeft lukt het hem de hand van Fahed te strelen, zo anders dan de hand van Anat, een volstrekt andere hand.

'Ze zagen in mij een wonder dat ik nooit ben geweest,' mompelt Kadoke, 'ik heb me nooit als wonder voorgedaan, ze zagen iets in me wat ik niet ben, zoals ze me in Amsterdam beschuldigden van iets wat ik niet heb gedaan.' En dan wordt hij overweldigd door het curieuze verlangen Fahed te beminnen, deze voor hem volstrekt vreemde man met dat grote harige lichaam en die geprikkelde stem, deze man van wie hij op een bepaalde manier walgt wil hij beminnen. Hij rukt zich los, pakt Faheds hoofd vast en fluistert: 'Ja, ik ben gekomen om jullie vrede die er niet is te verstoren, dat is namelijk wat ik overal heb gedaan en dat doe ik hier ook. Ik verstoor de vrede, waar ik ook kom, waar ik ook ga.' Vervolgens zoent hij Fahed en zijn handen glijden over het lichaam waarvan Kadoke walgt, over de billen, over het kruis, wrijven over de pik van Fahed, knijpen in de pik tot die hard wordt en eindelijk – voor zichzelf eindelijk, hij wantrouwt deze stilte – fluistert Kadoke: 'Ja, ik ben een onruststoker, omdat ik me niet aan de protocollen kan houden. Nergens. Ook hier niet. Ik ben vriendelijk en goed opgevoed, maar vroeg of laat valt het masker.'

'Niet hier,' zegt Fahed, zacht en scherp, 'het is hier niet veilig.'

Ze lopen verder en praten over bloedvergieten alsof er niets is gebeurd.

'In een Israëlische krant las ik dat de bezetting een verkrachting is,' zegt Kadoke. 'Maar ik zie de verkrachting niet, wij zien de verkrachting niet. En toch denk ik soms: ik ben de verkrachter, ik ben het.'

Ja, ook zo begint het, zo moest het beginnen lijkt het achteraf, alsof hij geen keuze had, alsof het hem allemaal is overkomen, een weerloos slachtoffer van het noodlot, het begon met de vraag wanneer het bloedvergieten zal komen. De vraag kwam zo onschuldig uit Kadoke's mond, hij wist niet wat hij vroeg toen hij die vraag stelde. Zo zal hij het later ook zeggen: 'Ik wist niet wat ik vroeg, ik kende de betekenis van de woorden niet.'

'Verkrachter,' zegt Fahed. 'Alsjeblieft, zadel me niet ook nog op met je schuldgevoel.'

En Kadoke blijft naast Fahed lopen die vertelt over zijn kinderen, zijn vrouw, zijn ouders, het dorp waar hij opgroeide in het noorden van Israël, zijn broers. En Kadoke vraagt niet wanneer de laatste bus naar de nederzetting gaat. Hij vraagt niets, hij luistert.

Tot Fahed zegt: 'Nu moet ik echt naar huis. Maak je niet zo druk om het bloedvergieten. Als het komt zul je weten wat je aan de mensen hebt. En bovendien, het is al bezig, op kleine en niet zo kleine schaal. Al lang. Maak je ook niet zo druk om de vraag of de bezetting een verkrachting is. We hebben genoeg metaforen die de mensen uit elkaar drijven.'

'Ik denk,' antwoordt Kadoke, 'en dat is wat ik bedoel, dat je mensen niet op deze manier op de proef moet stellen, niet met metaforen en niet op andere manieren, dat de meeste mensen daar niet tegen kunnen. Van wie is toch het idee afkomstig dat mensen op de proef moeten worden gesteld?'

54

Ze staat voor de deur als een hond die niet naar binnen mag, ze ziet Kadoke aan komen lopen, hij zwaait, maar ze zwaait niet terug. Als hij voor haar staat geeft ze hem een oorvijg. Dan zegt ze rustig, met een bijna ijzige kalmte: 'Ik dacht dat je dood was.'

Ze gaan naar binnen.

'We hebben al gegeten,' zegt ze. 'Heb je honger? Zal ik iets in de magnetron opwarmen?'

Ze heeft een blauwe jurk aan, haar hoofddoek zit losser dan anders, meer haar dan anders is zichtbaar.

'Ik heb geen honger,' antwoordt hij.

Ze gaan aan tafel zitten, ze schenkt hem water in. Hij drinkt.

'We hebben gebeden,' zegt ze, 'mama en ik. We hebben gebeden. Omdat we dachten dat je dood was of ontvoerd. Weet je hoe laat het is? Waarom heb je niet gebeld? Even een appje gestuurd? Niemand heeft iets van je gehoord. Je telefoon stond uit.'

Het glas water is leeg. Ze schenkt bij. Er staan bloemen op tafel, hij vraagt zich af van wie ze die bloemen heeft gekregen. Normaal zijn hier geen bloemen. Ze ziet hem kijken, ze staat op om de bloemen te schikken, onhandig maar liefdevol.

'Jullie gebeden zijn verhoord,' zegt hij. 'Ik ben er weer. Sorry. Ik voerde een gesprek over bloedvergieten, ik vergat de tijd.'

'Over wat?'

'Bloedvergieten.'

'Bloedvergieten. O, dat onderwerp.'

'Het is een omvangrijk onderwerp. Ik vergat de tijd.'

'Met wie?'

'Een collega.'

'Een collega. Je vergat de tijd met een collega.'

'Ja, ik vergat de tijd met een collega.'

'Heb jij collega's? Nemen ze je serieus op die school?'

Ze gaat zitten.

'Ik heb collega's,' zegt hij. 'En ze nemen me serieus. Geloof ik.'

Onverantwoordelijk. Het is een woord dat in zijn hoofd zit, en er niet uit gaat. Om niet te appen, om de telefoon uit te zetten, om te verdwijnen, om te ontsnappen, uit deze nederzetting, uit deze gevangenis, al was het maar even. Onverantwoordelijk.

Zo begint het. Toen hij haar voor de deur zag staan als een verloren hond. Alles is al lang begonnen, maar zo begint het ook, alles begint steeds weer opnieuw.

En kijkend naar Anat, hoe ze daar zit, met die hoofddoek die zoveel losser op haar hoofd zit dan anders, komt het hem voor dat dit geen liefdeloos huwelijk is, maar wat is het wel? Wat is het tegenovergestelde van een liefdeloos huwelijk?

Ze gaat naar de slaapkamer en komt terug met de pet.

'Mijn promotieonderzoek kan de laatste fase in,' zegt ze. 'Daarom heb ik bloemen voor ons gekocht. Voor ons.'

Hij kijkt naar de bloemen, hij kijkt naar zijn vrouw, de vrouw op wie hij verliefd is geworden, die hem zo emotioneert dat hij in huilen zou kunnen uitbarsten, maar dat past niet bij de pet die hij moet opzetten, die hem steeds beter past, alsof zijn hoofd bij die pet is gaan horen en de pet bij zijn hoofd. Nu zou hij zich verscheurd moeten voelen maar hij voelt zich niet verscheurd, omdat hij altijd al verscheurd is geweest. Verscheurd tussen zichzelf en zijn ouders, tussen zichzelf en de ander, welke ander dan ook, tussen zichzelf en zijn werk, tussen zichzelf en zichzelf.

'Wat heb jij over bloedvergieten te zeggen?' vraagt ze. 'Wat weet jij daar eigenlijk van?'

'Niets,' antwoordt Kadoke. 'Maar ik wilde weten wanneer het begon.'

Ze doet haar hoofddoek af, nee ze rukt haar hoofddoek af. 'Wil je dit Jodinnetje neuken? Mag ze nog een dag blijven leven? Als jij haar neukt, mag ze dan nog één dag blijven leven? Eén dag kan een eeuwigheid zijn. Geef me een dag en ik zal je laten zien wat ik voor je kan betekenen. Geef me een dag en ik zal je leven veranderen.'

Ze zet hem de pet op, ze kust hem, zo gretig weer, haar woede maakt haar mooier en geiler, uitdagender en onverantwoordelijker. Kadoke schudt zijn hoofd. 'Je moet het gas in,' zegt hij.

'Maar Obersturmbannführer,' fluistert ze, 'je zult me missen. Hoe kun je met as neuken?'

55

De zoen wordt een vrijpartij, de vrijpartij wordt een affaire, de affaire wordt verliefdheid, de verliefdheid wordt een tijdrovende bezigheid, de tijdrovende bezigheid wordt een obsessie, misschien een kenmerk van elke verliefdheid.

Dit alles speelt zich vooral af in een hotel in Oost-Jeruzalem, een betrekkelijk luxueus hotel maar niet te protserig, ze weten dat hier verder niemand komt die ze kunnen kennen, wat toeristen, zakenmannen, enkele VN-medewerkers.

Het vrijen met een man komt Kadoke verbazingwekkend vertrouwd voor, niet eerder heeft hij een ander mannelijk geslachtsdeel van zo dichtbij zo lang kunnen bekijken, pas de man is echt de ander, deze man althans, iemand die radicaal anders is.

Anat is hem ondanks al haar overtuigingen en haar ideologische en religieuze verdwazing – is het respectvol om over verdwazing te spreken, heeft het zin, nu ze zijn vrouw is? – zo vertrouwd. Deze man is hem juist niet vertrouwd, en toch voelt hij zich bij hem op zijn gemak, gekoesterd, waarom weet hij niet. Sommige dingen moet je niet onderzoeken. Hij geeft zich over aan emoties die hem bedwelmen, hij geeft zijn emoties de schuld van zijn keuzes, alsof hij stiekem weet dat hij meer is dan deze roes die hem keer op keer in een hotel in Oost-Jeruzalem doet belanden. Alsof hij weet dat als hij de bedwelmende emoties zou kunnen overwinnen, als hij maar echt zou willen, hij zou kunnen zeggen: 'We stoppen hiermee. We doen alsof dit nooit is gebeurd.'

Soms zegt Fahed in die kleine, aangename hotelkamers – verschillende kamers, hetzelfde hotel – waar ze keer op keer belanden: 'Ik heb een vrouw en drie kinderen, ik ben een veganist.'

Dan moeten ze allebei lachen, het woord 'veganist' relativeert wat eraan voorafgaat, wat er gezegd is, dat er geen toekomst is, dat deze oase zichzelf zal opblazen of opgeblazen zal worden. Kadoke weet, uit eigen ervaring en uit boeken en films, dat gesprekken over een toekomst vroeg of laat bij een affaire horen. Vroeg of laat zegt de een: 'Hoefde ik maar niet weg.' Of de ander zegt: 'Hoefde jij maar niet weg.'

Maar Fahed zegt alleen: 'Ik heb een vrouw en drie kinderen, ik ben een veganist.' Soms voegt hij eraan toe: 'En ik weet nog altijd niet wanneer het bloedvergieten begint.'

Fahed heeft een harde, droge humor die sommige mensen onaangenaam zouden vinden maar die Kadoke wanhopig voorkomt en die hij buitengewoon aantrekkelijk vindt.

Er zijn momenten dat Kadoke aan Fahed zou willen vragen wat hij toch in hem ziet, een vage onzekerheid hoort bij deze roes: 'Waarom ik, lieve man, waarom een gevallen psychiater?' zou hij willen vragen, maar hij houdt zich in. Hij beseft dat er geen goede antwoorden zijn, dat dergelijke vragen de roes alleen kunnen vernietigen, achterdocht zullen oproepen, het einde van de vanzelfsprekendheid zullen inluiden die nu juist zo'n belangrijk kenmerk is van alle verliefdheid.

Aan penetratie doen ze niet. 'De penetratie is overschat,' zegt Kadoke. Fahed zegt niets. 'Ben ik je eerste man?' wil Kadoke weten.

'Zoveel vragen,' antwoordt Fahed. 'Ben je bang voor de stilte?'

Maar als Kadoke naar huis rijdt kan hij het niet laten en hij vraagt zich af waarom hij gevallen is op deze collega, deze Fahed, deze behaarde man die zo anders is dan alle mensen van wie hij ooit heeft gehouden en verder vraagt hij zich af of houden van wel de juiste woorden zijn, want wat weet hij van deze man, behalve dat hij een veganist is met drie kinderen, meisjes, en dat hij iets jongensachtigs over zich krijgt in bed, iets kinderachtigs bijna, als een avonturier die nog maar net begonnen is aan zijn avontuur.

Op een middag zegt Fahed in hun hotelkamer: 'Maak je geen zorgen om het bloedvergieten, hoe het ook zal aflopen, wij zullen als verraders worden aangemerkt. Het woord "volksverrader" staat al met grote letters op je voorhoofd geschreven, verrader van alle volkeren ter wereld, jij bent niets.'

'Niets of het niets? Ben je daarom op me gevallen?'

'Gevallen, gevallen,' zegt Fahed en hij opent het raam van de hotelkamer om te roken, want dat doet hij soms. Hij is een onregelmatige roker, en er zijn momenten dat Kadoke de verleiding voelt ook weer te gaan roken, maar aan deze verleiding geeft hij niet toe. Hij beseft dat als hij dat doet er niets van hem overblijft, hij zo diep zal vallen dat er geen weg meer omhoog zal zijn, nu weer gaan roken komt er voor hem op neer dat hij zich bindt aan Fahed op een manier die al te onvoorwaardelijk is, al te resoluut. Dan zal er geen weg terug zijn, en hij is al diep gevallen, hij kan zich niet verbinden aan een man die niet moe wordt zijn vaderschap te benadrukken en die de indruk wekt het leven te nemen alsof het nooit anders bedoeld was dan als een catastrofe, afgewisseld met minder catastrofale momenten.

Een vroege avond in het late najaar, een hotelkamer in Oost-Jeruzalem, een open raam, de geluiden van de straat, sirenes, de warmte. Het wil maar geen echte winter worden. Het leven tussen twee catastrofes in.

'Je stond me tegen,' zegt Fahed. 'Dat maakte me nieuwsgierig. Wie is die man, dacht ik, en waarom staat die me tegen? Omdat ik hem niet geloof. Ik geloofde je niet.'

Fahed gaat naast hem op het bed liggen, aan het plafond draait een ventilator. Kadoke plukt zachtjes aan het borsthaar van de man. 'Omdat jij onverklaarbaar bent,' zegt Fahed. 'Niet dat jij onverklaarbaarder bent dan andere mensen, maar wij samen zijn onverklaarbaar, wat ik hier doe is onverklaarbaar. En toch ben ik hier weer en jij ook. We zijn hier weer, we blijven hier komen, ik weet niet waarom. Ik denk dat ik wilde weten wie je bent, dat het daarmee begon, wie is die man? Wie is die indringer?'

Kadoke gaat op hem liggen in deze hotelkamer waarvan het meubilair hem zo vertrouwd is en hij fluistert in het oor van Fahed: 'Ik walg van je.'

'Ik van jou.'

'Wat wij hier doen is walgelijk.'

'Ik kan het alleen beamen.'

'Maar waar is de schuld?' vraagt Kadoke. 'Ik wacht op de schuld en ik begrijp maar niet dat die niet komt. Waar is in vredesnaam de schuld? Waar blijft die?'

De handen van Fahed gaan door Kadoke's haren, grote, stevige handen, anders dan die van Kadoke, die klein zijn en snel vochtig worden. Het zweet verraadt hem. 'Misschien is er te veel schuld,' zegt Fahed. 'Veel te veel. Te veel voor deze wereld. We hebben andere werelden nodig voor onze schuld zoals we andere werelden nodig zouden hebben voor het atoomafval. Misschien kan er hier gewoon niets meer bij. Op een dag zullen ze over ons gaan praten, dat besef je, dat weet je? Op een dag valt iemand iets op, op een dag zijn wij geen geheim meer, op een dag zijn wij een roddel, eerst op school, dan in jouw religieuze nederzetting, dan bij mij in de straat, dan is het te laat.'

'Te laat voor wat?'

'Te laat,' zegt Fahed. 'Ben je er klaar voor om een roddel te worden? Denk je dat je er talent voor hebt? Dat je nog met opgeheven hoofd door jouw nederzetting kunt lopen en met opgeheven hoofd aan jouw dramales kunt beginnen? De kinderen hebben het van hun ouders gehoord of anders van hun vriendjes. Ook zij zullen over je praten met die volstrekt vanzelfsprekende wreedheid die kinderen eigen is.'

'Ik weet het niet, ik ben een roddel in Amsterdam geweest, meer dan een roddel, een schandaal. Ik zal het hier ook wel aankunnen.'

Fahed schudt zijn hoofd, dan zegt hij: 'Ik ga een douche nemen.' Maar hij blijft liggen, hij verroert zich niet. 'We zijn er allebei niet klaar voor paria's te worden,' fluistert hij, 'niet opnieuw paria te worden, dat bedoel ik. Jij denkt misschien dat je weet wat het is, maar wat heb jij nou meegemaakt? Dit is een andere wereld, een andere gemeenschap. Je bent al een keer weggegaan, waar moet je nu heen? Nieuw-Zeeland? Nee, je kunt je er nooit op voorbereiden om paria te worden, je leert al doende en ik kan je vertellen: het is geen prettige leerschool.'

Ze douchen samen. Twee mannen in een hotel in Oost-Jeruzalem, twee mannen zonder toekomst. Het zou een opluchting moeten zijn, het gebrek aan toekomst, een bevrijding, maar merkwaardig genoeg bedrukt het Kadoke deze avond.

'We kunnen stoppen,' zegt Kadoke staand onder het warme water. 'Als de toekomst bestaat uit paria worden kunnen we stoppen, we kunnen iets anders worden.'

Fahed leunt tegen de wand van de douche en dan wast hij zijn haren, wat hij anders nooit doet. Waarom zou je je haren wassen als je geslapen hebt met je affaire? Heeft zijn vrouw de vorige keer gezegd: 'Fahed, wat ruik je vreemd. Waar ben je geweest?'

Hij wast ze grondig en als de shampoo uit zijn haren is gespoeld vraagt hij: 'Denk je dat er een weg terug is? Waarheen dan? Je hebt geen idee. Uit het raam springen en dan bij de zesde verdieping zeggen: ik stop ermee? Nee, je hebt echt geen idee.'

Hij wast zijn oksels en Kadoke denkt aan de vrouw van Fahed van wie hij weleens een fotootje heeft gezien.

'Ik hou niet van sentiment,' zegt Fahed, 'dikwijls is het een slap excuus voor wreedheid, maar je hebt lieve ogen. Ook dat moet gezegd worden.' Ze blijven nog even onder de douche staan, dan gaan ze op de grond zitten als twee kinderen, ze zitten daar terwijl het water over hen heen blijft stromen, alsof ze allebei beseffen dat als ze uit deze douche stappen er iets veranderd zal zijn, iets zal onherstelbaar veranderd zijn, al zou Kadoke niet precies kunnen zeggen wat.

'Hoe kun je jezelf kennen,' vraagt hij, 'als je jezelf zo verrast? Als je niet weet waarom je hier bent, waarom je hier met mij bent, als je alleen maar weet dat er geen toekomst is, niet voor ons, en ook geen weg terug. Op wat voor plek zijn wij dan achtergelaten? Op wat voor plek hebben wij onszelf achtergelaten?'

Er komt geen antwoord. Fahed knijpt in het vlees van Kadoke, alsof hij toch weer de masseur is die hij juist niet meer wilde zijn.

56

Om de roddel voor te zijn besluit hij die avond met Anat te spreken. Hij hoeft niet alles te vertellen, geen details, geen namen, maar iets, de grote lijnen. Om zichzelf te ontlasten, om haar te ontlasten, om toch een poging te doen in de waarheid te leven.

Kadoke weet alleen niet wanneer hij het moet zeggen. Na het avondeten zit ze aan de eettafel in hun caravan gebogen over haar promotieonderzoek, haar pogingen middelen te vinden om de wetmatigheden van het toeval beter in kaart te kunnen brengen. Hij wil haar niet storen. Hij probeert erover te beginnen in de badkamer als ze, eigenlijk als een bezetene, haar tanden poetst, maar de badkamer blijkt niet het juiste decor voor een dergelijk gesprek.

'Ik versta je niet,' zegt ze. 'Vertel het straks maar als we in bed liggen.'

Als ze eindelijk in bed liggen houdt hij haar vast en hij zegt zacht: 'Ik moet je iets vertellen.'

Ook zo begint het. Er moet iets verteld worden. Er is altijd wel iets wat verteld moet worden, maar soms is de vertelling een bom, de vertelling veroorzaakt een explosie. Een krater. De vertelling is een moordwapen.

'Wat?' vraagt ze.

Nee, ze weet niets. Hij kan nog terug, Fahed heeft ongelijk, er is een weg terug, er is altijd een weg terug. Goed, hij kan het beroep van psychiater niet meer uitoefenen in Nederland, die weg terug is afgesloten. Hij kan niet meer naar Europa, ook die weg terug is afgesloten, maar verder zijn de wegen nog open, al heeft hij geen idee waarheen ze voeren.

'Ik heb een affaire,' zegt hij.

'Je maakt een grapje.'

'Nee,' zegt hij, en hij houdt haar nog steviger vast, om zo misschien te bewijzen dat het geen grapje is, dat zou te makkelijk zijn. 'Geen grap,' zegt hij, 'helaas niet.'

Ze springt uit bed en rent naar de badkamer. Hij hoort haar kotsen. Moet hij naar haar toe gaan? Hij besluit dat het het beste is haar even alleen te laten.

Na het kotsen blijft ze nog een tijd in de badkamer, hij hoort haar rommelen. Wat doet ze? Hij roept: 'Gaat het, Anat? Heb je hulp nodig?' Maar hij blijft geduldig op haar wachten. Het zou hypocriet zijn nu naar haar toe te gaan, haar tegen zich aan te drukken en te zeggen dat het natuurlijk allemaal goed komt, dat het een vergissing is, een mens vergist zich soms. Maar het is geen vergissing, dat is het probleem, die vreemde stugge man die Fahed heet en die hem altijd plaagt, dat is het, Fahed plaagt hem, Fahed houdt van plagen, die man is geen vergissing, dat weet hij heel zeker. Zonder uitleg, zonder verklaring weet hij dat, elke toelichting zal ridicuul klinken, zal ridicuul zijn.

Eindelijk komt ze terug uit de badkamer, ze ziet lijkbleek en blijft aan de rand van het bed staan.

'Ik wil met haar spreken,' zegt ze, 'heb je een telefoonnummer? Ik wil haar bellen.'

'Wie?'

'Die vrouw met wie je een affaire hebt.'

'Dat gaat niet. Wat wil je tegen haar zeggen?'

'Dat ze niet weet met wie ze te maken heeft. Dat jij geen man bent om affaires mee te hebben, dat je in een religieuze nederzetting woont, dat wij regels hebben waaraan we ons proberen te houden, dat wij geen hedonisten zijn. Wij jagen geen genot na, wij hebben belangrijkere dingen om na te jagen. Dat zal ik haar zeggen. Dat ze iemand anders moet zoeken voor haar avontuurtjes. Hoe oud is ze?'

'Mijn leeftijd. Kom naast me liggen. Dan kan ik je vasthouden.'

Ze gaat naast hem liggen, maar ze wil niet worden vastgehouden. 'Waarom, Kadoke,' vraagt ze, 'konden we geen liefdeloos huwelijk hebben, zoals ik het je ooit voorstelde, ik wilde geen liefde, ik had genoeg van de liefde, ik wilde een huwelijk. Meer niet. De liefde had ik er niet bij nodig. Waarom heb je me gesmeekt om meer dan dat, waarom heb je me verleid van je te houden, en wat betekent dat houden van als je een paar maanden geleden verliefd was op mij en nu verliefd bent op een ander, een ander die je ijdelheid wel gestreeld zal hebben of weet ik wat ze heeft gedaan om je aandacht te vangen? Zie je niet wat je mij aandoet, zie je niet wat je ons aandoet, zie je niet wat je jezelf aandoet?'

Kadoke kijkt naar het plafond. 'Het was sterker dan ik,' zegt hij. 'Dat klinkt als een afschuwelijke gemeenplaats, als een excuus zelfs, alsof ik geen verantwoordelijkheid wil nemen, en toch is het zo.'

Een tijd is ze stil, ze liggen daar, ze huilt en Kadoke weet niet hoe en of hij moet troosten, hij denkt aan vader, vader die hier niets van weet, vader die de ene dag op de rand van de dood zweeft en de volgende dag weer niet, vader die zoveel verwachtte van zijn zoon en zo verschrikkelijk teleurgesteld is in zijn zoon. Als hij aan de teleurstelling van zijn vader denkt voelt Kadoke pijn, daarom denkt hij er zo min mogelijk aan.

'Ik zou je moeten vragen,' zegt ze, 'die vrouw nooit meer te zien, ik zou dat moeten eisen, maar ik zie aan je ogen dat het zinloos is om je dat te vragen, ik zie aan je ogen dat je naar haar verlangt zoals je ooit naar mij hebt verlangd, nee dat je meer naar haar verlangt dan dat je ooit naar mij verlangde, ik zie aan je ogen dat je alles van haar wil weten zoals je ooit alles van mij wilde weten. Maar misschien kun je het geheim houden? Misschien kun je me niet vernederen, niet meer dan ik al vernederd ben, misschien kun je haar maar een keer per week zien en kun je me dan als je terugkomt vertellen hoe het was en wat jullie hebben gedaan. Niet over de seks, dat zou ik niet aankunnen. Maar waarover jullie hebben gepraat, wat jullie hebben gedaan, dan ben ik er een beetje bij, dan hoor ik erbij, dan voel ik me minder verraden, minder alleen. Kun je dat begrijpen? Of wil je bij me weg? Heb je dit daarom allemaal aan me verteld?'

Kadoke schudt langzaam zijn hoofd. Hij zou zijn vrouw willen vasthouden, haar stevig tegen zich aandrukken, haar troosten, maar alle troost die hij haar te bieden heeft is valse troost, is liefdeloze troost, omdat hij eigenlijk ergens anders wil zijn. Is hij wel een uitzondering? De mens is het dier dat eigenlijk ergens anders wil zijn.

'Nee,' zegt hij, 'zij en ik, wij hebben geen toekomst, ook geen verleden. Maar het is goed. Het is goed zoals het is. Ik weet niet hoe dit eindigt. Ja, met de dood. Maar daarvoor? Als dat is wat het draaglijk voor je maakt, dan zal ik het zo doen, ik zal het heel erg geheim houden, zo geheim als ik een geheim kan bewaren, en ik zal je erover vertellen. Als ik erheen ga, en ik kom weer terug, dan zal ik je vertellen hoe het was.'

'Wie is ze?' vraagt Anat. 'Wat doet ze? Wat heeft ze wat ik niet heb?'

Kadoke moet lang nadenken. Dan zegt hij: 'Ze is veganiste. Zonder dat daar een ideologie aan vastzit, ze is in de kuil van het veganisme gevallen en daar is ze blijven liggen. Meer kan ik niet vertellen, de rest is fantasie. Verlangen bestaat uit zoveel fantasie, dat weet jij ook. Zo verschrikkelijk veel fantasie. Te veel.'

Kadoke streelt haar schouder. Had hij genoegen moeten nemen met het liefdeloze huwelijk? Heeft hij echt aangedrongen op liefde? Hij kan zich dit niet goed herinneren. Hij was verliefd, dat wel, daar heeft hij geen geheim van gemaakt. In de donkerste periode van zijn leven teerde hij op berichten van Anat, hoewel die vaak uit verkapte aantijgingen bestonden en uit moreel advies waarop hij niet zat te wachten. Maar hij was verliefd en hij vond haar morele advies begeerlijk, ja opwindend.

'Ik lig hier naast je,' zegt hij. 'Ik ben hier. Zij heeft me aangeraakt, zoals ik niet eerder ben aangeraakt. En toch ben ik hier en blijf ik hier, ik heb mij verbonden aan jou, aan deze plek waarvan jij zegt dat die door God aan jouw volk is beloofd, en waarop ik alleen kan zeggen: die belofte is een vloek, maar als jij dat geen probleem vindt dan zal ik naast je staan, ik ben al naast je gaan staan en ik ben eerder vervloekt, dus er kunnen nog wel wat vervloekingen bij. Ik vond ook dat ik je de waarheid moest vertellen, deze waarheid die hard is, de waarheid is vaak hard, meedogenloos eigenlijk, ik zal hem toch uitspreken: ik ben hier en ik blijf hier.'

Lang is ze stil, hij denkt eigenlijk dat ze al in slaap is gevallen. Eindelijk zegt ze: 'Ik weet niet of ik daarmee kan leven, met jou maar zonder je hart, wat maakt dat van mij? Een verplichting, een opgave, huiswerk. Weet je hoe lelijk het voelt om een verplichting te zijn, hoe onaantrekkelijk, hoe overbodig? Ik wil geen verplichting zijn, geen last die je moet dragen en die je het liefst in een vuilnisbak zou gooien, maar dat doe je niet omdat je het niet durft, omdat je het niet kunt, omdat je die schuld niet op je durft te nemen.'

Hij streelt voorzichtig haar schouder. 'Liefde mag ook een verplichting zijn,' zegt hij. 'Ze neemt zoveel gedaantes aan, ze heeft zoveel gezichten, waarom niet ook dat gezicht?'

Anat schudt haar hoofd. 'Nee, nee, nee,' zegt ze, dan pakt ze de pet en zet hem die op. Ze gaat op het bed staan, in vol ornaat, ze rekt zich uit, ze steekt haar handen omhoog.

'Zie je niet dat ik het Jodinnetje ben dat wil leven? Het Jodinnetje dat niet het gas in wil. Dat daar alles voor overheeft. Zie je dat niet, Kadoke? En als ik zeg alles, dan bedoel ik ook alles.'

57

'Morgen,' zegt Kadoke, precies een week na zijn bekentenis, 'morgen ga ik erheen.' Dat ze weet dat hij niet op de normale tijd thuis zal komen. Opdat hij geen smoesjes hoeft te verzinnen, verhalen. Het is avond, er waait een koel briesje. Zo'n avond in de winter, op de heuvels van de Westelijke Jordaanoever, in de caravan, hij heeft er al een paar meegemaakt, hij houdt van die avonden, maar deze avond is anders.

Ze hebben het er in de tussentijd niet over gehad, ze deed alsof er niets was gezegd, en Kadoke vond dat hij moedig genoeg was geweest er een keer over te beginnen en meende dat het niet aan hem was er voor een tweede keer iets over te zeggen. Zo deden ze allebei alsof er niets was gezegd en niets was gebeurd. Tot deze avond. Hij moet niet weer vervallen in de leugens en halve waarheden uit het recente verleden, daarom zegt hij: 'Ik ga er na school heen. Ik ben waarschijnlijk iets later. Wacht niet op me met het eten. Vader weet ervan.'

Vader weet er niet van, vader weet hooguit dat hij alleen bij de moeder van Anat zal eten, dat de zoon er niet zal zijn en vader berust. Wat kan hij anders doen? Dat is de prijs die je betaalt voor oud worden, echt oud worden, berusting en wat pro forma verzet waarover de kinderen dan kunnen zeggen: 'Vader is zo lastig, hij ziet niet wat we allemaal voor hem doen.' Maar Kadoke blijft ook tegen hem zeggen: 'Ik verlaat je niet. Jou verlaat ik niet.'

Anat knikt zoals iemand knikt die het slechte nieuws al dagen heeft verwacht en bijna opgelucht is dat het nu eindelijk is gekomen. 'Ik wist dat je me dit zou gaan vertellen, ik vroeg me al af wanneer je het zou vertellen, of je het nog wel zou durven. Ik was zo bang voor dit moment, zo vreselijk bang. Maar nu is het gezegd. Het is goed zo. Ik bedoel, ik ben blij dat je dit met me deelt. Echt blij.'

Hij weet dat ze niet blij is, of misschien hooguit blij omdat hij de waarheid spreekt, omdat hij niet liegt. Kadoke gaat in bed liggen, maar zij blijft wakker, hij hoort hoe ze aan het rommelen is in de keuken, hij valt in slaap, wordt weer wakker, hij ruikt iets, ze is aan het bakken. Als ze eindelijk naast hem komt liggen is het midden in de nacht, hij kruipt tegen haar aan, tegen haar kleine, warme lichaam. Hij bekijkt haar rug, de moedervlekken, hij voelt met de rug van zijn hand de kleine bijna onzichtbare haartjes, hij wrijft zacht over een muggenbult of een pukkeltje. Dan doet hij het licht uit.

'Mama zegt,' fluistert ze, 'dat het een beproeving is van de Eeuwige. Jouw affaire. Hij stelt me op de proef, of ik wel een kind verdien. Daarom gebeurt dit. Daarom overkomt mij dit. We hebben samen gebeden dat ik deze beproeving zal doorstaan. Mama en ik.' Zegt ze het tegen hem? Zijn deze woorden voor hem bestemd? Wil hij dit weten? Moet hij dit weten?

'Ik weet niet,' zegt hij zonder zich te verroeren, hij durft niet te bewegen, 'of we mijn affaire als een beproeving van God moeten beschouwen, ik weet niet of hij er iets mee te maken heeft, ik zou liever willen dat het iets van mij blijft, los van God, los van jouw leven zelfs, er zal een oplossing komen, dingen worden opgelost. Maar zoals jij liever geen verplichting wil zijn, zo wil ik liever niet een instrument zijn van jouw god waarmee hij jou op de proef stelt. Ik wil jou eigenlijk niet op de proef stellen, ik wil jou zelfs niets aandoen, zeker geen pijn. Zoals ik al zei: het is sterker dan ik. Iets in mij is sterker dan de rede, dan elke rationele overweging die ik kan bedenken. Als mij dat tot een slaaf maakt, het zij zo.'

Hij blijft tegen haar aan liggen, hij voelt haar warmte, hoe plakkerig hij zelf is. Zijn zweet dat zich vermengt met haar zweet.

'Jij bent alleen,' zegt ze na een tijdje, 'alleen met gevoelens die je niet begrijpt, die je overvallen, die je verwarren, omdat je een eenling bent, je noemt jezelf een slaaf, omdat je er niet uit komt, omdat alles wat je geleerd hebt je in de steek laat op het moment dat het er echt om gaat. Maar ik ben niet alleen, ik maak deel uit van een volk, van een groter geheel, mijn leven gaat niet alleen om mijzelf, ons verstand is te klein om deze wereld te begrijpen, onze hersenen werken te langzaam om alles te kunnen doorgronden, wij voelen die leegte, dat gat, sommige mensen noemen dat "de donkere nacht van de ziel", maar je hoeft niet in die donkere nacht te blijven hangen en ik zeg je dat jouw affaire voor mij een beproeving is, niet door jou aan mij opgelegd maar door de Eeuwige. Waarom weet ik niet. Hoe kunnen wij dat weten? Waarom denken wij alles te moeten weten, waarom denken wij alles te mogen weten? Of je het daarmee eens bent of niet doet er niet zoveel toe. Het kan me niet schelen of je het ermee eens bent of niet. Wat weet jij eigenlijk van je affaire? Wat begrijp jij van je verliefdheid? Voor nu moet je weten dat ik vastbesloten ben de beproeving te doorstaan.'

Kadoke zwijgt. Wat begrijpt hij van zijn verliefdheid? Wat moet hij daarop zeggen? 'Ik was verliefd op jou, nu ben ik verliefd op een ander.' Wat valt daaraan te begrijpen? Wat valt daaraan toe te voegen? 'Misschien kunnen we eens tafeltennissen,' zegt hij. 'Gewoon om onze gedachten te verzetten. We waren het van plan en we hebben het nooit gedaan. Je zei: eerst een kind, maar misschien kunnen we het nu doen. Het kan helpen om de beproeving te doorstaan, het kan ons helpen.'

Anat draait zich om en kijkt hem aan, vol liefde en wanhoop eigenlijk. 'Ik doorsta mijn beproevingen graag alleen,' antwoordt ze. 'Tafeltennissen doe je maar met je affaire.'

Dan zegt ze niets meer, zo vallen ze in slaap, althans hij voelt hoe hij in slaap valt, en hij hoopt dat zij ook zal slapen, dat zij niet de hele nacht wakker zal liggen, piekerend over beproevingen die haar zijn opgelegd door een god die hij niet erkent.

58

De volgende ochtend kleedt hij zich gehaast aan. Hij loopt door de caravan als een nerveus dier, veel te vroeg is hij gereed om naar de poort van de nederzetting te lopen waar de dame die in het ziekenhuis in Jeruzalem werkt zal stoppen, hij zal instappen en ze zal hem naar Jeruzalem rijden zonder veel moeite tot conversatie te doen. Als hij denkt: nu kan ik de caravan uit, nu kan ik mijn vrouw gedag kussen zoals ik haar altijd gedag kus, komt Anat naar hem toe met een zilverkleurig trommeltje dat hij niet eerder heeft gezien.

'Hier,' zegt ze. Ze strekt haar armen uit, wil hem het trommeltje overhandigen, maar hij neemt het niet aan. 'Hier,' zegt ze nog een keer. 'Ik heb koekjes gebakken, gisteravond, voor jou en je minnares, veganistische koekjes, geen eieren, geen boter, geen melk, die kunnen jullie opeten als jullie met zijn tweeën zijn. Dan ben ik er toch een beetje bij. Ik weet dat het een beproeving is die mij door de Eeuwige is opgelegd, maar ik ben ook een mens, een mens met pijn, met pijnen waarvan je je niets kunt voorstellen vrees ik, ik wil niet buitengesloten worden. Daarom heb ik deze koekjes gebakken. Dan kun je aan mij denken als je met haar bent, als je bent waar je hart wil zijn, dan merk je dat mijn hart is waar jij bent. Dat kun je dan proeven. Wil je haar zeggen, die andere vrouw, jouw minnares, dat dit veganistische koekjes zijn die Anat heeft gebakken, ook voor haar, wil je haar dat eerlijk vertellen? Alsjeblieft. Ik smeek het je.'

Ze duwt het trommeltje in zijn armen en hij knikt, hoewel hij niet weet of hij tot zoveel eerlijkheid in staat is. Hij gaat tegen de muur staan, hij heeft het gevoel dat hij duizelig is, dat hij elk moment kan omvallen. 'Wat?' vraagt hij, alsof hij haar woorden niet goed heeft verstaan.

'Ik heb koekjes gebakken,' zegt ze nog een keer, 'veganistische koekjes, voor jou en je minnares, dan kan ik erbij zijn als jullie samen zijn, ik weet dat ik er niet bij mag zijn, maar als jullie dan de koekjes eten die ik voor jullie heb gebakken, dan hoop ik dat je weet hoeveel ik van je hou, zoveel meer dan ik al die tijd heb gezegd, zoveel dat ik alles kan verdragen. Ik hou van je, ik heb je dat misschien te weinig gezegd, bijna nooit, omdat het mij overbodig leek, omdat ik het liefdeloze huwelijk als het ideale huwelijk zag, maar nu zeg ik je: ik ben van je gaan houden, misschien is het gewenning, misschien is het angst, ik weet niet wat het is, maar ik ben van je gaan houden.'

Ze pakt de trommel uit zijn handen, opent hem, toont hem de koekjes die daar netjes opgestapeld liggen met vetvrij papier ertussen. 'Dank je,' mompelt hij, 'dank je. Dat is lief.'

Ze sluit het trommeltje en overhandigt het hem weer. 'Waarschijnlijk,' zegt ze, 'vind je het woord "beproeving" mal. Ik denk dat je het mal vindt, jou kennende, maar is jouw verliefdheid minder mal? Geloof je dat? Kun je straks naar je school gaan en echt geloven dat jouw verliefdheid minder mal is dan de beproeving die mij is opgelegd?'

'Ik weet niet wat ik geloof,' antwoordt Kadoke, 'als je de waarheid wil weten, ik weet niet wat ik geloof en wat ik niet geloof. Ik pak wat het leven mij aanbiedt. Dat is wat ik heb geleerd. Dat is de conclusie die ik heb getrokken. Denk niet dat mijn eigen conclusies me niet verscheuren. Eigenlijk verscheurt alles me.'

Langzamer dan anders loopt hij de heuvel af naar de poort van de nederzetting met het trommeltje onder zijn arm. Hoe kan hij dit volhouden? Als dit geen beproeving is, wat is het dan wel? En hoe zal hij dit aan Fahed vertellen? Moet hij de koekjes weggooien? Daarvoor is hij te sentimenteel. Hij zal zeggen: 'Fahed, mijn vrouw heeft koekjes voor ons gebakken, veganistische koekjes.' Zo zal hij het zeggen, alsof het geen drama is, alsof het gewoon koekjes zijn.

Ook zo zal het beginnen, ook zo moest het beginnen, ook zo begint het. Hij zal het verhaal telkens weer aan zichzelf vertellen tot het lijkt alsof het niet anders had kunnen zijn, alsof het niet anders verteld had kunnen worden, alsof niemand een andere keus had, alsof iedereen slechts een marionet was, alsof hij verliefd moest worden, alsof Anat koekjes moest bakken, alsof hij met een trommeltje vol veganistische koekjes bij de poort van de nederzetting moest staan.

De dag gaat maar langzaam om, Kadoke heeft moeite zich te concentreren op zijn dramalessen en de kinderen lijken het te bespeuren, ze voelen zijn gebrekkige concentratie en ze zijn zelf daarom ook minder geconcentreerd. Ongeveer een kwartier voor het einde van zijn laatste les stopt hij de improvisatieoefeningen.

Ze gaan met z'n allen in een kring zitten. 'Wat hebben we geleerd?' vraagt hij. 'Al die weken dat we hier samenkomen en dat ik jullie dramales geef, wat hebben we eigenlijk geleerd?'

Er valt een stilte die hij als bedrukkend ervaart. Hebben ze echt niets geleerd?

'Of hebben we ons alleen vermaakt?' vraagt hij. 'Hebben we plezier gehad?'

Een meisje dat erg goed kan huilen en dat er ook genoegen aan beleeft bij elke improvisatieoefening te gaan huilen – hij heeft een paar keer tegen haar moeten zeggen: 'Deze keer mag je niet huilen' – steekt haar vinger op. 'We hebben geleerd dat we onze geheimen geheim moeten houden,' roept ze.

'Ja,' zegt Kadoke. Hij heeft de gewoonte ontwikkeld kaartjes uit te delen met informatie over de personages die ze moeten spelen en hij heeft de kinderen geleerd dat ze die informatie niet meteen met hun medespelers en het publiek moeten delen. Ze moeten leren doseren. 'Hoe doen we dat?' vraagt Kadoke. 'Hoe houden we onze geheimen geheim?'

'Door over heel andere dingen te praten.'

'Juist,' zegt Kadoke, 'dat is zeker een methode. We zwijgen over wat het belangrijkste voor ons is en dan ontsnapt het ons toch, zodat het publiek begrijpt: o, dat is het. Zo zit het.'

Een klein, wat vroegwijs jongetje met wie Kadoke een moeizame verhouding heeft, omdat het jongetje de neiging heeft zich te onttrekken aan de improvisatieoefeningen en soms absurd lang op de wc blijft zitten zegt: 'Ik vind het saai. Als ik een kaartje krijg waarop staat dat ik geld heb gestolen van mijn ouders, waarom zou ik dat dan niet gewoon zeggen? En waarom krijgen we kaartjes waarop staat wie we moeten zijn? Ik zou graag zelf bepalen wie ik ben. Ik zou mezelf graag kaartjes willen geven waarop staat wie ik ben.'

De jongen krijgt voorzichtige bijval. 'Omdat ik bang ben dat anders iedereen precies hetzelfde zou zijn,' antwoordt Kadoke en hij moet zijn handen opsteken om de kinderen tot stilte te manen. 'Omdat bijvoorbeeld iedereen dan koning zou willen zijn. Of prinses. Wie zou het kind willen zijn dat geld steelt van zijn ouders?'

Er valt weer een stilte. Misschien hebben de kinderen er vandaag ook geen zin in. Misschien zijn ze moe.

'Ik vind,' zegt Kadoke, vooral omdat niemand anders iets zegt, 'dat we wel degelijk iets hebben geleerd in deze lessen. Ik zelf ook. Jullie weten dat ik eigenlijk geen dramaleraar ben, ik was psychiater in een andere stad, in een ander land. We hebben geleerd wat timing is, we hebben geleerd wat humor is, we hebben gesproken over wat het geheimzinnige is, het geheimzinnige dat ons verontrust en dat ons toch aan het lachen maakt en dat er eigenlijk altijd is als we improviseren.'

Ze kijken hem glazig aan, glaziger dan anders, alleen het meisje dat vreselijk graag huilt knikt ijverig en ernstig, bijna te ernstig wat hem betreft.

'Wat zouden jullie nog willen leren?' vraagt Kadoke.

'Ik zou willen leren om beroemd te worden,' zegt het jongetje dat eerder heeft aangegeven niet op improvisatieopdrachten van Kadoke te zitten wachten.

'Is dat wat drama voor je betekent?' vraagt Kadoke. 'Beroemd worden? Is dat waar het om gaat, is dat wat op het spel staat?'

Het jongetje haalt zijn schouders op. 'Het is belangrijk,' zegt hij, 'ik denk dat iedereen beroemd wil worden.'

Een meisje met lang bruin haar, ze draagt bij voorkeur een tuinpak waarop andere kinderen iets met stift hebben geschreven, roept: 'Mijn vader kon beroemd worden, maar hij wilde het niet, hij vond andere dingen belangrijker. Niet iedereen denkt zoals jij, niet iedereen is egoïstisch, niet iedereen wil beroemd worden.'

Er ontwikkelt zich een pittige discussie over de vader van het meisje en of zij de waarheid heeft gesproken of dat zij haar vader alleen maar in een gunstig daglicht probeert te stellen om zelf in dat gunstigere daglicht te komen. Er wordt geschreeuwd. Het meisje dat zo graag huilt begint inderdaad te huilen, iemand stampt met zijn voet op de grond omdat hij niet aan de beurt komt. Het loopt uit de hand, het lijkt wel drama, het is vermoedelijk drama en uiteindelijk moet Kadoke zijn stem verheffen en dreigen met straf – iets waaraan hij een hekel heeft – om de rust te herstellen.

'We spreken de volgende keer verder over roem,' zegt Kadoke. 'Er is veel over te zeggen. En jullie willen er kennelijk graag over praten. Voor nu zou ik jullie willen vragen om na te denken of je ook tegen je zin in beroemd kan worden.'

Dan is de les afgelopen. De kinderen lopen het lokaal uit, hij blijft zitten tot het laatste kind is verdwenen, hij pakt het trommeltje en verlaat de school. Fahed moet nog een uur lesgeven, waardoor Kadoke alle tijd heeft om rustig naar het hotel in Oost-Jeruzalem te lopen. Het is een lange wandeling, maar het is prachtig weer, het is goed weer om te wandelen. Tijdens het lopen komt het hem voor dat hij zichzelf gelukkig zou kunnen noemen, gelukkig in vergelijking met wie hij was en misschien ook in vergelijking met wie hij worden zal.

59

Hij checkt in, appt het kamernummer aan Fahed en gaat dan met zijn kleren aan op bed liggen. In een Engelse boekhandel heeft hij een boek van Tolstoj gekocht, maar hij komt niet verder dan de eerste twintig pagina's. Kadoke ligt met het trommeltje en Tolstoj naast zich op bed, maar hij leest niet en hij eet ook niet en uiteindelijk neemt hij een douche. Hij wast zich grondig, daarna gaat hij naakt en nog een beetje nat op bed liggen, hij ziet een appje van Fahed: 'Kom er nu aan. Had even een gesprek met moeilijke ouder.'

Zoals Kadoke wacht, zo wachten in boeken en films vrouwen op hun minnaar, maar het stoort hem niet, deze klassieke, passieve houding. Alsof zijn leven zo bedoeld was, om op een geliefde te wachten in een eenvoudige hotelkamer in Oost-Jeruzalem. Alsof hij al die jaren dat hij studeerde, al die jaren dat hij psychiater was al stiekem wist dat het hier op uit zou lopen, zijn leven, op deze donkere hotelkamer met gesloten gordijnen waar het vaag naar schoonmaakmiddel ruikt. Hij wist het stiekem al, maar hij had het verdrongen. Het kwam hem niet uit lang na te denken over alles wat hij al wist.

Als er eindelijk op de deur wordt geklopt is het vrijwel donker. 'Sorry,' zegt Fahed. 'Ik heb me gehaast, ik wilde zo graag bij je zijn.'

Het zijn woorden die niet bij hem passen en die juist daarom des te meer indruk op Kadoke maken. Hij wilde bij mij zijn, bij mij, denkt Kadoke. Ze zoenen, ze gaan op bed liggen, Fahed gekleed, Kadoke naakt. Uiteindelijk is ook Fahed naakt. Ze vrijen.

'Waarom sleep je dat boek met je mee terwijl ik je nooit zie lezen?' vraagt Fahed.

'Op een dag ga ik weer lezen,' antwoordt Kadoke. 'Op een dag vind ik de rust.'

Hij kleedt zich aan, ze hebben afgesproken samen te gaan eten, Fahed wijst op het trommeltje. 'Wat zit daarin? Tolstoj in blik?'

'Koekjes,' antwoordt Kadoke en hij doet zijn schoenen aan. Fahed kan zich aan- en uitkleden in een mum van tijd, Fahed heeft de behendigheid van het dier dat altijd klaar is om te bespringen of klaar is om aan de sprong van een ander dier te ontkomen.

Ze zitten in een eenvoudig restaurant waar vrijwel alleen mannen zitten, ze drinken thee en water en eten hummus en baba ganoush en Fahed vertelt op de hem typerende wijze over moeilijke ouders. 'Ze zien dat de toekomst van hun kinderen hun ontglipt en ze denken dat wij er iets aan kunnen doen, dat ik ervoor kan zorgen dat de toekomst van het kind hun niet zal ontglippen. Ze zien in ons een wondermiddel. Als de opleiding maar goed genoeg is komt alles in orde.'

'Ik spreek nooit met ouders,' antwoordt Kadoke.

'Jij bent nieuw, jij bent dramaleraar, je bent een buitenstaander. Maar als je lang genoeg blijft zullen ze ook met jou gaan spreken. Bovendien ben je zelf geen ouder. Gisteren bij het avondeten begon mijn middelste dochter over losbandigheid. Ze beweerde dat geen van ons losbandig is, dat zij dat wel zou worden, dat wij, haar ouders, brave burgers waren die niet wisten wat leven was. Ja, ze noemde mij en haar moeder brave, bange burgers. Losbandigheid was leven, daar kwam het op neer.'

'Wat antwoordde je?' vraagt Kadoke.

'Dat iedereen weleens onder de invloed van de losbandigheid is geweest, maar dat het niet nodig is te doen alsof er niets anders in het leven is. Dat ze aan mijn ouders moest denken, aan haar opa en oma, om te begrijpen dat ik ook iets anders ben dan een brave, bange burger. En toen zei ze dat ik een leraar Engels was op een progressieve eliteschool waar ouders die het zich konden permitteren buiten de werkelijkheid te leven hun kinderen naartoe stuurden. Dat zei ze. Buiten de werkelijkheid.' Hij veegt met pita het laatste restje hummus van zijn bord.

Kadoke moet glimlachen, om de progressieve eliteschool, de losbandigheid.

'Als ze wist dat jij straks met mij naar een hotelkamer gaat, wat zou ze dan zeggen?'

'Als ze dat wist,' zegt Fahed langzaam, 'dan zou ze denk ik niet meer naar losbandigheid verlangen of in elk geval op een andere manier naar losbandigheid verlangen.'

Fahed betaalt, hij spreekt met de ober in het Arabisch, Kadoke vraagt niet waar ze het over hadden en dan lopen ze terug naar het hotel.

Ze vrijen nog een keer, loom en traag, anders dan in het begin, terwijl de affaire nog niet zo lang duurt maar lang genoeg om anders te vrijen en Kadoke denkt: het is niet de seks, ik ben hier niet voor de seks, althans niet uitsluitend voor de seks, maar waarom ben ik hier?

Kadoke houdt van Faheds geslachtsdeel dat zo op zijn geslachtsdeel lijkt en toch fundamenteel anders is. Hij denkt aan hoe het is om Faheds billen te likken, hoe het is om die pik in zijn mond te nemen, het stijf worden ervan, het klaarkomen van de ander, Faheds sperma. Maar ook dat is niet de reden dat hij hier is. Het is iets anders, hij weet niet wat, hij kan het niet benoemen. Met het laken veegt Kadoke Faheds sperma van zijn buik, ze liggen in elkaars armen, ze houden elkaar vast, volstrekt vertrouwd, al voelt Kadoke zich op deze avond ook verlegen. Alsof hij een jongetje is, alsof hij hier voor de eerste keer met deze man ligt die ook een collega is. Kadoke beseft: wat vreselijk op je lijkt en wat je niet bent, dat is het andere.

'Wat doe je met die koekjes?' vraagt Fahed. Hij wijst op de trommel op het nachtkastje.

De koekjes, die was Kadoke vergeten.

'Mijn vrouw,' zegt hij en zijn keel is bijna te droog om te spreken, alsof er geen speeksel in zijn mond zit, 'Anat.' Het noemen van haar naam klinkt beter dan 'mijn vrouw', veel beter. 'Ze heeft koekjes gebakken voor ons, voor jou en mij. Veganistische koekjes. Ik heb haar over ons verteld.'

Fahed is stil. Hij pakt de trommel en opent die, hij eet een koekje. 'Wat heb je over ons verteld?'

'Dat ik een affaire heb. Ze ging uit van een vrouw. Ik heb dat niet gecorrigeerd. Ze wilde weten wat voor iemand jij was. Ik antwoordde: een veganist.'

Fahed neemt nog een koekje, en ook Kadoke pakt er een. Hij vindt de koekjes die Anat op vrijdagochtend bakt voor de sabbat, de niet-veganistische koekjes, lekkerder, minder droog, maar Fahed zegt: 'Je vrouw kan goed bakken.'

'Ja,' zegt Kadoke. 'Anat kan goed bakken. Maar deze zijn een beetje taai. Ze is aan het promoveren.' Hij heeft dat nog niet verteld, maar opeens komt het hem voor als iets wezenlijks, dat Fahed niet denkt dat Anat alleen maar bakt en bidt, dat ze verder niets doet. 'Wiskunde,' zegt Kadoke, 'statistiek, kansberekening.' Alsof hij toch wil dat Fahed een beetje trots is op zijn vrouw.

En zo blijven ze daar liggen. Fahed eet koekjes en als hij de halve trommel heeft leeggegeten zegt hij: 'Ik wist het, ik wist dat je het aan je vrouw zou gaan vertellen. Het geeft niet.'

'Ik wilde de roddel voor zijn,' antwoordt Kadoke. 'Ik dacht: het is beter als ze het weet, niet alles, maar wel iets.'

'En wat zei ze?'

'Dat het een beproeving was. Van God. Maar dat ze ook een mens met pijnen is en dat ze daarom koekjes voor ons gebakken heeft, om erbij te zijn, dat ze jou wilde laten weten dat ze er is, dat ze hier is, dat ze aan ons denkt, ze wil dat we aan haar denken geloof ik, ze wil zich niet buitengesloten voelen.'

Fahed kijkt rond alsof ze hier echt is, in een kast of onder het bed.

'Wat heeft ze hier te zoeken?' vraagt Fahed. 'Wat helpt het haar om hier aanwezig te zijn? Wij zijn alles waar zij tegen is. Ze is getrouwd met iemand die alles is waar zij tegen is.'

Fahed loopt naar de badkamer en Kadoke bekijkt Faheds rug, hij beseft hoe mooi die rug is, hoe gaaf, of zou hij het anders moeten formuleren? Hoeveel hij van die rug houdt. Hij hoort Fahed douchen, maar hij blijft liggen.

Met een witte handdoek omgeslagen komt Fahed uit de douche, hij gaat naast Kadoke zitten en zegt: 'Ik ga dit niet aan mijn vrouw vertellen, ze zal er geen beproeving van God in zien, maar verraad, ordinair verraad. Ik heb je al eerder gezegd wie wij zijn, verraders, op zoveel manieren. En als je nu wil zeggen dat je dat niet bent, dan antwoord ik dat het niet uitmaakt wat je zegt. Als je gelyncht wordt gaat het er niet om wie jij denkt dat je bent. Dat is toch een les die je geleerd zou moeten hebben. Ik zeg nadrukkelijk jij en niet jullie.'

Even streelt hij Kadoke over zijn hoofd, bijna zoals je een kind streelt. Dan kleedt Fahed zich aan, soepel en gehaast, ja echt als een dier glijdt hij in zijn kleren. 'We gaan ermee door,' zegt Fahed, 'zolang we ermee door kunnen gaan. Ik heb drie dochters, ik heb met de nodige moeite een leven opgebouwd, ik ga dat niet inruilen voor een bevlieging, hoezeer die bevlieging mij ook in zijn greep heeft gekregen, meer dan ik verwachtte, meer dan ik ooit hoopte. Maar ik ben een realist, de begraafplaatsen liggen vol met mensen die in de greep waren van hun dromen, die dachten dat ze voor hun dromen moesten leven, vooral in deze streek, dat is de les die ik heb geleerd: eerst het leven, dan de droom. Ik weet niet welke droom jou in zijn greep heeft, ik weet niet of het mogelijk is in jouw nederzetting te wonen zonder besmet te worden met wanen, maar ik ben een realist. Het ware, het grote, het enige, het rechtvaardige? Niet voor mij. Ik wil mijn dochters opvoeden, ik wil mijn dochters gelukkig zien worden, niet al te ongelukkig althans, ik geef met redelijk veel plezier les, dat wil ik nog een tijdje doen. Je vraagt je af waarom ik al die risico's neem als ik dat allemaal wil? Omdat ik ook een mens ben, zoals je vrouw zei. Geen machine, een mens, maar wel een realist. Een veganistische realist.'

Kadoke denkt over deze woorden na, hij zou willen weten of deze Fahed dezelfde is die een paar uur geleden tegen hem zei: 'Ik wilde zo graag bij je zijn.' Was dat ook realisme, gewoon realisme dat op ander realisme botste of was het toch de uitspraak van iemand die in de greep is van een droom en die daarom vroegtijdig op de begraafplaats zal eindigen? Gestorven voor een droom. Je kon de droom doorzien en ontmaskeren en er uiteindelijk toch voor sterven.

Kadoke kleedt zich aan, ze verlaten de kamer, achteloos wordt de sleutel, een kaartje, bij de receptie afgegeven. Even denkt Kadoke dat hij gechanteerd kan worden, dat dat is wat Fahed bedoelt met die begraafplaatsen en die dromen, maar dan besluit hij dat zijn fantasie op hol slaat.

'Wacht even,' zegt hij tegen Fahed, 'je vond ze lekker zei je.'

Hij wikkelt de resterende koekjes in het vetvrije papier en geeft die aan Fahed.

Fahed neemt ze aan, kijkt er even naar en zegt: 'Ze is een rare, die vrouw van je, maar ze kan lekkere koekjes bakken.'

60

Met een leeg trommeltje naast zich rijdt hij in een taxi naar zijn nederzetting. Steeds vaker heeft hij de neiging het over 'zijn' nederzetting te hebben. Hij kan niet doen alsof die nederzetting niet van hem is, alsof hij er alleen maar toevallig woont, hij kan niet volhouden dat hij er niets meer mee te maken heeft, dat de liefde en het noodlot hem daar neergesmeten hebben, zoals Jonas uitgespogen door de walvis.

Is dat niet ook het verhaal van zijn ouders?

Met wat heeft Kadoke zich verbonden? Vroeger dacht hij: met zijn patiënten, hij meende zich met Michette te hebben verbonden door haar aan te stellen als bejaardenverzorgster, niet op de manier waarvan hij beschuldigd is, niet op de indecente manier, maar toch.

Anat zit aan de keukentafel met haar boeken voor zich, ze kijkt op als hij binnenkomt, een pen in haar hand, haar blik is neutraal. Alsof dit is hoe hij altijd binnenkomt. Alsof ze daar altijd zo zit. Precies zo.

Hij zet het lege trommeltje op de keukentafel. 'Hoe was het?' vraagt ze.

'Goed,' antwoordt hij.

'Wat zei ze, je minnares?'

'Niet zoveel.'

'En de koekjes? Hebben jullie mijn koekjes gegeten?'

'Ze vond ze lekker,' zegt hij, 'ze is jouw andere koekjes niet gewend, de niet-veganistische.'

Kadoke geeft haar een kus, hij weet niet wat hij verder moet zeggen, wat hij moet vertellen en wat hij moet verzwijgen. Anat had hem ooit een wrede man genoemd, hij die zichzelf altijd als een empathische, zachtaardige man heeft gezien. Misschien heeft hij zich vergist, heeft hij niet willen zien wie hij is. Zich verschuilend achter werk, suïcidepreventie en zorg, in de weer met zijn oude vader die tijdelijk voor moeder speelde, om niet te hoeven zien, om niet te hoeven laten zien wat hij werkelijk is: met niemand echt verbonden. Anat had het gezien, ze wist wie hij was, het had haar er niet van weerhouden met hem te trouwen.

'Ik heb weinig ervaring met veganistische koekjes,' zegt ze, 'het was een beetje experimenteren, maar als je er de volgende keer heen gaat zal ik ze weer voor je bakken.' Ze opent het trommeltje en kijkt erin, zo te zien verbaasd dat er niets meer in zit. 'Weet je,' vraagt ze, 'hoelang het gaat duren, jouw affaire? Wanneer het is afgelopen?'

Hij gaat tegenover haar zitten, werpt een blik op haar boeken en zegt dan: 'Het is net begonnen. Ik kan niet zeggen hoelang het zal gaan duren. Dat zou raar zijn, als ik zou weten wanneer het zou eindigen. Als je weet wanneer iets eindigt kun je er beter meteen mee stoppen, je gaat ermee door omdat je het niet weet en dat is hoop.'

Ze speelt met haar pen.

'Ik denk,' zegt ze, 'en dat weet je, dat het een beproeving is, dit alles, een beproeving, aan mij opgelegd door Hem, om te testen of ik een kind verdien, of ik het wel waard ben, een kind, dat heb ik je verteld, maar ook bij beproevingen kun je je afvragen hoelang die gaan duren en daarom dacht ik dat Hij misschien door jou zou kunnen spreken, via jou, met jouw stem. Hij spreekt op zoveel manieren. Ik dacht dat jij misschien iets weet wat je niet zou moeten weten maar wat je toch weet, jij die hier uiteindelijk als een soort van wonder bent binnengekomen, al vind je het niet leuk om dat te horen.'

Kadoke kijkt naar het trommeltje. 'Als dit een beproeving is, zou je dan willen dat ik de kracht verzamel om ermee te stoppen, om aan de beproeving een eind te maken? Is dat wat je van me vraagt? Maar als ik dat zou willen, als ik dat zou kunnen, moet je dan niet concluderen dat er geen god is die jou beproevingen oplegt, maar dat ik het ben, ik, je medemens, je echtgenoot, het voormalige wonder van deze nederzetting. Ik leg jou deze beproeving op.'

'Jij ziet alleen maar de buitenkant van de dingen, jij gelooft dat uiteindelijk alles een praktische aangelegenheid is, wat wil je dat ik zeg? Dat ik me vergis? Dat jouw leegte de waarheid is waarin iedereen moet leven? Ik weet dat het een beproeving is, en ik hoef jou daar niet van te overtuigen. Voor jou mag het blijven wat het is, een bevlieging, een verliefdheid, maar ik kan niet langer met jou in deze caravan leven, ik zal bij je vader intrekken, ik zal koekjes voor je bakken, voor jou en je minnares, ik zal op sabbat bij je zijn, ik zal je mijn lichaam geven, maar ik kan je verder even niets geven, ik kan je verder even niet verdragen, ik voel me zo verraden door jou, ik begrijp niet hoe jij mijn pijn minder belangrijk kunt vinden dan je eigen verliefdheid. Ik begrijp dat niet.'

Ze gaat naar de slaapkamer en komt terug met een weekendtas, die ze kennelijk al gepakt had.

'Misschien kun je nadenken,' zegt ze, 'waarom je naar deze nederzetting bent gekomen, waarom je je vader hierheen hebt gesleept. Ik mis je, ik doorsta de beproeving, maar ik blijf die beproeving onverdraaglijk vinden, dat is mijn goed recht.'

Kadoke staat op, loopt naar zijn vrouw, houdt haar vast. 'Ik weet niet wat in mij is gevaren,' zegt hij, 'als ik dat al zou kunnen weten. Ik weet het niet, denk jij dat je jezelf nooit zult verrassen, denk jij echt te weten wie je bent? Dat er nooit iets zal zijn wat je overvalt? Dat je nooit overvallen wordt door iets waardoor je niet overvallen dacht te worden?'

Ze legt haar hoofd op zijn schouder, even maar. Dan zegt ze: 'Ik ruik haar.'

'Verbeelding,' antwoordt hij.

'Ik heb me door jou laten overvallen, jij hebt me overvallen. Was dat niet genoeg?' Ze stopt haar boeken in een andere tas en zegt: 'Ik ben niet weg, ik ben bij je vader. Als je me nodig hebt weet je waar je me kunt vinden. Maar een ding vraag ik je, een ding smeek ik je: als je er weer heen gaat laat me dat tijdig weten, dan kan ik weer koekjes bakken, dan is zij ook een beetje van mij.'

Kadoke gaat aan de keukentafel zitten. Ook zo begint het, met Anat die bij zijn vader intrekt en Kadoke die aan de keukentafel zit en wacht alsof het opeens voorbij zou kunnen zijn. Hij schrijft een brief aan zijn vrouw maar houdt daar halverwege mee op, de woorden komen hem futiel voor.

Voor het eerst ligt hij die avond alleen in het bed, hij twijfelt niet, hij heeft nergens spijt van en toch is het hem niet ontgaan dat hij de beproeving is die hij nooit had willen zijn. Even denkt hij aan Anats vraag hoelang dit gaat duren. Lang, vreest hij. Het is er nog en niets wijst erop dat het zal verdwijnen. Leeft hij meer in die eenvoudige hotelkamers in Oost-Jeruzalem dan hier in deze nederzetting? Is het echte leven of wat daarvoor moet doorgaan daar te vinden of komt dat alleen omdat hij zich aan niemand verbonden heeft? Even stelt hij zich Anat voor, biddend met haar moeder om de beproeving te doorstaan, contact makend met de comateuze rabbijn in Brooklyn. Deze gedachten overmeesteren hem, maken hem verdrietig, maken hem aan het huilen, maar sterker dan het verdriet is het verlangen. Een angstaanjagende waarheid.

61

Zo worden Anat en hij een stel met een tweede geheim dat ze delen: zijn affaire. Door de week slaapt ze in de caravan van vader waar ze in de woonkamer op een luchtmatras ligt maar op sabbat komt ze terug naar haar eigen caravan en zet ze haar man na de lunch de pet op en spelen ze hun spel. Hij speelt het met meer overgave dan ooit, dit spel lijkt te bestaan in een wereld die verder niets gemeen heeft met de wereld waarin hij als voormalig wonder door de nederzetting loopt, de wereld waarin zijn vader ondanks zijn doodswens maar niet doodgaat, de wereld waarin hij Fahed ontmoet en waarin hij improvisatieoefeningen doet met kinderen. Vaak moet hij tijdens zijn lessen aan de woorden van Faheds dochter denken: een progressieve eliteschool voor ouders die het zich kunnen permitteren buiten de werkelijkheid te leven.

Maar is dat zo? Is de werkelijkheid van het tribalisme de enige echte?

Een keer per week bakt Anat veganistische koekjes, een keer per week verlaat hij met een trommeltje de nederzetting om via de school naar een hotel in Oost-Jeruzalem te gaan, waar zijn minnaar de koekjes opeet, waar ze vrijen, waar Kadoke de rug van Fahed bewondert. Waar ze praten, elkaar vasthouden, waar ze verklaren hoe wonderlijk het is dat juist zij samenzijn, zonder echt samen te zijn, wie had dat gedacht, hoe had dat kunnen gebeuren? Een onwaarschijnlijk stel.

Vader ziet hij minder, omdat hij Anat niet wil storen in haar zelfverkozen exil, hij kan zich niet aan haar opdringen, hij mag zich niet aan haar opdringen, niet onder deze omstandigheden. Maar als hij dan eindelijk vader bezoekt, omdat Anat bij vriendinnen is of in de synagoge, dan houdt hij vader vast als een geliefde.

Het wordt lente en het wordt zomer, de status quo is onhoudbaar, maar er verandert niets. Iedereen lijdt, Anat het meest, maar niemand doet iets, iedereen wacht. De intensiteit van het verlangen lijkt af te nemen en daardoor ook de intensiteit van het verdriet. Niemand verroert zich, iedereen blijft maar wachten, iedereen zegt: 'Zo kan dit niet doorgaan.' Maar het gaat gewoon door.

Is hij de man van Anat? Is hij van Anat? Is hij afgepakt of heeft hij zichzelf weggegeven? Heeft ze redenen zich verraden te voelen? Is het onmenselijk dat hij overvallen werd door een hartstocht en weigerde de hartstocht het zwijgen op te leggen? Of kon hij het niet? Kadoke heeft geen antwoorden en omdat de vragen hem kwellen stelt hij ze niet meer, hij is te oud voor langdurige zelfkwelling. En als Anat hem op een sabbat vraagt: 'Hoelang nog, hoelang heb je nog nodig voor je lusten bevredigd zijn?' kan hij alleen zeggen dat hij er nog niet mee kan stoppen, alles in hem verzet zich daartegen, hij kan er niet mee ophouden, hij is een grens gepasseerd. Er is geen terug, hij kan niet worden wie hij was, hoe graag hij dat op sommige momenten ook zou willen.

Vader is opgehouden te vragen waarom Anat nu in zijn caravan ligt, behalve op sabbat. Kadoke heeft de precieze redenen van de verhuizing in het midden gelaten, heeft doen voorkomen alsof het noodlot nu deze gedaante heeft aangenomen. En vader, die al zoveel noodlot te verduren krijgt, nam genoegen met vaagheid.

Het is merkwaardig, zijn affaire wordt meer en meer een geheim dat hij deelt met Anat, ze heeft het zelfs over 'onze affaire' en ook 'onze beproeving', alsof het iets is wat zij zo heeft gewild, wat zij mede in scène heeft gezet. Zij bakt koekjes, die hij niet meer eet, hij eet alleen nog de niet-veganistische koekjes op sabbat, maar Fahed werkt Anats veganistische koekjes gretig naar binnen en een keer heeft hij zelfs gezegd: 'Ik denk dat ik door deze koekjes van je vrouw ben gaan houden. Ondanks alles. Zo simpel is het soms, het cliché is waar.'

Aan Anats moeder, die alles weet en niets zegt, merkt hij dat andere clichés ook waar zijn, het cliché van de verachting. Ze werpt hem dodelijke blikken toe, serveert hem eten met de stille minachting van hen die weten dat hun tijd zal komen.

Er zijn ochtenden dat hij in de auto naast de vrouw zit die in het ziekenhuis werkt en hij zich afvraagt hoe zijn leven eruit zou zien als hij niet van Fahed was gaan houden. Of mag je deze bevlieging geen liefde noemen? Wanneer mag je iets liefde noemen? Hij zou zich ook kunnen afvragen hoe zijn leven eruit zou hebben gezien als hij Michette niet had aangesteld als bejaardenverzorgster, als hij geen grensoverschrijdende psychiater was geworden in de ogen van anderen, hij zou zich misschien moeten afvragen wat er was gebeurd als Michette geen schrijver had ontmoet die meende zich te moeten ontfermen over de verhalen van anderen. Zinloze vragen, zijn leven is wat het is, hij is wie hij is, te oud vermoedelijk voor werkelijk grote veranderingen, maar niet te oud voor bevliegingen, nooit te oud daarvoor: de dood zal een bevlieging zijn.

Maar wie is hij zonder zijn bevliegingen? Een man, die in een religieuze nederzetting op de Westelijke Jordaanoever woont, een man met een vrouw, een minnaar en een vader. De vader wacht op de dood, de vrouw wacht op het einde van de affaire of van de beproeving, voor zover er nog onderscheid is tussen die twee. En waar wacht zijn minnaar op? En Kadoke, waar wacht hij op? Of is hij degene die nergens op wacht? En die daarom, ongewild misschien wel, iedereen meesleurt in het eindeloze wachten. Hoelang gaat deze affaire duren, dat vraagt hij zich nu ook af. Hoelang kan zo'n affaire goed gaan? En wat is goed? Eindeloze verlenging van de status quo?

Op een sabbatmiddag na het vrijen vraagt hij aan Anat: 'Is er een spel na het spel?'

'Hoe bedoel je?' Ze kijkt hem, vindt hij, hongerig aan alsof ze nog niet genoeg heeft gehad.

'Dit is ons spel,' zegt hij en hij houdt de pet omhoog, 'maar wat is het spel hierna? Wat komt hierna? Of is er alleen maar een herhaling van zetten?'

Ze kijkt verbaasd, duwt hem van zich af. Hij gaat op haar zitten, hij walgt niet van haar. Hoeveel hij ook van zijn affaire houdt, hij walgt niet van Anat.

'Het spel na het spel is de dood,' zegt ze. 'Als het goed is zullen we op een dag kinderen hebben die het spel voor ons zullen spelen, dat is wat God van ons wil.'

Zo zit hij op haar, hij luistert naar haar woorden, in de caravan ernaast doet vader een middagdutje. Kadoke weet nu waarop hij wacht, hij wacht op de waarheid, want in de leugen kun je niet leven, de leugen doodt alle liefde, ook de liefde die hij nog voor Anat voelt. Om te ontkomen aan de dodelijke leugen zal hij de waarheid moeten uitspreken.

62

Een affaire kan alleen beginnen en eindigen, een affaire heeft geen midden. En hoewel hij merkt dat hij naast Fahed ligt met een soort rust die hij eerst niet had, een aanwijzing dat ze voorbij het begin zijn, al is het einde nog niet begonnen, veinst Kadoke juist alsof alles nog moet beginnen. Eén middag in de week is van Fahed en Kadoke samen, één middag per week stappen ze uit hun leven en verdwijnen voor een paar uur in Oost-Jeruzalem. Zo gaat het al maanden.

En ook al kan hij zich een leven zonder Fahed niet voorstellen, hij blijft zich afvragen wanneer het zal eindigen. Niet meer hoe, alleen nog wanneer.

Soms fantaseert hij dat hij over dit alles aan zijn kind zal vertellen. 'Midden in mijn leven,' zal hij zeggen, 'werd ik overvallen door een hartstocht, ik werd verliefd op een man, een keer per week zagen we elkaar, mama bakte koekjes voor ons, want ze wilde zich niet buitengesloten voelen. Het leek een idylle, maar dat was het niet, want uiteindelijk had iedereen pijn, de een meer dan de ander. Het begon als een idylle, dat wel, twee mannen die door Jeruzalem wandelden, zo begon het. Misschien wil je dit niet weten, maar ik vind dat je dit moet weten, dat je moet weten wie je vader was voor jij werd geboren.'

Vermoedelijk komen deze gedachten ook door Anat die op een sabbatmiddag tegen hem zei: 'Alsjeblieft, geef me eindelijk een kind. Waar wacht je op? Bewijs het ongelijk van mijn moeder, ik smeek het je, geef die minnares van je geen kind, niet die, wees alsjeblieft voorzichtig. Ik kan er niet van slapen, ik stel me voor dat zij een kind van je krijgt en ik niet, dat vreet me vanbinnen op, dat holt me uit, het voelt alsof er een worm door mijn lichaam sluipt die alle levenssappen opzuigt als ik eraan denk dat zij zwanger van je wordt.'

'Maak je geen zorgen,' antwoordde Kadoke, 'ik doe mijn best. Ik vrij veilig, er kan niets gebeuren, wees niet bezorgd. En wat ons kind betreft, we zijn niet meer vreselijk jong, dingen hebben tijd nodig, het oude zaad zwemt wat langzamer.'

'Maar hoeveel tijd? Hoeveel tijd hebben we nog nodig? Hoe oud moet ik worden voor ik een kind zal baren? Denk aan het kind als je me neukt, denk eraan dat je me een kind wil geven, dat helpt misschien.'

Nu ligt hij in een hotelkamer in Oost-Jeruzalem en hij herinnert zich de woorden van Anat die ze op die sabbatmiddag heeft uitgesproken. Misschien is dat wat er is veranderd, de eens gescheiden werelden lopen door elkaar. Hij hoort zijn vrouw spreken terwijl hij in de armen van Fahed ligt.

'Welk spel komt er na het spel?' vraagt hij.

Fahed kust hem met overgave, ja met agressiviteit. Hij is dwingend vandaag. 'Na het spel,' zegt hij, 'komt het volgende spel, meneer de dramaleraar. Maar dit is geen spel. Dat denk je misschien. Als het een spel was hoefden we niet bang te zijn voor de consequenties. Als dit een spel was konden we zeggen: vanaf volgende week spelen we het anders.'

Zo liggen ze daar, Fahed eet de laatste koekjes uit de trommel en allebei weten ze dat ze eigenlijk naar huis moeten, dat er op hen wordt gewacht, maar ze blijven liggen en Kadoke ruikt Fahed, die speciale geur, die hij nooit zal vergeten, hij snuffelt als een hond aan de hals en nek van Fahed. Eindelijk staan ze op, ze kleden zich met lichte tegenzin aan, op straat zegt Fahed: 'Tot morgen,' alsof ze slechts twee collega's zijn die iets hebben gedronken in een onopvallend hotel in Oost-Jeruzalem.

Kadoke neemt een taxi naar zijn religieuze nederzetting, de trommel ligt naast hem, de chauffeur, een Palestijn, vertelt dat hij vaker mensen naar de nederzetting brengt.

Dan wil de chauffeur weten of zijn passagier een toerist is omdat meneer de passagier Hebreeuws noch Arabisch spreekt. 'Een toerist,' zegt Kadoke, 'zo kun je het noemen, een quasipermanente toerist.'

De chauffeur lacht, alsof Kadoke een grap heeft gemaakt. 'Voor mij zijn al die mensen in de nederzettingen quasi-permanente toeristen,' zegt hij.

'De vraag is,' antwoordt Kadoke, 'hoe we het onrecht gaan goedmaken, of je op een gegeven moment niet op een punt belandt dat het onrecht niet meer kan worden goedgemaakt, dat er alleen onrecht op onrecht kan worden gestapeld.'

Kadoke gaat zijn caravan binnen en brengt dan zoals gebruikelijk de lege koektrommel naar Anat, die in de caravan van vader aan het werk is.

Vader zelf ligt al in bed.

'Hoe was het?' vraagt ze.

Hij knikt.

Ze neemt de koektrommel in ontvangst. 'Ik moet je wat zeggen,' fluistert hij, 'loop even mee, anders maken we vader wakker.'

Ze loopt met hem mee, de trommel nog in haar hand, naar zijn caravan die natuurlijk ook haar caravan is. Daar gaan ze zitten, plechtig, zo voelt het, maar voor hij kan spreken begint Anat: 'Ik denk erover om terug te komen. Ik ben eraan gewend geraakt. Als ik jou naar de poort van onze jisjoev zie lopen, met die koektrommel onder je arm, dan denk ik: hij kan het niet helpen. Hij doet ook maar zijn best, hij is gemankeerd. Ik vind het vreselijk dat je een minnares hebt, begrijp me goed, maar ik heb me verzoend met de beproeving die de Eeuwige me heeft opgelegd, en ik begrijp nu dat Hij wil dat ik terugkom, dat het niet genoeg is dat ik je mijn lichaam geef en mijn koekjes, maar dat ik je weer alles moet geven, mijn ziel, mijn liefde, dat is wat Hij van me wil. En als ik naar je kijk en ik zie hoe je bent, zo hulpeloos en hopeloos, dan valt het me niet meer moeilijk je alles te geven. Dan valt het me niet moeilijk weer van je te houden.'

'Ik ben niet hulpeloos en ook niet hopeloos,' zegt Kadoke. 'En ik moet je iets vertellen.'

'Wat moet je vertellen, heb je een nieuwe minnares?'

'Nee, geen nieuwe.'

'Is ze zwanger?'

'Nee, ook dat niet.'

'Gelukkig,' zegt Anat en ze prevelt snel een gebed.

'Ik besefte dat ik wacht op de waarheid en dat dat wachten zinloos is als ik niet de waarheid spreek.' Hij legt zijn handen op tafel, kijkt ernaar, hij weet dat hij nog terug kan. In theorie althans. 'Mijn minnares is een man.'

'Een man? Je liegt.'

'Nee, ik lieg niet. Ze is een man.'

'Een travestiet?' Haar stem klinkt schel.

'Nee, een man, zoals ik een man ben. Geen travestiet.'

'Jij bent geen man, zolang je me nog geen kind hebt gegeven beschouw ik je niet als een man, maar als een impotente Jood, de tweede impotente Jood in mijn leven.'

'Ik ben een man, hij is ook een man.'

'Dus ik heb al die tijd koekjes voor een man gebakken, een veganistische man.' Haar stem klinkt nu nog scheller. Ze moet er zelf om lachen, hysterisch bijna. Net had ze nog gezegd dat ze hem alles wilde geven, maar de blik die ze toen had heeft ze nu niet meer. Koud is haar blik. Ze is ver weg.

'Een veganistische man, ja. Maar niet alleen veganistisch. Zoveel meer dan dat. Ik zou je graag willen vertellen wie hij is, als ik dat zou kunnen, maar ik vrees dat de woorden me ontbreken. Dat ik hem moeilijk in woorden kan vatten. Dat alles wat ik over hem kan zeggen geen recht doet aan wie hij is.'

'Wat is er meer dan jouw woorden? Wat heb je me al die maanden eigenlijk over hem verteld? Al die maanden dat je zogenaamd naar je minnares ging, maar er was geen minnares, er was een man. Is hij zo speciaal? Daarom heb je me nog geen kind gegeven, omdat je niet van vrouwen houdt. Omdat je van mannen houdt. Dat is jouw probleem. Je geeft de voorkeur aan mannen.'

Kadoke schudt zijn hoofd. 'Je moet niet in die categorieën denken, man, vrouw. Ik ben niet op hem verliefd geworden omdat hij een man is, dat hij een man is was een bijkomstigheid. Ik werd verliefd op wie hij was, in zijn totaliteit.'

Anat staat op, begint te ijsberen en hij blijft zitten, kijkend naar zijn handen. 'Ik wacht op de waarheid,' zegt hij, 'en als je daarop wacht moet je haar uitspreken, anders is het wachten zinloos. Ik wacht op de waarheid zoals jij op het kind en ik sluit niet uit dat de waarheid het kind is, dat onze waarheid een kind is waarop jij wacht, maar ik wil dat je weet dat er nog een andere waarheid is die daaraan voorafgaat. De man op wie ik verliefd ben geworden, de man voor wie ik dit allemaal op het spel heb gezet, de man door wie jij bent gaan geloven dat jou een beproeving is opgelegd, is een Palestijn.'

Ze blijft staan, kijkt hem aan. Kalm, schijnbaar onaangedaan, en toch ver weg, zo ver weg. Hij zou willen zeggen: 'Kom dichterbij. Alsjeblieft, nu niet weggaan. Kom weer terug, Anat.' Maar zij zegt met een soort trots: 'Een moordenaar.'

'Geen moordenaar. Allesbehalve een moordenaar. Een lieve man, zo'n lieve man. Al zou je dat niet meteen zeggen als je hem ziet.'

'Een moordenaar,' herhaalt ze, 'je bedriegt me met een moordenaar. Ze willen de Joden vermoorden, ze willen ons vermoorden, allemaal. De een meer dan de ander, maar ze willen het allemaal, ons de zee indrijven zoals je ongedierte de zee indrijft. Dat het een man was, was jou niet genoeg. Je wilde me nog meer vernederen, je wilde me op de knieën dwingen, omdat je jaloers bent dat ik weet wie ik ben en bij wie ik hoor, omdat ik me niet dagelijks hoef af te vragen: welke bevlieging overvalt me nu weer? Daarom moest ik vernederd worden. Daarom moest hij ook nog een moordenaar zijn.'

Ze houdt op met ijsberen, blijft bij de tafel staan en buigt zich voorover, in de richting van Kadoke, alsof ze een lerares is die tegen een leerling spreekt. 'Ben je zo naïef of doe je alsof? Weet je niet wat hier gaande is of is het echt allemaal zelfhaat? Ik had gehoopt dat ik je kon verlossen van je zelfhaat. Dat ik je daarvan zou kunnen redden.'

Kadoke staat op, hij neemt haar in zijn armen, hij had gedacht dat ze zou tegenstribbelen, dat ze zich zou losrukken, hem misschien zelfs zou slaan, maar ze laat hem begaan. Ze is zo boos, woedend, terwijl ze eigenlijk wilde terugkeren naar haar man, haar Kadoke, maar toen wist ze nog niet alles, toen wist ze eigenlijk niets. Hij kust haar op haar wang, drukt haar dicht tegen zich aan. 'Je hebt me van veel verlost,' fluistert hij.

Ze huilt. En hij laat haar huilen. Dan zegt ze: 'Ik zal koekjes voor jullie blijven bakken, dat is het enige wat ik kan doen. Meer kan ik niet doen.'

'Niet het enige,' zegt hij. 'Echt niet het enige.'

'Het hoort bij de beproeving, kennelijk ben ik nog niet genoeg op de proef gesteld, kennelijk twijfelt de Eeuwige nog steeds of ik wel een kind verdien. Hij blijft maar twijfelen, net als jij, Hij vraagt te veel van mij, jij vraagt te veel van mij, jullie vragen te veel van me, maar ik zal koekjes voor jullie blijven bakken, ik zal al mijn liefde in die koekjes stoppen, ik zal bewijzen dat ik een kind verdien. Beloof me dat je me niet vergeet als je met je trommeltje naar de poort loopt, beloof me dat je me niet vergeet als je naast die moordenaar ligt, beloof me dat je aan me blijft denken als je met dat trommeltje in je hand je volk en je vrouw verraadt.'

Ze duwt hem naar de muur, legt haar hand op zijn keel, drukt die keel dicht. 'Beloof me dat je mij en ons kind nooit zult vergeten als je naast die moordenaar ligt.'

Ze gaat naar de slaapkamer en komt terug met de pet.

'Hier,' zegt ze, 'alsjeblieft, geef me een kind. Meer verwacht ik nu niet van je. Dat is het enige wat je nu nog voor me kunt doen. Op al het andere reken ik niet meer, op al het andere had ik al nauwelijks gerekend, maar nu helemaal niet meer.'

'Liefste,' zegt hij, 'allerliefste, het is allemaal al dramatisch genoeg, maak het niet nog dramatischer.' Hij zegt: 'Verlies jezelf niet in het drama. Je kunt er ook anders naar kijken.'

'Relativeer mijn gevoelens niet, pak niet ook nog mijn gevoelens van mij af. Jij weet niet hoe dramatisch het is als je partner verliefd wordt op een moordenaar en met die moordenaar ook nog een relatie begint. Daar weet jij niets van. Jij weet niet hoe het is als de Eeuwige je op de proef stelt, want jij wil niets met de Eeuwige te maken hebben. Straks ga je ook nog zeggen dat we anders naar de Shoah moeten kijken, of straks gaan de mensen dat zeggen, dat je er ook anders naar kunt kijken, dat we er geen drama van moeten maken. Vraag jij je nooit af waarom de een zo op de proef wordt gesteld en de ander huppelend door het leven gaat? En doe nu met me wat je altijd al met me hebt willen doen, Obersturmbannführer.'

63

Hoe word je een paria? Gebaseerd op zijn ervaringen in Amsterdam zou Kadoke zeggen: het overkomt je, ongeveer zoals je een verkeersongeluk krijgt. Je steekt over, let een moment niet op, en daar is het, het ongeluk. Wat natuurlijk niet wil zeggen dat er niet ook mensen bestaan die het verdienen om een paria te worden, maar wanneer precies verdien je dat? Misschien had Fahed gelijk en heeft Kadoke geen idee wat het is om werkelijk een paria te zijn.

Anders dan anders loopt hij met zijn trommeltje naar de uitgang van de religieuze nederzetting, omdat hij vreest dat niet alleen Anat en moeder het weten, maar dat meer mensen het weten, dat hij verliefd is geworden op iemand in wie zij een moordenaar herkennen. Of althans een potentiële moordenaar, en tussen de potentiële moordenaar en de echte moordenaar zit voor hen weinig verschil.

Hij weet dat zijn vrees vermoedelijk ongegrond is en toch is die vrees allesoverheersend.

De dag op school gaat langzaam voorbij, hij kan niet wachten Fahed te vertellen dat ze weet wie hij is, zijn vrouw. Kadoke doet zijn improvisatieoefeningen, gaat discussies aan, stimuleert tegenspraak, mits de tegenspraak respectvol wordt geformuleerd maar dat spreekt vanzelf. Ook vraagt hij zich af of hij als dramaleraar niet ergens naartoe moet werken, wordt er uiteindelijk niet een presentatie van hem verwacht? Iets wat hij met zijn kinderen kan laten zien? Merkwaardig dat niemand tot nu toe daarover is begonnen. Ze laten hem zijn gang gaan, dat is prettig maar het heeft ook iets onbevredigends. Hij vraagt het de kinderen, men is verdeeld. De helft wil gewoon improvisatieoefeningen blijven doen, de andere helft wil uiteindelijk iets groots maken om te laten zien aan de medeleerlingen. De beslissing wordt uitgesteld.

Aan het eind van de middag neemt hij de bus naar Oost-Jeruzalem. Fahed is er al maar heeft nog niet ingecheckt. Ze krijgen een kamer op de tweede verdieping en voeren een kort en liefdevol gesprek over welke kamers ze allemaal hebben gehad in dit hotel: 309, 312, 203, 401. Alsof de kamernummers een verhaal vertellen dat alleen zij kunnen begrijpen. Elke kamer een ander verhaal, op zijn minst een andere anekdote. Elke kamer een andere middag.

Ze kleden zich uit. Er is routine in hun handelen geslopen, maar de opwinding, de euforie van de verliefdheid is niet verdwenen. 'Ik heb mijn vrouw verteld wie je bent,' zegt Kadoke als ze naakt in elkaars armen liggen.

'Wie ben ik?' vraagt Fahed.

'Een man,' zegt Kadoke, 'een Palestijn.'

'O, ben ik dat?'

'Hoe zou jij jezelf dan willen omschrijven?'

Fahed kijkt spottend. 'Is het niet ironisch dat jij genoegen neemt met dergelijke woorden, jij die nergens bij wil horen? Vader van drie dochters, wat dacht je daarvan?'

'Ik heb over je kinderen gezwegen. Dat leek me niet gepast.'

'De rest is wel gepast? Dit is gepast?'

'Het leek me ongepast er derden bij te betrekken, dat is wat ik bedoel.'

Fahed moet lachen en Kadoke lacht mee, hier kun je alleen maar om lachen, dit alles is om te lachen. Wat zij doen, wat zij nu al maanden hier doen, hoe kun je er niet om lachen?

'Maar er zijn allang derden bij betrokken, derden en vierden,' zegt Fahed. 'Dacht je dat je een affaire kon hebben zonder dat er derden bij betrokken raken? De schone, frisse affaire, zoals ze ooit dachten schone, frisse oorlogen te kunnen voeren, misschien zijn er nog steeds mensen die dat denken. Ik vrees van wel. Ik niet. Er zijn derden bij betrokken, al gaat niemand er dood aan.'

Kadoke zou, en hij voelt deze aanvechting voor het eerst zo sterk, met Fahed willen vluchten, deze onzalige heuvels en deze onzalige stad achter zich willen laten. Waar vluchten mensen tegenwoordig heen? Mensen zoals hij, mensen zoals Fahed.

'Ze vroeg wie je was,' zegt Kadoke, 'ze wilde weten waarom ik van je hield. Misschien kun je dat soort dingen niet uitleggen, maar het voelde toch onbevredigend dat me dat niet lukte, alsof ik iets niet kon wat ik wel had moeten kunnen. Ik had haar zo graag willen overtuigen. Van jou. Van ons. Ik dacht: als ze koekjes voor ons bakt, voor jou bakt, kan ze ook vertrouwen krijgen in ons, in wie wij zijn.' Dat zijn vrouw Fahed een moordenaar heeft genoemd, en niet in razernij, nee meer dan eens, schijnbaar in de volle overtuiging dat Fahed er werkelijk een is, verzwijgt hij. Je kunt sommige dingen niet vertellen zonder jezelf in diskrediet te brengen. Hij streelt de harige borst van Fahed, als een kind voelt hij zich weer deze middag in Oost-Jeruzalem, iemand die stiekem kind is gebleven.

'Als ik een klas met nieuwe kinderen voor me zie,' zegt Fahed zacht, alsof er hier mensen zijn die hem niet mogen horen, 'dan weet ik meteen wie ik aardig vind en aan wie ik stiekem een hekel heb, dat zie ik aan de ogen, dat hoor ik aan de stemmen. Waarom moet je alles beredeneren? Alles uitleggen? Sommige dingen weet je. Je weet die dingen zeker, zonder te twijfelen.'

Kadoke haalt zijn schouders op, hij trekt Fahed naar zich toe. 'Neem me,' zegt hij. 'Neem me, Fahed. We hebben altijd gevreeën alsof we kinderen waren, alsof we onschuldig waren, laten we anders vrijen. Penetreer me. Doe met me wat je wil. Doe alles met me. Gebruik me.'

Fahed kijkt ongelukkig, alsof dit niet de bedoeling kan zijn, alsof dit niet is waarvoor ze elke week hierheen komen, waarvoor ze zoveel op het spel zetten. 'Ik weet het niet,' zegt Fahed. 'Ik ben graag bij je, het vrijen is een bijkomstigheid. En ik ben onschuldig, wij zijn onschuldig. Heeft de religieuze nederzetting je besmet met ideeën over schuld en onschuld? Speelt je opvoeding je parten? Hier op deze plek, deze schuldige plek, is een affaire onschuldig.'

'Op onschuldige plekken kun je geen onschuldige affaire hebben maar op schuldige plekken wel? En dat uit de mond van iemand die mij ervan beticht besmet te zijn met religieuze reflexen en religieuze opvattingen. Dus in Alkmaar zouden we geen onschuldige affaire gehad kunnen hebben?'

Alkmaar. Hier in Oost-Jeruzalem is dat een woord, een plek waar Kadoke van opvrolijkt, een ander leven, een ander land, ooit toen hij op de lagere school zat was hij met zijn klas naar een kaasmarkt in Alkmaar gegaan. Een verleden dat voelt als een afgesloten zolderkamer, iets wat voorgoed voorbij is, alleen de restanten moeten nog worden opgeruimd.

'Waar ligt Alkmaar?'

'Ten noorden van Amsterdam.'

'Alkmaar is geen Jeruzalem. Ik ken de schuldige plekken in jouw land niet. Is het nog je land? Je bent zo serieus vandaag. Je maakt mij serieus.'

Het ligt aan Anat, dat denkt Kadoke maar hij zegt het niet. Haar woorden over moordenaars laten hem niet los, achtervolgen hem, hij neemt haar zwaarte mee naar de hotelkamer, die uiteindelijk altijd licht was, buiten de werkelijkheid lag, zonder nederzettingen, oorlogen en conflicten die aan oorlogen voorafgingen of erop volgden. Ondanks dat het allemaal begonnen was met zijn vraag over bloedvergieten. Alleen Fahed was er met zijn humor, die je pas na verloop van tijd herkende als humor. Verborgen humor, geheimzinnige geestigheid.

'Hoe kun je niet serieus zijn op een schuldige plek?' wil Kadoke weten.

'Je kunt alles vergeten of je kunt niets vergeten, dat zijn twee recepten voor een en dezelfde catastrofe,' zegt Fahed. 'Deze hotelkamer is geen schuldige plek, laten we het daarop houden.'

'Neem me,' fluistert Kadoke, 'neem me, in deze onschuldige hotelkamer. Of heb je te veel respect voor me? Durf je niet?'

'Misschien, misschien is dat het, het is niet een woord dat ik zou gebruiken. Respect is de vijand van alle opwinding, dat wel. De opwinding is respectloos. Misschien ben ik met je gaan vrijen om dat rare respect dat ik voor je voelde te verliezen. Ik wilde het kwijtraken. Maar niet zo. Er zijn grenzen. Tot nu toe kon ik dit alles nog verdedigen, goedpraten. Het was geen echte affaire.'

Geen echte affaire. Is dat hoe Fahed het voelt? Niet echt genoeg?

'Neem me,' zegt Kadoke. 'Gebruik me. Ik wil dat je geen respect voor me hebt. Ik wil dat je al je respect voor me verliest, ik wil dat je dicht bij een lustmoord komt, zo dichtbij als je daar maar bij kunt komen. Hoe weet ik dat je me wil als je niet langs de afgrond van de lustmoord bent gegaan?' En hij ziet Fahed denken, zoals hij hem kan zien denken in de lerarenkamer, of soms als hij aan het eten is, dan dwalen zijn gedachten af, dan is hij niet hier, niet meer in Oost-Jeruzalem, niet meer bij Kadoke.

'Misschien wil ik je niet,' zegt Fahed. 'Niet genoeg, misschien is dat de waarheid van deze affaire, de waarheid waarmee we allebei moeten leven, dat ik je niet genoeg wil om mijn vrouw en kinderen voor te verlaten maar te veel om ermee op te houden. Misschien moet je die waarheid gewoon maar omarmen, voor zover dat kan.'

En dan neemt Fahed de gevallen psychiater, hij neemt hem, zoals het hem uitkomt, zonder te vragen, zonder toelichting, zonder nog iets te zeggen. Alsof Fahed wil bewijzen dat hij

Kadoke toch wil, dat zijn woorden niets te maken hebben met zijn daden.

Kadoke weet niet of deze ontmaagding prettig is, vermoedelijk is geen enkele ontmaagding prettig. Het is vooral een pijnlijke ervaring, eerder pijnlijk dan opwindend, hoewel die twee elkaar natuurlijk niet uitsluiten, beschamend, ook dat, zoals vader zich in het begin voor mevrouw Gitl geschaamd moet hebben. Vernederd voelt hij zich en hij weet niet of dat is wat hem opwindt, maar daar ging het ook niet om, het ging erom dat hij het wilde, hij wilde een ding worden, hij wilde eindelijk van die beschaving af, gebruikt, gereduceerd tot iets waarin hij zich noodgedwongen moest herkennen, tot dat wat de ander opwindt, dat wat de ander wil, leven is gewild worden, de dood begint waar het gewild worden ophoudt. Hier in deze hotelkamer wordt hij nog gewild en is hij gereduceerd tot gewild worden, gereduceerd tot ding, wat een opluchting is het om een ding te zijn, een pijnlijke opluchting.

Fahed neemt een douche, Kadoke blijft liggen. Het is begonnen, zoveel is zeker. Wat 'het' is weet Kadoke niet zeker, maar zoals Fahed zei: sommige dingen weet je zonder ze te weten.

64

Anat blijft haar koekjes bakken met een overgave die Kadoke elke week meer ontroert. Het overhandigen van de koektrommel, een keer per week 's ochtends vroeg, is een ritueel geworden dat steeds meer weg heeft van een godsdienstige oefening.

Hij ziet haar verdwijnen, zijn Anat, achter woede of pijn of verdriet, wat het precies is weet hij niet, maar hij ziet haar verdwijnen. Al besteedt hij weinig aandacht aan wat hij ziet. Denkend aan Faheds woorden dat alles vergeten en niets vergeten recepten zijn voor een en dezelfde catastrofe probeert hij zo veel mogelijk te vergeten, omdat hij meent de man te zijn die te weinig vergeet. Alleen tijdens het spel met de pet is ze er helemaal, Anat, vol overgave, zowel dood als levend, zowel angstig als onoverwinnelijk, verlangend in het nu en naar het nu en toch volledig verankerd in een mistig verleden, verdwaald in dat verleden zoals je verdwaalt in een doolhof, zonder de uitgang nog te kunnen, nog te willen vinden. Kadoke weet nu eindelijk welk spel er na het spel komt: na het spel met de pet komt het spel met de koektrommel.

Hij zou tegen zijn vrouw willen zeggen: 'Zie je niet dat ik hem niet genoeg wil, de man die jij moordenaar noemt, zie je niet dat ik hier nog ben omdat ik hem niet echt wil? Zou je dat niet gerust moeten stellen? Begrijp je dan niet wat je ziet?'

Ja, hij zou Anat in deze religieuze nederzetting willen wakker schudden. Kom terug, zou hij willen zeggen, wat betekent een affaire in deze heuvels waar iedereen wacht op verlossing? Wat betekent een affaire als je niet bereid bent vrouw en kind te verlaten of vrouw zonder kind te verlaten en wat doet het ertoe dat ik een affaire heb met een moordenaar? Zo'n woord is ook maar een metafoor. Laten we teruggaan naar de echte metaforen, de overdrijvingen, het spel met de pet. Verdwijn niet, zou hij willen zeggen, verdwijn niet.

Maar hij zwijgt omdat de status quo zo stabiel lijkt, zo eeuwig, zo onveranderlijk, zo zeker. Zoals het nu gaat kan het eeuwig doorgaan. Daarom zwijgt hij, daarom blijft hij doen wat hij altijd al deed de afgelopen maanden. Alleen al het ritueel, hun ritueel, de overhandiging van de trommel met veganistische koekjes is voor hem nabijheid genoeg.

'Opdat je nooit zult vergeten,' zegt ze als ze hem het trommeltje overhandigt, 'opdat je nooit zult vergeten wie je vrouw is en wie je kind zou kunnen zijn.'

En dan gaat hij met zijn trommeltje naar Jeruzalem, over de wegen die gebouwd zijn voor de kolonisten opdat ze de Palestijnse dorpen niet in hoeven, maar eromheen kunnen rijden, om de Palestijnse dorpen, om de pijn heen.

Zo rijdt hij door het land, ook deze ochtend in de herfst, een week na het Loofhuttenfeest, na de Grote Verzoendag, nadat de joden hun god en hun medemensen hebben gesmeekt om vergiffenis. Hij geeft les, hij wandelt naar het hotel, hij wordt genomen. Nu Fahed hem een keer heeft genomen neemt hij hem vaker, neemt hij hem elke keer als hij hem ziet. Soms vraagt Kadoke zich af: wie doet hier wie een plezier? Maar dat doet er niet toe.

Kadoke wordt het ding dat gewild is en dat is hem genoeg. En na het nemen is er de liefde, wat over is van de liefde, van het te veel en het niet genoeg willen, van de schuldige daden op onschuldige plekken en de onschuldige daden op schuldige plekken, en ten slotte eet Fahed de koekjes, soms bijna, denkt Kadoke, uit plichtsbesef, om de liefde van Anat niet af te wijzen, om de vrouw van zijn minnaar te eren. Ook haar naam wordt genoemd, ook haar naam zal niet worden vergeten, daarom eet Fahed haar veganistische koekjes.

En zo liggen ze daar, Fahed eet, Kadoke praat. En Kadoke houdt van de droge spot van Fahed. Misschien moet hij dat tegen Anat zeggen, de volgende keer als ze vraagt: waarom, waartoe, waarvoor? Ook zo wordt het leven overwonnen, zoals er snelwegen zijn waardoor je niet door de Palestijnse dorpen hoeft, zo is er de spot waardoor je niet door de pijn en de vernedering hoeft.

Dan wordt Fahed ziek. Fahed die nooit ziek is. Op die ene keer na dat hij naar de tandarts moest, zo begon het, met een tandarts begon het. Het ademen stokt. Het lichaam stokt.

Wanneer moet je je ongerust gaan maken? Kadoke wil geen aansteller zijn, geen hypochonder, ook niet namens anderen, misschien juist omdat hij er stiekem een is. Fahed ligt als een hoopje ellende naast hem. Zo snel gaat dat, zo snel overmeestert de ellende het lichaam. Kadoke ziet alles, en hij weet alles.

Hij verandert in een bakvis, belt de receptie, er wordt niet opgenomen. Hij rent naar beneden, de drie trappen af. 'Mijn collega,' zegt hij tegen de receptionist, 'mijn collega is ziek. Bel een ambulance.'

De receptionist kijkt hem glazig aan.

'Mijn collega,' zegt Kadoke. 'Kamer 315. Mijn collega. Ziek. Doodziek. Kamer 315. Mijn collega.'

Alsof die woorden alles verklaren en goedmaken. Alsof er niets meer te zeggen valt. Alsof er nooit meer iets anders te zeggen valt dan die paar woorden. Mijn collega. Doodziek. Kamer 315. 315. 315.

65

De rest is naspel, het spel na het spel na het spel.

Hoe maak je je los van het verleden, hoe kunnen mensen zich zo diep in het verleden hebben ingegraven dat dat verleden hen overwoekert en overmeestert en uiteindelijk wurgt? Wat een andere manier is om te zeggen: wanneer houdt de negentiende eeuw op? Hier in deze heuvels met caravans uit de eenentwintigste eeuw en snelwegen uit de eenentwintigste eeuw en wapens uit de eenentwintigste eeuw zou ook de negentiende toch eens moeten ophouden.

Maar zelfs het moordwapen was zo negentiende-eeuws, cyanide. Het messianisme en het gif, de laatste kennelijk onoverwinnelijke echo's van die eeuw. De dood werd in het ziekenhuis vastgesteld.

Anat in hun caravan, lijkbleek maar levend en toch al niet meer echt hier, definitief vertrokken.

'Wist je dat ik jouw veganistische koekjes niet at? Wist je dat ik ze vies vond, omdat ik jouw andere koekjes ken, de koekjes die je bakt op vrijdag voor sabbat?' vraagt hij, zo kalm en beheerst. Nu de dood is ingetreden, de dood van de liefde, kan men kalm zijn, de neuroot kan eindelijk kalmeren.

Hij voelt geen woede, omdat hij bang is voor de woede, banger nog voor de woede dan voor de dood.

'Wie slaapt met de moordenaars wordt er zelf een,' antwoordt ze.

Niet meer van deze wereld lijkt ze te zijn, maar van welke wereld is ze dan wel?

'Waarom moest hij dood?' vraagt Kadoke, zoals Anat ooit aan hem vroeg: 'Wat heeft ze wat ik niet heb?' Dezelfde toon, dezelfde wanhoop, andere woorden maar uiteindelijk dezelfde vraag.

'Om jou te redden,' zegt ze, 'om mijzelf te redden. Om mijn volk te redden.'

De verslaggevers zullen arriveren. Wat in deze heuvels gebeurt is op bescheiden schaal wereldnieuws. De agenten zullen arriveren. Een Jood die een Arabier vermoordt is iets anders dan een Arabier die een Jood vermoordt, maar zelfs voor Anat zullen ze komen.

'Zeg wat het was,' smeekt Kadoke in de caravan met de gesloten ramen en de gesloten deuren en iets verderop een vader die niet dood wil, 'zeg gewoon wat het was, jaloezie? De beproeving was je te veel. Ik kan je niet vergeven, dat is te veel gevraagd, maar ik kan leren leven met het onvergeeflijke. Dat is uiteindelijk waar leven op neerkomt, niet om te leren sterven, zoals ze zeggen, maar om te leren leven met het onvergeeflijke.'

'Je moet de moordenaars doden voor ze jou doden,' verklaart Anat. Haar blik is ijskoud, ze staart naar de muur, ze gunt hem haar ogen niet.

'Maar dit was geen moordenaar,' zegt hij, 'dit was de man van wie ik hield. Geen moordenaar. Je was jaloers. Dat valt niet goed te praten, maar het valt te begrijpen. Jaloezie valt te begrijpen. Het andere valt niet te begrijpen.'

Ze schudt haar hoofd. 'Ik was niet jaloers, ik ben nooit jaloers geweest, ik ben niet jaloers op moordenaars. Dit was een daad van verzet, dit was een politieke daad. Wij kunnen nergens heen. Wij laten ons niet verdrijven. Niet nog een keer. Je moet de moordenaars doden voor ze jou doden.'

Hij valt op zijn knieën. Wat kan hij anders doen? Nu de tijd dringt. Was dit de waarheid waarop hij wachtte? 'Laten we de catastrofe niet nog groter maken, die is groot genoeg,' prevelt hij. 'Zeg hoe het was, spreek over jaloezie, voor mijn part over beproevingen die jou zijn opgelegd door jouw eeuwige, maar spreek niet over politiek, Anat. Dit heeft niets met politiek te maken. Zeg gewoon wat het was. Jij hebt wat ik liefheb gedood. Daarom haat ik je, maar ik kan je niet loslaten, zo ben ik niet, zo wil ik niet zijn, al was het maar omdat je gedaan hebt wat je me op onze huwelijksnacht hebt beloofd, je hebt je beloftes waargemaakt, je zei dat je me eenzaam zou maken zoals ik nog nooit door iemand eenzaam was gemaakt. Dat heb je gedaan. Eenzaam maar niet dood. Wij zijn aan elkaar verbonden, door het verleden waar jouw wandaad toe behoort. Ook daarom vraag ik je: spreek de waarheid. Spreek over je pijn, spreek over beproevingen die te veel zijn voor een mens, maar spreek niet over moordenaars.'

Anat schudt haar hoofd, onvermurwbaar is ze. Dergelijke onvermurwbaarheid zouden de mensen moeten overlaten aan de goden.

'En je proefschrift dan,' zegt hij, nog altijd knielend, haar benen strelend, 'waar je al die jaren aan hebt gewerkt. Al die uren, dagen en maanden. Je proefschrift.'

'Ik zal er in de gevangenis verder aan werken,' antwoordt ze, 'je bent een meester van het toeval of je bent het niet.'

'Maar zie je niet dat wij geen meesters van het toeval moeten zijn, zie je dat niet?'

Ze zegt niets meer. Ze zwijgt en hij blijft knielen, tot ze wordt weggeleid.

Zo wordt zijn vrouw, zijn Anat, een Joodse terrorist en hij de man van de Joodse terrorist. Hij vraagt zich af waarom de mensen niet zien wat toch zo zichtbaar moet zijn, dat de jaloezie uiteindelijk te groot was, de omstandigheden te ongunstig, de beproevingen te complex en te zwaar.

De familie van Fahed wil geen contact met hem, geen enkel contact, en de moeder van Anat zegt: 'Vanwege je oude vader en omdat wij mensen zijn, Joden, mag je nog een maand in deze jisjoev blijven en dan moet je weg. Jij hebt haar tot deze waanzin gedreven. Jij hebt haar gek gemaakt. Jij hebt haar kapotgemaakt.' In haar hand heeft ze een grote foto van de comateuze rabbijn in Brooklyn, ze zet de foto pontificaal in de woonkamer op een stoel en zegt: 'Bid tot hem. Dat is het enige wat ik je kan adviseren. Bid tot deze wijsgeer, die op een dag erkend zal worden als de Verlosser, bid tot hem, want hij is de enige die je nog kan helpen.'

'Ik wil me verdedigen zonder te bidden,' zegt Kadoke, 'ik ben een affaire begonnen op een schuldige plek, een onschuldige affaire op een schuldige plek, maar ik heb het messianisme niet naar deze heuvels gebracht, ik heb de negentiende eeuw niet uitgeroepen tot de laatste eeuw, tot het eind der geschiedenis, ik heb niet gesteld dat de herinnering aan de pogroms en de vernietiging de enige plek is waar men kan leven. Ik heb mijzelf niet tot wonder uitgeroepen. Hij wilde mij niet genoeg en toch te veel, hetzelfde kan ik misschien over jouw dochter zeggen, ik wilde haar niet genoeg en ik wilde haar te veel, daaraan ben ik schuldig, maar niet aan de rest.'

'Er bestaan geen onschuldige affaires,' zegt de moeder van Anat, dan spuugt ze op de grond en slaat de deur achter zich dicht.

Kadoke kijkt naar de foto van de oude, doodzieke man en beseft dat Fahed gelijk had, de leerschool van het paria-zijn eindigt nooit, als je denkt het laatste examen te hebben afgelegd, komt er nog een, het is inderdaad geen aangename leerschool. Wat hij in Amsterdam meemaakte zal niets zijn vergeleken met wat hier in deze heuvels op hem te wachten staat.

Hij loopt door de nederzetting om zich te harden tegen de blikken, de kinderen die hem naroepen, de vrouwen die op de grond spugen als ze hem zien. De zwerfkatten zullen zijn beste vrienden zijn.

Kadoke gaat naar de gevangenis, want anders dan Faheds

familie wil Anat hem wel zien. Ze ontvangt hem met een angstaanjagende opgewektheid.

'Ik ben zwanger,' zegt ze vanachter haar tafel, met de triomf van de milde waanzin en het ware messianisme. Naast hen zitten andere stelletjes te praten. Achter zijn rug een bewaker.

'Nee,' zegt hij. 'Onzin.'

'Ik ben zwanger,' herhaalt ze. 'Ik zal jouw kind op de wereld zetten. Niets kan ons meer uit elkaar drijven. Ik wist wel dat je het kon, ik wist dat je geen impotente Jood was.'

'Jouw kind. Mijn kind. Ons kind,' mompelt hij.

'Niet ons kind,' zegt ze. 'Er zal nooit meer een ons zijn. Ik zal tegen het kind moeten zeggen: jouw vader slaapt met moordenaars. Jouw vader houdt van onze moordenaars. Jouw vader slaapt met de vijand.'

'Misschien,' zegt Kadoke na een lange stilte, 'misschien zul je iets anders tegen het kind zeggen.'

66

Ook na het naspel blijkt nog iets te komen, het naspel van het naspel.

Nu de moeder van Anat weet dat haar dochter zwanger is heeft ze tegen Kadoke gezegd: 'Omdat Anat een kind van je krijgt moet je hier natuurlijk blijven. Jij blijft hier. Ik zou alleen niet te veel naar buiten gaan, voor je eigen veiligheid.'

Er was hoe dan ook nog maar weinig reden voor Kadoke om naar buiten te gaan, want Hand in Hand wilde hem begrijpelijkerwijs niet meer als dramaleraar hebben.

Hij weet nog niet of hij wil blijven, maar aan de andere kant weet hij ook niet waar hij heen moet. Moldavië? De man van mevrouw Gitl had in vertrouwen tegen hem gezegd: 'In Moldavië kunnen de grootste schurken terecht. En het leven is er niet duur.' Maar wat moet hij met vader in Moldavië? Aan de andere kant: wat moet hij hier? Als vader van een kind gebaard door een moordenares, als man van een Joodse terroriste? Een vrouw die de man doodde van wie hij hield. En hij is de man die Anat, zeggen ze, in die rol heeft gedwongen, in die rol heeft gemanoeuvreerd. Is dat hoe hij eindigt? Hoe hij wil eindigen?

Weer loopt hij doelloos door de nederzetting, om zich ervan te overtuigen dat hij geen onderduiker is, als hij mensen tegenkomt kijken ze weg of spugen ze. Ze wisten er allemaal van, ze wisten alles. Dit hele dorp heeft Fahed gedood.

Uren zit hij naast vader die alles weet en niets zegt. 'Waarom heb je eigenlijk gezwegen?' vraagt Kadoke. 'Waarom heb je nooit iets gezegd?'

'Het verleden wordt er niet beter op als je erover spreekt,' antwoordt vader. 'Dat denken jullie, maar het is een misvatting.' Hij heeft een kruiswoordpuzzel voor zich. De wind begint weer te loeien, stof waait door de nederzetting.

Op een middag staat Kadoke voor zijn caravan, chamsin, net als toen hij hier kwam, de hitte maakt hem loom en week, doet zelfs het verlangen om te vluchten langzaam in hem uitdoven, dan ziet hij een figuur met een rolkoffer de heuvel op komen lopen. Een bezoeker, er is een bezoeker in de nederzetting aangekomen. Zo te zien eentje die de weg nog niet weet.

Zij zwaait naar hem en dan herkent hij haar. Haar haar is blond, een coupe soleil, ze moet het geverfd hebben, ze is vermagerd, ernstig vermagerd.

Ze rent op hem af, het laatste stukje, een grote bordeauxrode rolkoffer achter zich aan slepend, op haar rug heeft ze een gitaar, ze omhelst hem, drukt zich tegen hem aan.

'Eindelijk heb ik je gevonden,' zegt ze. 'Eindelijk. Grensoverschrijdende psychiater Kadoke, dus hier heb je je verstopt. Hier zit je tegenwoordig.' Ze kijkt om zich heen alsof ze nu pas begrijpt waar ze terecht is gekomen. 'Ik wil de therapie voortzetten.'

Natuurlijk, hij had het kunnen weten. Waar onheil is, is Michette nooit ver weg. Hij duwt haar zachtjes van zich af, om hem heen zwerfkatten, verderop wat caravans, in een ervan houdt vader een siësta. Michette draagt een hemdje dat om haar bovenlijf zit als een te vaak gewassen theedoek.

'Ik ben geen psychiater meer,' zegt hij, 'zoals je ongetwijfeld weet. Ik geef geen therapie meer, ook geen alternatieve. Ik was dramaleraar, maar ook dat ben ik nu niet meer. Als je precies wil weten op welk punt van mijn leven ik ben beland: mijn vrouw heeft de man vermoord van wie ik hield, ze zit in de gevangenis in afwachting van haar proces en ze is zwanger van mijn kind. Ik moet me even op mijn eigen leven concentreren. Waarom ben je trouwens hierheen gekomen? Ik dacht dat je geen therapie meer wilde, ik dacht dat ik je mishandeld en misbruikt had.'

'Hij heeft me verlaten,' zegt ze en de tranen lopen over haar wangen, 'hij heeft me aan de kant geschoven zoals je een vuilnisbak aan de kant schuift die je in de weg staat.'

Kadoke kijkt naar de katten. Haar bestaan emotioneert hem. 'Zo gaat dat met schrijvers,' antwoordt hij nadenkend, 'die zijn nergens trouw aan.' Hij herinnert zich de alternatieve therapie, Michette op de bank bij wat toen nog zijn moeder was. Even vraagt hij zich af of hij echt geen grenzen heeft overschreden, of hij de werkelijkheid nog kan zien dwars door de vervloekte fictie heen, of zij die nog kan zien.

'Waarom ben je niet bij ons gebleven?' vraagt ze. 'Je had niet weg hoeven gaan, je had bij ons kunnen blijven, dan was dit allemaal niet gebeurd, dan was je dit bespaard gebleven, als je gewoon bij ons was gebleven.'

Hij blijft naar de katten kijken, de verwaarloosde katten en hij zegt: 'Wil je een eerlijk antwoord? Toen het allemaal losbarstte, het schandaal, mede veroorzaakt door jouw vriend, jouw voormalige vriend, toen vroeg iemand me, ik weet niet wie, een man neem ik aan, of ik extra sjekels had willen verdienen met behulp van mijn alternatieve therapie. Het woord "sjekels" sneed door mijn ziel. Toen ik dat woord las wist ik dat er geen plaats voor mij is in Europa en dat daar eigenlijk ook nooit plaats voor mij is geweest. Ons verhaal in Europa is uit. Wat rest is een postscriptum, een toeristisch nawoord en van dat toeristische nawoord wens ik geen deel uit te maken. Daarom ben ik weggegaan. Nu ben ik hier, om te sterven als eenling, ik weiger deel uit te maken van het toeristische nawoord, maar ik weiger ook deel uit te maken van welk volk dan ook, dat is mijn antwoord op de geschiedenis, de kleine en de grote.'

Ze knikt alsof ze het begrijpt. 'Ja,' zegt ze, 'het is allemaal vreselijk uit de hand gelopen. Het spijt me zo. Alles doet zoveel pijn. Moet je kijken hoe verwaarloosd die poezen zijn. En hier als eenling sterven? Hoe doe je dat? Alle huizen zijn hier hetzelfde. Hoe moet het nu met mij? Moet ik terug?' Het klinkt alsof ze elk moment weer in huilen kan uitbarsten.

'Ben je met de auto gekomen?' vraagt Kadoke.

'Met de bus uit Jeruzalem.'

Hij kijkt op zijn telefoon. 'Er gaat vandaag geen bus meer naar Jeruzalem en ik wil het je niet aandoen nu te gaan liften.' Hij wijst op vaders caravan. 'Daar woont vader,' zegt hij, 'je kunt op de bank slapen. Er is daar ergens ook nog een luchtmatras waarop mijn vrouw heeft gelegen. Hij zal allicht blij zijn je weer te zien, hoewel je dat nooit zeker weet. Morgen zien we verder.'

Ze knikt. 'Dank je,' zegt ze. 'Ik heb trouwens een nieuw lied voor je geschreven. Het heet "Kankerpsychiater", zal ik het voor je zingen?' Ze dreigt haar gitaar te pakken. 'Het is misschien het beste dat ik ooit heb gemaakt. Mensen die er verstand van hebben zeggen dat het heel, heel goed is.'

'Morgen zien we verder,' zegt hij, 'morgen kun je het lied voor me spelen. Ik zal er aandachtig naar luisteren.' Met haar rolkoffer loopt ze naar de caravan.

'Heeft het hem iets opgeleverd?' roept hij haar na. 'Die schrijver van je. Dat hij mij zo achteloos opofferde, heeft het hem gebracht wat hij ervan hoopte?'

Ze antwoordt niet, maar dan draait ze zich toch om, loopt een stukje terug, alsof ze zich bedacht heeft, alsof ze hier niet wil blijven. 'Voor hij me verliet,' roept ze, 'beweerde hij dat alles te wijten is aan slordig lezen.'

'Dan zouden we het lezen moeten verbieden,' roept Kadoke terug.

Hij gaat zijn eigen caravan in. Hij trekt al zijn kleren uit, ook zijn onderbroek. Geen wonder dat mensen in deze hitte stemmen horen waar alleen stilte is, verlossing waarnemen waar geen sprake van verlossing is, nu niet, nooit niet. Hier kun je de fata morgana's niet ontlopen.

Naakt loopt hij door de caravan. Trekt kastjes en lades open, stuit boven het aanrecht op een kastje met alleen maar zilverkleurige trommeltjes. Vijf identieke koektrommeltjes. Hij moet zich vasthouden, zo duizelig is hij.

Eén minuut staat hij zich rouw toe. Om Fahed, om Anat, om zichzelf, om Michette, en in die ene minuut zegt hij: 'God, ziet U niet dat wij gevallen meesters van het toeval hardleers zijn? Ziet U niet dat uw beproevingen niet genezen, alleen maar zieker maken, steeds zieker en zieker?'

Verder rouwen gaat niet. Niet om Fahed, vader van drie kinderen, minnaar, leraar Engels, niet om Anat, om niemand. Hij moet door, iedereen moet door.

De angstaanjagende waarheid is niet alleen dat het verlangen sterker is dan het verdriet, sterker moet zijn, maar dat hij blij is dat hij leeft, dat het lot van Fahed hem bespaard is gebleven. Wat is liefde waarvoor je niet bereid bent te sterven? De misstap die aan de eenzaamheid voorafgaat.

Dus loopt hij naakt door het huis, als iemand die verder moet, hij blijft kasten en laden opentrekken, zo onrustig maken de fata morgana's hem, ze jagen hem op, de visioenen, ze laten hem niet los. Vanuit het raam ziet hij dat Michette op de drempel van vaders caravan is gaan zitten. Ze heeft haar gitaar in haar handen, ze zingt, hij kan niet horen wat, vermoedelijk is dat beter zo. Zand waait om haar heen.

Kadoke loopt verder door zijn caravan. In een nachtkastje vindt hij de ss-pet. Hij zet hem op en gaat in de badkamer voor de spiegel staan. Hij ziet er nog best goed uit, zeker met die pet op. Hij zet hem een beetje schever.

En dan ziet hij de comateuze rabbijn en hij begint te lachen, hard te lachen, de comateuze rabbijn die net als vader maar niet dood wil maar wel in de dromen van Anats moeder verschijnt. Hij ziet Fahed en Anat, zijn vader en Anats moeder, en Michette. En vanaf deze verdorde heuvels ziet hij de Middellandse Zee liggen, en daarachter Europa. Het zicht is kennelijk vandaag buitengewoon goed. Hij ziet Nederland, Duitsland en Oostenrijk, Polen, Oekraïne, Rusland, overal verlossing en overal verlossers, het zicht is vandaag geweldig.

Je moet je noodlot niet omarmen, een vergissing was het om dat te denken, je moet je er niet aan hechten zoals je je kunt hechten aan een zwerfhond, je moet erom lachen. De levenden dienen hun noodlot uit te lachen, alleen de doden mogen lachen om andermans lot.

De auteur is dank verschuldigd aan Richard Gill en Anneke Brassinga.